U0574789

暨南大学中华文化港澳台及海外传承传播协同创新中心
资助出版

暨南中文名家文丛

主编 程国赋 贺仲明

萧殷集

朱巧云／编

人民出版社

责任编辑：宰艳红

封面设计：石笑梦

图书在版编目（CIP）数据

萧殷集 / 朱巧云 编 . —北京：人民出版社，2023.12

（暨南中文名家文丛 / 程国赋，贺仲明主编）

ISBN 978 – 7 – 01 – 026136 – 2

I. ①萧…　II. ①朱…　III. ①中国文学—现代文学—作品综合集

　IV. ① I217.2

中国国家版本馆 CIP 数据核字（2023）第 231402 号

萧殷集

XIAO YIN JI

程国赋　贺仲明　主编　朱巧云　编

人民出版社 出版发行

（100706　北京市东城区隆福寺街 99 号）

北京盛通印刷股份有限公司印刷　新华书店经销

2023 年 12 月第 1 版　2023 年 12 月北京第 1 次印刷

开本：710 毫米 × 1000 毫米 1/16　印张：22

字数：284 千字

ISBN 978 – 7 – 01 – 026136 – 2　定价：79.00 元

邮购地址 100706　北京市东城区隆福寺街 99 号

人民东方图书销售中心　电话（010）65250042　65289539

萧殷（1915—1983）

1982 年夏，萧殷在暨南大学整理《萧殷自选集》

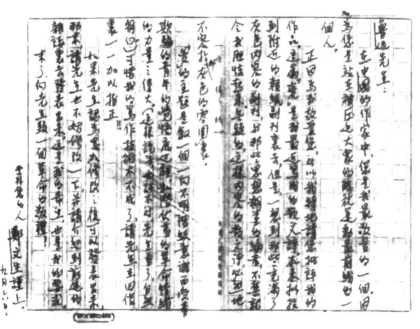

1934 年萧殷写给鲁迅的信

总　序

程国赋　贺仲明

作为中国第一所由政府创办的华侨学府，暨南大学从创办开始就与中华文化传承传播息息相关。学校的前身是 1906 年清政府创立于南京的暨南学堂，后迁至上海，1927 年更名为国立暨南大学。抗日战争期间，迁址福建建阳。1946 年迁回上海，1949 年 8 月合并于复旦大学、交通大学等高校。新中国成立后，暨南大学于 1958 年在广州重建，"文革"期间一度停办，1978 年在广州复办。暨南学堂的创办，与清政府"宏教泽""系侨情"的考虑密切相关。"暨南"二字出自《尚书·禹贡》："东渐于海，西被于流沙，朔南暨，声教讫于四海。"意即面向南洋，将中华文化远播到五洲四海。2018 年 10 月 24 日，习近平总书记视察暨南大学并发表重要讲话，肯定学校"作用独特"，指示学校"把中华优秀传统文化传播到五洲四海"。

暨南大学中文系成立于 1927 年，已有 94 年的发展历史，是暨南大学成立最早的院系之一。自此以来，中文系以其深厚的人文底蕴和国学基础，以传播中华文化为己任，坚持"宏教泽而系侨情"的办学宗旨，培养和造就了一代代人文英才，成为暨南大学办学历史上有着重要地位和影响的学系。

在中文系的发展历史上，名家荟萃，群星闪烁，1949 年以前的各个时期，夏丏尊、方光焘、龙榆生、陈钟凡、郑振铎、许杰、刘大杰、梁实秋、沈从文、李健吾、钱锺书、洪深、曹聚仁、王统照、何家槐、沈端先（夏衍）等一大批名彦学者亲执教鞭，授业解惑。1958年暨大在广州重建后，萧殷、黄轶球、何家槐、郭安仁（丽尼）、秦牧等著名专家、学者、作家在中文系任教。可谓鸿儒硕学，流光溢彩，有云蒸霞蔚之盛。这些专家、学者不仅有着很深的学术造诣和学术成就，而且拥有浓厚的家国情怀。在随学校几度搬迁的过程中，在暨南大学坎坷曲折的办学历程中，一代又一代暨南大学中文系的师生以爱国爱校、坚忍不拔、顽强拼搏、不折不挠的精神践行着"忠信笃敬"的暨南校训。以抗日战争时期发生在暨南园的"最后一课"为例，1941年12月8日，太平洋战争爆发。日军坦克开进上海租界，并炮击停泊在黄浦江上的英美军舰。这天早晨，学校举行会议，作出了悲壮而坚毅的决定："当看到一个日本兵或一面日本旗经过校门时，立刻停课，将这所大学关闭。"何炳松校长含泪向教师们宣布后，大家分头准备上课。上课铃响了，学生们如往日一样坐在座位上。教师们宣布了学校的决定，学生们脸上呈现出坚毅的神色，静静地坐着，听老师在讲台上严肃而镇静地讲授"最后一课"。在郑振铎撰写的《最后一课》（收入《蛰居散记》，上海出版公司1951年版）中，他用沉重的笔调记下了暨南大学百年历史上最为悲壮也最为神圣的一幕：

　　我不荒废一秒钟的工夫，开始照常的讲下去。学生们照常的笔记着，默默无声的。

　　这一课似乎讲得格外的亲切，格外的清朗，语音里自己觉得有点异样；似带着坚毅的决心，最后的沉着；像殉难者的最后的晚餐，像冲锋前的士兵们似的上了刺刀，"引满待发"。

　　然而镇定、安详、没有一丝的紧张的神色。该来的事变，一定会来的。一切都已准备好。

　　谁都明白这"最后一课"的意义。我愿意讲得愈多愈好；学生们愿意笔记得愈多愈好。

讲下去，讲下去，讲下去。恨不得把所有的应该讲授的东西，统统在这一课里讲完了它；学生们也沙沙的不停的在抄记着，心无旁用，笔不停挥。……

没有伤感，没有悲哀，只有坚定的决心，沉毅异常的在等待着；等待着最后一刻的到来。

远远的有沉重的车轮辗地的声音可听到。

几分钟后，几辆满载着日本兵的军用车，经过校门口，由东向西，徐徐的走过，当头一面旭日旗，血红的一个圆圈，在迎风飘荡着。

时间是上午 10 时 30 分。

我一眼看见了这些车子走过去，立刻挺直了身体，作着立正的姿势沉毅的合上书本，以坚决的口气宣布道：

"现在下课！"

学生们一致的立了起来，默默的不说一句话，有几个女生似在低低的啜泣着。

没有一个学生有什么要问的，没有迟疑，没有踌躇，没有彷徨，没有顾虑。个个人都已决定了应该怎么办，应该向哪一个方面走去。

赤热的心，像钢铁铸成似的坚固，像走着鹅步的仪仗队似的一致。

从来没有那么无纷纭的一致的坚决过，从校长到工役。

这样的，光荣的国立暨南大学在上海暂时结束了她的生命。默默的在忙着迁校的工作。

这天早上，王统照教授给学生讲的是大学一年级国文课，内容是陆机的《文赋》。徐开垒从学生的角度记述了"最后一课"对他心灵的震撼和终身的影响：

这天他的脸色非常严肃,课堂上一片静寂,而我们回头从阳台上望下去,康脑脱路上却是一片乱哄哄,但见日本军队卡车正在马路上横冲直撞,卡车的喇叭声像鬼哭狼嚎。王统照老师像法国著名作家都德的短篇小说《最后一课》里的韩麦尔先生那样认真地坚持讲课,在到剩下最后一刻钟时间,他才终于放下课本(讲义),讲课程以外的话了。

他的神情是这样严峻,在他黑瘦的脸上,从玳瑁边眼镜里射出极其严肃的眼光,用十分沉痛又十分关切爱护的口气对我们说:

"同学们,刚才何校长与我们许多教师商量,决定向全校师生员工发出通知:学校从现在开始,停办了!因为日本军队已经开始进入租界!我们决不能让敌人来接管我们的学校!今天这一节是最后一课,我们现在要解散了!"……

多么沉痛的现实!多么使人刻骨铭心的难忘印象!这时我又忽然听到王统照先生对我们讲话了:

"同学们,你们都很年轻,都二十岁不到吧?我们的日子正长,青年人要有志气,要有能冲破黑暗的精神,学校可能内迁,你们跟不跟学校到内地去,何校长说过了:这要看每个人的家庭环境来定,不要勉强。问题在不论留下来,还是跟着内迁,都要有个精神准备,这就是坚持爱国,坚持抗日!……"(徐开垒:《何炳松校长的爱国主义精神》,载刘寅生等编:《何炳松纪念文集》,华东师范大学出版社 1990 年版)

后来,何炳松曾对人谈及当时的情况,说:"与学校同仁共同经过'一·二八'之变,经过'八·一三'之变,又经过'一二·八'之变。我们忍受,我们镇定,我们照应该做的步骤,默默地做去。我们没有丢自己的脸，没有丢国家民族的脸。在事变已过，局势大定以后，总是邀少数友好喝一次酒。我们斟了满满的一大杯'干了吧！'一饮而尽。"（阮毅成：《记何炳松先生》，载刘寅生等编：《何炳松纪念文集》，华东师范大学出版社1990年版）正所谓仰天俯地，无愧于心！暨南百年，屡遭磨难，三度停办，数易其址，而终保华侨高等教育而不断，实有赖于是。

暨南大学中文系前辈学者的学术精神和家国情怀滋养、鼓励着一代代的中文人。在几代人的共同努力下，目前，暨南大学中文学科获得快速发展，在学科建设、人才队伍、教学、科研、社会服务等各方面均取得突出的成绩，截至2021年，本学科拥有一级学科博士点、博士后流动站、国家文科基础学科人才培养和科学研究基地、文艺学国家重点学科（2007年）、广东省一级攀峰重点学科。其中，国家文科基础学科人才培养和科学研究基地是全校唯一一个同类的研究基地；本学科拥有国家教学名师、长江学者特聘教授、青年长江学者、国家"万人计划"哲学社会科学领军人才、青年拔尖人才、教育部新世纪优秀人才等国家级人才20人次，广东省高校珠江学者特聘教授，广东省"千百十工程"国家级、省级培养对象等省级人才25人次，其中，长江学者特聘教授、青年长江学者、国家"万人计划"哲学社会科学领军人才、教育部新世纪优秀人才、广东省高校珠江学者特聘教授、广东省"千百十工程"国家级培养对象等人才称号的获批，均实现我校在同一领域的突破；目前本学科在研的国家社科基金重大项目14项，近五年新增国家社科基金项目62项；在2020年第八届教育部高等学校优秀成果奖评选中，中文系教师共获得一等奖1项，二等奖3项，这是全校迄今为止第一个教育部高等学校优秀成果奖一等奖，实现我校在科学研究领域的重要突破；近年来本学科教师发表论文715篇，其中在《中国社会科学》《文学评论》《文艺研究》《中国语文》等权威期刊发表论文125篇；入选首批国家级一流本科专业，在2020年软科中国最好学科排名中，暨南大学中文学科进入全国前 5%，在全国排名第九。2020 年 9 月，依托暨南大学文学院，中华文化港澳台及海外传承传播协同创新中心被教育部认定为省部共建协同创新中心，这是全国侨务系统第一家，同时也是广东省第二家人文社科类省部共建协同创新中心，协同创新中心的认定对于向港澳台和海外传播中华文化、对于包括中国语言文学学科在内的暨南大学文科的发展将起到很好的推动作用。

暨南大学中文系薪火相传，生生不息。目前，学科处在一个重要的发展时期。中文学科入选广东省高水平大学建设的行列，入选"冲一流、补短板、强特色"重点建设的学科。在国家双一流建设以及广东省高水平大学建设的征程中，暨南中文人将在前辈学者打下的扎实基础上不断开拓，力争将学科建设提上一个新的台阶。

为了纪念曾经在暨南大学中文系工作、任教过的前辈学者，为弘扬他们的学术精神和家国情怀，经中文系系务会集体讨论，决定编撰"暨南中文名家文丛"。暨南大学中文系前辈中优秀学者云集，我们无法悉数纳入，只能依据一定的选取原则。具体有三：一是学术或创作成就卓著；二是与暨大中文系渊源深厚；三是业已辞世。在此原则上，我们选取了夏丏尊、方光焘、龙榆生、郑振铎、刘大杰、许杰、王统照、何家槐、秦牧、萧殷等10 位教授，编撰文集。其他许多名家大家，只能留遗珠之憾了。我们编撰该文丛的目的，既表达我们对前辈学者的崇高敬意，同时也希望更多的后来者知晓来路，立足当下，展望未来。这套丛书由中文系 10 位年轻老师主持编撰，分两年出版。

最后说明一下编选体例。版本方面，我们采用初版本和善本相结合的方式。编选上，尽量保留原文风格，但对一些术语、译名上的差异，以及异体字、标点符号等，则按照现在标准给予修订。个别逻辑错误或文字疏漏，也进行了补正。

　　"暨南中文名家文丛"的编撰得到中华文化港澳台及海外传承传播协同创新中心和广东省高水平大学经费的支持，得到人民出版社的大力支持，特此致谢。

2021 年 10 月于广州

目录
CONTENTS

前　言

　　1958年9月至1960年6月担任暨南大学中文系主任、1982年领衔获批了暨南大学文艺学硕士点的萧殷先生，是我国著名的文艺理论家、评论家、作家和编辑家。

　　萧殷（1915—1983），原名郑文生，笔名萧英，也曾用黎政、萧盈、肖英、何远等笔名，后改为萧殷。广东龙川县佗城人。少时家贫，求学经历颇多坎坷，但成绩优异，才华初露。1923年，萧殷8岁时父亲病故，课余干活补贴家用，高小和初中阶段，曾因交不起学费，老师们两次为其凑钱助学。14岁开始写作，散文《风雨之夜》被推荐到广东省美术展览会，获二等奖，备受鼓舞，与高中同学创办文学期刊《湖畔》，发表小说《明天》，自此，萧殷以极大的热情投入创作，陆续在《学生文艺丛刊》《广州民国日报》副刊《东西南北》等报刊上发表小说、新诗、散文等。因母亲半身不遂、卧病在床，1932年萧殷初中毕业后，便到广州找工作，适逢广州市立美术学校招考，遂考入国画系，因主要学习描摹古美人和花鸟虫鱼，觉得远离现实生活，加之家境贫寒，一年后停学回到家乡，开始了断断续续的教书生活。萧殷先是在龙川县立乡村师范学校教绘画半年，后到佗城小学当过两个学期的教员，也曾到广州找工作，均无果。其间，有多部小说发表在香港《珠江日报》副刊《潮声》上。

　　1936年7月，萧殷离开佗城到广州，参与各种抗日宣传活动，自此开始了他火热的革命生涯。10月初，广州革命形势复杂而艰难，萧殷热切期盼能够得到鲁迅的指导，故以"萧英"的名字给鲁迅写信，简要介绍了广州革命形势，汇报自己参与革命的情况，并寄去散文《温热的手》，希望得到鲁迅的指教。10月9日，鲁迅在日记中写道：得萧英信并稿。不幸的是，十天之后，鲁迅病逝，萧英悲痛欲绝，到中山大学礼堂参加了鲁迅的追悼会。因广州形势险恶，萧殷于年底前往上海，加入上海防护团，宣传抗日、救护伤员，又辗转到武汉，加入第七战区政治部宣传队，后来到汉口中国青年新闻记者学会工作，成为唯一的驻会工作人员。1938年7月，日寇逼近武汉，萧殷不得已离开武汉，于月底到达延安，进入鲁迅艺术学院文学系学习，10月，加入中国共产党。11月，中央组织部派萧殷前往晋西协助李公朴工作，1939年4月返回延安。1940年在冀南保卫战期间受伤，致左腿胫骨断裂，后被冀南军区评为"二等乙级残废军人"。此后直到1949年2月，他在延安、太行山、张家口、北平、石家庄等地从事宣传、战地新闻的采写、编辑等工作。十几年来，他曾在武汉《新闻记者》《大公报》、太行山和张家口的《新华日报》、张家口的《晋察冀日报》、北平《解放三日刊》以及《石家庄日报》等报刊社工作，从战地记者、编辑成长为编委、副总编等，不仅和军区作战部队一起战斗，还及时报道人民抗日斗争的事迹，撰写指导青年写作的小册子《怎样写新闻消息》等，也创作了许多诗歌、散文、小说、杂文等，反映社会问题，揭露政府腐败。

1949年2月，萧殷接受了进京办刊的任务，此后一直在北京或广州从事文艺报刊的编辑工作，担任宣传、文艺部门的领导。到北京后，他先在华北文化艺术工作委员会工作半年，然后到中华全国文学工作者协会筹备《文艺报》,《文艺报》创刊后，与丁玲、陈企霞同任主编。1952年萧殷调任《人民文学》任执行编辑，1953年11月，到中国作家协会文学讲习所担任第二期副所长，1954年3月，又到中国作家协会文艺学习编辑部编辑《文艺学习》，后担任该刊编委。1955年下半年至1956年12月，他担任中国作家协会青年作家工作委员会副主任职务。1956 年底，中国作协党组同意萧殷离开作协，进行专业创作的申请。1957 年 1 月至 1958 年 8 月，萧殷专职创作，没有工资，靠稿费生活。1958 年 9 月起他担任暨南大学中文系主任，1960 年 6 月回北京，11 月又回到广州，任中国作协广东分会副主席，1963 年 8 月，调中共中央中南局宣传部，任文艺处处长。1967 年，萧殷被频繁抄家、批斗，以致吐血，7 月中旬，在家中服下大量安眠药，经抢救，昏迷一周后苏醒。此后几年，一直被批斗、关押，到粤北五七干校参加劳动改造，患上了肺气肿病。直到 1971 年夏天，政治审查结束。1972 年恢复工作，任广东省文艺创作室副主任、《广东文艺》主编，1977 年，《广东文艺》改名《作品》，任主编。1982 年提出创办《当代文坛报》理论月刊，建立文学评论奖，多方奔走，终得广东省委的支持和拨款，积极为即将创刊的《当代文坛报》组稿。1983 年，《羊城晚报》副刊《花地》《小说月报》邀请萧殷当顾问，他欣然应允。从 1981 年开始，萧殷便着手编选自选集，1983 年 3 月编好 65 万字的《萧殷自选集》文稿，4 月，健康状况急剧恶化，入院治疗，经历几次病危折磨，于 8 月 31 日病逝。1984 年 4 月，《萧殷自选集》由花城出版社出版，1985 年萧殷获广东省首届文学评论荣誉奖，1986 年获第二届鲁迅文学特别奖。

作为编辑家，萧殷在十几家报刊社做过编辑、主编等，为新中国报刊尤其是文艺报刊的发展贡献了毕生精力。对于萧殷来说，最热爱的还是文学创作，他创作高峰主要集中于 20 世纪 30 年代和 50 年代，后来工作任务繁重，但他始终保持着对创作的热情，挤出时间进行写作。他曾说："按照我的习惯和爱好，我却更喜欢想象和幻想，更习惯于概括和描写活生生的、可感可触的东西。"即使是在战争年代，他"仍然热衷于微末细节地观察和体验生活，喜欢把事情掰开揉碎反复地进行观察，并且把我观察过和深思过的事物——人物，细节和场景，都记在小本子上。这样，我一边积累，一边也写些文艺通讯和报告文学"。[①] 他的作品大多发表于香港、广州的报刊，1958 年北京出版社出版了《月夜》，收录萧殷 50 年代写的 8 篇短篇小说和特写，1980 年广东人民出版社出版了同名作品集，在原来集子的基础上又增加了 50 年代写的 3 篇小说。另外，在 1984 年花城出版社出版的《萧殷自选集》中，收录了 23 篇小说、散文等，其中有写于 20 世纪 30 年代发表在报刊上的小说、散文等 14 篇，是此前《月夜》中没有收录的。虽然在萧殷看来，这些作品有些幼稚，人物形象的刻画没有达到应有的水平，但是这些作品饱含情感，以生动的笔触控诉国民党的滔天罪行，描写人民的疾苦和农村复杂的革命形势，赞美革命者和劳动人民的高贵品质，具有强烈的现实性。在自选集最后附录了 1982 年由程贤章根据录音整理的《我是怎样走上文学道路的》，萧殷回忆了 1936 年离开广州之前的岁月，在童年时期如何对文学产生兴趣，在故乡的创作活动，以及一些作品的写作初衷等。

从萧殷一生的成就来看，最大的贡献是在文学评论和文艺理论领域。新中国成立后，由于工作的需要，萧殷转向了文学评论和文艺学领域，撰写并发表了大量的文学评论和文艺理论文章，结集出版的有《论文学的现实性》《论文学与现实》《论生活、艺术和真实》《鳞爪集》《萧殷文学评论选》《萧殷自选集》《创作随谈录》等十多本著述，为新中国文学及其理论的发展作出了卓越贡献，是我国著名的文学评论家和理论家。不仅如此，萧殷甘为人梯、呕心沥血，不遗余力地培养青年后备力量，这在当时文艺创作界也是广为人知的事情。被他关爱、受他泽被的青年人很多都成长为知名的作家、评论家、学者、编辑等，如王蒙、陈国凯、饶芃子、黄树森、黄伟宗、唐达成、唐因、吕雷等。

萧殷长期从事文艺刊物编辑与出版，与初学写作的文学青年接触较多，

---

① 萧殷：《月夜·后记》，广东人民出版社 1980 年版。

了解到文学青年缺乏经验，对文学写作常识了解不多，没有形成自己的见解，在创作道路上拐来拐去，他也经常收到来自全国各地青年的信函，信中提出许多关于创作的疑问和困惑。因此，他从设身处地、推己及人的心境出发，不但撰写了《与习作者谈写作》《给文艺爱好者和习作者》《习艺录》《谈写作》《给文学青年》等书籍，为青年人解疑答惑，指明创作的基本规律和方向，帮助青年人树立正确的写作观，还关心青年作家，为他们创造写作条件，曾多次组织书稿的讨论会，为作者看稿，给他们的作品写序，参加文学创作学习班，指导青年人创作。他曾说，"我时刻想到我的服务对象是初学写作者，我处处考虑的是创作实践中的问题"。① 在他生病卧床期间，还在给青年朋友们回复信件，解疑答惑，或者与陪伴的学生和同事聊文学，就在去世前一天也还在与文学青年谈创作，令人动容！他的精神品格感动和鼓舞着身边的每一个人！

　　萧殷与王蒙近三十年的情谊更是文学界的一段佳话。1955 年冬天，萧殷在北京家中接待了王蒙，高度肯定王蒙的艺术感觉，并认为《青春万岁》让人感动，虽然片片段段，但是发光，有吸引力，主要问题在于作品没有主线。他送给王蒙一本《与习作者谈写作》，这本小册子在王蒙看来字字珠玑，生动具体，令他茅塞顿开。此后王蒙成了萧殷家中的座上客，那个小院，成了他喜欢去的地方，成了他知识与力量的源泉。② 1956 年，萧殷通过中国作家协会青年作家工作委员会给王蒙请了半年创作假。8 月，王蒙改好《青春万岁》，萧殷读后十分满意，交给中国青年出版社，部分章节在《文汇报》《北京日报》连载，由于各种原因，历时 20 多年后，1979 年《青春

---

① 萧殷：《萧殷自选集·序言》，花城出版社 1984 年版。

② 王蒙：《难忘恩师萧殷》，见黄树森主编：《百年萧殷纪念文集》，花城出版社 2018 年版，第 184 页。

万岁》才由人民文学出版社首次正式出版。1956 年 9 月,《人民文学》发表了王蒙的《组织部新来的青年人》,受到当时运动的冲击,王蒙遭到严厉的批判,批评逐步上纲上线,萧殷几次约王蒙到家劝慰他,并在《北京文艺》发表《动机与效果为什么发生矛盾》,肯定王蒙的政治品质,公开维护王蒙。1957 年 11 月,王蒙被打成"右派",前去看望萧殷,然后去了新疆,两人再也没有联系,但萧殷的关切和正直,让王蒙难以忘怀。1978 年,他给萧殷写了一封信,萧殷收到信后很是兴奋,二十多年来,他一直珍藏着《青春万岁》的清样稿。1983 年 3 月,萧殷去世前五个月,王蒙携夫人到医院看望萧殷,阔别 26 年,两人再次相见,激动万分,分别之际,萧殷哭了,王蒙也十分难过。在纪念萧殷的文章中,王蒙不止一次写到他对萧殷的感激与难忘:"萧殷同志是我的恩师。在严峻的日子里,他鼓舞我和安慰我;在春回大地的时刻,他热烈地召唤我的'第二次文学青春'。当然,这不仅是对我个人的好处,而是通过这一斑可以看到萧殷的遗泽和师心。"[1]"萧殷师的精神永存,遗爱永在,在他百年冥诞之际,我感到他的诚挚与爱心永远与我们写作人在一起。"[2]

萧殷曾在几所大学做过兼职或者专职教师,是一位严谨严厉而又循循善诱的老师。早在 1951 年和 1952 年,他就担任北京大学中文系校外辅导导师,每月到北大讲课一两次。1954 年兼任中央美术学院教授,讲授文学课。1978 年 3 月,被聘为中山大学中文系客座教授,曾为中山大学鼓楼文学社创办文学刊物《红豆》的创刊号题写刊头等。

在暨南大学的教学时光是萧殷教师生涯中一段非常重要的经历。早在

---

[1] 王蒙:《致萧殷雕像落成典礼大会的信》,广东省作家协会编:《风范长存——萧殷纪念与研究文集》,暨南大学出版社 1994 年版,第 322 页。

[2] 王蒙:《难忘恩师萧殷》,见黄树森主编:《百年萧殷纪念文集》,花城出版社 2018 年版,第 185 页。

1937 年 8 月初，他到上海时，就曾在真如国立暨南大学住过几日。1958 年 9 月暨南大学重建，萧殷调任暨南大学中文系主任。当时，中文系招生最多，规模最大，萧殷秉持开放、务实的教育思想，立足改革，从理论和实践两方面，不断探索文艺教育的新路，① 为暨南大学中文学科的发展奠定了坚实的基础。他平易近人、热情诚恳，很快与师生打成一片，鼓励学生要多读书，理论联系实际，积极为师生解决工作、学习上的各种问题。面对约占八成的华侨学生，萧殷提醒老师们要多关心、帮助他们成长。我的导师、著名文艺理论家饶芃子教授曾回忆说："他经常提醒我们，这些华侨生、港澳生怀着一颗爱国心到暨大来求学，很不容易，我们一定要对他们负责，使他们能健康地成长。他向来反对用各种禁锢的措施去限制学生的交往和活动，而提倡教师要全面地关心学生，给他们以启发和引导。"② 在教学方面，萧殷注重因材施教，设置创作论课程，自己编写了《创作方法论》作为参考教材，撰写教学提纲，并邀请省内外的著名理论家和作家如周扬、张天翼、艾芜、吴组缃、林默涵、秦牧、陈残云等给学生讲课、谈创作。他非常重视学生的实践活动，曾拨出经费由师生带领学生下乡采风，搜集民歌、体验生活、撰写文章，编成民歌集《荔枝满山一片红》出版，学生所写的散文也在各报刊发表，师生们深受鼓舞。对于青年教师的成长，他也十分关注。1958 年，饶芃子老师从中山大学调到暨南大学任教时，由于工作的需要，从古代文学调到文艺理论方向，跟随萧殷先生进修文艺理论，是他的业务助手。她内心颇有些挣扎，萧先生耐心开导她，讲明文艺理论的重要性，建议她阅读文艺理论文本和作品，撰写文艺评论，并经常指出

---

①　饶芃子：《萧殷的文艺教育思想和实践》，广东省作家协会编：《风范长存——萧殷纪念与研究文集》，暨南大学出版社 1994 年版，第 159 页。

②　饶芃子：《回忆与悼念——缅怀萧殷先生》，广东省作家协会编：《风范长存——萧殷纪念与研究文集》，暨南大学出版社 1994 年版，第 302 页。

她文章的不足之处，多次修改的文章发表后，萧先生十分高兴，评价说她的文章已经跳出了学院派的"篱笆"。萧先生不仅在学术上指导饶老师，在教学方面也予以精心的辅导。在饶老师正式上课之前，萧先生利用假期审看了全部讲稿，并坐在课室外面的走廊听了饶老师的第一堂课，课后对饶老师说怕影响她的情绪，所以没到教室里面坐。饶老师对萧先生二十多年的引导、关怀和教育一直心怀感激。暨南大学中文系的其他老师，如杨嘉、黄展人、谭志图等老师都曾撰文回忆萧先生对他们的悉心指导和教诲。

中文系主任萧殷先生（中）与饶芃子（左一）等合影

1979年12月，萧殷应邀回暨南大学兼课并指导两名文艺学硕士研究生，1981年12月，受聘为暨南大学中文系教授，1982年3月，领衔获批了暨南大学文艺学硕士点，使暨南大学成为国务院学位办第一批硕士研究生学位点授权单位，为文艺学日后成为国家重点学科作出了巨大的贡献。这年夏天，萧殷住在暨南大学一个月，完成了研究生答辩。虽然他的身体已极为虚弱，但仍然不辞辛劳地指导学生，审阅学生论文，找学生谈话，分析文章存在的问题，督促学生认真修改论文。他对学生要求极为严格，所指导的学生在进行学位论文答辩时，其中一位研究生的论文观点上存在一些问题，他就断然决定暂缓授学位，要这位研究生将论文重新加以修改，第二年再来答辩。[①] 在他去世前几个月，萧殷还应邀担任暨南大学中文系和《南风》编辑部主办的文学讲习所的所长，并口述《广州文学讲习所成立致语》，为暨南大学中文学科及其广东文学事业的发展孜孜不倦！

暨南园中的明湖，是暨南大学的标志性景点之一，其得名即是萧殷与同事杨嘉的创意。今湖边有一块刻着"明湖"的石头，其背面的《明湖记事》较为清晰地记录了1959年暨南大学师生修建明湖以及明湖命名的经过。有明湖为证，萧殷对暨南大学所作的贡献日月可鉴！

本卷选取萧殷比较重要和有代表性的作品28篇，从文体和内容角度，分为文学创作、文艺理论、作品评论、书简问答、序言后记五个部分，涵盖面比较广，每一类都是按照写作时间顺序编排，既展现萧殷作为作家的神韵风采，表现他作为理论家的睿智和创见，也体现萧殷对青年学子的谆谆教导与期许，反映萧殷文艺思想的历程和变化。

该文集的大多数作品和文章所据底本均为初刊本，小说《月夜》及《关于戏剧创作的几点感想》《关于找题材》《马克思主义会妨碍创作吗》这几篇文章均选自萧殷在20世纪50年代、70年代出的几本选集，是否在报刊上发表至今尚无查到相关信息。《关于文学期刊的编辑工作》一文最早发表在《花城》和《广州文艺》合办的文学增刊《南风》1981年第4期，萧殷曾对此文做了较多的修改，后选入1983年北京出版社编辑出版的《编辑杂谈》（第二集），经多方搜寻，尚未找到原发刊《南风》，故选录了《编辑杂谈》的刊发稿。另外，选入时除个别异体字、标点符号依当代用语习惯修改、错漏之处做了补正外，文中内容悉遵原作。

---

① 谭志图：《求实精神·理论胆识·人格力量》，广东省作家协会编：《风范长存——萧殷纪念与研究文集》，暨南大学出版社1994年版，第182页。

第一编

文学创作

倒 闭 *

一

兴和米铺的老板何侃，坐在账柜内，一只熟练的手老是不停地拨动台上的算盘珠子。他的嘴唇一动一动地翕着；那眼睛也很灵活地转动着，一时注视到货单上，一时又移到算盘珠子上。算盘珠子被拨动得很快捷，直到他的手停住了，他的眼睛跟着扬了一扬，便抬起头来，向站在台外的顾客说："共计米价一块二角。"

"一块二角？"顾客是兴和米铺老主顾，是高鼻子王阿毛。他听了这数目，便耸了耸肩膊，吞吞吐吐地说："可是现在拿不到现款。财主！"

"没现款么？……"何侃很不高兴地纳闷着。额上的皱纹，分外皱得深些；那胡子撇开两边地竖起来："那么怎样呢？"

"现在赊给我们吧！秋收后一定交清。"阿毛哭丧着脸，说得怪不自然的。

"我的银根也很紧……"这铺子，本来一向就很多赊账，前几年的赊账是很多的，到收获后，便拿农产物来。那时的洋米还很少，本地方多用土米，……可是，现在不同了，农人拿不出现款来买米，的确是不得已的事。

"那么秋收后，千万要交来！"老板何侃这么喃喃地说了，便去注视那两个正在做交易的伙计。

阿毛背着肿胀的米袋走了。

见阿毛走了，他不觉又懊悔起来，自己的本钱，本来差不多就要亏空

---

* 本文原刊于《广州民国日报·东南西北》（1935 年 10 月 3 日、4 日），以"郑文生"名发表。

了，若继续赊出去，将来怎了得。这年头，他们哪①里还有农产物可换商品呢？有的被田主挑去了，就是余下的，但有什么用？洋米太便宜了，土米还能再降低价格么？唉！这年头，无论如何，再也不能出赊了。

店面是挤着许多顾客，两个伙计，不停地把量米器转动着，像翻筋斗一样地纯熟。

跟着，一个顾客走到账柜外面来，"何财主，赊一斗米……"

听声音是康家庄的康四喜。他是脸色很黑的高个子，他一向不曾和兴和有过赊数，可是近来，再拿不出现款了，就是肥田料，还得赖借款去维持。他用颤颤的声音说："现在真没法子，秋收后一定送来。"

"赊么？我的铺子太空虚了，没办法！"他探长脖子，用慈和的口吻说："现在真的不能赊了。四喜！"

"救救急！——况且我从未赊过。"脸是悲丧着的，声音是颤颤的说出来。

"是的，我很知道，不过我也没法；若再赊出去，我的本钱也拿不回来啦②。……"

四喜用悲苦的目光，呆呆地对老板望了许久，何侃仍旧那么坚决似的，只好带着失望的心绪默默地走出去。

×　　　×　　　×

晚间，老板何侃，又在账柜上结算今天的"流水账"：共卖进十二块八角，然而有八块是赊账，他对这数目，呆呆的瞧着，眉头越蹙越紧缩起来，唇边禁不住"嗯"的哼了一声。

"何先生，有人找你！"一个伙计从木棚里探进一个头来说。

---

① "哪"，原为"那"。

② "啦"，原为"拉"。

"是谁?"他着急的问。

"像是张富翁的样子。"

于是他踉跄地跨出来。来的果然是张达贵先生。他有一张绅士的嘴脸,鼻尖老是红红的。态度是挺冷静的,见人接物也一样用冷静的态度去应付,仿佛失了感觉的石人似的,好像这样才显得出他的高傲来。何侃给他斟过一杯茶,他仍然默默的,只向桌上轻轻点了一下。

"张先生,请坐!"

"唔。"茫然地答着。

富翁在一旁坐到一张板凳上,用高傲的眼光,向何侃盯着,便直接①地说:"我要移居到香港去,你所借去的款,请于两天内交还我!"

嗯,这一次,可真着急了。欠款是三百元,是去年用两分息借来买洋米的,现在怎么办呢?他要移居,当然不能再拖迟了。三百元的数目可真不小!黄三奶昨天又来过,嗯,还有张任生的一百五十元呢,……这几宗债款,迟早总得想办法。自己铺子的信用要紧。张达贵无论如何也拖不下去了,早就听到他将移居了,因为近来土匪太多了。他这样人家,终日都为这事不安,所以要移到城市去。现在他已决定了,而且动身的日期又这么急促,这真感到万分艰难。他迟疑了好一会,扭过头来对富翁说:"两天内,恐怕不可能呢。……"

"不可能?——三天后,我就要动身的,无论如何,请你想办法,无论如何!"富翁的嘴脸是铁板似的冷酷,说话也含有几分不高兴。

何侃受了这种暗示,更着急起来。那脑袋像一副辘轳在转动着。他觉得四面都是绝壁,都是黑影。嗯,富翁那刻薄的"无论如何"的话,刻刻都打入他的脑筋,刻刻都在向他的心坎压迫。他真觉得透不过气来,最后

_____

① "接",原为"捷",据文意改。

他带着苦笑地说："好的，我总得想法还你。"

富翁慢慢地站起来，"唔，无论如何，你得如期还我！"

说着，便踏着大步子踱出去。

富翁的背影在灯影里消隐了，何侃才"嗯"的哼了一声，扭回头来。

×　　　×　　　×

第二天，天色还很朦胧，何侃便从床上爬了起来，昨夜一整夜他未曾阖过眼，他的疲倦，被"钱"的问题驱散了。他无论疲倦到怎样程度，也总睡不着。

"怎样找到三百元呢？"的问题时时像巨棒一样地打击着他的脑袋。他的脑子，真像一副辘轳那么地转动着。那壁挂钟的摆声，一下一下的，沉重地击着他的心板，这时一切对于他仿佛都含着悲哀、绝望、灭亡的暗示。

"怎样呢？"他似乎是绝望地叫了。"钱庄恐怕再拉不动了！"身子发热的辗转着，脑袋也沉重起来，心板上像压着一块石块似的沉闷着，呼吸仿佛立刻就要窒息了。

"呃，没办法，也得硬着头皮去钱庄里试试看。"

他在绝望的深渊里，只有希望这是一条走得通的路。

第二天爬起床来，看时候还早，只坐在柜内发愣。他那热病似的眼睛，只呆呆地发红的对着那些半空虚的货架。

那天十时。他便到隆泰钱庄去，可是，钱庄里因何侃所欠的四百元放款还未交还，一口便拒绝了，多说也没用，他只好沉默地拖着腿回来。

当他经过富翁李公青家门的时候，他像计上心来似的，扬了一扬眉，自语着："李先生也是朋友，试试看，或许帮忙也不定。"

这么自语着，便拐了进去，一种希望的情绪，竟使他连平时进入门时的拘谨习惯也忘掉了。他径直地进去。

"找谁？"一个声音忽然从旁边飘来，说话的是个家丁模样的人。他奇怪地盯着何侃，笔直地站着。

何侃突然的经这一问，竟慌张起来，心不定地说："李先生在……在家里么……？"

"是的，他在家里，有什么事呢？"

"有点小事。"

"那么，你暂时在这里等一会。"家丁说了，便一径跨了进去。何侃站在这厅里，只向四面望着。这屋里的一切都很整洁而高贵。他心里微微有点羡慕。

十分钟过去了。

"李先生就出来了。"家丁通知了何侃，便又进了另一间房里。

不久，果然李先生就出来，他为人是较和气的，可是他的心狠，仿佛也不落人后。他从屏边一走出便露出一排黄牙来，微笑着说："来了很久吧？何老板！"

"哈哈，不很久，哈！"他现出一种顶不自然的语调。

李先生假装着笑脸，看了他一眼，跟着便很严肃地问："你来有何贵干呢？"

怎么说好呢？这样突兀的问话，倒令他支支吾吾的，说不出来："李先生……这年……头，……真……艰难……现在铺里，有……有一大批……米……米来，……可是……一时太紧……请……请先生……帮忙……请借我……三……三百元……"

"三百元？"李先生睁圆了眼睛，用尖锐的眼光盯着他。"恐怕我出不来。"

"像李先生这样大富的人家，三四百元是不成问题的。"

"是的，你既然说得那么紧，我就去向别处借来吧"，说着，闪烁着一种得意而狡猾的光泽，"不过，我要给利息。"

"那么利息多少呢？"何侃迟疑了一会才低声地说，仿佛有一种暗示使他这样。

"至少要三分。这年头，你也明白的。"李先生狡猾地说。

何侃几乎跳了起来。可是再想起张达贵的脸孔和他说的"无论如何"时，他便只好耐下心来。其实，那里还有钱可借呢？他低下头去沉思了一会才说："二分半吧。李先生！"说着便强笑了一下。

"我给人也要三分的。不必多说了，这是实话。"李先生也笑起来。

"二分半利息一定可以了？"

"不。"这是肯定的答话。

何侃这时是十分踌躇，经了几分钟后，他只好死下心来，就是受了高利的剥削，也得忍受了，有什么法子呢？

"那么就……借……三百元来！"这是从牙缝里挤出来的颤抖的声音。

三十分钟后，由李先生亲手交给他三百元。他笑着接收过来，可是当他再将这三百元交到了张达贵手里的时候，他的手便奇怪地发抖了。

二

秋收后，由火轮载来的洋米更多了，于是，市面的米价，因此又降低下来。

兴和米铺的生意，早已淡薄了。这天，何侃和两个店伙仍然坐在店里。各人都现出极落寞的样子，呆呆的望到街上。

"阿毛！进来！"突然何侃奔出门边向街上一个行人尖叫起来。那两个店伙被吓得几乎一跳。

阿毛被叫了进来。他更瘦削了，脸上显出非常憔悴的色泽。

何侃用尖锐的目光向他盯了一眼，便问："阿毛，秋禾已收尽了，那些赊账怎样？"

"嗯！赊账？现在真没办法！"说着，嘴脸便像是哭丧似的。

"我也要本钱的，但是你总得想法呀！"何侃也现出无可奈何的神色。

"谁也不愿有债数，然而的确没办法，唉！这年头，嗯！新谷都被田主挑走了，剩下的，又粜不出去，就是粜了，还不够交肥料钱。唉！还有什么捐什么税呢。嗯！先生，还有什么办法？……"

阿毛这么说着，眼皮便红起来。

何侃听了这话，只眼睁睁的瞧着阿毛的脸，这是什么用意，连他自己也说不出。他像昏了，一句话也说不出来。

"呃！……"最后他哼了一声，才扭了扭头颈。

×　　×　　×

满希望在秋收后收回多少赊账，不幸，连半成也收不到。于是，铺子里的货架渐渐的空虚了。

虽然何侃自己曾亲身下乡去，但事实昭然地摆在前面，到底有什么用处？……

三

年关到了，而兴和米铺的生意更清淡了。这时候有人放散出许多谣传与推测。

"兴和一定撑不到大年夜！"

"何侃想私逃了。"

何侃常常间接地由伙计嘴里听了这些话之后，他便觉得厄运就要来到了。现在铺子里的信用已破产了，没有人再肯借钱给他。而且债款又收不回来。谣传也许是对的，然而这种推测和谣传，多少总带着一点侮辱，于是他一听到便气愤愤的。

这天，天气很冷，西北风在街上呼啸着。那些倒悬着的布质招牌，给吹得东西飘荡。街上的人，都缩着头颈嘘热气。行路时也抖着身子。何侃他自己呢，只发呆地坐在柜里，那热病似的眼睛，出神地盯在街上，有时又低下头去沉思。其实他的脑里正缠绕着一件事，就是昨天张任生来过，他答应他今天来拿一百五十元的债款。可是，这笔款究竟从哪里来呢？天晓得。……

"何老板！"他听得是黄三奶尖锐的声音，于是他慢慢地抬起头来。用茫然的眼光望她，表示他正是"无可奈何"的样子。

"年关了，这笔借款怎样呢？我们妇人家，呃！"三奶一进来就这么使性子似的说了一大串的话。

"是的，三奶，我将设法还你！"声音给悲哀压低了。

"还？只像哄孩子一样有什么用？"

妇女的性子真奇怪，说不上两句就发怪脾气。何侃的全身麻痹着，粗浓的眉毛，跟鼻尖皱了起来；那嘴唇像僵硬了似的翕动着："哄……不是……只……只再待我……想法。……"

黄三奶是使性子的女人，没有钱，就赌着气骂，每次来讨债，都是这么一套。可是何侃对于她这泼辣的脾气，也想不出应付的方法，只呆呆的着急地瞧着。

这时候，忽而门边又闪出一条大汉，他定睛一看。原来就是李公青的家丁，这人是粗犷的阔肩膊的汉子，一身壮而有力的筋肉，就给人一种威胁的感觉。他直直地走进来，对何侃用洪亮的声音说："财主，我的主人说那三百元借款请你今晚设法筹足给他。"

"唔，是的，今天我会托人送去。……"他不负责地说了。

"真的，信用要紧！"两只眼睛很有力地盯着何侃。

"……"回答是没有的。

"究竟怎样呢，我的？"黄三奶又狠狠地发问了。那家丁用奇怪的眼睛望了她一眼，便挺着身子走出去。

"好的，明天交还就是。"

何侃给一班①债主逼得真透不过气来，他一见每个债主的脸孔，都不由自主地全身抖栗起来，他暂时，只希望避开他们的脸孔，所以只有伤心地哄骗着。

×　　×　　×

下午三时，隆泰钱庄又来过，这一次，真难堪。何侃几乎哭了。最后他给他们写了一张限明天交清的限单之后，那伙计才悻悻的走了。

这时，有一件更可怕的事，又从他脑子里闪出来。原来他还欠了三个月的米谷捐，当局要限他明日交清，不然，又将去尝铁窗风味了。他记得一个月以前，也是因欠米谷捐，其实何侃并不是有意拖欠，实在是因为钱柜里太空虚了。当时他低声下气去请求也没有用处。结果他被抓进监狱里，白白受了两天两夜的寒冷的侵袭。最后，迫他写了限单，才释放出来……

"可是限期就是明天了，怎么办？"他一想起了这笔捐，便又战栗起来。……

×　　×　　×

是上灯火的时分，他仍呆呆的坐在柜里想，他什么也想到了，可是一点有效的办法也没有。铺子一定会倒闭了，但是，怎样去开支一切的债数呢？……

"怎样去开支一切债数呢？"他自己想着，头立刻就昏重起来，许多可怕的鬼脸，都在他面前出现了，在这些朦胧而凌乱的鬼脸中：他发现了他自己在被人践踏着，鞭挞着……

他几乎哭了起来，其实，现实的境地比幻想里的，更可怕，更有令他非逃避不可的暗示。假如不走，铺子当然没有希望，而且有那么多的债数

----

① "班"，原为"般"，据《萧殷自选集》改。

又无力偿还。嗯，那些债权者，肯放松他么？……

"呃……"他的热泪滚落柜台上。他的身子战抖着。暗淡的灯光，只把铺子里各件东西涂上一层更可怖的颜色，越觉凄凉！

"唉！走吧！离开这里，离开债权者的脸孔！"

这么说着，便迅速地站起来，转进账房里去，他像偷儿一样把柜里的两块毫洋轻轻地放进袋里，呆呆地直立着。他惆怅地向四面望着，好像有点舍不得的样子。跟着便悄悄地走出来，在门上锁上一把锁就偷偷地沿着到大城市的铁路枕木上走去……

虽然在路上他时时刻刻还听到急锣声，求救声，劈拍的枪声，然而更可怕的债主的脸孔，使他对于这土匪已失了害怕的感觉力。

四

第二天大家都发觉兴和米铺倒闭了，何侃逃走了。一班^①债权者都忙忙碌碌地来争分这铺子的底货和其他的不动产。……

一九三五年九月廿三日写

---

① "班"，原为"般"，据《萧殷自选集》改。

年关杂写[*]

一　烟七

街上，拥挤着各色各样的嘴脸，荡漾着愤恨悲哀不同的声响。他们都怀着一颗躁急而忧虑的心，像鳝一样，老在人丛里溜。

烟七嫂——一个为贫穷压倒了的妇人，衣服都是破烂的，甚至，她的皮肤也是破烂的。这时她睁圆一对忧郁的眼睛，焦急地向着每个人堆巡逻着、仿佛要找寻什么似的，时时扭动她的脑袋。

她心里像给压上了一块冰块，抖着又痛着。在她眼前的一切，都是令她流泪的资料。然而，这儿她不能就哭：她心坎里还压着一股更高的郁气。

她走着，走着。刚走到一间烟馆的门口，她便瞧见了她的老公烟七的瘦嘴脸。她像找到了泄气的对象似的，急急的跑去，在背后用力抓住了他的胳膊，使劲地向后一拉。

"烟鬼，你，你，你……你！……"

烟七嫂一肚子的郁气，便急急的呼出来。然而她的脸色太可怕了，她的性子使得太急了，郁在肚里的话反而没说出来，却吃吃的抽气了。

烟七刚刚从烟馆里走出来，忽的受过这猛力的一拉，险些儿就倒了下去。待他立定扭回头去瞧时，才知道是自己的老婆，于是颤颤地说：

"什……么？"

"还说什……么？嗯，该死的，……那六毛钱呢？……"

可是烟七嫂还紧紧地抓住他。他本来的脸色就挺可怕，这时又受了点

* 本文原刊于《广州民国日报·东西南北》（1936 年 2 月 5 日），以"郑文生"名发表。

威慑，更显得青黄而瘦削了。他定了定神，睁着黄色的眼睛说：

"哪里六……六毛……钱……呢？……"

"还说哪里？该死的……在破壁罅里藏着……的……唉，……真惨，我前生有什么冤孽呢？"骂声渐渐地响亮起来，眼泪也就一滴滴的淌落腮巴上："唉，那……那六毛钱是……是我……俭俭……省省……省下来的，偷偷藏在壁罅里，……本……本来打算留下来……来过年的……今天待我去拿时……唉，该死的烟鬼，……你你你你！……"

烟七只呆呆的站着，动也不敢动。那深陷的眼睛，只呆呆的望着观众。他像发现了良心似的，愣着。

烟七嫂这时只嗫嗫地哭着："唉，到这时候……什么也变不来了……我前生作了……什么孽？要嫁了你这鸦片烟鬼？……"

二 催账

这天，是廿四年最末的一天了。

我为了一点小小的事情，来到农夫阿赤的家里。他的嘴脸似乎更消瘦了，言语也少了，跟我说话，仿佛就是不得已的敷衍；因为我很明白：一个贫穷的农夫，在年关期内，能有宁静的心去跟人闲谈么？

时候既迫近黄昏了，可是太阳却躲在云缝里、不让漏落一点光芒出来：天色怪阴沉的，跟穷人的心一样地"沉"着。这时，我和阿赤正商量着一件事情；忽的，门外就传进一两声恶狠狠的声浪。阿赤仿佛明白是谁来了，他全身很厉害地颤抖着。

我为了一种好奇心的驱使，便从小窗里探出半截头去：小厅里来了一个大圆脸，他的鼻梁和额纹很光滑，那眼睛却像患了热病一样，裹着许多红丝。这时，他像刚喝了酒，那股劲儿，令那六十多岁的老太婆也顶难堪。

老太婆也发抖了，她慌得两手不知怎样才好，好像连安放的地方也没有一样；只伸在胸前抖："先生……我们再想不到办法了！"

"想不到办法？嘿，你儿子呢？快叫他出来！"

这时，阿赤便离开了房子，一步一抖地走出去，样子是十足的可怜。

那催账人用冷冷的眼色望了望阿赤就压扁了嘴巴说：

"阿赤，那款项怎样呢？"

阿赤望了他一眼，便吃吃地说："先生，今年确无办法啦！"

"确无办法？"那催账人竖了竖眉毛，把脖子伸长着："那么，你想怎样呢？"

"我……我我我……"

阿赤给吓得发抖了，脸色渐渐的苍白起来，脑袋也跟着垂了下去。站在那里，像给钉住了似地，动也不动。

"喂！快作主意：给钱呢，还是愿坐牢？"

阿赤给用力在肩胛上抓了一下，便有点恍惚了："我今年确是想不到办法……"

"妈的，还是这一句！"他咬了咬牙关，使劲地抓住了阿赤的胳膊，就向门外推："去，到牢狱里去过年！"

这时老太婆可忍不住了！她很悲怆的哭着："先生，慈悲点吧！我六十几岁了，……我家里只有他一个人，……拉了他去，……叫……叫我怎样呢？……先生，我们是穷人，这笔账，今年的确想不出办法了……还是……明……明年吧！"

眼泪淌满了一腮巴子，嘴角儿还痉挛着；全身又很厉害地抽搐起来了。可是那催账人，却毫不感动似的，还紧紧地抓住阿赤的胳膊。阿赤却像给押赴刑场的犯罪者那么地，没有挣扎，没有言语。在这时候，他只有任人处置，只好暗地里流眼泪。

然而那老太①婆可急了：她这么老，儿子给抓去了，她自己可就像失了手脚，连饭也吃不着的。于是她又哀求着：

"先生！慈悲点吧！你们是有钱的人……我……我已那么老了……"

"我有钱又怎样？是抢来的吗？"

这么恶狠狠的扭转脸来骂了，又用力拖着阿赤出去。老太婆的心，真的怕已碎了，她见阿赤给拖着，便急急的蹒跚地追着他，在拦住催账人的面前，"骨"的跪了下去："先生，慈悲点！请不要抓我的儿子去！……我……我们答应……明年再设法呵！……"

看到这里，我也抖索起来。然而我没有解决的办法。结果，我也只有在房子里抽咽着冷气。

三 糖贩的诡计

×镇的××江上，正驶着一只大船。北风飒飒的，在船篷上抖叫着。

船舱里只有两个搭客。其余的空位，全给几十桶片糖占着了。

"阿万哥，你这些糖，卖到哪一间铺子去？"一个瘦个子，名叫老四的问他。

"卖给兴隆杂货店的。——这次，我该谢谢你借给我许多大桶。哈哈，实在有劳神的地方！"那狡猾的阿万，时时都喜欢说这种类似抱歉的话，在老四听来，已不止一万次了。这时他显出有点讨厌的样子，默默的不答腔。

等到船泊近×镇的小码头，阿万便急急地跑到兴隆店去，叫店伙来看糖。那店伙把糖桶开了一只，随随便便地望了望，便问：

"共有几重？"

"三千多斤？"

---

① 原文无"太"，据《萧殷自选集》补。

"唔，那么我回店去叫人来起货。"

店伙说了，便拔脚跨上码头。阿万也随后跟了去。到了店里，阿万忽向店老板说：

"老板，我想买点急需的货物，并交多少旧账，请你先交我二百块现款？"

"二百块？"老板挺着腰肢说了，便扭回头去问店伙共约有多少桶。

"一共二十多桶。"店伙说。

然后他才回转来向阿万说："明天来吧！"

"哈哈！你老板，别跟我开玩笑吧！我是急需的呀！"

"那么，先拿一百块吧！"

"我至少要百八十块才够开销①。"

"好，就是百五十块，哈哈！"

"唔，就暂收一百五十块了。"他嘻开了嘴巴，笑了笑。阿万拿了百五十块洋钱就出去了。

糖一桶一桶的拉到店里来，老板一见了，便令店伙去换桶，于是店中的店伙们都忙忙碌碌地搬许多空桶来，着手换桶。

伙计们的手晃着：把糖由这桶里转到那桶里去。大家都"转"得挺起劲的。

"哎哟！怎么下面全是沙石呢？"

忽然有人这样叫起来，一时惊异的情绪充满了全店。这时老板也从房子里跳了出来，瞪着眼，瞧着桶里的沙石。

"咦，我转的这一桶也是沙石呢。"又有第二人叫了。于是几十对眼睛跟着这声音转到那边去。大家目瞪口呆地说不出半句话。最后还是老板说：

———————

① "销"，原为"消"。

"快些！看其余的怎样！"

店伙们接得了这个命令，都忙着开桶，然而每桶都是一样：都是上层叠了两层糖片，底下的十分之七全是沙石。

店里空气忽的紧张起来。大家你瞧我，我瞧你，默默的都说不出话来。

几秒钟过去了，忽然有人提议去追人。

"追？早已搭长途车跑了。"有人反对。

"我想，最好去追那借糖桶给他的铺子。你看，这桶上还刻着什么店名的。"

大家瞧了瞧桶上的字。

"呵，这铺子就是老四他们的，这次他也跟阿万同来，他一定有份！"

于是大家决定去抓老四，如他也逃了，这案子当然挂到他的铺子上。

然而，老四却没逃，而且他对于阿万的诡计却也完全不知道，可是，他辩论也无用了，他只好跟了几个警察进牢狱里去。

四　锁押房子

北风在外面呼啸，天井里的枯苔也发抖了。

阿方缩做一团，把一手撑着他的下巴，坐在一条破木凳上发抖。然而他又像为一件事苦恼着。两只眼只呆呆的望着天边发愣。

"刚才唐××先生怎样呢！阿方？"从厨房里走出来的老太婆抖着声音问他。

"怎样？……嗯！……他们无论如何要……"阿方发愁地说着，额上掀起几条青筋来。

"他们不肯通融……吗？……哼！……"

他只默默的没答腔，一种难以形容的痛楚，泛上他的腮巴上、眼睛里。这时在他的心坎上像给谁绞上了一条麻绳；于是他咬了咬下唇，竖了竖眉毛，那股劲儿，像会冒出火来。

沉默了好久，蓦的，门边又闪进一个三角脸来，他笔直地跨了进来，第一句就像雷鸣一样的声音：

"阿方，那款项顶结清吧！"

阿方的心坎上又多了一重威胁，弄得他一时透不过气来。然而在这当儿，他不能不忍耐，不能不把那股"火气"压抑下来，于是他细声地说：

"我……今年没办法……请通融到明年吧……"

"什么？明年？"那人目瞪口呆的盯了他一会，又说："这，怎么了得！你快想法！……"

"唉，我们确想尽了……"

"岂有此理，做什么奸计，快些！不然，就锁押房子！"

阿方把声音放得更低地发抖地哀求着："真的，没……没办法啦！"

"真的？嘿！"那人扭回头，睁圆眼睛，盯了阿方一眼，便从袋里掏出两把铁锁来："谁理你这些，你既不交，那么，我就得锁房子！"

这么说着，将他所有的两间房子"格"的锁牢了。跟着就昂然地跨出门去。

阿方对着那给锁了的房门愣了一会，他的血便在全身滚沸起来，那股久郁在心头的怒火，再也压抑不住了：他认为这房子就是他们母子唯一的财产，现在给锁了，连睡的地方也没有。于是咬紧了牙根，睁圆了大眼，像着魔似的跳了起来：

"妈的，王八羔子！人家少几百块还不敢锁押人家的房子……王八羔子……老子要捶死他……"

说着，就飞一样地追出去。挥起拳头，活像一条老虎。

可是老太婆听了儿子要这么干，反而担忧起来，她老人家怕儿子又惹了祸，便很辛苦地追出去叫："阿方呀，别惹了祸，你打死了人……我们可就完了……"

阿方气呼呼地还骂着："妈的，老子要捶死他！欺人的王八羔子！"

老太婆拼命在后面喊着，追着；幸而，阿方终于给追到了，她没命地拉住他，要他回去。可是阿方的气可就难平了。

"妈妈的！……"

一九三五年除夕写于佗城

高经理*

一

晚上十点钟光景，月光照着空荡荡的胡同，天空墨蓝墨蓝的，但天气很冷，雪泥还堆在街边。西北风不时从胡同口卷着雪泥刮过来，杆子上的电线，呜呜地直响，街灯被刮得摇摇晃晃的。一阵风过去之后，胡同里又死静了，接着又是一阵冷风刮过来。……这条胡同里的住家、钱庄、被服厂、糖庄，照例都是很早就把大门上了，就是夏天，也不例外。这时，不时地，从胡同的转角处，传来"桂花元宵"的叫卖声，此外，只能听到一两声狗叫。

突然，狗叫声，紧急起来……

随着狗吠，胡同口闪进几个人，这正是刘旭明和他的节约检查小组。他们一共八个人，走得很整齐，但没有一个人说话。走到一家大红门前面，刘旭明拿电棒子一照，"鸿发糖庄"碗大的红字招牌，耀眼地出现在他们的面前。黎军——这个初次参加斗争、充满了无限新奇心情的大学生，这时像发现了攻击的对手一样，声音发颤地向刘旭明说："组长，我叫门吧？"

实际上，事情并没有他想象的那么紧张，只一按电铃，里面就有人来开门了。门开了，看门人看见来人的胸前都挂着一个符号，微微有点吃惊，可是他什么话也没有说。

刘旭明穿过前院，一直走进堂屋去，那是鸿发糖庄的柜房，也是会计室，靠西的一个里间就是经理室。这时，经理高鸿茂、副经理高敬泰正坐

---

* 本文原刊于《人民文学》（1952年第C1期），以"郑文森"名发表。

在堂屋里的沙发上，像正在兴奋地谈着什么，看见一个陌生人突然推门进去，都不自然地站起来，他们的神情都有点吃惊。等刘旭明问明了哪一个是经理之后，将市节约检查委员会的介绍信递过去，高鸿茂一看信封上的钤记，好像就知道内容是什么，连信纸都没有掏出来看一眼，装出很镇静的样子，说："啊，是从节约检查委员会来的，请坐，请坐！"

副经理高敬泰正伸手给刘旭明倒茶，但"呀"的门又开了，拥进来四五个人。他觉得事情不妙，心里有点慌乱，一时不知怎么办，手里还拿着那只空杯子，脸色发白地呆在桌边。

高鸿茂却是一个极狡猾的资本家！他沉着地站在那里，弯着腰，两只大巴掌像给钉住了似的压住桌面。他那张肥胖的四方脸，被灯光照得像一只葫芦瓢，光脑袋，小眼睛，鼻子像钩子一样长长地垂下来，在厚嘴唇的周围还长着稀稀拉拉的几根硬胡子。他一声不响地站在那里，两只眼睛骨碌骨碌地直转。

刘旭明即刻召集了全店人员，说明来意，阐明政府政策，话一说完，就叫高敬泰从东院里搬到经理室来，叫高鸿茂从经理室搬到东院厢房里去……

二

提起高鸿茂，他的来历可不寻常。他的父亲是一个地主，打二十三岁起，高鸿茂就参加走私的活动，他常常跟着几个有经验的走私老手，划着一只小艇到港口附近的偏僻处，去偷运日本人私货。就这样，他一直干了六七年。以后，他又干起私运烟土的勾当，常常出现在北平到青岛的火车上，但他觉得这样下去容易出事，就在北平购置了一处房院，开了一家杂货庄，企图为他的"黑买卖"作掩护。

那时候，高鸿茂就已经神气十足。在他的杂货庄里，养着三只狼狗，还喂着六七笼小鸟，他一上街，手里顶着一个鸟笼，身后牵着一只狼狗，当时，虽然不像现在那样肉墩墩的，但那副神气，却已经十足了。

北平、青岛解放以后，他的几个"老伙计"相继在火车上被扣押了，为了这事他很是不安。最后，他决定放弃烟土买卖，把杂货庄扩大成糖庄，并且把他的哥哥高敬泰从家乡接出来，叫他当了糖庄的副经理。可是高敬泰这个土财主，并不是当副经理的货色，对于一切冒险事业，他还缺少经验，比起他的弟弟来，他就显得眼光短浅，也很小气：对于糖庄里什么小事，他都抠得很紧，譬如炒菜呀，他就在锅台旁边唠叨着："唉呀，为什么搁上这么多的油呀？"夏天，工友熬糖弄得满身大汗，偶尔打点凉水抹抹脸，就是嫌费水了；有时晚上，职工们想听听广播，他不管人家兴致多高，他一上来，就"得"的把电门关上。……

他们虽然是兄弟，可是因为经历不同，个性也就两样。有一次，工商联要鸿发糖庄按期订出爱国公约，高鸿茂正忙着"交际活动"，临时推给高敬泰去草拟，高敬泰整整琢磨了一夜，第二天才把"公约"送给高鸿茂：

一、减低成本、不浪费材料

二、保持卫生、不浪费柴米

三、早起早睡、不浪费电力

四、搞好冬季扫雪工作、随下随扫、下完扫完

可是，高鸿茂拿来一看，直摇脑袋，说："不行，你把心里的话都写上去啦，这样的公约，人家就不会通过。好，等会我来写一个吧。"

两小时以后，高鸿茂把昌茂海味店的爱国公约抄来了：

一、贡献一切力量，支持抗美援朝运动

二、不欠税不逃税不投机不倒把不扰乱市场

三、加强时事学习进行时事宣传

四、减低成本提高质量，供应军需民用

五、保证货真价廉清洁卫生，忠诚为人民服务

高敬泰看了，佩服得五体投地，他想：高鸿茂实在比自己能干。不过，并不是高鸿茂所有的活动他都看得顺眼。譬如有一次，高鸿茂和合福成合伙在青岛买了九千多万元的粉条到上海去卖，这是一宗账外的非法营业，营业税和所得税都要一起逃掉，高敬泰认为这事太险，他一直不赞成；高鸿茂呢，他却笑着说："嗨，你胆子太小，不敢作这样的事，还算什么买卖人？"

另一次：贸易公司的联络员任作良，把公司糖价的标底透露给高鸿茂，因而他用最低价钱购买了四万斤土糖，不到半月，他足足赚了八千万元，高鸿茂马上给了任作良三千万元，高敬泰对这事一直很不满意，他说："拿这三千万，可买多少地啊！"可是高鸿茂说："这叫做长竿钓大鱼！只要任作良尝了甜头，以后肯替咱们出力，赚大钱的机会多着哩，这三千万算什么呢？"

就这样，高鸿茂的腰包逐渐地鼓涨了，他常常向人夸口："嘿，我高鸿茂从来就没有失败过！"的确，他"财运亨通"地过了一九四九年，又过了一九五〇年，现在一九五一年又快到年终了……

恰在这时，"三反"运动开始了。起初，高鸿茂还以为这是机关内部的事情，可是报纸连续揭露了干部被奸商拖下水去的事实，市工商联又号召不法商人自动坦白，他开始觉得心里有些骚动起来。

这一天，他醒得很早，穿上衣裳，还顾不得洗脸，就匆匆找李国光去；李国光这几天也有些慌，正不知该怎么好，高鸿茂上门来了。

"老弟，'三反'运动快结束啦罢？"

李国光有点沉不住气："正进行哩。……你给我的那四千万元，天天像大石板一样压着我，饭也吃不下，觉也睡不好。"

"你想怎么着？"高鸿茂问。

"组织上已经怀疑我……我觉着上当了……"

高鸿茂冷冷地："什么，上当了？老弟，你千万可别报了，只要你报了四千，他们就会说你有八千。"他附在李国光的耳边，"我告诉你，你给我的是国家的机密，说出去，你我都要挨枪子的。我有兄弟，还不碍事，可怜的是你的老婆和孩子，你想想，以后谁来养活她们？"

李国光发呆地坐在床边，脸色发灰，一句话也说不出来。高鸿茂见他的话发生了作用，就继续说："事情是两相情愿商量着办的，我拿钱是我情愿，你收下，你把公司里的行情告诉我，也是你的情愿。"他停了一会，又说："依我看，现在能想出一个两全的办法，才是上策。"

李国光被说得没有主意了。

"我说嘛，"高鸿茂又说，"我们都不说，只要我们坚决不说，谁也不会知道。"

经过这样反复地说了十来分钟，李国光终于又上了他的圈套，等高鸿茂跨出李国光的院门时，他们的"同盟"已经订成了。

高鸿茂回到鸿发糖庄已经是九点半了，他跟高敬泰嘀咕了好半天，决定今年年底给职工们发两份双薪。起初高敬泰坚决不同意，他说："嗨唉！白白花这么几百万，从来就没有这样的规矩。"可是高鸿茂压低嗓子说："这些人要不拉拢一下，他们把咱们偷工减料的事向工会一告发可就麻烦啦。"高敬泰最后同意了。下午职工得了两份双薪，都觉得奇怪，可是杂工张福禄却猜出这事的阴谋来，他把钱装进兜里，就跑到后院会计杨文进的小房里去，他们都是最近才入了店员工会的，两个人悄悄地嘀咕了好半天才出来。

果然，张福禄并没有猜错，到第三天，高鸿茂就召集全店职工开会，说要征求职工对柜上的意见。他一开头就说："现在政府号召坦白，希望大伙帮助我们，许多事我都想不起来，大伙帮着想一想，……"话还没有说完，张福禄就顶开了："你做的事你向工商联坦白，我们大伙知道的，我们会向店员工会报告。"高鸿茂气得鼻子通红，但又不好当场发作，还是装出一副笑脸说："向工商联，向店员工会报告都一样，这两三年柜上做错了什么，只要大家想到的，都提提，这是帮助政府，啊？"可是一直呆了二十分钟，谁也不哼声，最后只好不欢而散。

新年以后，高鸿茂总盼着跟李国光见面，可是上了几次油市，都看不见李国光的影子，一天夜里他特地跑到他家里去找他，可是他老婆说，他已经有一星期没回家了。他又摇过多次电话，但接电话的人总是追问他是谁，有什么事，此外什么也没有告诉他。他又打电话给任作良，接电话的人只说他不在家，什么也问不出来。他觉得事情有点不妙，心里开始慌张起来。他知道节约检查组正在万记糖庄检查，他想："真要来检查我么？"想到这里，有点烦躁，他走到后院去，见那些挂在走廊上的鸟笼，觉得有些碍眼，他上去把笼门一拔，小鸟吱吱喳喳地都飞出来，有的飞到院里那棵大槐树上，有的伫在屋顶上，有的一下子就飞远了。这时高敬泰忽然敞开堂屋的玻璃窗，把脑袋伸出来，惊愕地望着他的弟弟："你怎么啦？"

高鸿茂冷冷地答："都放了吧，省得以后麻烦。……"

三

已经是半夜了，鸿发糖庄还是满院灯光。这时小组长刘旭明正在东厢房里和高鸿茂谈话。高经理把眉头皱得紧紧地站在床前，他装出一副受屈的神气沉默着。黎军本来坐在火炉旁边，一直没有说话，这时他见高鸿茂那副神气，就说："刚才组长已跟你说了很多，现在摆在你面前的有两条路：一条是彻底坦白，这是一条光明大道；另一条是抗拒'五反'，逮捕法办。"

高鸿茂望着黎军，用舌尖舔着上唇："你们对我的好意我是明白的，是来挽救我……可是我的确没有做过什么犯法的事儿。"

"你别胡诌，"刘旭明突地站起来，严肃地说，"你没有什么犯法行为？"

"一九四八年，我贩卖过烟土，解放以后，我敢保险，我没有做过什么犯法的事儿。"

"你不要这样信口开河，你的犯法行为，政府早就知道了，现在给你机会，是看你有没有决心改邪归正，只要你能彻底坦白，政府还可以从轻处理，我希望你不要这样狡赖，不要老往井里跳。"

"政府的好意，我很明白，但是，我没有呀，叫我坦白什么呢？"

"那么，照你的意思，是不是说我们冤枉了你？"

"不是那个意思，"他半低下头，支支吾吾地把话题岔开去，"要是有，我还能拿我自己过不去吗？政府的法令又不是闹着玩的。"

"高鸿茂，"刘旭明睁大眼睛，心里冒火了，"你嘴里倒说得很漂亮，但是，我要警告你，你的这种狡赖态度，只会加重你的罪过！"

一说完，刘旭明用力地盯了他一眼，"呼"地走出去，"嘭"地把门关上。

刘旭明一直走到堂屋的外廊，从玻璃窗里，他看见高敬泰耷拉着脑袋，发愣地扶着桌子。崔大伟正对他说着什么。刘旭明轻轻地推开门，走进去。

"……好，你说红白糖掺假，"崔大伟继续说，"那么你就说下去，怎么掺假，掺了多少？"

高敬泰脸色苍白，手微微发抖，但他不言语。

"你说呀，你说清了，政府一定从轻处理，否则，你将受到严重的处罚。"

高敬泰还是一言不发。

"说！"崔大伟不耐烦地用手指头点了一下对方的鼻子说，"抬起你的猪脑袋来！"

刘旭明忙向崔大伟横了一眼，意思是："不要在人格上去侮辱他，要在斗争中使他在政治上低头。"这个脾气急躁的青年领会了组长的意思，偷偷地扭转头伸了一下舌尖，立刻改变了语气说："我告诉你，你们的偷工减料的事儿，我们是全部知道的，你以为只有你一个人知道吗？现在留机会让你坦白，就看你是不是有决心改过。你要不说，政府也一样可以判罪。"

又沉默了一会，高敬泰才抬起脑袋来："好，我说了吧。我们在白糖里掺过白面，有时也掺过滑石粉，在红糖里就掺高粱面，每百斤掺十斤。……"

"这三年来一共掺了多少？"崔大伟问。

"白糖嘛……一共翻过八万斤，掺面带滑石粉八千斤……红糖我记不清了，"他拿手指计算了一下，说，"大约翻过四五万斤，掺高粱面四千多斤。"

"这些暴利，现在折价多少？"

"现在白糖每斤八千元，八八六十四，白糖得暴利共六千四百万，红糖六千一斤，六四二十四，得暴利二千四百万……共八千八百多万。"

"还有呢？"

"别的再也没有啦。"

"没有啦？"崔大伟掏出本子翻了一下，睁大眼睛望着他，"要是有怎么办？"

"……"他又低下头，不言语了。

"我问你，有怎么办？"

高敬泰向刘旭明望了一眼，恰恰遇着刘旭明发亮的眼光，他又低下头，像自言自语地说："我实在想不起了。"

"那么，"刘旭明插嘴道，"好吧，你想不起，你就继续想。但是，我要告诉你，你们所干的犯法行为，你们一辈子也忘不了的，现在的问题，要看你下不下决心。"

刘旭明向崔大伟耳边悄悄地说了句什么，就走出来。一到院里，一阵冷风吹得他全身直哆嗦，月亮照得院落发光，他紧了紧大衣，刚走出廊子，一个人影从东院里迎面跑过来。

"组长，"黎军的声音，接着他凑近刘旭明的耳朵，悄悄地说，"我刚才又追问了高鸿茂，可是，他总是说没有什么可坦白的，他的态度很坚决，他甚至说可以具结，如果有任何犯法事儿，他说他愿拿他的脑袋担保。依我看，组长，他恐怕没有什么问题……"

"黎军同志，你太天真了，"还未等黎军把话说完，刘旭明就说，"我告诉你吧，鸿发糖庄的问题是非常严重的，高鸿茂拉拢我们的干部偷窃国家情报，勾结奸商，向国家贸易机关捣鬼……资本家们都诡计多端，你千万别上了当！更不要自己麻痹自己！"

"那他为什么说敢具结呢？"

"他不过想拿这套来欺骗你！"

"不过……"黎军没有把话说出来，但他的确有些不服气：既然高鸿茂敢说具结，他就得有本钱，一个人总不愿意随随便便往火坑里跳呀。如果他确有严重的犯法行为，他的态度怎么能这么坚决呢？……黎军靠在木柱上，月亮正照在他脸上，他皱紧眉毛，像有一件心事在苦恼着他。刘旭明看见他这副神气，知道他并不同意自己的意见，于是走近了一步，一只手搭在他的肩膀上柔和地说：

"黎军同志，你不同意我的意见么？不要紧，你可以随时提出你的看法，不过，我要告诉你，这是阶级斗争，而且斗争的对象，是极狡猾极毒辣的资产阶级，要是我们首先解除了自己的思想武装，那我们就不能在'五反'斗争中打胜仗。"停了一会,见黎军还是那副神气,刘旭明就说:"好吧,以后我们可以好好谈一次。"

小组长走到后院,正准备进西屋里去,忽然棉布门帘揭开了,一个女同志匆匆走出来。她一见月亮地里那紧裹着大衣的影子,就问:"是组长么?"

"是,"刘旭明轻声回答,"君兰同志,谈的结果怎样?"

君兰显得很兴奋,带笑地说:"我正要找你去谈谈,张福禄跟杨文进都揭露了很多事实。"

"好,我们现在就到前院的小屋子谈谈去。"刘旭明的情绪好像受了君兰情绪的感染,也有些兴奋起来。他们走进小屋时,黎军已经坐在那里,他好像没有看见有人进去,仍然歪着脑袋,看着墙壁出神。君兰看了他一眼,觉得有些奇怪,正想开口问他,突然刘旭明说:

"君兰同志,你谈谈吧!"

君兰在靠近桌子的一张凳子上坐下来,她仿佛还有些不放心似的,用关切的眼色又望了黎军一眼,才转过脸向组长说:

"我先跟张福禄谈的,接着我又找会计杨文进来谈,杨文进知道得多一些,张福禄倒提了不少线索。他们都说,鸿发糖庄的大宗买卖,主要是油市上,而且是高鸿茂自己亲自去交易的。高鸿茂用各种各样的办法来偷漏营业税和所得税,比如在油市上,他很少填缴'成交表',在柜面上,他就不开发票,或一票数用,再就用'过桥'的办法来偷漏税款,据杨文进估计,三年来偷漏的纯税,至少就有两亿左右。……"

黎军忽然抬起头来,睁大眼睛向君兰望了一下,像吃了一惊的样子。但君兰和刘旭明都没有发见他这动作,君兰仍然继续说着:"他们还在糖里掺白面、掺高粱面哩……"

"是的!高敬泰也说过。"

"高敬泰说些什么?你先说说!"君兰像小学生追寻谜底似的,突然兴奋地站起来。

刘旭明把高敬泰坦白的事实说了一遍之后，君兰哈哈地跳起来说："一样，完全一样，连暴利的数目也很相近。"

君兰这一笑，引得黎军又抬起头来，他瞪着大眼，张开嘴巴望着君兰，君兰忽然一转眼，看见他这副神气，就问：

"黎军同志，你觉得奇怪么？"

黎军脸上忽然一红，急忙想埋下头去，但已来不及了，组长立刻插嘴道："对啊，刚才黎军同志还以为他们没有什么问题哩。"

"可不能右倾啊，同志，"君兰天真地摇着脑袋，"我跟你说啊，他们的犯法事儿可严重哩，刚才张福禄跟我说，高鸿茂常常从百货公司李国光那里偷窃国家经济情报，靠这些情报，高鸿茂就在市场上投机倒把。有一次李国光告诉他，说公司里存糖不多了，高鸿茂当天下午就把百货公司仅存的三万斤白糖一起买了，过了几天，每斤糖涨价二千元，你想想，他多么毒辣！"

刘旭明微笑地望着黎军，黎军有点难为情地说："我真怕有右倾思想啊。"

这时崔大伟推开半扇门，探进脑袋来："组长，你去休息一下吧，已经是下半夜了。"刘旭明伸手看看表"啊，两点半了！"他马上站起来，向着崔大伟："老崔，你去将曹小宗和韩新两人叫醒，他们是值夜班的，通知其他同志即刻休息。"

崔大伟匆匆跑出去，立刻又转回来："组长，一共六个人，到哪里休息去？"

"沙发上，椅子上都可以，"说着，他自己哈哈笑起来，"凡是可以坐的地方，都是我们休息的场所，你说呢？"

"对！"崔大伟愉快地答应了一声，就跑开了。

四

又过去三天了，可是高鸿茂的态度却没有一点改变，他仍旧那样沉着，这两天早晨，他还是按照他过去的生活习惯，一点不马虎地脱掉棉衣洗脸，用鸡毛帚拍打桌上的灰尘，给金鱼缸里的金鱼换水。……

崔大伟走进来，见高鸿茂正在浇他那盆"万年青"，心里就想："好家伙，你倒有点像诸葛亮耍空城计了。"他一直走到高鸿茂的身边，冷冷地说："高鸿茂，你倒很沉着啊！"

对方即刻停止了浇水，立正似地站在那里。

"你到底打算怎么样？狡赖到底呢？还是准备交代你的问题？"崔大伟狠狠地盯着他，正等待他回答。

高鸿茂还是不言语，用一只手掌摸着那个葫芦瓢似的脑袋，让眉毛紧紧地皱成一撮。

"不要装蒜了，时间越拖下去，对你是越不利的，懂么？"

沉默了一会，他抬起头来说："同志，前两天我的态度不对，毛主席号召'三反'，这是为了国家……"

"不要尽说空话。"崔大伟这两天来已经听腻了他那一套空话，"现在只希望你说出事实来。"

"是的，"高鸿茂点着头，"是的，这两年，我有许多不对的地方，我有浪费，家里孩子们常到柜上来要点心钱，我做事不跟副经理和职工们商量，是官僚主义……"

崔大伟听他一提浪费，心里就有些火，想道："你倒来这一套。"想不到他又胡诌什么官僚主义，火便上来了，用手一指，"谁管你什么官僚主义，什么浪费！你不要瞎胡扯！我们要你坦白的，是偷漏税款，偷窃国家资财和情报，是行贿和偷工减料。……我们一进门就向你说得明明白白，你装什么糊涂？"

"可是，这些我都没有呀，"他装出一副无可奈何的表情，低下头去，"叫我说什么呢？"

"高鸿茂，你不要装出那副样子来！要是你不彻底坦白，就算你再狡猾，也逃不出国家的法网！"

"但是，"高鸿茂还是那副神气，"我的确没有呀。"

崔大伟的脸孔，气得通红："没有？要是有呢？"

"有就愿受法律制裁。"

在高鸿茂脑子里，两种思想显然在打架，虽然他说得那样快，但从他的音调里分明听出当"制裁"两字在他舌尖上吐出时，舌尖有点颤抖。他的确有点捉摸不定，猜测不透：到底任作良和李国光坦白了没有呢？坦白了，对他们自己有什么好处呢？不会，不会。可是他又记起昨天崔大伟曾半吞半吐地点出李国光的姓名，敢情坦白了？想到这儿，他心里有点乱麻麻的。他扭转脸，看见崔大伟正涨红脸，望着他：

"好，你愿受法律制裁！"

"我实在没有可坦白的，"高鸿茂说，"昨天你说李国光跟我有勾搭，我跟他有什么关系呢？我实在一点也想不起来了。"

崔大伟知道高鸿茂想拿这话来套他，连忙说："不但你跟李国光勾勾搭搭，你跟别的干部也勾勾搭搭。哼！你好诡！你想掏我们的底么？别做梦！"

这时，门"嘣"地开了，黎军搓着冻红的手跑进来，说："老崔同志，组长叫你马上去一下，说有事哩。"

崔大伟刚走到院里，刘旭明双手紧裹着大衣迎面走来，而且张嘴说着什么话，可是北风吹得呜呜响，什么也听不清，崔大伟急忙跑过去。刘旭明附在他耳边说："刚才我们几个人计划了一下今天的工作，而且已经用电话征得区委的同意，决定派你到贸易公司批发部去调查任作良和鸿发糖庄的关系，听说任作良是由××铁路局管理处调回贸易公司来审查的。好，你先到市节约检查委员会去要介绍信，马上就走！"

"行！"崔大伟爽朗地答应一声，就去大门侧旁扶车子。刘旭明望着这精神奕奕的青年，心里觉得怪痛快的，他像想起什么似的，把手套脱下来，交给崔大伟："大伟同志，外面冷得很，你戴着这手套吧！"

"你呢？"崔大伟亲热地望着组长。

"不要紧，我不冷。"其实刘旭明的手背正长着一块又红又肿的冻疮，可是他忙把手缩回袖筒里，故意不让崔大伟看见，"那么，你走吧，我马上要找高敬泰谈话去。"

他一直走进堂屋里去，高敬泰像一夜没有睡觉似的，眼珠子尽是红丝，他见刘旭明推门，连忙从椅子上站起来，刘旭明故意不看他这个动作，冷冷地问："怎么呀，下了决心没有？"

他用手抓着后脑壳，眼睛望着地板说："全坦白出来了，别的我再也想不起来。"

"那么，我问你，去年端午节你跟李国光，高鸿茂也在场，你们在东厢房里谈些什么？"

高敬泰一怔，有点沉不住气，结结巴巴地说："我们谈怎么熬……熬糖，说要熬到什么火……火候，成色才会好。"

"还谈些什么？"刘旭明一边发问，一边在一张纸上记录着对方的答话。

"再就商量到……到什么……澡……堂洗澡去。"

"还有呢？"

他还是望着地板："再没有谈别的啦。"

"啊？是真的？"

"真的。"他望了刘旭明一眼，声音微弱地回答。

"那么，我再问你，去年七月十六那天，任作良来跟你们谈些什么？"

他又一怔："是，七月十六日他来过，他只说他要回……回家去，说要借……借点钱。"

"没有谈别的？"他同时在纸上记录着。

"没有。他待了不一会儿就走了。"

刘旭明对这两桩事情，知道得很具体，所以他继续记录着，一面又不慌不忙地发问："既然没有，那么，你是不是可以在这记录上捺上手印呢？"

高敬泰见刘旭明的态度那样温和，以为已相信了自己的话，他顿时觉得轻松些，答应可以捺上手印。当他用指头摸到红印泥盒里，刘旭明仍然不慌不忙地说："别忙，要是你的话不实在呢？你敢担保么？"

"敢。"他脸上显得活泼些，他以为，一切困难都会立刻过去了。

"怎样担保呢？"

"愿受国法最严厉的制裁。"

"那么，你先把记录从头到尾看一遍，再把你这句话写上！然后，按上手印。"

等一切都做完了，刘旭明把纸拿起来，仔细地看了一遍，然后望定高敬泰的眼睛，严厉地说：

"啊，你好狡猾！"

副经理像被当面浇了一盆冷水，脸色刷地又苍白起来，他有点莫名其妙地望着刘旭明。刘旭明把纸在桌上摊开，压平，说："你知道捺上手印是什么意思？'最严厉的制裁'是什么意思么？你说！"

他脸上发烧，鬓角上的青筋突地跳动起来，双手紧紧地扶着桌角，但哆嗦得厉害，同时他听见耳朵里嗡嗡地直响。

"你说呀！"

他偷偷地望了刘旭明一眼，呲呲牙："我不……不懂得。"

“什么呀？你不懂得？你想拿这套来胡弄我们，是不是？”

“不是，”他的声音发颤，“我刚才脑筋糊……糊涂啦。”

刘旭明看出高敬泰的战术已经失败，要攻破这座碉堡，应该不让敌人有一点喘息的机会，一直穷追下去。于是他突然站起来，用尖利的眼光盯着他：“你耍手腕？你耍吧，我看你将要出个什么结果来！”

“我……我刚才糊涂啦，长官，请原……原谅我！”

“那么你现在说实话吧！”

高敬泰像在脑子里搜索什么，没有言语。这时，两种思想在他脑子里打起架来：要是说出去，要牵连很多人。特别使他难过的，是一大宗罚款，钱是命啊，要拿出这么一宗款，什么都完啦。可是手印已经按过了，要是李国光和任作良真坦白了，不是白白毁了自己？不说嘛，他们指名道姓，连什么地方说了什么话都知道了，李国光他们大概坦白了？怎么办？他觉得脑子发胀。……

“你不要耍死狗了，”刘旭明忽然不耐烦地吼起来，“我告诉你，你不说我们也都知道了。”

“我现在说……那一次，在东厢房里，高鸿茂说：天津糖市没挂牌，怎么回事？李国光就说：糖快要涨价啦，要有钱就快买一批糖囤起来。……”

“买了多少？”

“十五万斤。”

“你们哪来的这么大宗款子？”

高敬泰踌躇了一会，说：“跟汇南银号合伙买的，款子都是由汇南支出。”

“这次得了多少暴利？”

“每斤涨了二千元，二五一十，二一得二，共三个亿。”

“给了李国光多少？”

"四千万。"

"这次涨价的消息，你们还告诉了谁？"

"我只知道高鸿茂用电话通知了万丰、合福成、安发、福隆四家。"

"他们买了多少？"

"不太清楚，我只知道万丰向贸易公司买了八万斤，福隆买了九万斤，别的我不知道。"

"你再说说任作良的事！"

"那次我只待了一会，只听高鸿茂向他说：'公司里的行情有变动，你可要告诉我。'不久我就出来了。任作良走了之后，听高鸿茂说，贸易公司到了大批土糖，一定可以贱价买到。他当时很高兴，以后也确实买到了。他们怎么说的，我实在不知道。你们可问高鸿茂去。"

刘旭明正想继续发问，突然听得东院里传来乱哄哄的一片喊声，他吃了一惊，急忙跑过去。只见东院里聚着五六个职工，张福禄领着大伙正在喊口号：

"高鸿茂快坦白！"

"不坦白，政府就拿你去法办！"

东厢房和院子只隔着一道玻璃窗，职工们一边喊，一边紧紧地盯着高鸿茂，高鸿茂呢，把头埋在胸前，不敢动弹。

刘旭明走上去，推开门，对高鸿茂说："听见了群众的喊声没有？不坦白，就要法办你！"

张福禄跟着走进去，可是高鸿茂还是不动弹，也不说话。

"你的臭毛坑，早就挖开啦，"张福禄喊，"你还耍什么无赖！"

高鸿茂还是那副架势，动都不动。

院里的职工们冒火了，高喊着："要求政府把高鸿茂逮起来！"

这样斗了几分钟之后，大家愤慨地走开了。但是这次袭击，却使高鸿茂感到不安，他真没有想到，这伙穷小子最近竟全变了。他心神不定，一时望着通红的炉火，一时又出神地望着院子里那棵给风刮得呜呜作响的槐树，心里想：

"从来我就没有失败过，这次敢情我要失败了？……"

五

午后二点钟，崔大伟回来了。这时刘旭明和黎军正在小屋里整理材料，刘旭明见他回来，忙让他坐在火炉旁边，他还未坐定就笑嘻嘻地说：

"组长，任作良已完全坦白了，材料具体得很啊！"

"好啊，那么你就说说吧！"

*　　*　　*

任作良原是贸易公司批发部的联络员，他在公司里的主要工作是和商人联系。高鸿茂跟他相识不久，就"老弟，老弟"地百般地向他献殷勤，请吃饭呀，请洗澡呀，开始任作良还婉言拒绝，但是高鸿茂却像一只狼窥伺一个野兔似的，不放过任何一个微小的机会。有一次，高鸿茂耳朵尖，听说任作良生了一个孩子，打听出他的住址之后，就托人给他家里送去一百万元，可是他老婆不知什么人送的，搁了一个时候，任作良手头正紧，便动用了。高鸿茂见他将钱收用了，便知道任作良这个人并不是那样干净，于是高鸿茂开始公开向他贿赂。以后，只要一晓得任作良有什么需要，他就说："老弟，有难处，可不要客气。"或者说："有饭大家吃，有钱大家用，老弟有困难，当哥的还能瞧着？"就这样，任作良像一匹马套在笼头上，落了圈套了。从这时候起，高鸿茂就提出要求说："老弟，公司里的行情要有变动，你就告诉我。"七月间，贸易公司批发部果然来了一大批成色很好的土糖，当高鸿茂知道这个消息时，他就问任作良：

"老弟，公司里的那位王股长怎么样？土糖的标底是他规定的，是不是？"

"不是，"任作良说，"糖价标底常常是我和他一起订定的。"

高鸿茂高兴起来："好极了。……这次，你要设法将标底定低，一定不要超过五千元，再高了，就划不来。定好了，就摇个电话来，明天我一定去买，你可要记住，我跟王股长说价钱时，你千万别插嘴，这样免得公司里怀疑你。"

当晚，任作良和王股长定标底时，任作良捏造了一些情况，向王股长报告，说："各糖庄都跑过了，他们出的最高价是五千元，有的只出到四千五百，你看怎么样？"王股长一贯信任他，这次也同样没有经过周密的考虑，就同意了任作良的意见，决定五千元作为标底。

第二天上午，高鸿茂和福隆糖庄经理陈福祥一起到公司批发部去，他们直接找到王股长，任作良当时也在办公室里，可是高鸿茂却装出跟他不太熟识的样子。开始时，他们只出价四千五百元，王股长又咬定五千一百元，经过十来分钟的讨价还价，最后五千元成交了。鸿发买了四万斤，福隆买了五万斤。

三天后，高鸿茂在油市上见到任作良，就附在他耳边说："老弟，这次做得很漂亮，以后就这样做吧，这对你也有好处，公司里的糖卖得多，你也有威信了。"说完从袋里掏出一千万元，塞到任作良手里。

贸易公司批发部一连来了三次土糖，三次都是由任作良定低了标底，让高鸿茂买去了，每一次，他都得到一笔油水。

可是，不久批发部调来了一位马主任，是个有经验的老干部，他到任不久，就猜疑任作良和高鸿茂的关系。有一天，马主任知道糖价要往下落，同时又想试探一下，就把他的怀疑告诉了王股长，并教王股长故意在电话里透露糖价要涨。这时任作良正在电话旁边的一张桌子上写什么。王股长只拨了三个号码，就把听筒搁在耳边："喂，总公司么？……你是谁？……

啊，老陈。……你正要打电话来，什么事……啊，糖要涨啦……啊，知道了……没有别的事，我也只是问问行情……"任作良听完了电话，不久就出去了，马主任说："老王，你瞧吧，不一会高鸿茂就会来的，这一次，要叫他吃些苦头。"果然不到二十分钟，高鸿茂带着满脸笑容来了。他一来就说要买两万斤砂糖，王股长立即就卖给他。不过三天，糖每斤落价七百，高鸿茂气得直瞪眼睛……。起初，他还以为是任作良存心捣鬼，整整过了一个月，才弄清楚跟他作难的，原来就是那个马主任，可是他一时又想不出办法来对付，只自言自语说："那个老干部呀，真厉害！"

就在高鸿茂购买砂糖的第二日，任作良被调到××铁路管理局会计室去工作。以后，他曾去找过高鸿茂，他对高经理的态度，还是像过去一样，可是高经理呢，却完全变了，他正在跟福隆糖庄陈经理闲聊天，看任作良进去，他只冷冷地招呼了一声，再没有理会他。不一会，高鸿茂约陈经理到澡堂去，临走对任作良说："你有什么事？……没有事么，少陪了，我们要洗澡去。"说完走了。任作良站在堂屋里又气愤，又难过，他觉得受了骗，自语着："你这骗子！流氓！把我当半夜便桶，用就要，用不着了就一脚踢开！"一生气，他立刻走出了鸿发糖庄，从此他再没有踏过这个门槛了。……

＊　　　＊　　　＊

崔大伟的话刚说完，黎军像放炮似地说："啊哟，高鸿茂这家伙真毒！"

刘旭明望着黎军那激动的脸孔，冷静地说："毒！真毒！不过，他的阴毒还多呢。最毒的，是高鸿茂联合别的奸商一同跟我们国家的贸易机关捣鬼。国家贸易机关用一切力量使物价平稳，他们就拼命扰乱市场，使物价波动……这不是向人民进攻呀！……"

这个青年学生，脸孔气得通红，在他的思想里本来以为在新社会里，除了少数反革命分子以外，所有的人都会爱这个新社会，都会严守新社会的秩序的。他想，资产阶级既是四个朋友之一，他们也一样会爱这个新社会。但他从来就没想到这个阶级在新社会里还敢这么猖狂，他们竟会向新社会捣起鬼来。……

"组长，"黎军更加激动起来，"对于高鸿茂这样的奸商，我主张立刻罚他到雪地里去跪！让他跪一个通宵！"

"不。"刘旭明打断了黎军的话，"他们的确可恨，你的愤怒也是正当的。但不要急躁，要是他们不坦白，不向人民低头，国家一定会严厉地惩罚他们！"

"那么，现在怎么对付他们？"

刘旭明把拳头一挥："斗争下去！"

六

下一天中午，高鸿茂忽然表示愿意将问题彻底坦白，崔大伟立刻把他叫到小屋里来，高鸿茂一进门就说："这件事像块石头压在心上，同志们为了挽救我也辛苦了好几天了。我实在太对不起政府，对不起你们，现在我决心把石头放下。过去做了一些对不起人民的事，我今天决心统统坦白出来……"

黎军听到这，激动地站起来："不要说空话啦！"

"你这套，我听过百把遍，听都听腻了。"崔大伟说，"快说事实吧！"

"是的，是的，我就说。"高鸿茂舐着嘴唇，"我在白糖里掺白面，在红糖里掺过高粱面……"

"掺多少？"黎军问。

"一共六七千斤。"

崔大伟翻着笔记本："你不老实，绝不止七千斤。"

高鸿茂皱起眉头，闪着眼睛，他想杨文进和张福禄一定说过了，他又舔了一下嘴唇说："记不清了，最多不会出八千斤。"

"继续说下去！"崔大伟说。

"别的再没有啦，我全都坦白了，政府这样宽大，我还能……"

"别又来这一套，"黎军正来回走动着，听到这里，他停住了，"嗨哟，你好狡猾！一开始来一套大话，说放下石头啦，说统统坦白啦，临了只说一点蒜皮大的小事，你，你是想哄谁？"

黎军正气鼓鼓地瞪着他，刘旭明轻轻地进来了。

沉默着，空气开始又紧张起来。

崔大伟等得不耐烦了："说呀！"

"实在再没有了，"对方装出一副受委屈的神气，"我不能把没有的事说成事实呀！"

"高鸿茂！"刘旭明走到他面前，用愤怒的眼光望定他，"真没有了？好，我问问你，去年七月十六日，任作良和你在经理室里说些什么话来？"

高鸿茂不觉一愣：难道任作良这小子真坦白了？他坦白，对他有什么好处？不会。准是杨文进跟他们说的，可是杨文进只见他来过，但他不知我们说什么，高敬泰是知道一点，他当然不会说出来，谁还知道呢？谁也不知道。他们只想拿这点来诈唬我……于是他装出一种苦苦思索的样子，最后说："他那天是来过，但没有谈什么，的确是没有谈什么。"

"一句话都没有说？"崔大伟气愤地问。

"说过。"

"说过什么？你说！"

"说过……说过……唉哟，我脑袋晕啦……给我喝点凉水……"他说着，浑身摇晃起来，脑袋垂下去，装出要倒下去的样子。崔大伟看出他的眼眸子还是那样闪亮，知道他是装佯，便冒火了：

"你晕了？你别装蒜！"

高鸿茂还是摇晃着……

刘旭明也从他的脸色上看出他是假装的，又气又恨，忙说："高鸿茂！装死你也躲不过去！"

刘旭明的声音太大，高鸿茂急忙抬起头来，可是他不言语。

又沉默了一会，刘旭明又喝道：

"出去！"

这一下，他马上恢复了原状，出去了。黎军看着他那背影，用力吐了一口唾沫："卑鄙，卑鄙，百分之百的流氓！"

次日一清早，崔大伟找高鸿茂去，高鸿茂不像前几天那样平静了，他心事重重地坐在床边。崔大伟一进门，就说："高鸿茂，昨天你装蒜，什么也没说出来，你今天快说！"

高鸿茂站起来："我脑子不好，从小就有毛病，我在一九四六年患过一次脑充血……"

"谁有时间来听你这一套，我是要你说你和任作良勾勾搭搭的事。"

他突然举起手掌，左右开弓地打自己的腮帮子，一面连声说："该死！我该死！我糊涂啦！我怎么说这些，我该死！"

崔大伟被这突然的举动弄得莫名其妙，但他马上猜出了对方的阴谋，就大声喊："使劲，使劲打！使劲打！"

高鸿茂想不到崔大伟会来这一手，两只手立刻松了劲，愣住了。……

"怎么？装够了吧？"崔大伟冷冷地说，"好，现在该轮到我来问你了。"

沉默……

"说呀！又想再要别的花样么？"

高鸿茂全身神经又紧张起来，脑子里又在打转：他认定这件事准是杨文进告发的，崔大伟只抓到这点来诈唬他，他不说，检查小组一定不会知道，说了，反要坏事。检查出了要上法院，要是检查不出，就不一定准上法院。于是他紧咬牙，心想："宁死刀下，不死口下。"……

"我跟任作良只是认识，"经理说，"跟他没有作过亏心事。"

"要是有呢？"

"有，就逮捕我。"

崔大伟啪地在桌上重重地敲了一下，严厉地问："你要狡赖到底，是不是？"

"我没有呀！叫我说什么呀？"

嘭！门忽然关上了，崔大伟气鼓鼓地出去了。

七

下半夜四点钟，刘旭明和黎军还没有睡觉，外面静悄悄的，满院子给月光照得挺亮。黎军时刻留心着胡同里的动静。……

突然有汽车的声音由远而近，黎军说："来了！"

他们马上出去开门，吉普车已停在门口，两个公安局的同志从车上跳下来，刘旭明就领着他们走进小屋里去。

黎军即刻把所有的人都叫醒。不到五分钟，所有的人都聚集在堂屋里了。

最后，刘旭明领着两位公安局同志进来。站在角落里的高鸿茂，脸色灰白，这种气氛已使他感到不安。

刘旭明走到桌子旁边，向大伙望了一眼，说："奸商高鸿茂，罪大恶极，三年来，他偷窃了国家财产五亿以上，偷漏纯税款一亿多，红、白糖掺假，取得的暴利达八千多万。最毒辣的，是以行贿拉拢干部，偷窃国家机密，勾结奸商共同向国家贸易机关捣鬼，扰乱市场，使物价波动。这种种罪恶行为，政府早已知道得清清楚楚，但高鸿茂采取狡赖、抗拒的态度，虽经劝说与严厉批评，他始终没有改邪归正的决心。对于这样罪大恶极、抗拒'五反'运动的奸商，政府一定要严加惩罚！现在，我宣布：立刻将奸商高鸿茂逮捕！"

高鸿茂全身哆嗦，脸色灰白。公安局同志一个箭步走近他，把手铐"卡"的锁上……

"走！"

…………

当高鸿茂被押出大门时，月亮已经西斜，天也快闪明了。

一九五二年三月十二日于北京

月　夜[*]

窗外，月亮把池塘和小河都照得光闪闪的。天空又高又蓝，星星却暗淡了；特别耀眼的，是那轻轻地从树梢顶上飘过的几朵白云。

很静。除了果园里偶尔传来一两声鸟叫，和墙根底下那只蟋蟀不时地"唧，——唧唧"地叫唤两声；就只能听到小河里那淙淙的水响了。

空气凉水似的从窗口灌进来。我站在窗边，默默地对着那满地树影的林荫小路出神。其实，那儿什么也没有，只有抖动着的树影。……

忽然，响起"趷趷"的脚步声，接着在林荫小路上晃动着一个人影。这时，我才从幻想的境界里清醒转来。那影子逐渐地移近来，而且放慢了脚步，朝着我的窗口瞧着。我知道他什么也瞧不见的，因为我还没有点灯；于是我故意轻轻咳了一声……

"啊？"那人说话了，"老刘同志，你还没休息吗？"

我有点愕然："谁呀？"

"我呀！"那人兴奋地说，"老叶呀！"

"老叶么？这么晚了，打哪里来？"

他没有即刻回答我，却走过来……

＊　　＊　　＊

老叶，就是叶道民，他是区委副书记，是我回乡来的第二天，在区委书记黄狄的办公室里认识的。

那天，我因偶然的机会，路过区委会的门前；当时灵机一动，决心进去看看那个中学时代的同学、现在的区委书记黄狄同志。当我上了楼梯，

---

[*]　本文收录于《月夜》(北京出版社 1958 年版)。

走到幽暗的过道，站在办公室门外的时候，听见黄狄像发表长篇演说似的谈论着什么，我以为区委会正在开着什么隆重的会议；可是，我探头一看，办公室里总共只有两个人：一个是黄狄，个子瘦瘦的，浓眉大眼，样子很精明；这时他正背着手，来回在办公桌前面走动着（后来我才知道，这姿势原来是他有意模仿县委书记的），嘴里却滔滔不绝地谈论着，满嘴"这个……这个……这个……"，再就是"原则上"或者"基本上"……。另一个，像个淳朴的农民，穿着这一带农民常穿的黑布衫和白裤子；①脸色黧黑，四十多岁模样，但脑门上却横着六七道深深的皱纹。这时他坐在一张板凳上，像小学生听课似的，聚精会神地望着黄狄……

黄狄边走着，边讲着，还不时止住步，望着那个人："同志，这是马克思主义的理论！没有长期的勤学苦练，你就没法掌握它，懂吧？只靠一点工作经验，是不行的，那一定会犯经验主义的错误……"

那个人虽然还静静地听着，可是他脑门上的皱纹，却越来越深了。

我怕妨碍了他们的谈话，刚回转身，打算下楼去；就在这忽儿，黄狄忽然转过半截身来；他一发现门外有个人影，就大声问："找谁的？"

我站定了，心里觉得怪不好意思的。

黄狄一个箭步迈出办公室来，过道里很幽暗，他不可能看清我，他见我站着，就问："怎么随便就跑到楼上来？你找谁？"

看他那副神气，我怕他嚷起来，赶忙向他说出了姓名和来意。

"唉唷！是老刘么？什么时候回来的？"他兴致勃勃地一把拉住我，走进办公室里，"老战友啊！又好几年不见面了！"

那个农民模样的人，拘谨地站起来，向我微微笑了一下，我向他点点头；可是黄狄却像没把他放在眼里，连介绍也不给我介绍，只顾问我："从

---

① 1980年广东人民出版社出版的《月夜》中，改为"白布衫和黑裤子"。

广州回来么？""现在干什么工作？""这次回来打算住多久？"……我一边简短地回答他，一边注意到那个人仍然站在那里，他全身好像都不自在，仿佛站着也不是，坐着也不是；留在这里也不好，走开也不好。……

"别耽误了你们的事，"我忙说，"继续谈你们的吧，我改日再来。"

我把手伸出来，准备握手告别。

"别，别走！"黄狄忙摆手，"忙什么？"

"妨碍你们谈问题，不好！"

"那么，你也参加我们的讨论，好不好？"

我点头表示同意，于是我们都坐下来。这时候，黄狄才朝那个人望了一眼，然后对我说："他叫老叶，叶道民，是刚刚提拔起来的区委副书记。"他把"刚刚"两个音说得特别重。

为了不致使我摸不清头绪，黄狄还把刚才的讨论重述了一遍。在谈到他的观点时，他故意说得很慢，好像想把每一个字都深深印到我的记忆里；可是当他谈到对方的意见时，却十分简单，而且是用他惯用的那套公式化的语言叙述出来的。单看他说话的神气，就知道他对于他的观点甚至对于每句话的措词，都是非常满意的。

这时，我倒很留意老叶的表情与举动。看他脸上的表情，他心里显然很焦灼，一方面，他被黄狄那套似懂非懂的"理论"，弄得头脑发胀，额门上尽是汗珠；另一方面，好像又有别的东西在折磨着他。他双肘撑在桌面上，拿大巴掌摸着脑门，好像要把脑门上的皱纹抹平似的，使劲地揉着，摸着。一直等黄狄把话说完了，他才把手掌摊到桌面上："你反反复复说了很多道理，说农业社应当积累公共财产，这个，我完全同意，要不积累，哪里还有社会主义；可是，农业社的粮食已经增产了，你为什么不同意适当地改善社员们的生活，这个，我却搞不明白！……"

"你这个人呀！"黄狄急了，不等老叶把话说完，就插嘴了，急得连"这个""这个"也忘记了，"嗨！怎么连这么简单的理论都不懂！这叫做先公后私嘛！不先把社的基金很快地积累起来，以后我们怎么建设？"

老叶，显然又被这个理论弄得很困惑，思想里混乱起来，光瞪着眼，舌头僵住了；他又拿手掌在脑门上来来回回地摸擦着，沉默了好一会，他才怯生生地说："我的文化水平很低，理论懂得太少，这是我的缺点；不过，我想的是一些乡里的实际问题，要是照你的意思，是不是在扣除了规定的公积金以后，也不要改善他们的生活？"

"这个嘛，"黄狄的心境比较平静了，"这个……这个……不是一般地规定要不要的问题，这个……是先公后私的问题。我认为，原则上，应当首先承认这条原则。这个……这个……如果我们不坚持这条原则，要想建立拥有大量公共财产的合作社，这个……这个……就会比登天还难，这个……这个……这个，要是不先公后私，我们又拿什么去支援国家工业化的建设？这个……这个……没有工业化，农业就不能机械化，也不能进行大规模的生产，这道理不是很简单吗？"

"谁也不反对支援工业建设，"老叶有点激动了，腮帮子红红的，但他抑制住自己的感情，极力压低嗓门说，"就拿现在乡里的情形来说吧，农民们盼望将来能使上拖拉机，都非常愿意支援工业建设，他们都懂这个道理；现在摆在我们眼前的麻烦事情，是有一部分社员还缺少粮食，他们生产情绪低落，整天嘀嘀咕咕，要是这样下去，我们拿什么来提高他们的生产热情？生产情绪这样低落，怎么能够扩大生产和增加生产？又能拿什么来支援工业建设？许多农民愿意走合作化的路子，就是认定合作社将来会使他们的生活更好。社员们也不是不知道现在应当勤俭，谁也没有过高的要求……，但，要像现在这样，合作社就会垮台……"

"垮台？"黄狄也激动起来，"谁要退出，让他退出去好了！等将来机械化了，他来磕头也不许他进来！那种只想增加个人收入的思想，就是唯利是图的思想，也是资产阶级的思想！抱着这种想法来入社的人，他们的动机就是不纯的！对于这种思想，应当加以批评！奇怪的是你，一个区委副书记当了这种落后思想的尾巴！这就十分危险！”

这段话把叶道民弄得瞠目结舌，在他的思想里大概更加混乱了，黄狄那种肯定的坚决的口气，显然已经使他畏缩起来。他脸红红的，垂着头，我看见他的嘴唇噏动了几次，但都没有说出话来。

沉默着……

“我有个具体问题，”叶道民忽然又抬起头来，“早稻快要收了，收割之后，你的意见怎样？多扣呢还是……？”

“现在合作社的基金还很少，要是把收成的大部分都分了，合作社还像合作社吗？这个……这个……基本上我主张多扣。”

“社员们一定会不同意的。”

“不同意？”黄狄把眼睛睁得圆圆的，那眼光像射出无数个奇怪的问号，然后拿手掌在面前使劲一劈，“谁不同意就批评谁！为社会主义嘛，还能光管自家！要么，他走资本主义的道路；要么，他放下个人私利，走社会主义的道路！这个……这个……我们在山里打游击的时候，就是这样的嘛，还能又是集体利益又是个人利益？”说到这里，他顿了一下，发现他说了一句很新鲜的话，于是又说，“不能又是集体利益又是个人利益！老刘，你为什么尽坐在那里旁观，你觉得我说的对吗？”

我正在注意他讲话时那股“只能信服，不准怀疑”的神气，想不到他会扭转头来望着我。我苦笑了一声，说：“要按我的想法，我以为你的意见有些片面……”

我还想继续说几句，准备对他的片面观点简单地分析一下；可是，意想不到，他忽然“嗬嗬”地大笑起来：“嗬嗬！老兄，你想替我们的副书记抱不平吧？可你又不是绿林英雄呀！”

这一来，弄得我无话可说了。他的自信力强到近乎狂妄的地步，着实令人吃惊。

当我离开区委会时，黄狄送我下楼；在楼梯上他悄声地说："唉，真头痛！提拔这样的人来当副书记，怎么行？幼稚得很，连起码的马克思主义的常识都没有！"

我觉得心里很别扭，再也笑不出来，只冷冷地说："我们需要多到群众里面去看看，应根据实际情况来运用马克思主义的原则，不要光坐在办公室里背定义！……"

"当然！"他仍然是那副自得的神气，"那当然！要是实际不结合理论，我看，谁也无法领导群众前进了，比如老叶就是这样的一个人……"

*　　*　　*

现在，老叶走上楼来，我伸出两只手来和他握手；那天他和黄狄争论时，我从他的话语里和表情里，已看出他是个富有责任感的人，他身上有农民质朴的气息，也带着一般农民在接触新事物时所具有的慎重和实事求是的态度；这些，都在我的脑海里留下了亲切的印象，并对他产生了一种极其真挚的感情。

"嗨！"他一站定，向四周望了一下，"一楼全是月光，多好！"

我请他在窗前坐下来。他拿起杯子随便呷了一口茶，便把视线移向窗外。从窗口望出去，是一片暗绿色的果园，树丛像海波似的起伏着；要是在白天，这里真像一片绿海；碧绿，苍翠，一直绿到远的白云岭山麓；这中间，有掩映在浓荫底下的池塘，有撒满了小鹅卵石的小溪，溪流里漂着各种颜色的花瓣，静静地在树荫下面流过；远处的白云岭浓绿得发蓝，更远处却蓝得发紫……这一切，现在都在月光下面，像蒙上一层淡淡的轻烟。

叶道民静默地望着白云岭朦胧的山影，轻轻叹了一口气，刚才那股兴奋的劲儿消失了，在他的眼睛里，却蒙上了一层沉郁的薄雾。

他忽然自己连连摇起头来，嘘着气："哼！真难呵！"

"又是什么事啦？"我问他。

"今天下午，我回白云岭去了一趟，一进村一直到离开村，到处都受窝囊气！真差点把我气晕了！你愿意听么？……好，我给你说说吧！……"

＊　　＊　　＊

晌午，夏天的太阳像火一样烤着。叶道民爬上白云岭，已满头汗珠，到得村来，还是气喘喘的；可是刚跨进家里的大门，就遇见他老伴冷冷的脸孔。

他的老伴正在堂屋里切猪菜，见是老叶回来，就丧着脸，嘀咕着："粮食又快完了，过两日连粥也喝不上啦，你看怎么着？"

老叶没有吭气，只用无可奈何的眼光望着她。

他老婆继续说："你这死人！你明明知道村里好些人有困难，你为什么不向上级提提意见？你就忍心望着大伙挨饿？"

"怎么是我忍心望着大伙挨饿呢？"叶道民摊开双手，声音说得很低，"我有什么办法？"

"你没办法？"想不到她会突然站起来，大声叫喊着，"又不是要你拿出粮食来给大伙吃，你不会向上面提意见吗？你又不是哑巴，怎么就不愿替老百姓说话呢？"

老叶只皱着眉头，脑门上那几道皱纹显得更深了。他能说什么呢？把区委书记的意见向自己的老婆说出来吗？这又有什么好处！……找不到一句恰当的话来表白自己，只呆呆地对着天井壁间那几只"嗡嗡"叫的蜜蜂出神。

他老婆却继续吵嚷着："别忘了本啊！你要想想你在刘老爬家里当长工的日子！你是穷苦人，你怎么当了区干部就把穷人忘了呢？"

叶道民的胸脯上，像给一股湿柴的浓烟狠狠呛了一下似的，喘不过气来；总像有一块东西在那里堵塞着，想咽又咽不下去，想吐又吐不出来。他难过极了！可是他老婆的吵嚷，却像永远不会停止似的，而且声音越喊越响，脸也越来越红……

"别这样嚷啦！"叶道民仍然压低嗓子，像怕别人听见似的，"事情最后总会解决的，我不相信事情会老这样拖下去！……"

他只在家里待了一顿饭的时间，最后，他走出来，可是在耳朵里却还响着"嗡嗡"的声音。他一边走着，一边回味着他老婆的每句话，他越想越觉得不是味儿。……

"哼，社干部光知道叫我们完成生产任务，却不管我们的肚子！他们就是死不解决问题。"

这声音，使叶道民吃了一惊，他忙抬起头，才知道这声音是从墙里面传出来的。这是个果树园，熟透了的、红里透绿的大荔枝，成簇成簇地探过墙外来。园里面，树叶簌簌地响着，还夹杂着树枝折断的声音和人们的说话声："他们天天嘴里喊着社会主义，可是像他们现在的做法，却是拦着大伙，不让大伙走社会主义。……喂，在你头顶上那簇最熟的，你为什么不摘下来？……"

叶道民没有停下来，他像一只掉落在热水里的蚂蟥，又焦急，又痛苦！全身都热呼呼的，鼻尖上，尽是大颗大颗的汗珠……

当叶道民快走近白云农业合作社办公室时，却在一处篱笆背后，遇见了社主任刘乾福。

在这一带，谁都知道他和刘乾福是老伙计，他们从小一起在小溪里捞小虾，到田野里打猪菜；长大了，又一起在地主刘老爬家里当长工，甜酸苦辣一起尝，日晒雨淋一同受，因此，在他们之间从没什么隔阂，彼此像亲兄弟一样亲密……

"你来得正好！"刘乾福一看见他，就迎上来，"我正打算挤个空儿到区里去找你呢。"

"什么事？"

"什么事？"刘乾福把眼睛睁得圆圆的，"我这里还有什么新鲜事？还不是那些使人头痛的事？来！我们找个清静的地方坐下来！"

他们走到村后的一处斜坡上，在一棵橄榄树荫里坐下来。

于是刘乾福说开了。他说，他每天早晨都要挨家挨户地去喊人，可是人们都冷淡地对付他，这个说，"喝粥喝得全身软瘫瘫的，怎么能下田？"那个说，"还没米下锅呢，我不去！"刘乾福什么话都说过了，可是没一点用处，他只好说："要是现在老不出勤，到夏收之后，你的工分就少啦！"可是人们却满不在乎，冷冷地回答他："工分多有么用？连口粮都不管，我们还能拿工分当饭吃？"现在，在花生地和黄豆地里，青草长得比豆苗还高，可是没人肯去锄，烧好的石灰堆在荒山里让雨淋，谁也不愿去挑回来。……刘乾福急得光跺脚。

"社员生产情绪这样低，叫我怎么办？"刘乾福越说越急，鬓角的青筋跳动着，唾沫从嘴角里飞溅出来；根据叶道民的经验，知道刘乾福快要冒火了，就劝他：

"别急！急又有什么用？"

"急？"刘乾福望着叶道民，"我要急吗？区里乡里只知道往社里布置生产任务，只知道催人去汇报完成任务的指标，却不管人家肚子，要不完成任务，我就得去挨'批'！憋得我快喘不过气啦！社员都说我不照顾社员的疾苦，骂我'闭着眼睛，死不解决困难！'你想想，我愿意群众这样吗？……"

他嘴里像放连珠炮似的，话语和唾沫以同样的速度喷射出来。他说，社员常常嚷着向他借粮借款，他常常被他们的困难情况弄得无话可说，他真想借点给他们。可是乡里和区里都不答应，说这样搞法会把合作社支空的。刘乾福在这半个月来,几乎每天都要遇到好几桩这样的事,"现在,弄得我上下为难!社员确有很多困难,上面不解决,下面的社员却情绪消沉,这叫我怎么办?怎么去推动生产?"

叶道民只同情地望着他,说不出一句话来。

"现在我问你,"刘乾福像要哭似的,眼圈都红了,"区委会打算怎么办?是眼睁睁地望着合作社垮台呢?还是想办下去?"

这使老叶很为难,他能说明什么呢?他和刘乾福虽然是老朋友,可是区委会内部的意见分歧,还是不应当告诉他的。他心里很焦灼,拿手掌在脑门上使劲擦了几下,轻声地说:"现在社里的问题,想即刻解决,我估计还有些困难,但我相信,不久一定会解决的。……"

"不久?"刘乾福激动起来,"'不久'到什么时候?"

叶道民的脑子里乱哄哄的,他脸红红的,沉默着。但他却没预料到,刘乾福会忽然黑着脸,盯着他:"嗨!当上区委副书记,架子大啦!装腔作势啦!"他一说完,呼的站起来,就走下山去,连头也不回……

老叶,全身像突然给针扎了一下,太阳穴"轰"的响起来。他愣着,木然地望着刘乾福的愤怒的背影。

当叶道民独自离开橄榄树荫,向村里走去时,他心里咕噜起来:"上下为难!我跟老刘一样的上下为难!怎么能这样下去呢?……不能,不能这样……"

*   *   *

他说着,还不时地向朦胧的白云岭张望一阵。从他的眼睛里,我已经看出他的内心埋藏着多么沉重的不安!我被他的谈话感动了,我完全理解了他现在的心情。

当他把事情说完之后,向我苦笑了一声,说:"嗯!要是我不考虑社的长远利益,只执行黄书记的决定,我也许不会这样苦恼吧?你说哩!"说完,他又苦笑了一声。

我给他倒了一杯茶，他接过去，一口干了。

这时，忽然有颗流星在窗外飞过，向远处坠下去……

"即使是苦恼，也是暂时的，"我说，"为党的事业，这是值得的！"

他茫然地点着头，可是他脸上却又露出怀疑的神色，立刻问我："依你看，你以为事情会很快解决吗？"

我毫不犹豫地说："党绝不会容许这种现象存在下去！……问题要看我们是不是对党的事业负责？敢不敢向这种脱离群众、脱离实际的作风作坚决的斗争？"

叶道民静静地望着我，耸了耸眉毛，然后微微一笑，"你是说我么？"

"是呀！"我也微笑地望着他，"那天我见你总是怯生生的，你尊重区委书记，当然是正确的；可是对于他的一些不正确的意见，带原则性的意见为什么不认真争论下去呢？"

"哼！自己不行啊！……"

于是他告诉我：当他在乡里当支部书记的时候，他还能独立地考虑和判断一些问题。可是调到区委会之后，天天听着黄狄那成套成套的理论，他就觉得自己还很不够。他有个习惯，不管处理什么问题，都是按照群众的实际情况的。可是到区委会以后，他发现黄狄常常不顾实际情况就作出决定。当他提出怀疑时，黄狄就说他是"尾巴主义"，有时还说他是"经验主义"……这样一来，慢慢地叶道民的思想被搅乱了，弄得他常常无所适从。……

如果按照他朴素的想法，他无论如何是不能同意黄狄的某些观点的，可是黄狄又说"这是不能动摇的原则"，可是，当叶道民在百思不解之后，去向别的区委请教时，他们也说不出什么道理，只对他说，"你去问问黄狄同志吧，他会给你解答的。"于是，慢慢地，叶道民开始怀疑起来，开始产生了自卑的情绪，他常常想："大概黄狄同志说的才是正确的吧？"

可是，当他到了乡间，深入到群众中间去的时候，他马上又觉得黄狄的那套办法，是办不到的，也是行不通的。譬如口粮的问题，即使生硬地执行了，只会给群众造成很多困难，并引起群众的不满。

叶道民迅速向天空望了一眼，原来又有一颗流星飞过去，他继续说："一直到现在，我还是为这事苦恼着。我在社员面前，总是要他们多为社的集体福利着想，多为将来更好的生活着想，要先公后私，不要总是为一点点私利争吵不止；在社的干部面前，我主张，只要不妨碍社的发展，不妨碍公共资金和公务的积累，应当尽可能地逐渐改善社员的生活。可是我没法说服区委会的同志们，我一说，黄书记就拿一套不容易听懂的理论把我堵住了。虽然我不服，但我也没法驳倒他。唉，反正只能怨自己不行！"

话一停，他把两只手掌摊开来，无可奈何地摇摇头。

我心里很纳闷，沉思了一会，问他："区委会不是要传达上级党委的工作指示吗？你怎么会无所适从呢？"

"传达的！"老叶说，"县委开会，每次都是黄书记去参加的，他每次回来，都给区委们作一次报告。"

"最近，省委发出了农业合作社工作的指示，你们传达了吗？"

他点点头。

我继续问他，当我问到他从省委的这个指示中领会到什么新的东西时，他瞪着眼睛反问我："有什么新的东西？没有嘛！黄书记传达时，我只听他再三再四地强调要积累共有财产，要先公后私。社员的个人生活问题，他也讲到，可是这部分他讲得很难懂，尽是要'防止'什么'主义'和什么'倾向'。"

我仍然很纳闷，我想，黄狄难道在传达省委的指示时，只拣符合他观点的一面来"传达"吗？或者是他的偏见妨害了他去理解另一面的精神呢？……我沉思起来。

沉默着。只听见小溪里潺潺的水声和蟋蟀的叫唤。……

叶道民扭转脸，望着天边。从白云岭背后，正涌来了几朵黑云，他正想说什么，却被我的话截住了，我问：

"省委的指示在报纸上公布后，你读过吗？"

"很想读！"他眼睛忽然灰暗起来，"可是时间太少，又读不懂！好些字不认得，靠翻字典又太慢，有些句子也太长，弯弯扭扭，读也读不断……"

他叹息着，拿手关节敲着脑门，喃喃着，他埋怨自己对学习抓得不紧……

"你这里有报纸吗？"他像省悟了什么似的，忽然问我，"把省委的指示给我念念好不好？"

我立即点上煤油灯，找出了报纸，就念起来。他静静地听着，好像怕听漏一个字似的，侧着脑袋，把耳朵凑近来，越往下听，他脸上就越舒展，越开朗，不时还微笑地点着头，……

"咦！"他用兴奋的声调说，"刚念过的那段，请再念一遍！念慢一点！"

我念道："农业生产合作社全年收入的实物和现金，在依照国家的规定纳税以后，应该根据既能使社员的个人收入逐年有所增加，又能增加合作社的公共积累的原则……进行分配……"

"对呀！"他几乎要从椅子上跳起来，"这才对嘛！……这指示规定怎么扣公积金的？"

"除了扣除本年消耗的生产费之外，规定公积金一般不超过 8%，公益金不超过 2%。如果是经营经济作物的合作社，因收入多，公积金可以多扣些，但如果合作社的生产增产不多，为了增加社员的个人收入，公积金还可以少留，如果遇到荒年，公积金可以少留或者不留……"

他边听着，边满意地点头："那么，扣了公粮、生产费、公积金以后，剩下来的东西怎么分？"

"剩下的，全按照劳动日分配……"

"对！"因为太兴奋，他站起来了，"党想得真周到！要照这样办，什么问题都解决了！……"

他的情绪感染了我，我也抛开报纸站起来，笑着问他："你还苦恼么？还会无所适从么？"

"不啦！只要照省委的指示去办事，白云合作社那摊使人头痛的事，全解决啦！分配的问题解决了，社员的生产劲头就会大起来，越是增产，社里的公共积累就越会增加，到那时，咳！拖拉机啦，漂亮的牛舍啦，托儿所啦，修水库啦，改旱田啦，全不愁了！……"

老叶走动起来，刚走到窗前，他吃惊地叫了一声："唉哟，又要下雨啦，你看！……"

我走到窗前，可不是么？虽然月亮还没给遮住，可是南面半截天，全给黑云罩住了。

"我走啦。"他伸出手来。

当他下楼时，他的声音还响着："现在我搞明白了，是我们区里没有执行党的政策！我要把这情况报到县委会去！……我很高兴，一切问题很快会解决的……"

叶道民的影子，又在林荫道上摇晃着，我望着他的兴高采烈的背影，心里感到高兴。影子渐渐远了，模糊了，隐没在浓荫里。

白云岭的背后，忽然闪了一下，接着是一声钝雷，风急了，雨也许很快就会到来。……

一九五六年六月于岭南

龙门印象[*]

一

是晴朗的初冬早晨，太阳温煦地照着大地。汽车一驶出了洛阳的西关，就像摆脱了缰绳的野马，任性地飞奔起来。过了著名的周公庙，远远就望见闪闪发光的洛水了。更远处，却是迷迷茫茫的一片，似风沙，似烟雾，又似苍苍茫茫的原野。不一会儿，车已驶进了洛河桥头，你看！天津桥，多少古典诗人咏唱过的天津桥啊，它还屹立在洛河的水流里；在古代，这一带的垂柳系过多少依依的离情！水流里曾渗和过多少离人的伤心泪！要是在春天，当洛河旁边的桃花盛开的时节，人们能看着这片景色毫无遐想？能不回想起这样脍炙人口的诗句么？

> 天津三月时，千门桃与李；
>
> 朝为断肠花，暮逐东流水。
>
> 前水复后水，古今相续流；
>
> 新人非旧人，年年桥上游^①。

可惜，现在已经是冬天，阳光虽很温暖，但道路两旁的村庄，却赤裸裸的，再也找不到"绿树掩映"的风趣了；就连邵康节的"安乐窝"^②和司

---

* 本文原刊于《旅行家》（1957 年第 2 期）。

① 李白的诗，这里所说的"天津"，就是指洛阳的天津桥。

② 宋代邵康节的居所，在洛阳西南，邵名其住所为"安乐窝"。

马光的"独乐园"①的遗址，也是如此。

车越往南行，道路越来越难走；倒不是路不宽，而是马车和牛车太拥挤了！一辆跟着一辆，络绎不绝；马蹄落处，尘土飞扬，有时竟连前面两丈远的东西也无法辨认；此时此际，任你空际多么晴朗，但在这里，阳光能不黯然失色么？正所谓：

　　大车扬飞尘，亭午暗阡陌！

好在龙门在望，我们憧憬已久的"石刻宝库"就在眼前了。

二

龙门！多么响亮的名字！

当我们走到一个小镇的尽头，面前就横着一条湍急的河流，那原来就是有名的伊水。我们走到沙滩，从这里放眼南望，两岸石壁对峙，伊水从中潺潺地向北流来。远处的接口却异常整齐，好像凿穿的阙口；难怪古人管它叫"伊阙"，后人又管它叫"龙门"了。

就在这伊水的两岸，我们的祖先创造了无数的艺术珍品。你看！伊水两岸（尤其是西岸）的"洞"和"龛"吧，密得简直像蜂房。据统计，全山造像凡九万七千三百零六尊；题记三千六百八十品；有佛洞一千三百五十二个，龛七百五十个，塔三十九个。其规模之大，由此可以想见。

远在公元五百年（北魏景明元年），规模宏大的石刻艺术活动，就在这里开始了。人们所叹赏不绝的"宾阳中洞"里面的十一尊大佛像以及它洞

------

　　①　宋代司马光之园，在洛阳西南。

口两壁的浮雕，正是当时劳动人民所雕刻的最优秀的珍品。后来又经过东西魏、北周、北齐、隋，一直到晚唐光化元年（即公元八百九十八年），我们的祖先连续在这里营造了四百来年，他们继承了敦煌、云冈雕刻艺术的传统，融合了南北朝的文化并吸收了犍陀罗的精华；特别在晚唐，又继承了北魏的优秀传统，更吸收了当时西方艺术的精髓，融合汉民族固有的色彩，发挥了他们高度的艺术智慧与创造的才能，使这里的石刻艺术不断地得到发展和不断地提高。

因此，无论你从艺术创造的发展来看，或者从艺术创造的规模来看，或者是从石刻艺术所达到的高度成就来看，龙门都无愧为祖国的伟大的石刻艺术的宝库。

啊！谁能面对着这千千万万的精心的雕刻，能无动于衷？谁能在这些伟大艺术品的面前，不惊叹我们祖先的匠心和辉煌的艺术智慧呢？

三

我们来到了奉先寺。

当人们登上高高的斜坡，踏上了最后一级石阶的时候，抬头一望，谁都会惊喜地欢呼起来："啊！你看！你看！"

原来在我们的上面，有一张端庄安详、微露笑容的脸庞出现在我们的眼前，那就是奉先寺著名的卢舍那雕像。高十七米，膝部以下虽已崩落，但全部体态仍十分匀称平衡；尤其是脸部，仿佛有无限的魅力，你一见那张慈爱温厚的脸容，内心就不禁油然地滋生出一种喜悦的情绪。

这是七世纪七十年代的产物。距今已有一千三百年的历史，虽经长时期的风雨剥蚀，然而不管你从哪个侧面看上去，它总是那样匀称！那样慈爱温厚和那样端庄安详！甚至当我们走到伊水的对岸，站在看经寺洞前来回望它的时候，它那慈祥的脸容，却依然是那样动人。

偶一看，它会给你带来一些喜悦的情绪；但仔细再瞧瞧，你又会觉得它有与众不同的地方。我们曾看过北魏的造像（如龙门的"宾阳中洞""古阳洞""莲花洞"的造像），这些造像都是脸部秀长，眉作弧形，鼻长，目大，颈平，唇厚，而且胸部平直。这些造像虽然也表现了辉煌的艺术智慧，但它们却更多地保留了外来的艺术的痕迹。然而到了唐代，不但继承了北魏艺术的优秀传统，吸收了当时西方艺术的优点，同时也融合汉民族固有的色彩，使造像更加雄劲生动，更柔和自然。奉先寺的卢舍那的造像，就是杰出的代表作品。你看吧，卢舍那的脸部多么丰满：鼻端，口正，两耳下垂，眉作新月形，目稍向下凝视，胸脯微凸……如果拿北魏的造像来比较，显然卢舍那的造像是更有民族特色了。

奉先寺是龙门最大的佛洞，南北约三十米，东西约三十五米。据说是唐咸亨三年（公元六七二年）开工，一直到上元二年（公元六七五年）十二月三十日才造成，整整费时三年零九个月。可惜，右面的菩萨、天王、力士和供养人等，大部被风雨剥蚀，残缺不全，好在左面的诸像大部分还完好无损。特别值得提一提的，是那力士像。乍一看，你会觉得他十分猛勇，有劲！仔细看，你会发现他的颈部和手臂的肌肉显露，筋络分明。充分发挥了艺术上的夸张手法，但大部却符合人体的解剖原理，这是难得的珍品。

四

我们怀着愉快的心情离开了奉先寺之后，继续参观了十几个佛洞，如西山的万佛洞、敬善寺、老龙洞、千佛洞、八仙洞、无名造像、药方洞和东山的四雁洞、二莲花洞、看经寺等等以及石壁间无数的佛龛。

真是美不胜收！当你默默地望着神采奕奕的佛像出神的时候，同时在你的耳边就响着不断的赞赏："多洗练的衣纹！""多优美多姿！"

在万佛洞外的半壁上，我们看见了一个菩萨，约一米高，右手执"拂尘"，左手提水瓶，上身微向右倾，头部却向左弯，优美多姿，传神得很，实是唐刻观音的杰作。唉！可惜头部已被击碎，可恨又复可叹！

在敬善寺内，也有两个菩萨，姿态端丽而体态富有变化；可惜头部也被凿去了！八仙洞里的雕像，其体态之多姿，使人不能不"啧啧"称道；然而，它们的头部同样被凿去了。

使人深为惋惜的，是这种"凿去头部"的现象，竟这样普遍！在龙门的许许多多的佛洞中，除了极少数的佛像（如看经寺的罗汉群像以及像奉先寺、宾阳洞的一些高大的巨像）还完好无损之外，可以说，绝大部分雕像的头部都被凿走了。

这真是龙门石刻艺术的浩劫！其实，破坏龙门石刻的活动在唐武宗时期就开始了，以后又历经了多次的变乱，石刻被毁的现象，日复一日地严重起来，特别是在国民党反动统治时期，美国帝国主义勾通官僚奸商，大肆盗凿龙门的石刻艺术。那时候，龙门完全无人管理，任何人都可以任意凿走雕像。据说，每凿下一个头像，即可得到二十块现洋的报酬。在这种严重的破坏之下，万佛洞的佛像再也难得找到完好的了！所有石壁间精致的佛龛里的佛像，全部被凿去了脑袋！在东山南端的万佛沟里，无数唐代成熟的壁上雕刻，几乎全部被砍去了头部！有的是整个地被凿走了！

看了这种种现象，使人痛心！帝国主义为劫掠我国古代的艺术珍品，竟敢勾结官僚奸商大肆盗凿，同时以小利诱惑不法居民进行不间断的破坏，以致使龙门的石刻艺术遭到了严重的无法弥补的损失！

亲爱的读者，请你们牢牢地记住，现在，在美国纽约博物馆和坎察斯博物馆以及波士顿博物馆里，还藏着好几种龙门石刻艺术的珍品！其一，是宾阳中洞两壁的"皇后礼佛图"及"皇帝礼佛图"，这是两幅构图美妙的浮雕，是我国一千四百年前在雕刻艺术上的杰作。一九三五年，美国强盗普利斯贿通古玩奸商岳彬，勾结国民党反动政府，把这两幅珍贵的浮雕盗凿下来，然后运到美国。其二，是万佛洞里的飞天和洞口的一对石狮子。狮子一脚翘起，作攫物状，极雄伟壮观，是我国七世纪的艺术名作。美帝国主义竟将狮子连同飞天一起盗走，现藏在波士顿博物馆里。

记住！亲爱的读者，牢牢地记住啊！这笔债将来一定要算清！

五

我们从万佛沟走出来，天空跟我们的心情都变得阴沉了。西风刮起了漫天风沙，道路更难走了。

我们沿着伊水向北走去。尘土扑面，眼睛都很难睁开。走了很久，才走到香山寺前。这是著名诗人白居易死前居住洛阳十八年，常来游历的地方，在这里，据说他和洛阳其他的几位诗人结过"九老社"，朝夕相聚，曾留下不少动人的诗篇。

再沿着山路向北走，行约一里许，眼前出现了一道山梁；在山梁的尽处，却是一片密密的柏树林。有人告诉我们："白居易就葬在这柏树林里，现在叫做白冢。"

我们放眼远望：奇怪！一个"琵琶"清晰地映在我们的眼前。你看，这道山梁和柏树林不正好构成一个"琵琶"么？——这也许是后人为纪念诗人的名诗《琵琶行》而特地装点出来的吧。再远些，在柏树林的背后，是伊水，是热闹的小镇，是苍茫茫的原野，是烟雾，是密密的烟囱……

西风刮得呜呜直响，我们顺着山梁，一直向柏树林俯冲下来，风声在我们的耳边呼啸着，尖叫着，在风声里，我们仿佛听到这样的声音：

……九月降霜秋早寒，

禾穗未熟皆青干；

长吏明知不申破，

急敛暴征求考课；

典桑卖地纳官租，

明年衣食将何如？

剥我身上帛，

夺我口中粟；

虐人害物即豺狼，

何必钩爪锯牙食人肉？①

一口气跑到了白居易的墓前，我们忽然都严肃起来了。谁都不愿说一句话，仿佛谁都怕惊扰了诗人的构思。

其实，在我们的面前只有一块石碑："唐少傅白公墓"。风来时，柏树摇摇摆摆，反而显得无限的静穆。

诗人，静静地睡吧，你曾经诅咒过的"食人肉"的社会，已经被你的子孙消灭了！你看，在柏树林的隙缝里，你难道没有看见远远的红旗在飘展么？西风，你别吵吧！让我们的诗人听听他的子孙怎样歌唱他们的幸福吧！

一九五六年写于北京

---

①　白居易诗：《杜陵叟》。

严寒的夜晚

——回忆散记之一 [*]

入冬以来，我不知因为什么，常常回忆着李谦……

今夜，我又翻出那本在困难日子里写下来的日记。心情异常纷乱，我激动地揭着一九三九年冬天那些记录着李谦的篇页。然而我又不忍读下去，却时不时地对着布满冰花的窗玻璃出神；而窗外是静悄悄的冬夜，是彻骨的严寒……

偶尔一低头，忽然有几行字映入我的眼帘："……昨夜，冷得无法入睡，为抵抗严寒，我们六个人到场子里打篮球，直至黎明，侵晨即开始工作……"

于是，我又出神地望着窗玻璃。那冻结在玻璃上的高粱叶子似的冰花，却把我引入了十八年前的一个夜晚。

是十一月的寒夜。院子里那棵老榆树，被西北风刮得呼呼直响；窗纸像要被掀起来，"呼打呼打"地扇着窗格子；也不知道什么时候起，风把窗纸吹裂了，吹成一条缝，纸颤抖地啸叫着，像吹箫；一股冷风，像一股冷水似的从这破缝里灌进来。

我缩在被窝里，可是却怎么也睡不着：仿佛躺在冰窟里，脚已冻麻了，两只手竟不知搁到哪里好。想翻身，又想伸伸腿，但又怕碰醒了紧挨在我身边的同志们。那股讨厌的冷风，却像有意跟我作对，一直朝我脖颈里钻进来。怎么办？起来找块什么堵住那个小窟窿么，但是大炕上都静悄悄的，

---

[*] 本文原刊于《人民文学》（1957 年第 3 期）。

大伙似乎全都熟睡了，如果稍有声响，很可能把他们都惊醒的。于是，我沉着气，有意想些南方炎夏的景象，希望拿这来忘却目前的寒冷；可是想象到底是想象，它终归抵不住太行山上刺骨的寒气。

时间大约已经是午夜了。

紧挨着我右边的，是李谦，他轻轻地呼吸着，似乎睡得很安稳。这个小伙子整天乐呵呵的，不知愁，也不知什么叫困难；就是在背着粮爬高山，一头一脸都淌着汗的时候，他还是拉长声音唱着："没有吃，没有穿，自有那敌人送上前……"；有时，在粮食特别困难的日子里，他一面喝着高粱米汤，还一面笑嘻嘻地向人说笑话。据说在一九三六年，他刚从监狱里出来，留在上海，这时候他只剩下唯一的五件财产：一件半旧的格子衬衫，一条用一块钱买来的毕几裤子，一双透了底的、经常垫着报纸的黑皮鞋，再就是一条布质的裤带和一块又灰又黑的手绢。然而，他每天早上一爬起来，就精神焕发地跑到晒台上去"摸"一段"太极拳"，然后扭开水龙头，让冷水淋得一头一脸，拿巴掌起劲地在脸上搓一阵，再从裤袋里拖出那条又灰又黑的手绢来，等把脸上的水擦干了，就扣好扣子，吹着口哨离开"亭子间"，向救亡活动的中心——大陆市场走去。……到了敌人后方，他"摸"太极拳的习惯仍然不变，不管天气多么冷，他总是起得比谁都早；拣个空场子，就像要捕捉空气似的"摸"将起来。人家有时跟他开玩笑，他就故意把眼睛瞪得圆圆地说："我有什么理由可以放松对身体的锻炼呢？难道等新中国成立以后，让我到养老院去吗？哈哈，那是办不到的！"……

现在，他还是静静地睡着。凭着窗纸的反光，我发见那股冷风也吹着他的脑袋，我仿佛朦胧地看见一绺头发颤颤地抖动着。冷风竟没有冻醒他，可见他是多么疲劳了。我想叫醒他，可又不忍打扰他平静的睡眠。

于是，我不由地想起了这天下午的情景：李谦爬在办公桌上，全神贯注地写着字；有时停下笔，歪着脑袋，对着窗格子愣着；有时拿手指敲着脑门，苦苦地思索着；屋子里没有生炉子，他的双手早已冻得通红，他拿嘴向手指呵一阵，又继续写下去；不一会，他又把巴掌并起来，夹到膝盖当中使劲地搓着，再写；可是没一袋烟工夫，手关节又僵了，笔竟从手指上滑到纸上。……

"唉哟！莫非想难住我？"他的话刚落音，就噔的离开了座位，拿两手撑着桌面，使劲地跳起来，身子一起一落，就像跳扛杠似的，足足跳了三分钟，才又高高兴兴地坐下来，继续爬在桌子上写字。整个下午，他就这样跳一阵写一阵的，到吃晚饭时，他兴奋地向我说："老萧，我已找到了抵抗寒冷的好办法，它以后再也难不住我了！"

难怪他现在睡得那么甜，竟连寒冷也冻不醒……

突然，一种从牙缝里发出来的咝咝声，在我左边传过来，跟着是低低的叹息："咝，他妈的，真冷！"

我知道说话的是杨播，便悄声地问："你没睡着？"

杨播大概觉得意外，也悄声地问我："啊？你原来也没睡着！"

"谁能睡得着呢？"——真想不到，李谦也说话了。

我还以为他睡得很安稳哩，便问："你一直没睡着么？"

"可不是么？"

"为什么不见你动弹一下？"

他调皮地反问："为什么我也不见你动一下？"

"我怕惊醒了大伙！"

"我跟你想的完全一样。"

睡在炕那头的三个小伙子这时也插话了。到这时，大伙才明白，原来谁也没有睡着，都怕惊扰了别人的睡眠，各人都默不作声地忍受着寒冷。

那页被吹裂了的破窗纸，仍然抖出发颤的啸声。李谦忽然抬起头，拿一团什么狠狠地往窗格子一塞，冷风果然停止了，他高兴起来："这股阴风实在捣乱，一直往我被筒里灌了几个钟头。我老想着，拿什么堵住它？……"

"现在堵在格子上的是什么？"

"我想了很久，终于在我被窝里掏起棉花来。你看，真顶事，风灌不进来啦！"

李谦虽然很高兴，可是屋子里的寒冷并没有减少。大伙还是睡不着，不过，大伙敢用劲地踢踢腿或者搓搓手了。……

风在外面呼啸着，怪叫着。屋顶上不断地滚过狂暴的大风，嗬隆隆——嗬隆隆，这中间还夹着短促的口哨似的尖叫；吊在村前一棵枯树上的那口古钟，也不时地"当当"响一阵。……

听着这惨厉的风声，我脑海里却掠过许多英雄的影子：在这样严寒的夜晚，有无数的哨兵，还像石像似的站立在山头上；有多少支勇敢的连队，正趁这严寒的夜晚，向敌人进行夜袭；谁能数得清有多少忠勇的通信员，为及时地把作战命令送到目的地，正忍着寒冷泅过漳河……

突然，李谦用愉快的声调冲破了沉寂："我看，大伙反正都睡不着了，不如聊聊天吧，如其躺在被窝里挨冻，反不如索性谈个痛快。……"

他的话还未说完，大伙都"赞成！""同意！"地嚷起来，有的即刻踢开被窝坐了起来，有的迅速地披上了衣服。

"那么，聊什么呢？"

本来，如果不是有意识地提出来"聊天"，无论谁都能提供聊天的线索的；可是当把它作为一个明确的话题时，大伙反而不知从哪里谈起了。于是有人提出"精神会餐"①来作为话题；另外又有人主张请杨播谈谈新加坡夏天的风光；但都未能取得全体的同意。

---

① 在根据地最困难的日子里，同志们喜欢谈些自己平日最爱吃的东西，谈得非常热闹而且痛快，当时就称这为"精神会餐"。

"我想,"李谦一反他平常说话的语调,慢吞吞地说,"还是研究一下咱们为什么睡不着觉吧。"

杨播抢着说:"这又有什么谈头呢?睡不着就因为天气太冷嘛。"

李谦还是慢悠悠地:"不错,是因为天气太冷;但是不是因为天气冷什么人都睡不着呢?不见得吧?"

杨播沉默了一会,叹了口气,说:"要是我们都有棉被,自然可以睡得安稳了。……"他又沉默一阵,"七月间,当我刚离开延安,过了黄河,就碰上敌人的大'扫荡',被子背在背上沉甸甸的,越背越重!唉!真不该让棉絮一天天的减轻,等转战了一个多月,来到太行山时,背包的确轻便了,然而现在可就……"

"我可不像你那样搞法,"一个姓刘的小家伙说,"在行军时,我也觉得背上越来越重,但我舍不得把棉絮扔掉;可是真要命!鞋没有了,起初,撕了衣服打鞋,走了一个半月,只剩一件单衣和一条短裤,毫无办法,只好撕被单,到了太行山的时候,被单却变成一尺来宽的'门帘'了。你看,我现在只能钻在一堆乱七八糟的棉絮里……"

他的话引得大伙都笑起来。

"我看,"李谦恢复了他平日的腔调,嗓音很脆,说得很快,"我看问题不在这里。譬如说,人家国民党的军队为什么到冬天可以领到被子,我们在敌人后方作战,为什么反而领不到呢?为什么?"

这一来,大伙七嘴八舌地嚷开了,仿佛河流决了堤,愤激的话,像汹涌的洪波,泛滥到屋子里的角角落落:

——国民党顽固派心真毒!不发给弹药,也不发粮饷,想把我们困死!

——我们跟日本鬼子拼,它却在后面向我们射击,妄想前后一挤,把我们挤垮!

小刘气呼呼地:"他妈的,它想困死我们,我们偏偏要活下去!并且要干到底！"

杨播好像咬着牙说话："它妄想！不管环境怎样艰苦，绝吓不退我们！"

"那么问题就非常清楚了，"李谦说，"是谁叫我们挨冷？是国民党顽固派嘛。但是，寒冷算什么？就是镣铐、老虎凳、刺刀、子弹、大炮也无法屈服我们！被压迫的人是不能永远忍受压迫的……奴隶们，起来！起来！……"

说到最后，大概由于他联想起监狱里的情景，竟激动地唱起《国际歌》来。……

"喂！别把隔壁的老乡闹醒啦！"

李谦忽然煞住了歌声，根据习惯，他可能吐了吐舌头，可是现在却什么也望不见。

一阵沉寂。只有咆哮的大风在屋顶上滚过去……

严寒又统治了屋子，大伙又不约而同地用力搓起手来。……

"真冷！"小刘使劲地踢着腿，建议道，"要是坐在这里挨冻，还不如到场子里打篮球去。你们同意么？"

大伙像得救似的，一哄而起。

奇怪！风吹得这么猛烈，星星却亮闪闪的。盖着积雪的太行山的连绵高峰，像个巨大的骆驼背脊，起伏着，向南迤逦而去。……

到了场子里，大伙都活跃起来。借着星光，我们纵情地蹦着，跑着，然后高高地跳起来，将篮球投进篮圈里，作得既敏捷又紧张。

小刘拍打着篮球一边飞跑着，一边说："国民党想冻死我们，我们偏偏冻不死！不发饷，没钱生炉火，没被子，增加了我们一些麻烦，但你反动派却无法禁止我打篮球！"

我们正想笑，但忽然随风传来了隐隐的重炮的轰鸣。于是我们议论起来，据估计，大约就在离这里七十里的一个镇子上，正展开了激烈的战斗。

李谦忽然若有所感地，像背诗似的说："为了把祖国的人民从血海里救出来，谁知道有多少忠勇的战士，——慈母的爱子，在这严寒的夜里丧失了生命！"

但是，我们并没有停止玩球。正是为了人民能像人那样地生活下去，我们才来革命，正是为了迎接明天的战斗，我们才顽强地跟严寒搏斗，跟饥饿搏斗。……

一直到猎户星在南边出现了，黎明的幽光照着太行山颠的时候，我们才精神焕发地离开了篮球场，走向办公室去。

新的一天的战斗生活，又在山雀的第一声晨歌中开始了。……

想到这里，我不禁微笑起来：李谦，小刘，杨播，还有……，多么好的革命伙伴啊！可是，当我冷静地再想一想，心情才忽然沉重起来，原来他们早已离开了人世，早在十几年前，他们就为了人民的福利，流尽了最后的一滴血。

于是，我又心情纷乱地翻着我那本日记，而这些亲爱的伙伴的脸影，却固执地占据着我的脑际。我胡乱地翻着，但突然有"李谦"两个红字跳到我眼前，我心跳，但我读下去：

……今天，终于证实了李谦的死讯，大家几乎都要哭出来。但没有哭，却紧紧地攥着拳头。

听通信员小陈说，十八夜，李谦正在村公所里，突然被敌人包围了。村子小，很难隐藏，他决定和几个村干部突围，谁知刚到村边，便跟敌人"遭遇"上了，只拼了一阵刺刀，李谦胸部就受了重伤，倒下去，晕过去了。一直到天明，等敌人退走了，才把他抬到医院，据说到医院的第三天傍晚，咯了几口血之后就晕过去，以后再也没有醒来。唉，志未酬，你竟先长逝，可痛可哀！

小陈还带回了他一封给我们的信，现抄在这里，以留作永恒纪念：

我大概没有希望了！真没想到，我与你们相别得这样早！我不怕死，但我不愿死得这样快。我渴望战斗下去，直到人民能像人那样生活着的时候，可是，我的血快流尽，使我最痛苦的，是毕生献身的理想，还未实现，希望你们战斗得更坚强，更有力，到将来庆祝胜利的时候，到社会主义制度在中国宣告建成的时候，请你们不要忘了我，我的血，就是为社会主义的理想而流尽的。

李　谦

李谦，亲爱的伙伴，我永远不会忘记你在这些困难日子里所表现的鲜明的阶级感情和战斗的智慧。你死于不屈，死得光荣。……

当我抬起头，再望那结满冰花的窗玻璃时，眼睛已经潮湿了，模糊了。我仿佛在冰花上看到他那睁得圆圆的眼睛，我仿佛看见他用严峻的眼光朝着一群青年呼喊：

"青年人，社会主义制度不是容易得来的，在社会主义的基石上有我流的血，也有无数革命者流的血。你们要保卫她！要拿出一切毅力和智慧来保卫她！"

一九五七年二月

桃子又熟了……

——忆仓夷*

1

我永远忘不了 1946 年 8 月 8 日那一天。

火红的石榴花，在我眼前开放过十次，又凋谢了十次；南飞的雁群十次在我头上飞过，我又十次望见它们飞回北方。……时光的流逝，有如湍急的溪涧，一转眼，竟把 1946 年远远地抛在后面。然后，时光不能冲淡我的记忆，也无法冲淡我心头的悼念。

就是在这一天的早晨，我们乘着一辆敞篷的吉普车，从东山坡向飞机场驶去。初升的太阳，迎面直照过来，我们都眯缝着眼睛，沉默着。一向爱笑爱闹的仓夷，这会儿却出奇地沉静，他好像正在想着什么心事，把眼睛眯成一条线，凝神地望着前面。

我没有打扰他的深思，只把背脊贴紧了靠椅，翻阅着当天的《晋察冀日报》，几个炫目的标题立即映入我的眼帘：大同周围的战事正紧，平津公路上的安平镇又发生了所谓"共军袭击美军"的事件；北平军事调处执行部为了这事，还成立了第二十五特别执行小组。……

现在，我和仓夷正要赶到北平去参加二十五小组的工作。事情为什么这样凑巧，2 月间，也是我和仓夷两个人，一起到北平去的；我们一起在那里紧张地斗争了四个月，国民党的暗探也整整在我们身后跟踪了四个月；后来，只因《解放三日刊》被封闭了，我们才不得不在 6 月初回到张家口来。

---

* 本文原刊于《红旗飘飘》创刊号（中国青年出版社 1957 年 5 月 15 日）。

在解放区里，我们也同样地忙碌着，但是可以自由地走来走去，这儿的一草一木，都使人生爱，甚至天上的白云或晚夕的霞光，也会给我们带来特别愉快的感觉；然而，一想到北平那种使人窒息的空气，却要使人恶心。……

飞机的嗡嗡声，把我从沉思中唤醒，我抬起头，见一架草绿色的飞机斜斜地向机场降落。可是仓夷却还是那副架势，沉静地凝视着前面，他好像什么也没有听到。

"怎么啦？"我拿拳头重重地在他肩膀上捶了一下，"有什么心事呀？"

他猛然回转头来，露出那两颗闪光的金牙，微笑着："我正在构思我那个中篇小说里的一个战争场面哩。"

"这几天，老看你爬在桌上写，快写完了吧？"

"哪里，一半还不到哩。"他兴奋起来，脸颊泛着红晕，"我打算等二十五小组的工作一结束，就回到张家口来，赶快把这篇小说写完，然后，至迟是过了中秋节以后，我就到延安去！"说到这里，他习惯地耸耸肩膀，"你知道，我一直到现在，还没到过延安，也没见过毛主席啊！"

"可能吗？"我问他。

"没有问题，领导上已经同意了。"

我听他说得那样轻松，侧过脸，微笑地望着他："如果美国鬼子不同意怎么办？"

他呵呵地笑起来，好像他已觉察到他自己又一次忽略了对敌斗争的复杂性，于是，狠狠地拿拳头向前一劈："鬼子不同意？妈的，就跟他泡下去！他们不让我到延安去过十月革命节，他们也休想回美国去过圣诞节。……"

吉普车忽然停住了，原来我们已经到了飞机场休息室的门前。我们跳下车子，在休息室里转了一圈，然后在一张大沙发上坐下来。然而，仓夷并没有安静下来，他东张西望了一阵，忽然像发现了什么稀罕物件，又像被沙发弹起来似的，急忙向水果柜那边跑过去。我抬头一看，已猜到七八分：那里摆着许多水蜜桃，我知道仓夷是很喜欢这类水果的。接着他果然捧来了十几个大桃子，满脸堆笑地走回来，一面还称赞着："你看，这桃子多大！多漂亮呀！"他啃了一口，几乎手舞足蹈起来，"老萧，你尝尝，水真多呀！像这样好的桃子，到了北平就很难吃得到啦！"

我一向对桃子没有什么兴趣，经他这么一称赞，就拣了个最熟的啃了一口；水的确不少，但味道并不美，我连忙摇头，表示不同意他的说法，仓夷见我对桃子这么冷淡，就闪出顽皮的眼色，叹息起来："简直是蜜味的，你不吃，多可惜！到了北平，你可不要后悔呀！"

这时，又一架飞机，在机场上降落。……

我看了看壁上的挂钟，长针已指着"4"字，再过十分钟飞机就要起飞了。于是我望着仓夷笑起来："怎么？你打算把这一大堆宝贝桃子怎么办？通通塞进肚子里？还是带到北平去？"

这时，他才发现他那胀鼓鼓的提包，已经达到了饱和点，桃子再也塞不进去了，于是他又格格地笑起来："劳驾！劳驾！你的提包还空着不少的地方，与其在这里囫囵吞枣地将这些好桃子啃光，反不如带到北平去细细地来品一品它的蜜味。"

当我刚刚把八九个桃子塞进提包里，翻译同志来了，他说飞机就要起飞，叫我们立刻上飞机去。

走出休息室，翻译同志领着我们向最近的那架飞机走去。一掌平地深草，在我们面前展开，青碧一色，一直迤逦到远远的山麓和村边。我用力吸了一口气，仿佛第一次闻到这样清新的掺和着草花香味的空气。……回头再望望远处那些红色的屋顶，依依的别情，就不禁涌上心头："再见吧！人民的城市！"

我们刚踏上飞机扶梯，一个长着满脸肉刺的美国兵，忽然拦住舱口，用极快的速度吐出许多"特"音和"斯"音，同时也以同样的速度喷射着大量的唾沫；经过翻译我们才闹明白了，他是说，这架飞机是专到大同去的，他不能把张家口的人载到北平去。

于是我们从扶梯上退下来。紧接着有个通信员背着一大捆的报纸走上扶梯去，那个惯于把唾沫向别人脸上喷射的美国兵，又张开两臂拦住舱口，用奇怪的眼光望着那捆东西；翻译同志就告诉他，这是《晋察冀日报》。

他问："带这玩艺儿干吗？北平的报纸有的是。"

"执行部中共代表团需要这些报纸！"

他摊开双手，耸耸肩膀，表示他无法理解这样的事情，但他再不阻拦通信员把报纸送进机舱里。……

于是，我们向另一架飞机走去。

两个美国人正坐在机翼下面谈话，见我们走近扶梯，其中一个红头发的瘦个子，连叼在嘴上的烟卷也未拿开，就含含糊糊地问：

"是到北平去的么？"

"是的。"翻译同志回答他。

"几个人？"

"两个。"

瘦个子向我们三个人从头到脚打量了一阵，然后把头扭到一边，继续吸了两口烟，爱理不理地说："这架飞机，只能坐一个人。"

"为什么？"

瘦个子站起来，狠狠地拿烟头往身边一摔："为什么？因为这架飞机上只有一个降落伞。"

仓夷说："我们不需要降落伞！"

"你们不需要是你们自己的事，但没有降落伞，我可不能把你们带到空中去。"

这样谈下去，显然只会闹成僵局，翻译同志改换了语气询问他，这是不是北平—张家口的班机？既然是班机，你们当然知道有多少人要搭机到北平去的，……

没有等翻译同志把所有的问题都提出来，那个美国人竟脸红耳赤地吼起来："不管你有多少理由，现在我既然只带了一个降落伞，就只能让一个人坐这架飞机到北平去……"接着他吐出了一连串极粗鲁的话。

看情况，即使继续交涉下去，也不会有什么结果了；仓夷显然很激动，但他只反复地说："真没有道理！真没有道理！"

我们之间彼此交换着激动的眼色，最后，翻译同志对我说："萧同志，你先上去吧！"

我望着仓夷。他微微一笑，说："我回头搭那架飞机去，到大同就到大同，多在空中绕个圈子罢了。他还难得住我！哼！真没道理！喂！老萧，你在北平机场等我啊！我估计十一点钟就可以到了。"

我走上扶梯，靠着舱口，向他们挥了挥手，他们才走开。我望着仓夷的背影，南风飘起他那雪白的衣襟，那条他最喜爱的红领带却给飘到肩膀上，摆动着。他正在指手划脚地向翻译同志谈论着什么，但忽然，他转过脸来，用双手作成喇叭向我高喊："我……们中午……到东安市场……吃奶酪……一同去……去……哈哈……哈！"

不久，飞机起飞了。我凭着小窗眼，恋恋地望着弯弯曲曲的清水河和张家口市区的红屋顶；可是，机翼一摆一摆的，只摆了几下，红屋顶和河流都被摆到群山背后去了。于是我回过头来，发现偌大的机舱里，只有我一个人；几只大汽油桶和十来个扁木箱，占去了机舱的一半；顺着往舱顶看，我忽然看见十几个降落伞，整整齐齐地塞在悬架上。……

一股怒火，涌上我的心头。我觉得脸上热呼呼的，大概我的耳朵都红了。……我沉思了一阵之后，猛然翻开笔记本，狠狠地写了四个字："欺人太甚！"也许是由于我用了全身的力量去对付这四个字吧，铅条竟折断了两次。……

我还准备写点什么，但忽然感到气浪冲激着我的耳膜，我急忙张开嘴，可是已经迟了：耳鼓里仿佛给塞进了一块什么，嗡嗡地响着。望窗外，知道飞机正急速下降，闪光的昆明湖和翠绿的万寿山，刚刚在机翼下面掠过，飞机就斜斜地俯向跑道冲下去。

走出了机舱，我在机翼的阴影里坐下来。我准备等仓夷一起进城去，然后一起到东安市场去吃奶酪。于是，为消磨时间，我拿出卡达耶夫的《妻》来读着。这里很静，除了草虫的叫鸣和不时地传来一阵飞机的嗡嗡声之外，几乎什么声音也听不到了。……不知不觉我已把小说读了半本，时间也已经到了十一点钟，然而，然而仓夷却没有来。每隔三五分钟，就有一架草绿色的军用运输机降落，尽管我费尽眼力，可是没有看见一个穿白西服的人。最后，我离开了机翼的阴影，走到一处每架飞机所必经的跑道旁边：飞机虽然不断地从空中降落，每架飞机虽然都走出一群人，但是始终没有仓夷。时间已过晌午，太阳火一样地烤着地面，草叶都卷起来，有的叶尖已低垂下去，远处还冒着发颤的热气。我渴极了，但我仍站在那里，向耀眼的白云堆里搜索着黑点。等黑点逐渐变大，于是我又怀着希望；可是当这黑点逐渐飞近，逐渐由嗡嗡声变成隆隆声，当它已经滑到了跑道的终点，当一群人从它那里走出来的时候，我又失望了。

在这短短的时间里，我心头曾怀过多少次的希望，又尝过多少次失望的痛苦啊。慢慢地，由失望到怀疑，由怀疑到心情焦灼。一直等到下午三点钟，太阳已经西斜了，才怀着一颗焦灼的心，离开了飞机场。……

2

当晚，那捆《晋察冀日报》已经送来了，可是仓夷没有来到。……

夜里，我将那些大桃子安放在一个高脚的玻璃盆上，为防止它们发干，我又在桃子上洒上一些清水。然后，我走进隔壁的华同志的房间里。他又一次问起仓夷是否来到了？我只摇了摇头；他默默地沉思了一会，然后说："大概不会有什么问题。最近以来，国民党的特务的确活动得很猖獗，这确实应当引起我们的警惕。在半个月之前，他们竟敢在西直门绑架了我们代表团的工作人员，连同刚从延安运来的一汽车物资，一起被弄到特务机关里。一直找了好几天，我们才找到了线索……"他顿了一会，忽然问我："在北平工作的一段时间里，你觉得仓夷怎样？"

我一时弄不清他这问话的意思，只说："很好嘛。"

"不！"华同志大约发觉自己没有把问题说清楚，忽然自己笑起来，"我不是问这个，我是问仓夷在工作中和生活中，你感到他有什么不够的地方没有？"

为什么问这些呢？我仍然摸不清他的意思；我匆匆把脑子里的杂乱印象整理了一下，说："我认为仓夷无论在哪方面都是很好的，他不怕任何困难，敢到处钻，到处闯；为了党的利益，他敢出生入死，不顾任何危险！其次，在和一般人接触中，他时刻都维护着党的利益，维护着党的声誉，遇到有损污党的声誉的言论，不管对方是什么人，他会严加驳斥……"

在华同志的脸上，泛起一种柔和而又亲切的笑容，但他立刻打断我的话："这些，我全知道……"

"你别忙呀，"我抢着说，"总之，我觉得仓夷在工作中，是个好干部；在生活中，是个好朋友！当然，我并不是说他没有缺点，譬如说，他在北平工作的这段时间里，我就感到他对国民党反动派的一些恶毒的措施，常常是极其大意的，有时候，他对这方面好像完全失去了警惕……"

"对！"华同志喷出一口浓烟，连连点头，"对！我有同样的感觉。"接着，他又转了话题，猜测着仓夷现在的情况，据他看，一方面仓夷可能没有登上飞机，现在也许还留在张家口；另一方面，仓夷可能已经到了大同。可是，他接着问自己，"那捆《晋察冀日报》已经到了，但仓夷为什么没有到？那架到大同去的飞机既然不让他上去，是不是到了大同之后那飞行员又找他的麻烦？现在大同周围打得很紧！……我所担心的，倒不是仓夷是否到了大同，使人担心的，却是他有时表现出来的那种孩子气！"说到这里，他向窗外的星空瞥了一眼，呵呵地笑起来，说："我们也许是多虑！人家仓夷也许现在正坐在桌旁写文章哩！"

他这一笑，的确减轻了我心头的焦虑。于是我推开门，走到露台上，依着栏干，俯视着冷静的长安街，嘘出了一口气……

月亮，快要西沉，夜，已经很深了。

第二天黄昏，我的心情又沉重起来。刚刚从张家口来的同志告诉我："仓夷昨天已搭飞机离开了张家口。"此外，他再也没法告诉我任何别的情况了。于是我又焦灼地等待着执行部美国代表团的答复；时间过得真慢！一直到七点钟，秘书处的刘同志来告诉我："美方的答复，简单得近似敷衍，只说仓夷到了大同，又被送回解放区去了。"刘同志立即又补充说，已向张家口和大同执行小组发出急电，大约明天早上就能将情况弄明白的。

是怎么回事？我脑子里塞满了疑问，也塞满了焦虑。

可是这一夜，我却无论如何也无法使自己的心境平静下来。我虽然翻着书页，但仓夷的脸孔，却不断地在我脑海里闪过。……

大约是1945年11月最末的几天，是我到达张家口半个月左右的光景。这一天，我从办公室里走出来，发现天气格外晴朗，蓝天里只飘着几朵薄棉絮似的白云，这是塞外冬天少有的好天气。但是当我刚走到一片旷阔的空地，河对岸却忽然响起了凄厉的空袭警报，猛一抬头，几架国民党的飞机已进入市空，紧接着是一长串的机关炮；我急忙跳进近边的壕沟里，伏卧着。不一会，敌机回转头来，又向这一片空地扫射了一阵，碎石片和子弹在空中呼啸着，就在这忽儿，一个人"呼"的从我旁边跳下来，敏捷地趴下去，跟我正面对面地俯伏着。从他的动作看来，这个小伙子是蛮机灵的，在浓黑的眉毛下面，闪着一双很有神彩的眼睛，他微微地笑着，两颗金牙在嘴里闪了一下，他问：

"同志，你是哪个单位的？"

我说："晋察冀日报社。"

"咦？"他表示奇怪，"我也是报社的呀，怎么不认识你？"

"我才来半个月。你呢，贵姓？"

"我叫仓夷。"

……等警报解除的时候，我们已经成了朋友了。我们跳出了壕沟，拍去了身上的泥土，就并肩地回到宿舍里。这天下午，我们谈得非常痛快，由文艺谈到生活，由战斗又谈到各人的经历。也是从这次谈话里，才知道他是个新加坡的华侨，1938 年，也即是他十六岁的那一年，他就从遥远的海外回到祖国；就在那一年，他经过千山万水跑到吕梁山，开始了革命的工作。……

从这以后，我们之间的接触就多起来，我们的友谊也就更加深厚了。

到了北平之后，有一天他忽然拿出一张照片给我看，那是一个美丽的姑娘。从微微阖拢的嘴唇上和水灵灵的眼睛里，都流露出少女无限的情意；她似乎在含笑凝思，但又微微有点忧伤。……

我问："她是谁？"

"是我的未婚妻。在我回国那年，我们就订婚了。"他的音调变得柔和了，音调里包藏着炽热的爱情，"整整八年没有看见她了，就是在战争最紧张的日子里，我也没有忘记过她；可是，那时候我们无法通信。最近我一连收到她两封信，并且还寄来了照片……"

我很感动，也替他高兴，竟不由得伸出一只手掌攀在他肩膀上。

他静默了一会，继续说："家里来了几次信催我们结婚，我同意了；我希望她回国来结婚，将来我们可以一起做革命工作；但我妈妈认为这是人生大事，一定要我回到新加坡去结婚，老人家的态度很固执，看样子，大约我们今年还不能见面……"

"你自己怎么打算？"

"只好延迟一两年再说，家里的老人是不习惯从政治上来想问题的。你想想，现在四平街打得这么凶，国民党还扬言要夺取长春和整个东北；我看，一场大战很快就要爆发。在这年头，我怎么能回新加坡去结婚？内战的炮火一点燃，交通就断了，那时要回解放区就难于上青天了！……"说到这里，他使劲做了个手势，像要紧紧同党的主力靠在一起；接着他顺手把衣架上的草帽戴到头上，推着车子匆匆出去了。……

仓夷的那副神气和他那背影，现在仍然在我的眼前闪烁。我继续无意识地揭着书页，但我竟看不清其中的任何的一行字和一句话；仓夷的影子仍旧固执地出现在我的眼前：但这一次，却是一张带着几分淘气表情的脸庞。……

记得那是3月间的某个深夜里，时间已过了十一点钟，但仓夷还没有回到报社来。我们曾打电话向中共代表团各单位去询问，但都说那里没有他。自从我们的报社搬到方壶斋九号以后，国民党反动派不但派出大批的暗探和打手分住在报社周围的家家户户；同时，还在我们经常出入的宣武门加强了岗哨；一到晚上七点钟，就有二十个全副武装的哨兵，分成两排把守着城门洞，两溜刺刀闪着寒光，如临大敌。这情况，仓夷是知道的；并且曾经告诉他，如果没有特别事故，一定要在七点以前回到报社。……然而，一直到十一点半钟，他才笑嘻嘻地回来。一问他，他悄悄伸了伸舌头，微笑着；他说，他正要离开北京饭店，忽然遇到一位刚从延安来的老朋友，因多年不见，一聊开了话就没有完，竟把时间也忘了。说到这里，他又淘气地伸了伸舌头，格格地笑了。

"同志，"我劝告他，"在这里不像在解放区，胆大是好的，但还要心细，你对于国民党的特务，可不能大意呀！"

他仍然微笑着："不要紧！他们敢对我怎么样！"

……我担心地抬起头来，那几个大桃子又映在我眼前，我不禁地叹息起来："仓夷呀！你这种孩子气，真叫多少同志为你担惊！"

3

上午九点钟，我照例到协和医院三楼去参加二十五特别执行小组的会议，然而会议的情况跟昨天几乎完全一样，也同昨天那样只开了十分钟，就散会了。

美国的代表戴维斯上校，照例坐在主席的席位上，照例把两只毛茸茸的手臂撑在桌面上，还拿一只手不断地抚摸着他那多肉的下巴。他矮小而肥胖；只有极稀薄几绺黄发，贴在前脑的两侧；虽然他费尽心机拿一绺横贴着前脑，但却盖不住那秃得发亮的脑瓜。在这下面，便是金丝眼镜罩着的两只灰绿色的矜持的眼睛，和一个像小锤头似的鼻子。他傲慢地但慢吞吞地重复着昨天的话："……关于安平镇事件的调查，今天就请美军士兵丘克君……来作证，他们已经来到休息室。共方的意见怎样？"我们很明白，戴维斯有个阴谋，他妄想拿美国士兵的所谓"作证"来代替全面事实的调查，并且企图拿他一方面的"作证"当作调查结果向世界公布。他根本不打算听到安平镇我方驻军的报告。因此，我们的代表提出，必须先确定双方证人发言的程序；在程序未确定之前，不同意丘克等来报告。当译员翻译这段话时，戴维斯一时望望窗外，一时又看看他的手表；还未等把话听完，他就侧过左边，向国民党的代表问："国方的意见怎样？"国民党的代表显出一副奴才相，应声虫似的嗡嗡着："我们完全同意美方的意见。"于是戴维斯宣布："现在请丘克来作证。"我们的代表立即严词指斥戴维斯："在外交史上，从来不能找出这样的事例，在我方的译员还没有译完我的意见，你就打断了他的话，现在我要向你这种无理的举动提出抗议！其次，我再一次重申我方的意见，在程序未确定之前，不同意丘克等来报告。"戴维斯不动声色的听完了这段话，然后用毫无表情的声调宣布："现在散会。明日九点继续开会。"

我回到宿舍里，心里仍然非常激动。为了完成我对每次会议的报导任务，我不能不回忆戴维斯那副嘴脸。我发觉他同机场上那个红头发的家伙很相似，他们都善于耍无赖和玩弄流氓手段；同时我也看到，在这些流氓手段的背后，都隐藏着美国白宫最毒辣的阴谋。……我顺着这条思路想了很久，最终我摸着了戴维斯的诡计的实质，于是我急速地写着，我激动，我要向世界宣布他们这阴毒的诡计。……

可是，还没等把新闻电讯写完，有人敲门了，原来是秘书处的刘同志。一看见他，我立刻又想起了仓夷，于是我性急地问；他的眼色已经表明他的内心十分焦虑，但他仍用极平静的音调告诉我：张家口已复了电报，说只知道仓夷八日搭飞机离开了张家口，此后，再没有听到关于他的任何消息了；大同小组的复电没有说情况，只说今日下午有人来北平，准备面谈。

沉默了一会，我问："刘同志，你估计仓夷会不会遇到什么意外？"我明明知道这是一句傻话，但还是忍不住地说出来了。

刘同志犹豫着，舌头似乎僵硬了，憋了好一会，才说："大概不会吧！"

"我也这样想，大概不会吧！"

于是，我们都苦笑起来。……

午饭时，我知道大同小组的那个翻译同志已经来到；一吃完饭，我就到三楼去找他。他告诉我：那天那架飞机到达大同时，事先并不知道那里有我们自己的人，所以机场上没有我方的人员。当天，他只因偶然的事情到飞机场去了一趟，可是，当他走进机场时，风波已经结束了，只听说有个新华社的记者被送走了。……后来，还是从美方一个翻译的嘴里才弄清了事情的经过。

那架飞机在九点钟就飞到大同，降落后不久，就有十几个国民党的党棍拥上飞机去，他们看见机舱里坐着一个挂着新华社小牌牌的人，就嗡嗡着，要求驾驶人员拿出名单来查对查对。

不久，那个惯于把唾沫喷到人家脸上的美国兵，手里捏着一个纸夹，从前舱走到后舱来，他望着仓夷，竭力装出滑稽的样子说："亲爱的朋友，劝你别上来，你说多坐一个人没关系，好！你看！现在该怎么办？"

仓夷脸红红的，显然有点狼狈，但他挺直胸膛，不动声色地坐在那里。

党棍们要求立刻查对名单，于是那个美国兵问了仓夷的名字，接着他宣布：从北平执行部带来的名单里，没有仓夷这名字。

这一来，机舱里立刻迸出一阵狗吠似的吼声：

"叫他滚下去！"

"别占着我们的座位！"

仓夷气极了，愤愤地站起来，登登地下了飞机。他才走了几步；有个扣着上校领章的军人在背后呼喊仓夷，那人自称是大同小组的国方代表，后面还跟着一个勤务兵。首先他对仓夷不能立即到北平去，感到遗憾，接着他说："由于共军的围攻，大同已经朝不保夕。执行小组的共方代表，说回去请示，但到现在还没回来。执行小组已决定撤出大同，北平大同之间的班机下星期就要停航。在这样混乱的情况下，你如果留在大同，想再到北平去，困难只会一天天增加。小弟的意思，你不如即刻回张家口去，从那里到北平的机会多，不知你的意见怎样？这纯粹是替你设想，你如果不同意，你当然也可以留在大同……"

仓夷大概被刚才那阵吼叫气晕了，他一直没有说什么，最后，他只冷冷地向对方问了几句简单的话，然后，就跟那个国民党的代表坐上一辆吉普车，驶出了飞机场……

听到这里，我的全部神经都紧张起来，忙问："到哪里去啦？"

"以后的情况，是由我们的司机同志向一个替国民党代表开车的工人那里打听出来的。"

他用力吸了一口烟，继续往下说：

……出了飞机场，大家都没有说什么话，路很不好，汽车走的很慢，大约走了一刻钟光景，在离前面村庄还有三四里的一处野地上，上校叫把吉普车停下来。他首先从车上跳下来，紧跟着，仓夷跳下来；接着，上校的勤务兵跳下来。

上校指着前面的村庄，对仓夷说："喏，你看，前面这个村庄就是国方的最前线了，再过去，就是共方管辖的地区。为了让我能知道你已安全地离开了国方的最前线，我希望你到了这村之后，给我写一个简单的字据，好让我放心！……勤务兵，你记住，把这位先生送到村子以后，千万别忘了带回字据来！好，你走吧，我不便往前走了。……"

仓夷默默地走开，勤务兵在后面跟着。……

上校没有立即离开这里，只嫌太阳晒得头痛，叫把吉普车开进一处树荫里。他似乎很愉快，一个接着一个的烟圈，不间断地从他嘴里喷出来。

大约过了四十分钟，那个勤务兵果然带着仓夷的字据回来了。……

"写些什么？"我问。

"后来，我们问国民党代表要来了这张字据，据熟识仓夷的人说，确是他的笔迹。上面写着'我已出了国方的最前线'，下面是签字。"

"出了国方最前线？"我问自己，"那么张家口为什么会一点不知道？"

"问题就在这里，"翻译同志说，"据我们所了解的情况，国民党在那一带的防线，其纵深不会那么浅；其次，根据那个汽车司机所谈的情况，那一带哪里有一点最前线的迹象呢？可是，国民党代表却一口咬定：仓夷已安全地出了国方的最前线，他认为最有力的证据，莫过于仓夷自己的亲笔字。……"

是凶呢还是吉？似乎越想越渺茫了。

也许是由于战事太紧，也许由于旁的原因，所以前沿部队还来不及给张家口发电报？也许，张家口今天才收到前沿部队的电报？也许明天这里就会收到张家口的电报？……

也许，仓夷会突然出现在我的眼前。……

于是，我又向那盆桃子洒了一些清水。……

4

又是黄昏。

刚刚结束了紧张的白天生活，我又站在露台上，望着街头的黄昏出神。……

要是在张家口，正是我和仓夷在东山坡僻静的小径里散步的时候。我们常常喜欢迎着柔软的晚风，踏着自己瘦长的影子；一面慢步地走着，一面谈述着战斗的故事和各人有趣的见闻……就这样，一直踏尽了黄昏的影子，远处的灯光才把我们召回。……然而现在，当晚霞同样变幻万状的时分，仓夷的消息却渺茫了。

我怅然地望着西边的天际。当几面飘卷在晚风里的美国国旗清晰地映入我眼帘的时候，我感到气闷；戴维斯和那个红头发的家伙，以及那些喝得烂醉的满嘴臭话的美国丘八，那些到处横撞直闯狂妄自大的"MP"[①]……

---

① "MP"是"宪兵"的英文简写。

都一齐掠过我的脑际；那些曾在 4 月 3 日早晨闯进解放报社的特务们以及二十五小组那个令人切齿的奴才，都一齐掠过我的脑际；我恨不能把他们的牙齿都敲掉！……

"仓夷啊！在这斗争最激烈的时候，我们是多么需要你！"

在过去斗争的岁月里，他的智慧、他的忠贞以及他的勇敢，都曾闪过光。……

记得 2 月间的某一日，北平的许多中外记者去参观日本战犯的时候。仓夷进去时，几乎使他吃了一惊：许多国民党报纸的记者，竟和日本战犯亲热地握起手来，并且亲昵地向这些刽子手问寒问暖；于是这些杀人犯乐起来，恢复了他们进行大屠杀时的劲头，畅快地笑开了；他们俨然成了这房屋的主人，谈笑自若地与人握手，交谈。……仓夷被这情景激怒了，当一个日本战犯笑呵呵地走近来跟仓夷握手时，仓夷冷冷地把手收起来，然后望定了对方，严峻地说："谁跟你笑？你乐！你乐什么？难道你们忘记了自己屠杀了多少中国人吗？"这一下子，全场立即变得鸦雀无声，杀人犯们站着不动了，一大群国民党报纸的记者也愣住了。仓夷直挺挺地站在那里，向所有的人扫了一眼，但谁敢抬起头来接触这严峻的目光？……

于是我又想着，在 4 月 3 日那一天的斗争中，仓夷的表现也是出色的。那天侵晨，国民党特务机关原想在天亮之前，就偷偷摸摸地将《解放报》的全体人员"一网打尽"的。在他们强拉硬扯地拖走了一部分同志之后，我们发觉了这一二百个军队、宪兵和警察，只受一个人的指挥。这个人穿着美式军服，扬威耀武地吼叫着，从这个房间走到那个房间，他到了那里，那里就会有人被捕；只要他一离开，喽罗们就会没有事情可做。这时，这个穿美式军服的特务，正在楼上指挥捕人，他自然就无法顾到楼下，自然更顾不到门外了。我们利用了这个漏洞，当喽罗们把我们押到大门口时，我们再也不走了。我们的人，一个一个地被弄出来，人一多，形成一种声势，我们嚷开了，四邻的居民都悄悄地从门缝向外探望着，仓夷就俯到门缝里，大声说："乡亲们，因为我们的报纸替老百姓说了话，国民党反动派就恨我们，现在还想逮捕我们……"西茶食胡同口这时也拥来了很多老百姓，一个警察想去赶，被我们的一位女同志喝住了："你为什么赶？你们干的事是不敢见人的吗？"……仓夷很活跃，跑来跑去；一会他把照相机拿出来了，一会他告诉我："已经有人给叶剑英同志打了电话了。"果然，不多久中共代表团的人来了。这时候，那个特务才从里面跑出来，仓夷准备把他的嘴脸摄下来，拿照相机对着他；那家伙像遇到照妖镜，急忙把头扭向墙边，一面拿手枪对着仓夷；而仓夷则毫不畏惧地继续拿眼睛对着镜箱，瞄着他；快门刚响过，这个特务缩头缩脑地偷偷地绕过了墙角，就撒开腿向胡同口跑去……

这一天，恰好是星期五，匆匆吃了早饭，仓夷就骑着车子出去了，他要赶去出席伪北平市副市长张伯谨的例行记者招待会。他到得很早，为了将消息尽快地透露出去，仓夷故意只向个别记者私语着。记者们见他们这样悄悄私语，反而注意起来，都围上去，但仓夷没有改变声调，继续细声地谈着，到最后几乎所有的记者都围拢来，静静地听着。有些没听清楚的，还提出问题来问他。……不久，招待会开始了，当张伯谨念完了那篇枯燥乏味的，没有一点真实内容的发言稿之后，仓夷立即站起来，用宏亮的声音问："副市长，今天早晨，有大批的军警宪特绑架解放报社人员的事件发生，你知道么？"

"不知道。"

"不知道么，"仓夷继续说，"事情是这样：……"他说得很快，但很清楚，只说了六七分钟，就把事件的经过说完了；最后，他加重语气说："……这事关系到国内的和平，请你注意。"

张伯谨显然有点狼狈，他竟没有回答记者们提出的问题，就匆匆宣布结束招待会了。

刚走出门口，有个记者对仓夷说："这次招待会的发言人，不像是张伯谨，倒似乎是老兄了。"

……想到这里，我几乎想笑起来；但忽然，一种刺耳的刹车声，将我从沉思中惊醒；往下一望，竟不由地全身战栗了一下：有个女孩子，被一辆飞快驶过的吉普车轧得血肉模糊。烂醉的美国兵只停下车望了一会，又叫嚷着把车子开跑了。

"混蛋！总有一天咱们要狠狠地把你们赶出去！"

我不忍再看，愤愤地回到房间里。……

夕阳，血红地映在窗玻璃上。……

5

戴维斯继续玩弄他那套流氓手段，会议没有什么进展。一星期过去了，十天也过去了，会议的程序问题，还没有解决。……

玻璃盆上的那些桃子，已经由柔软逐渐腐烂起来，可是仓夷的消息，却越来越渺茫了。……

6

8月24日早晨，我要回张家口去。

在我离开北京饭店之前，华同志递给我一封信，他稍稍有些激动，说："这大概是仓夷家里寄给他的信，已经在我这里搁了三个星期；现在还是交给你吧！将来也许你还能看见他。请你记住，希望你一回到张家口，就写信来！"

接过信，我一看那纤秀的字迹，知道是仓夷未婚妻的来信，我小心地把它放进提包里，然后就下楼去。……

八点钟，我到了张家口机场。这里还像半个月以前那样，仍然是草色青青，一片碧绿，蓝色的小花比半月前开得更欢了；然而，我的心境却不像离开时那样平静，再也无心去领略这美妙的景色了。我匆匆向机场的休息室走去，急着去我熟识的人。刚进门，就看见翻译同志，我第一句就问："仓夷回来了没有？"

他收敛了笑容，摇了摇头："没有！……"

我的心，本来是悬挂着的，听了他的话，心一沉，什么话也说不出来；一直静默地站了好几分钟，然后才坐到桌边，摊开纸，心绪纷乱地写着：

华同志：

张家口也没有仓夷。我看是凶多吉少了。

我不愿意胡思乱想，但是从各方面的事实来看，却不能不使人担心！匆匆

祝你好！

萧殷　8月24日飞机场

……我一回到报社，许多同志都围上来探问仓夷的信息，然而我的回答，却使他们变得沉默，有的竟叹息起来。……

等我把行李整理停当，又把仓夷未婚妻的来信连同他本人的照片，都妥贴地压在我书桌上的玻璃板下面之后，我正准备到办公室去，这时，墙外忽然传来一阵响亮的叫卖声：

"水蜜桃呵，又大又甜的水蜜桃！……"

7

桃子的季节，一转眼就已经过去，塞北的天气渐渐寒冷起来；小径里

已堆满了落叶，篱边的白菊花也开始枯黄。……

随着秋风的加紧，战火，也越来越迫近张家口的大门。不久，怀来前线的激战开始了，张北的战云也开始弥漫。从 10 月 9 日起，敌人的飞机疯狂地向张家口轮番地轰炸了两整天。市区的空际不断地卷起黑腾腾的浓烟，丈把高的火苗从屋顶吐出来。……

10 日傍黑时分，我们才从东山坡回到宿舍里。然而屋里的天花板被震得破碎了，七零八落地悬在上面；地板上是一层厚厚的泥土木屑和玻璃碎片；玻璃窗全被弹片打得稀烂，冷风从窗缝里灌进来，使人全身都觉得冷飕飕的。

电灯已断了电。我点着两支蜡烛，急忙坐下来编发明日报纸的副刊稿；可是稿子还没编齐，老陈忽然急匆匆地闪进房来，他通知我，不要编稿子了，马上要撤出张家口。……

这个通知使我吃了一惊："为什么？东线不是打得很好吗？为什么要撤退？"

"东线的确打得好！可是张北方面不太妙！从张北望张家口是居高临下，不能不防！好，我不能多耽搁，请你抓紧时间把要带走的东西收拾一下，八点半集合！……"

老陈一走，心绪更加纷乱。脑子里尽是"为什么？"虽然我明白"不在一城一地的得失"的战略意义，可是当我回想起这个城市在这一年中的巨大变化，劳动人民和我们的干部在这一年中的辛勤创造，以及广大人民在这一年中所获得的一切，唉！到明天，一下子全都要落到敌人手里，心里却不免感到难过。……

烛光被一阵阵的冷风吹得摇摇晃晃，屋子里寒冷而又阴暗。……

我正收拾着书籍和衣物，我的视线却忽然落到玻璃板下面的那封信上，那几个纤秀的字，仿佛格外显眼，映在我眼前。我即刻把它取出来，准备一起搁进提包里，可是我又惆怅起来：仓夷什么时候才会读到这封信呢？他还能读到这封信么？仓夷这时候在哪里呢？是在黑暗的集中营里？正在那里沉思？还是正在忍受着残酷的拷打？……或者是，他已流尽了自己的热血，早已离开了人间？……

一阵冷风从破窗口吹进来，烛火给刮灭了；天花板上沙沙地掉下许多沙土来。我又将蜡烛点着，继续对着那封信发怔；我仿佛又看见那微微阖拢的嘴唇和那水灵灵的眼睛，我心头感到一阵寒冷。……

仓夷也许能读到这封信！我们好些坚强的战士，不是经历过种种非凡的遭遇之后，又从死亡的门口回到生活的路上，又拿起武器继续跟敌人战斗吗？仓夷大概也会是这样！他是不屈的，说不定有一天，他会冲破敌人重重的障碍，回到解放区来，回到他的亲爱的战斗伙伴中间来。到那时候，我再把这封信原封不动地交给他。……

于是，我将信贴平地夹在一本书里面，再把它搁进提包里，然后，我才离开了这寒冷的房间，向集合的地点走去……

天上，有暗淡的月色，但冷风却越吹越急了。……

8

到第二年，桃子熟了的时候，我们的大军已突过了黄河，浩浩荡荡地向中原地区进发；华北各战场，我军也正到处向敌人展开了攻势……

虽然那封信还平平正正地夹在书页里，然而仓夷呢？仓夷的消息更加杳然了！……

到1948年的秋天，当桃子又熟了的时候，辽沈战役已接近胜利结束，淮海的大歼灭战刚在开始；当我们正满怀信心，用更坚实的工作来迎接胜利的时候，可是我们还是听不到仓夷的任何消息……

9

一直到 1949 年的 7 月末杪，当我们天天都因接到胜利消息而欢腾鼓舞的时候，当全部大陆快要解放的时候，我终于听到了仓夷的消息了，可是一直到这时候，我才痛心地叹息：他的确再不能读到那封信了！

杀害仓夷的刽子手，已经捕获！从刽子手的口供里，我们才知道，原来就在 1946 年 8 月 8 日上午十点钟，当我正坐在飞机的阴影里读着卡达耶夫小说等待他的时候，刽子手就拿刺刀将仓夷活活地杀死了。……

血，必须用血来偿还！刽子手自然逃不脱人民的惩罚！

啊啊！多雨的季节已经过去，桃子又快熟了。……

可是，可是仓夷啊！他却永远不再归来！……

一九五七年四月

第二编

文艺理论

论小说中的故事和人物 *

一

最近在兰州《新民主报》的《新文艺》周刊上，展开了关于人物与故事问题的争论。争论的焦点是：在小说中人物重要呢？还是故事重要？

有一种意见认为："人物是主，故事是副，就它们的相互关系来说，故事是为人物而创造，并不是因故事而创造人物。"

另一种意见，则认为"在今天应注重故事性，不应偏重人物刻画，'英雄造时势'正是唯心论者"，说"最好的作品是人物服从故事"。

读了他们的争论之后，我认为有几个问题值得讨论一下：

（一）文学作品里为什么要写人物？

（二）人物与故事的关系怎样？

（三）强调人物在作品中的作用是否就是"英雄造时势"的唯心论者？

二

小说不是写社会现象？写故事吗？为什么要写人呢？有许多人，不都是从故事感动（爱或憎）开始，才去写作吗？他们不是先有故事，然后才有人物吗？

这一连串的质疑，从表面上看来，好像都是事实，但如果比较深入的研究一下，你就知道这些质疑还有值得商讨的地方。

我们可以先这样肯定地说：小说的描写对象，是社会现象，是人的活

---

*　本文原刊于《人民文学》（1950 年第 2 卷第 6 期）。

动——人与人（主要是阶级与阶级）的关系，人与事物相接触所发生的现象——是错综复杂的矛盾与斗争，是故事。但是所谓故事，断不能离开人的活动，因为一切的所谓故事，都是由人的活动、由人的思想所指导的行动所构成。因而，离开人的性格——思想感情等人物内在面貌的描写，所谓故事或事迹，就将成为不可理解的东西。

我们绝找不到专门描写植物萌芽、发叶、开花过程的文学作品，也没有专门去描写煤的变化过程的文学作品，但我们却可以找到描写人如何从事改变这些植物（动物或矿物）的工作的文学作品。

这说明了一个什么问题呢？那就是：如果离开人的活动去描写自然现象，顶多只能成为自然教科书，绝不能成为文学作品。

那么，有人也许会拿某些动人（能引起爱憎的）神话或童话来反驳我，说："希腊神话以及像萨尔蒂科夫那样描写鱼呀兔呀的寓言童话等，为什么又那么亲切动人呢？"我认为：虽然它们的外表是神或兔儿，而其实，它们的性格特征却是人的。作者是从人的社会生活中抽出了特征，通过神或动物来表现的。读者所以感到亲切、真实，就是因为它们的基本特征是人，是人的活动，是阶级的关系。

当然，我们还没有人专去描写自然现象，也没有人主张离开人的活动去描写自然现象。我只是藉此来说明文学作品无论如何不能不去描写人的活动和人与人（主要是阶级与阶级）的关系。否则，所谓故事，就不会有什么实际的意义。

也许有人会这样说："我并不是说故事里没有一个人，我只是说，应注重故事的描写，不应偏重人物的刻画。"但是，如果照这样的说法，那就是只写故事就得了，人物在小说中只担任扮演故事的角色，如果是这样，那么，所谓故事中的人物，顶多只是个傀儡而已，哪里还谈得上有血肉、有个性的生命呢？

三

一个作者可以由某种社会现象或事迹（阶级斗争或与自然斗争的现象或事迹）所吸引，所感动，进而引起要艺术地表现它的欲望，这完全是可能的，而且是合理的。但不能以单纯的记录故事梗概或现象为满足，而应该通过人物的活动、通过人物与人物，或人物与客观环境之间的关系来描写现象或事迹。就是说，作品要把某种社会现象或事迹生动地真实地表现出来，而且要使故事表现得合情合理，且具有感染读者的力量，就一定要使故事的结局，成为人物性格与客观环境的关系或性格与性格互相关系的必然的结果。我们倘要使小说的情节（故事）的发生、发展、结局说出一个"必然"的原因，就非很好地刻画人物的性格不可，非很好地描写故事主人翁的性格与环境的关系不可。如果忽视了性格与性格，或性格与环境的关系的描写，读者就无从知道故事"为什么"要这么发展，更不知道故事"为什么"一定要这样结局。这几个"为什么"如果不能通过形象的描写给以回答，那么，这个故事不管怎样曲折多变，它仍然不会有说服力，当然更不会感动读者了。

为什么说故事是性格与环境（包括主人翁周围的人物）关系的必然结果呢？比如阿Q吧，他的最后的结局，正是他的性格和当时的历史社会环境相互关系相互发展的必然的结果。由于阿Q所处的经济地位，使他对地主阶级有些不满，但他很无知，有一种毫无根据的自负心和一种精神胜利法，常常用来欺骗或麻痹自己，在平时，遇到比他强的人，就吃些苦头，遇到比他弱的人，就沾点小便宜，但不管胜利或失败，最后他总是在精神上取得了胜利的。这性格发展到辛亥革命时，看到革命党"使百里闻名的举人老爷有这样怕"，阿Q不免有些"神往"，但想起"白盔白甲的人明明到了，并不来打招呼，搬了许多好东西，又没有自己的份"，阿Q又"满心痛恨"。在这无知的思想支配下，他的周围又是一个"只改名称，官还是照样"的地主土豪与军阀统治的社会环境，这种环境与这样的性格互相矛盾、冲激，结果，阿Q的"大团圆"是必然的。试设想一下，如果这社会真正变革了，地主与土豪的势力彻底扫清了，阿Q的结局一定又是另一个样子。但是如果只写出当时的历史社会环境，而不深刻地写出这人物的性格，读者还是不知道故事为什么要这么终结。

为了把问题说得明白起见，不妨再举《死魂灵》中乞乞科夫与玛尼罗夫进客厅的一节为例子：

> ……他们都站在客厅的门口，彼此互相谦逊，要别人先进门去，已经有好几分钟了。
>
> "请呀，您不要这么客气，请呀，您先请，"乞乞科夫说。
>
> "不能的，请罢，保甫尔·伊凡诺维支，您是我的客人呀，"玛尼罗夫回答道，用手指着门。
>
> "可是我请您不要这么费神，不行的，您不要这么费神，请请，请您先一步，"乞乞科夫说。
>
> "那可不能，请原谅，我是不能使我的客人，一位这样体面的，有教养的绅士，走在我的后面的。"
>
> "哪里有什么教养呢！请罢请罢，还是请您先一步。"
>
> "不成不成，请您赏光，请您先一步。"
>
> "那又为什么呢？"
>
> "哦哦，就是这样子！"玛尼罗夫带着和气的微笑，说。
>
> 这两位朋友终于并排走进去，大家略略挤了一下。

这个情节的发生，不是作者为了"写得有趣"而故意穿插进去的，这是乞乞科夫与玛尼罗夫两种性格相遇在一起时一定会发生的。因为乞乞科夫是个虚伪的，对谁都恭维的人物，而玛尼罗夫呢，却是个"在应酬和态度上，总显出些竭力收揽着对手的欢心模样来"的人物。具有这两种性格的人物碰在一块，彼此互相"谦逊"至好几分钟之久，最后相持不让，只好并排挤进客厅，也是一定的。我曾这样设想过：如果其中一人的性格比较纯朴些，那么，这个近乎滑稽的情节，就不会发生；如果这个门宽点，就不至于"略略挤了一下"，但我也曾设想过：万一这个门再小一点，这个情节也许比现在还逗人发笑。但果戈理没有把这情景写得更滑稽些，为什么呢？因为如果把地主客厅的门写得再小些，就有些不真实了。

从这里，我们得到一点认识：作品中的故事，不是作者主观的产物，它应该是根据人物性格与性格、性格与环境的关系的逻辑的发展，以及它们的关系而构成的。因此，故事不能随着作者的"意欲"而随便"创造"，作者必须尊重人物的性格与环境的条件，要尊重这两者互相关系的逻辑的发展，只有这样来处理故事的发生、发展、结局，才可能是合理的，真实的。

有些伟大的作家，常常在腹稿时打算把一个人物写得活下去，但在写作过程中，作家发现人物周围的环境，的确很难让人物活下去，最后作家不能不让他的人物死去。鲁迅先生在《〈阿Q正传〉的成因》一文中说过：

　　《阿Q正传》做了两个月，我实想收束了，但我已记不清楚，似乎伏园不赞成，或者是我疑心倘一收束，他会来抗议，所以将"大团圆"藏在心里，而阿Q已经渐渐向死路上走，到最末的一章，伏园倘在，也许会压下，而要求放阿Q多活几星期的罢，但是"会逢其适"，他回去了，代庖的是何作霖君，于阿Q素无爱憎，我便将"大团圆"送去，他便登出来，待伏园回京，阿Q已经枪毙了一个多月了。

"其实'大团圆'倒不是'随意'给他的。"这是说：根据阿 Q 的性格与客观环境的关系发展下去，阿 Q 走向死路已一天比一天接近，虽然孙伏园先生想要求让阿 Q 多活几个星期（意思是把情节拉长些——引用者）也不可能了。

然而，有些作者却忽略了这些，常常凭主观臆想"随意"去虚构故事，他们不是让人物按照他们的性格去行动，而是牵着人物的耳朵强迫他们去行动。这些作者在作品中所述说的故事，往往不是人物性格与环境互相关系的必然发展，而是作者凭空捏造故事，然后强迫人物去扮演故事。结果，使读了这类故事的读者，不能不发生这样的怀疑："按照作品中人物的性格与环境条件，故事并不一定非这样发展下去不可呀！"一个故事如果使读者发生了这样的怀疑，那么，作者企图通过故事暗示给读者的教育意义，其效果就可以想象了。

像这样的故事，不仅不能写得合情合理，就是人物也势必都变成了无血无肉的木偶。有时为了迁就故事（凭空捏造出来的故事），甚至把一个人物弄得失去了性格，有的把性格弄得前后不一致。

曾经有一篇小说，写着这样的故事：

在游击区里，有一对农民青年男女，男的是民兵，他父亲被匪军杀死，他很仇恨敌人，勇敢作战，即在最艰苦的环境，也和一群青年小伙子作顽强斗争。女的是村妇女会主任，很爱他的勇敢、顽强、有骨气的性格，于是彼此有了爱情。但有一天，男的去赶集，忽然在半路上被蒋军抓去，强迫他当了匪军。在匪军中，他情绪低落，常常想起妇女主任。男的被抓之后，妇女会主任很伤心，但努力工作，不幸某夜敌人来围村，女的又被俘去，因匪军内有同村人，知道她与那个民兵的关系，匪军一再强逼她悔过，无效，最后匪军命令她的爱人把她枪毙了。

这个故事显然是作者在追求离奇情节的心情下捏造出来的。作者在写作过程中，可能已经发现了这样处理人物的结局，有点不符合人物性格的发展法则，可是，又觉得"由她的爱人亲自把她枪毙"这结局，太富有戏剧性，太富有悲剧效果了。舍不得！于是作者不管民兵的性格如何顽强、有骨气，作者硬命令他亲自把爱人枪毙了。不仅这样，作者为了创造这结局的条件，也顾不得那个民兵的顽强、勇敢、有骨气的性格，硬叫他贴贴服服地当了匪军。这样描写的结果，那个有血有肉的民兵性格，完全被破坏了：一个对敌人如此顽强，如此有骨气，而且曾经勇敢地向敌人作战的民兵，他难道可能贴贴服服地去当匪军？难道可能执行匪军的命令亲自枪毙自己的同志与爱人吗？说这个民兵在匪军中已经变坏了吧，但在作品中并无交代；更何况这个民兵性格的形成，首先是因为对敌人仇恨。难道这种仇恨，在被抓之后，反而能够消除吗？显然是不可能的。像这样的故事，大概是够曲折多变了吧？但即使是最天真的读者，也会怀疑它的发展与结局的可能性。这样的"故事"，不仅不能真实地正确地反映现实生活，而且也不能给读者以任何有益的启示。

说到这里，问题已经很清楚了，最好的作品，绝不是人物服从故事。凡是较成功的作品（小说），都是由于作者深刻地理解了并描写了人物的性格特征，同时深刻地理解了并描写了人物所处的历史社会环境的特征，并且按照这两者的关系的发展法则去处理故事（作品的情节）的结果。在文学作品中，我们固然不能离开一定的历史社会的特征来理解一定的人物，但同样，离开了一定的人物性格的时代特征来反映一定的历史社会，也是困难的。离开了阿Q所处的历史社会的特征的描写，我们固然无法理解阿Q的性格（因为没有那样的历史社会条件，那样的性格就不可能存在），但是离开了阿 Q 性格之主要特征的描写，我们也很难在文学作品中深刻地表现阿 Q 所处的历史社会。这两者是互相影响，互相关系，互相作用的。缺少了任何一方面的正确描写，都不可能正确地反映时代或社会的真实面貌。

四

就算你的故事是合乎人物性格与环境条件的发展法则吧，就算你的作品情节的梗概很有教育意义吧，但是仅仅只写出梗概，还是不可能入情入理地吸引读者，和强烈地感动读者，激起读者在感情上强烈的爱憎的。还必须深入去写人，还必须展开人物内在的心理面貌与性格的主要特征的描写，去说明故事发生、发展与结局的内在因素。这样，作品才可能具有诗的感染力。

许多艺术巨匠为什么敢于把他们的故事梗概写在序言里，其理由就在这里。比如荷马吧，他的史诗的《序诗》常常就是整个故事的梗概，虽然如此，他的作品仍然有力地吸引着读者，因为读者所要求的，绝不是简单的故事梗概，也不是简单的故事结局，更重要的，是如何通过人物或事物内在关系的描写，来艺术地完成这故事的结局。

不妨设想一下吧，如果人物不为读者所了解，如果在故事结局以前，作品中的人物只表面地与读者相见，读者对人物性格的主要性质并不能从形象的感受中获得更深的理解，那么，不管那个人物在结局中发生如何"不平凡"的事故，读者也不会在情感上发生波动。

为什么呢？在解释之前，请允许我提出一个简单的问题："当你听了某工厂发生了火灾，在火灾中两个你不认识的工人被烧死了，这消息，会不会使你非常难过？"你一定会说："若从理性上去考虑，觉得工人死了是损失，是一桩不幸的事，但在感情上却没有甚么波动。"

又比方说，有一个你很熟悉，或一个你认为相当了解的善良的农民，通过你与他平时的接触，你了解他的性格——为人、作风，你对他有了一定的感情，但忽然听说这人被敌人杀害了，你在情感上就不免要发生很大的波动，甚至非常难过。

从这两个例子中，我们可以想到这么一个道理，那就是：只有你对某人的性格有了感性的认识，你与他接触中，他的思想、作风以至行动曾深刻地给你留下印象，并判明了这些思想、作风等与你的利害关系，你才会在感情上去爱他或者去恨他。这样的人，在平时你已对他有了爱或恨，而当他忽然遇到大变故时，你在感情上就一定会引起波动。

但也有一些革命者，我们并没有与他接触过，也没有和他谈过话，可是当我们知道他不幸牺牲了，却不免要难过，这又是为什么呢？

这和上节的理由一样。虽然你没有直接接触过他，但他的伟大的革命品质，他在革命事业中的为人气与作风……，通过他的事业的社会影响，以及关于他的种种传说，再通过他的言论，你已直接间接地接触到他性格的本质，他心灵的深处。这样，你对于这人的理解，已不再是抽象的，实际上，你的思想感情已与他发生了联系，你对他早已发生了仰慕与热爱。

作品也是这样：不管故事的结局如何"不平凡"，不管故事的主人翁在结局中发生怎样"不平凡"的事故，但如果在这以前，读者不能从形象的感受中去认识主人翁，那么，小说作者所企图在故事结局时引起读者感情上的效果，是不可能达到的。

也许有人会提出质问："在结局之前，读者怎么会不认识主人翁呢？难道有小说在故事结局之前，主人翁完全不登场的吗？"可是，人物登场，并不等于读者就能理解他；比如他只拿面孔、姿态，或者一些极表面的动作给你看，你能了解他的为人吗？你能因为看过他的面孔、姿态就了解他性格的主要特征吗？你能因为看了这些表面的像貌姿态，就爱他或者恨他吗？显然不能。

我曾看到一篇这样的作品，作者企图以一个纯朴的农民因被地主欺压而自杀的悲剧来激起读者去反对地主阶级，作者的意图是很积极的，作品中对于"欺压"场面的描写，也很生动。但作者对那个纯朴农民性格的描写却很表面：只写他与他儿子一同锄草，写他在灾荒中吃糠咽菜，反而把主要的篇幅去描写地主如何压榨他的儿子。这样一来，作为这篇作品的主人翁的那个农民，以及他的重要性格，反而模糊了。作者既然没有很好地去描写这位农民的纯朴性格，也没有通过他的纯朴的行动让读者去认识他，也就是没有让读者在感情上和他发生联系，那么，读者怎么可能去爱这个人物呢？等到那个农民自杀时，读者怎么会感动呢？正因为读者不能从形象的感受中去爱那个农民，所以也不会因为他的自杀而去憎恨那个地主。因为没有强烈的爱，哪里能有刻骨的恨？

读者对文学作品中的人物之爱或憎，反抗或者拥护，是直接从艺术形象直观之下所引起，而不借助于作者理念的解释。就是说，作者要在作品中反对什么或拥护什么，不是直接用理念去告诉读者，而是通过艺术形象来体现，让读者在形象的感受中去接受作品所企图表达的主题。有人认为："观众看了戏不恨戏里的地主，是因为观众的立场有问题。"我以为问题不能看得那么简单，观众的阶级立场的不同，固然会产生他们对作品不同的看法，但有些在理性认识上的确认为地主阶级可恨，但他看了某些描写地主压迫农民的作品，却不感动。这是什么道理呢？我以为主要的原因是：（一）作品没有从人物与环境关系的内在因素中去说明故事为什么要这样结局；（而不是那样结局）（二）是作者没有能够通过艺术形象直接激起读者的爱憎。

我可以举出一个另一方面的例子，徐光耀同志的《平原烈火》中，描写一个游击队的中队长周铁汉，曾这么处理了一个变节分子尹增禄的：

　　周铁汉一步跨出，抓住尹增禄的脖领，死猫一样拖进门来，通的摔在地上："我叫你投降！……"周铁汉嘴唇哆嗦着，气哽在嗓子上，肺也快憋炸了。他右手一甩，盒子枪响了一声，尹增禄的半个后脑被掀了下去，花红脑子喷出去溅满门槛和墙壁。周铁汉又把他翻个身，照胸上肚上又一连两枪，见那尸上各处都冒着血，才插了盒子，捧起一把土，狠狠地搓着手上的血污。……（见该书十七页）

　　为什么这样结束了尹增禄呢？为什么周铁汉这样狠狠地对付他呢？如果在处理这人物的结局之前，不把尹增禄这人物的自私、怕死的性格形象地表现出来，如果不把当时残酷的环境描写出来，读者就会觉得这样的结局太悲惨，周铁汉太残酷了；周铁汉的做法就不可能获得读者的同意，作者对于尹增禄这人物的憎恨，就不可能引起读者的共鸣。

　　事实上，作者不仅描写了环境，也描写了尹增禄的性格。当时的环境是在敌人的重重包围中，敌人以优势兵力，在追击这支游击队，在突围的战斗中，许多同志作了壮烈的牺牲，当大家正同仇敌忾，奋勇杀敌，拼命突围的时候，尹增禄却慌张地从战场上往回跑："左手拖着枪苗子在地上拉，右手只管一掀一掀地摘掉身上的东西，米袋子、背包早扔光了，正往下摘手榴弹。"准备临阵①脱逃。周铁汉严厉地阻止了他，并问了他大队在什么地方，接着直跟着他的背梁，让他带进村去，目的是与大队会合，共同打击敌人。但他怕死，他怕经过大街碰上敌人，企图绕过刚才大队与敌人相遇的十字街，"迷迷瞪瞪把队伍引进了一条死胡同，当发觉房上敌人正架上机关枪，两个班已经被卡在胡同里头，敌人的机枪和手榴弹，蒙头盖顶直浇下来，许多战士还没有弄清子弹从哪里来的，便倒在血里了。五尺

---

　　①　原文为"身"，据词义改。

宽的过道，登时染满鲜血，"许多战士都把愤怒的眼光射到尹增禄脸上来，但敌人就在眼前，先对付敌人要紧，战士们正在跟敌人拼命，有的正冒着鲜血，这时，一颗手榴弹在墙角爆炸了，尹增禄竟撒手扔掉手中的枪，扑身倒下去，"一个苍白的面孔，绝望地看天上，双手作揖似地向上伸去，狗一样跪卧在门外的墙角下。"尖叫着："不要打啦，我，我投降！……"

尹增禄是个贪生怕死、毫无民族气节的家伙。正当周围的战士与敌人展开你死我活的殊死战斗，许多人正在为民族解放而倒在血泊里的紧张情况下，他反而自私地想临阵脱逃，甚至无耻地向敌人投降。对这样的人物，你能不恨之入骨吗？周铁汉不正跟你一样地恨透了他吗？作者没有求助于理念的解释，只通过人物的行动去暴露他的性格的主要特征与心理面貌，让读者在形象的感受中去认识，去憎恨他，然后才"狠狠地"结束了他。这样，不仅情节发展得入情入理，而且也能唤起读者感情上的共鸣。

只简单地叙述故事梗概，而不深刻描写人物性格的作品，就不可能表现得那么真实，那么入情入理，那么动人。

就是民间口头文学创作吧①，凡是能够深深地感动听众，能激起爱憎，而且能使这爱憎的对象深刻地印在听众记忆里的作品，没有不是深刻地描写了人物的缘故。比如《梁山伯与祝英台》吧，就是通过人物内在心理面貌的描写来展开故事的，否则，这两个人物形象，无论如何不能这样长久地这样深刻地印在人们的记忆里。

故事因人物而产生，人物因故事而表现。

只有故事而无人物，而又能深刻感动读者的作品，现在还找不到恰当的例子；只有人物而完全没有故事的作品，也不易找到。不过，在艺术性较高的小说中，其故事性有强有弱，有的容易讲得出，有的却不易讲得动

---

① 原文为"罢"，据文义改。

人，也是事实。

五

最后，附带谈到"强调人物在作品中的作用是否就是'英雄造时势'的唯心论"的问题。

我以为把"英雄造时势"和"强调人物在作品里的作用"这两个观念连在一起当问题来提出，就不很妥当。

的确，从前曾有些唯心论者认为：世界的面貌是按照几个"英雄"的主观愿望的改变而改变的，认为可以不受客观条件限制，要怎么改变就怎么改变。这就是所谓"英雄造时势"的涵义。这种谬论早已被历史事实所粉碎，也为历史唯物论的学说所驳倒。这不过是反人民的统治者及其御用学者们杜撰出来的花样，企图以此证明：只有他们几个人才是"英雄"，至于千千万万的劳动人民只能是奴隶而已。

但我们却不能因此得出结论，说根本就无所谓英雄，或一概地否定了英雄的作用。

英雄还是存在的，英雄的作用也是不容否定的。但人民的英雄，与唯心论口中的所谓"英雄"，是根本不同的。真正的英雄，不是自封的，而是人民公认的。这种英雄不是凭主观愿望去行事，而是根据事物发展的法则，按照客观条件，有计划有步骤地去改变社会或改变自然。单凭主观愿望去改造世界，是行不通的；只有根据实际情况，抓住主要矛盾，进而有计划有步骤地去解决矛盾，才能逐步地改变世界面貌，使社会不断地向前推进。

一定的英雄是从一定的时代与一定的条件下产生的。斯大林式的英雄，不能产生在资本主义初期，斯达汉诺夫式的英雄不能在资本主义国家里产生，魏来国式的战斗英雄不能产生于帝国主义的军队中……因为那样性质的时代和那样性质的国家，还没有条件产生这样性质的英雄。我们从这样的观点出发，所以我们认为英雄是由"时势"所造成，也即是"时势造英雄"。

但是仅仅理解"时势造英雄"这一面，还是不够的。凡是善于掌握事物发展规律，善于运用这规律去解决矛盾，使运动不断前进的英雄，事实上，都是反转来作用于社会、自然，也作用于世界。谁能掌握事物发展法则的，谁是真正的英雄，谁就不能不属于人民。这样的英雄是站在人民中间，同时是人民的领袖。

我们为什么要反对唯心论者的所谓"英雄造时势"呢？主要是反对他们"不按照事物发展法则，只凭几个'英雄'的主观愿望就可以改变世界面貌"的谬误观点。也就是反对他们的所谓"主观意识决定客观存在"的谬论。

那么，在文学艺术的创作上，我们强调人物在作品中的作用，是否就是唯心论呢？是否就是等于强调"主观意识决定客观存在"的作用呢？我说不是，绝对不是。

我不打算再重复我对人物与故事的关系的话。前面已经反复说过，文学艺术作品中的情节（或叫做故事），是由人物的性格与性格之间或人物性格与客观环境之间互相关系，互相发展的逻辑的结果。如果作家不根据人物性格，不根据人物所处的历史社会条件，不根据它们之间的内在的关系，去处理作品情节（故事），反而只凭作者自己的主观愿望去"捏造"故事，那么，很显然这样的故事是作家头脑里空想出来的产物，它不可能是人与人（阶级与阶级）的关系的真实描写。这种做法，恰恰是违反了历史唯物论的基本精神，不知不觉地掉进"主观意识决定客观存在"的泥坑。

一九五〇年八月八日于北京

生活的真实与艺术的真实 *

一

据说，有一次一个苏联的电影导演，在拍摄一部中苏电影厂合作的某影片的战场背景时，把百十门大炮排列在一起，集中在一个小面积里，一位有经验的人民解放军看见这种情形，就提出他的意见说："这是不真实的，战场上的大炮哪能这样集中呢？"电影导演回答道："那是生活的真实，我们要创造的是艺术的真实，因此，我们不能机械地照着生活的样子去描摹。"

这位苏联导演的话，是意味深长的。他告诉我们：生活上真实的东西，未必就是艺术上真实的东西。艺术的真实应该比生活的真实更集中，更有组织，更典型。

类似这样的情形，在文艺读者（观众）中间也是存在着的。有不少读者或批评家常常狭隘地根据个人的片面的见闻或经验，或根据某一地区的特殊经验来衡量作品的真实性，凡是符合他所经验过或者见闻过的情况的，都以为是真实的，否则，统统被斥为不真实的。当然，符合他经验的作品，也未必就是不真实的作品，我只是说，仅仅以这点点狭隘经验来作为衡量作品是否真实的根据是不够的，因为用这种尺度来衡量作品，常常容易使我们的结论发生错误。

一篇作品是否真实，不在于它"如实地"描写了事实或现象，关键在于是否通过了现象透视到本质，是否通过生活现象的描写反映了生活的真

---

*　本文原刊于《文艺报》（1951 年第 12 期），收录于《论生活、艺术和真实》（人民文学出版社 1980 年版）时将题目改为《论艺术的真实》。

实面貌（本质的面貌）。如果不是这样，不管你所写的事实或现象如何逼真，读者仍然会觉得这篇作品是不真实的。鲁迅先生之所以能在《一件小事》中，通过一个现象的描写，勾绘出劳动人民的崇高品质，高尔基之所以能在《我的旅伴》中，通过一个旅行伴侣的描写，写出了市侩主义者的形象。……主要是由于他们并没有停止在现象的描写上，而是通过现象，看出这现象背后所隐藏的、要经过深深思索之后才能发现的更深刻的意义。我们有好些作者常常过于相信自己的眼睛和耳朵，认为自己耳目所经验的，就是真实的，他们不仅满足于表面现象的观察上，而且也满足于表面现象的描写上。有的人甚至这样说："描写着自己亲眼看见的事实或现象，其真实性是不容怀疑的。"但事实上，这样的作品却常常引起人们的怀疑；于是他们说："你怀疑，那是由于你不了解情况，我反正是真实地反映了生活的。"实际上我们的耳目所接触的，常常是现实生活的表面现象，有时甚至是偶然的现象，对于这些事实或现象，如果不经过发掘，就算你描写得很生动吧，但是它能使读者深一步的认识生活么？不能；能使读者通过你的描写看到历史的真实面貌——历史的真理么？也不能。既然这样，那么，有什么理由说自己的作品反映了真实呢？

二

我这样强调艺术真实与生活真实的区别，是否可能给读者造成一种印象，以为我否认了描写生活真实的重要性呢？不是的，我完全不是这样的意思，我只是说：艺术的真实并不能是生活真实的机械的再现。

杜布洛留勃夫说过："艺术家所创造出来的形象，是实际人生中各种事实的集中表现。"这里所谓"实际人生中各种事实"，就是社会生活中的各种存在的现象和事实，对于一个初学写作者来说，首先要求他准确地描写出"实际人生中各种事实"，是很必要的，正如对一个初学绘画者首先要求他准确地描绘出某人的肖像一样。因为，如果我们不能准确地描写生活的真实，我们就谈不到"集中地"去表现它们。也就是说：如果我们不能首先生动地精确地写出生活的真实，要创造艺术的真实就将无从谈起。写得"像"，应该是一切文艺写作者最起码的要求。但对于一位艺术家来说，仅仅写得"像"是不够的，艺术家的任务，应该在现实生活的基础上，创造出更有典型意义的艺术的真实。

碧野同志的小说《我们的力量是无敌的》之所以失败，原因很多，但他不能准确地描写出生活的真实，也是一个重要的原因。

我相信，没有人会怀疑生活真实对于创作的重要性，恰恰相反，生活的真实，正是作家拿来创作艺术真实的最重要的原料，离开了生活的真实，或轻视这种真实，作家就会失去了创造艺术的真实的任何可能。

但是，生活只是艺术的源泉，它本身并不等于艺术，因此，机械地描写生活的现象不能造成艺术；事实和现象的如实描写，也不足以创造艺术的真实。

为什么呢?

人们的生活，从表面上看，是杂乱无章的，比如一个英雄吧，除了他的英雄事迹之外，仍然有许多生活琐事夹杂其间，倘若我们不善于选择，不善于通过各种各样的现象找出他的基本特征，而又不从这基本特征的各个侧面去描写他，反而"如实地"去记录他的日常生活，那么，可以想象，这样"记录"的结果，不仅不可能真实地写出这英雄性格，反而会因其他细节的描写而掩盖了这人物的基本特征。譬如著名的罗马国王尼罗吧，当他对待人民的时候，是一个十足的暴君，然而，当他回到家里对待他的子女时，却又那样和善慈祥。像这样的人物，如果不抓住他性格的主要方面加以刻画，反而去描写他在各种场合所表现的现象，那么，他的性格特征就会被各种现象模糊起来，甚或完全被掩盖了。

社会现象也是这样，它是形形色色的，散漫的，杂乱的，如果我们不认识构成这些社会现象的主要的特质，我们就很难理解纷纭万状的社会现象。自然主义的作家就是只满足于现象的描写的，他们主张"实有物底承认和描写"，他们排斥艺术真实的创造，主张对社会事物不加以评价和判断。现在，为明了起见，不妨举出左拉的《失业》作为例子，并加以简略的分析。

在《失业》中，左拉描写着一个工人失业后的悲惨生活的情景，这小说不仅细腻地描写了工人失业后痛苦的经验与心情，同时也以同样细腻的笔触描写了工人的家庭——工人的妻子和七岁的女孩——的饥饿、悲苦的惨象。它所描写的生活细节确是很逼真的，但这小说到底告诉了读者一些什么呢？作者只描写了工人失业后的浮面现象，它不能告诉读者：造成工人失业的基本原因是什么。甚至对于工厂主的描写，也是表面的。厂主说：

> 我不是只顾自己的私利者，不是的，我与你们发誓，我的情况也是一样的可怕，或许比你们的更可怕……我本来想襄助你们度过这不好的岁月，但是现在已经完了，我已仆地了；我再没有与人平分的面包了。

既然这样，那么，造成工厂倒闭，工人失业的根本原因在哪里呢？左拉竟丝毫没有透露，也丝毫没有加以判断。他的全部描写，都是局限于表面的事实和现象上，这样，他（左拉）给读者提供了失业的假象，把工厂倒闭与工人失业写成为一种不可理解的东西，一种莫名其妙的灾难。因此我以为，这样的文学作品，只配称为事实和现象的"如实"记录，它还没有在艺术上创造出什么真实来。

类似这样的作品，我们所以说它不真实，或者说它虚伪，主要是因为它"把现实生活中一些偶然的，虚伪的，并不是构成它（社会）的实质的现象拿来当作它（社会）的主要的特征。它们之所以虚伪，也是因为如果我们以它们为基础，来形成理论上的观念，我们所得到的观念就会是绝对错误的"。（杜布洛留勃夫语）。

王林同志的小说《腹地》之所以应该受到批评，其他原因固然还有，而作者把偶然的、个别的生活现象，拿来当作生活的主要特征来描写，以致不自觉地歪曲了现实的真实面貌，却是最重要的。刘佳同志执笔的剧本《不要杀他》所以引起观众的一些不满，可能还有其他原因，但最主要的，却是作者把局部的表面的现象当作全局的主要特质来描写，以致不自觉地歪曲了现实的主要特征。

三

文学是通过个体来表现一般，也就是说，它是通过有血肉有感情的行动着的人物、通过人物与人物之间的关系来表现社会（阶级）的真实面貌，表现社会关系（阶级关系）的矛盾及其发展的真实面貌。这样的作品之所以真实，就是它能写出矛盾发展的规律，饱和着代表多数人民利益的思想和感情。这种思想感情表现得越深刻，它的真实性就越大。

要达到这样的目的，很显然，只"如实地"描写现象和事实是不行的。那么怎样通过个体的人来表现社会面貌呢？怎样创造真实性的形象（典型）呢？抓取个别的人物或现象来描写么？这样写，个性当然可以写出来，但能透视出社会的真实面貌么？未必；从社会全局去描写么？这样写，当然可以勾划出社会的大致面貌，但能写出活生生的人物来么？也未必。

前面已提到过，艺术形象的创造，是实际人生各种事实集中的表现，但所谓"集中"，并不是机械地集中，不是数学加法式地集中，离开社会历史的具体条件而空谈集中，是很危险的。因为离开了社会，个人的性格将无法把握。也就是说，离开了某种历史的（阶级的）矛盾及其发展的真实状态的描写，要表现某种性格的形成与发展，就很难想象。

为什么呢?

我们试举《孔乙己》为例吧。孔乙己所以是文学上的典型人物，正因为鲁迅先生认识了科举制度给孔乙己所造成"不会营生，好喝懒做"的性格，又因为他没有进学，而他生活着的社会又是那样"世态炎凉"，人们除了拿他开心，谁对他也没有兴趣，他愈来愈穷，终于偷起别人的东西来了，结果被打折了腿，最后死去。又譬如《哈姆雷特》吧，"哈姆雷特之所以能够成为文学上的伟大的典型的性格，就是因为作者认识了在封建制度的动摇时期，没落中的封建贵族，由封建主义的教养使理智徒然发达，从来也不用于处理实际的事务，故实行力非常薄弱，这种由社会的性质而影响到人们的性格，使他欲报弑父奸母篡夺王位的大仇，几次决心，几次犹豫，终遭逐放谋杀。"(见蔡仪同志的《新艺术论》)

因此，我们就能够理解，所谓"典型环境中的典型性格"，它的含义，一方面要求通过典型的性格去反映现实中的矛盾及其发展的典型状态，另一方面，又要求作家在现实矛盾与发展的主要状态中去把握人物性格。凡是愈能反映出社会上最主要的最有代表性的、愈能反映出社会矛盾发展状态下所形成的性格，就愈是典型的，真实的。否则，离开主要的社会情势影响的性格，都不能算是典型的。

但是，要求通过典型人物反映典型环境，并不是放弃局部社会生活的观察、发掘与描写，相反，应从局部去反映全部，从个别去反映一般。因为所谓全局或全面是由各个局部或各个方面所构成，局部就是全局的一部分，而局部之间又互相联系，彼此之间存在着某些共同的本质的东西。譬如人民解放军吧，他的各部分虽然是分散的，但他们的主要素质(如良好军风，人民性等)是相同的。一个作家如果忘记了这共同的本质的素质，只抓住一些偶然现象就加以描写，显然只会歪曲人民解放军的真实面貌。虽然部分与部分之间有着共同的东西，但并不是什么都完全相同，仍然各有各的特点，也许有一种现象在这部分很突出，而在那部分还很晦暗，也许在这部分已发展得相当成熟，但在那部分却还停留在萌芽状态中。艺术家要使现象典型化，就必须深入各局部生活，从中把握全局性质的特点，给以艺术的概括。

但是部分与全部是对立又是统一的，实际上，部分的社会环境是直接影响人的生活方式、生活态度、思想作风的直接条件。这部分的社会又是全社会与个人的联结点，所以通过这部分社会的真实描写，就可能真实地反映出全社会的基本特征。如果局部生活中的矛盾及其发展具有全局的性质，那么，这个部分生活的单独描写，就足以创造艺术的真实——艺术典型。"真人真事"的写作，所以还有它积极的意义，理由也就在这里。

四

高尔基说："艺术底基本的使命，是要站在比现实更高的地方，从新人类的创造者——无产阶级所建树的光辉的目标的高处，来看今日的事业。"所谓"站在比现实更高的地方"，并不是离开现实基础去幻想，而应该是从现实深处看出它发展方向和发展规律。文学艺术家应该能够从目前洞察到未来的远景，他们有责任去描写出一眼不能看透的社会与历史发展的规律，并揭露它的主要矛盾。所谓发展规律，并不是按照社会科学的概念，使人物事件的图式化、划一化，而应该在深入描写现实生活中，洞察现实的本质，从本质的描写中透视到未来的发展。瓦希列夫斯卡的《虹》所以被苏联誉为"社会主义现实主义的典范作品"，不是偶然的，她不仅写她观察到体验到的事迹和人物，而且也写她思索到、预见到的事迹和人物，就是说，她不仅把她的耳目所经验的事实，加以艺术的概括，使之更集中更典型；更重要的，是她能本质地认识了现实斗争中苏维埃人民不屈的斗争意志与毅力，由于这种认识，所以作者能深一层的认识了战争发展的道路与前途。《虹》是一九四二年写成的作品，那年夏天，德国法西斯在苏联南方集中了大批的军队与飞机坦克，并且从法、比、荷、意、匈等国调来了大量兵力，利用了这庞大军队，由一九四二年五月到八月，占了顿河及库班的广大区域，攻占了南方的重要工业城市：伏洛希洛夫格勒、诺佛切尔卡斯克、沙哈特、罗斯托夫、阿马威尔、迈伊考普……虽然当时的情势如此险恶，但瓦希列夫斯卡在《虹》里，却预见地描写了在乌克兰胜利的反攻。这种大胆的描写，不是出于幻想，不是凭空虚构，而是作者深刻地认识了现实，把握了现实的本质，从而清楚地洞察到战争的发展道路与远景。那远景就是红军的胜利，德寇的败亡。以后（一九四三——一九四五年）的事实，也证明了她的预见性的描写，是符合事实发展的规律，是写出了"逻辑的真实"的。

由此，我们可以认识到：只有本质地理解并描写了"现有的"那个样子的生活面貌，才可能写出"它应该有的"那个样子的生活面貌。离开了"现有的"基础去幻想将来，是不科学的，是旧浪漫主义的。有人说，《攻克柏林》影片中描写斯大林飞到柏林，是与事实不相符的，不真实的。我们认为：虽然当时斯大林没有飞到柏林去，但他要飞柏林并不是没有可能，也不是没有必要，而且据说当时柏林的军民也的确有着一种希望斯大林到柏林去的热烈情绪；他所以没有去，据说只是由于偶然的原因。因此《攻克柏林》影片表现了这种可能的但由于临时原因而没有成行的行动，是完全真实的。与这看法相反的人，往往把历史的真实与艺术的真实混为一谈。是的，在历史性质的著作里，必须完全合乎事实才谈得上真实，但艺术却与这不能完全一样，艺术作家只要写出了"逻辑的真实"，他的作品就与"事实的真实"的发展规律相符合。这种符合，就是事实本质的真实。

当然离开"现有的"生活的本质的描写，就不可能理解现实生活的基本特征，抓不住这基本特征，就无法理解它的发展法则，就无法预见它的未来。关于这，高尔基说得最清晰，他写道："在得自事实的思想上，我们加上点什么，把思想发展得更远一点，并依照逻辑的假设，在形象上加添一点可以想望得到的东西，——那么，我们就有了浪漫主义。"

但是爬行的经验主义者，不管他如何生动地描写了生活，仍然不可能发现事物运动的法则，不能预见到未来。一个作家能不能抓住现实的基本特征，这要看作家是否有高度的政治热情与正确的立场、观点和方法。

一个政治感觉敏锐的艺术家，他总是善于捉住一切萌芽状态的东西，所有刚萌芽的东西，往往不是一眼能看透的，而且常常是在大家的自觉之外的。艺术家的责任，就是要善于捕捉并描写这些萌芽状态的、新生的东西，并加以肯定。法捷耶夫教导我们，应该"从新的因素的种子上，看出这新因素已经在获得胜利"，而且要善于"发现和艺术地去描写正在发展中和在远景中的这个新因素"（如高尔基《母亲》中尼洛娜的形象的创造）；要善于捕捉并描写人民要求提出但还没有提出的问题（如考涅楚克《前线》中戈尔洛夫形象的创造）。

文学艺术家创造艺术的真实的过程，是一种概括、提高的过程。艺术的真实，应该比生活的真实更集中，更有组织，更典型。

凡是善于发掘群众的基本问题与基本需要的，哪怕这问题或需要还没有为群众自己所明确意识，只要及时给以艺术的概括并加以解决，群众不仅乐于接受，而且能引导他们去行动。

所谓艺术的真实，它是比生活的真实提高了一级的东西。一切不自觉的或群众还没有明确认识的重大问题，要求文学艺术家敏锐地明确地认识它，并描写它。只有如此，文学艺术才能帮助读者深一层的认识现实，并指导现实、改变现实。

像这样的作品，我们还不很多。目前，在我们文艺作品中，记录事实与现象的作品，要比深刻地描写生活、指导生活的作品要多得多。我们新文艺的历史还很短，经验还不够丰富，因此在开始阶段，较多的记录生活，也是一种自然的现象，这是一时难免的。但是这种写作方法不应该长久继续下去，为了使文艺能更有效的去教育人民、指导现实斗争，文艺工作者应该从记录生活真实的现状下提高一步，去创造更多富有艺术真实性的作品。似乎是时候了。

一九五一年三月二十五日　北京

克服诗歌创作中的概念化和现象罗列的倾向[*]

好些文艺刊物（或文艺副刊）的编辑，只要一碰面，总爱交谈些关于如何处理诗稿的意见。据他们反映：各文艺刊物的编辑部，每日都收到大量的诗稿，如果以篇数计，它的比例占了来稿总数的百分之九十以上，但是能发表的却非常之少，用比例数来说，能发表的至多只能占诗的来稿的百分之一，有时甚至连百分之一也还不到。在这种情况下，编辑部的全部人员需要用百分之七八十的时间去审阅、处理这些诗稿，虽然紧张地工作，但仍无法及时处理，因诗稿大量地源源而来，因此稿件的积压现象，就愈来愈严重。

写诗的人多，本来是一种好现象，文艺刊物编辑部每日能收到大量的诗稿，本来也是一种好现象。但是，现在为什么好些文艺刊物的编者，反而因为诗稿多觉得是"问题"呢？其实，问题不在诗的产量的增多，问题是许多诗作者用一种极草率的态度来写诗，他们常常"为写诗而写诗"，或者为投稿而写诗，有的甚至是为"成名"而写诗。在这种种不正确的态度支配下所写出来的诗，的确存在着一些值得注意的问题。

一

那么，在目前一般的来稿中，诗歌创作中（特别是抒情诗创作中）所普遍存在的，到底是些什么问题呢？我不想一般地来论述它，为了使初学写诗的同志易于理解，举出具体的作品来分析，也许更容易把问题说得明白些。

在一首叫做《万岁！我们伟大的祖国》的诗里，这样写着：

---

* 本文原刊于《人民文学》（1952 年第 6 期），收录于《与习作者谈写作·二集》（中国青年出版社 1959 年版）时将题目改为《谈写诗》。

> 我们打败了黑暗的反动势力，
>
> 打败了帝国主义的侵略，
>
> 摧毁了历史上最残酷的
>
> 　最野蛮的反动统治，
>
> 解放了全国，
>
> 把卖国贼，帝国主义，
>
> 从我们的土地上滚出去。

在这首诗里全是这样的语言，其中还有最突出的一段，是这样的：

> 我们进行了伟大的，新民主主义建设。
>
> 财政、经济迅速恢复、发展了。
>
> 我们在短促的时间里，
>
> 消灭了历史性的，财政收支不平衡的赤字，
>
> 挽回了金融波动、物价暴涨的狂澜，
>
> 全国的财政统一了，
>
> 崩溃的经济复兴了。

现在，我们姑且不谈这首诗中某些语法不通的现象，但是作者既然把它称为诗，而且据作者来信说，还是在"希望能激动起人民对祖国的爱护，更坚决地在党的领导下把革命进行到底"的心情下写出来的诗，那么，我们就应该考察它能不能"激动"读者？能不能在情绪上激起读者"对祖国的爱"？

用不着我来逐句加以分析，这首"诗"从头到尾都是用政治术语或社会科学的术语堆砌起来的。这些诗句到底给读者传达了些什么生活实感和

生活情绪呢？没有，一点也没有。这些诗句除了重复着一些"谁都知道"的政治概念之外，什么也没有传达给读者。既然它是抽象的概念，读者既不能从这里感受到什么生活气息，也不能从这里联想起什么生活情绪，那么，这样的作品能在情绪上感染读者，进而感动读者么？

一首诗既然不能在情绪上去感染读者和感动读者，那么，这样的"诗"又怎么能够产生诗的效果呢？

这些惯于用政治术语或社会科学术语来写诗的同志，他们大概都把诗理解为"分句排列"的东西，以为把句子拆开，一句一句地并排起来就是诗。其实，这种理解是完全错了的。

所谓诗，它的特点并不是仅仅表现在形式上，更重要的，是表现在它的内容上。诗是心的歌，是客观事物运动激起诗人内心沸腾的情绪，用语言表现出来的东西。一首好诗，即使把句子联接起来，它仍然具有诗的感染力量，读者仍然把这种"不分句排列"的作品叫做诗。理由就是因为这些作品在内容上有着诗的情绪和诗的境界。相反，如果在内容上没有诗的情绪与诗的境界，无论你把"我们打败了黑暗的反动势力，打败了帝国主义的侵略，摧毁了历史上最残酷的最野蛮的反动统治，……"等句子怎样排列，它仍然不会有诗的感染力量，也不能产生诗的效果。

二

是的，诗也需要有说服力，但是所谓"诗的说服力"，并不是直接用概念去说服读者，而是通过形象去激发读者的情绪。但有些诗作者却完全不理会这一特点。例如：

无耻！

最无耻！

完全丧失人性的美国战争贩子！

你梦想用细菌、毒虫

来挽救你必然死亡的命运，

告诉你：

不可能！

你的"空中堡垒"，

被我们摔成残骸碎片，

你的坦克、大炮，

被我们捣成废钢顽铁；

同样的，你的细菌、毒虫，

我们一定把它送进那

埋葬你自己的坟墓里！

强盗！

流氓！

最野蛮的刽子手！

你妄想用细菌、毒虫

来屈服不可屈服的中朝人民！

告诉你：

不可能！

日本法西斯的毒焰

被我们鄙夷地踏熄了；

一切狂妄的暴力，

从来没有阻碍了人类历史前进；

同样的，你和你血腥的细菌，

我们一定亲手来

　　　收拾干净!

　　现在，我们不去讨论这种"忽上忽低"的诗的排列形式，但我们却应该分析一下这首诗的"说服力"。毫无疑问，作者写这首诗的目的，一方面是想讽刺美帝国主义，一方面也想启发我们的人民。但是，结果怎样呢?任何一方面的效果也没有达到。第一，作者没有捉住美国帝国主义最本质的东西，因此不能有力地讽刺敌人，不能抓住他们的痛处，狠狠地加以打击。第二，由于作者没有通过自己的意识，没有通过自己的灵魂，没有通过自己所熟悉的、曾经被感动过的生活来深入地理解这事件，并赋以血肉内容与真情实感，因此，读者只能从诗句中看见一些抽象的概念，却不能从诗句中感受到什么生活的真实内容。因而，也就不能在情绪上打动读者的心弦。

　　但，是否作者捉住了事物的特征，就能够说服读者呢? 不一定。如果作者仍然用概念来写诗，不管理由如何充足，也仍然不会有诗的说服力，即不会有诗的感染力量和感动力量。

　　有些诗歌写作者，反复地写着这样的诗句:

　　　时代的巨轮永远不会倒转，

　　　人类的理想必须交由工人阶级领导去实现，

　　　这是铁的规律，

　　　谁作别的梦想，道路只有一条——黑暗。

　　也许作者以为这样的诗句是很有力量的，实际上，读者除了接触一些政治概念之外，丝毫生活实感也感觉不到。像上述诗句中所说的理由，应该说是充足的，但由于是纯概念的，因而，它也不能在情绪上打动读者，更不能激发读者产生行动的情绪。它所起的作用，与一篇蹩脚的论文差不多，如果与一篇出色的论文相比较，它就益发显得空洞而无力了。

我所以拿这样的诗与论文来比较，并不是要求诗要跟论文一样地推理和判断，而是说，如果一个诗作者企图直接以理念来说服读者，那么他的"诗"，顶多只能与最蹩脚的论文所起的作用差不多，就退一步说，我们先不谈诗的效果，即从概念的说服性来要求，它也是空洞而贫乏的。

这样的诗之所以不好，首先是因为作者不是从真情实感出发，即不是"先乎情，始乎言"，而是在内心并无强烈的感动时硬"写"出来的，因而，这样的诗，无法注入诗作者自己的血液，无法为作者的意识感情所浸润渗透，结果，当然只会成为缺乏个性、缺乏独特性与创造性的东西了。

三

类似的缺点，同样出现在一些结合政治运动的诗作上，如：

> 美国杀人犯们违反了日内瓦公约，
>
> 不顾国际公法和人民的制裁，
>
> 释放了沾满中国人民血迹的——
>
> 日本细菌犯石井，若松，
>
> 在南朝鲜的巨济岛
>
> 用战俘作世界上最残忍的，
>
> 灭绝人性的细菌实验，
>
> 并且在北朝鲜和中国的东北大量撒布细菌毒虫！
>
> 美国杀人犯的滔天罪行，
>
> 激起了全中国人民的愤恨！

激起了全世界人民的声讨！

又如：

他们是人民的仇敌，

他们是祖国的叛逆。

是他们，

这些利欲熏心的家伙们，

侵蚀我们的党，

腐蚀我们的革命干部。

是他们，

组织了"糖衣军"，

使用了糖衣炮弹，

把革命干部拉下水。

是他们，

这些祸国殃民的败类，

欺骗政府偷工减料，

偷窃盗卖不上税。

是他们，

混进革命阵营，

刺探国家经济情报，

破坏新民主主义的经济建设。

这样生吞活剥地把新闻报道或报纸社论支离破碎地重复一遍，到底有什么意义呢？老实说，这样的重复还是残缺不完的重复。这些诗作者将动人的新闻报道抽象得只剩下几个概念，把思想内容极其深刻的政治论文弄得只剩下几个名词术语。作者不仅没有通过自己的意识、感情深入地去理解这些政治事件，赋予它更丰富更深刻更生动的血肉内容；反而把本来充满着生动内容的事件抽象化了，表面化了。一个诗作者的这种做法，不正是一种反常的现象吗？

既然为配合政治运动而写诗，诗作者当然希望他的诗能在运动中起积极作用，协助推动政治运动往前发展。要达到这样的目的，显然不是把新闻报道加以分句排列就能办到，也不是排列几句口号就能办到。文学写作者在政治运动中的任务，不是抽象地宣传一般的政治观念或政策，不是用直接说理的方式去教育人民，而应该是通过形象去打动读者的情绪，激发读者情绪上的爱憎，进而启发他们思想，引导他们去行动。当然诗人所企图激起的思想情绪，应该与政策的精神相一致，正如《古诗源》例言中所说："诗非谈理，亦乌（不）可悖（违背）理也。"否则，诗就不能在政治运动中起积极的作用。

但为什么许多诗歌写作者在配合政治运动中，反而把饱含着血肉生活内容的政治事件抽象化了，表面化了呢？第一，这说明那些诗作者对于政治运动实质上还缺乏责任感，至少是他们还没有明确地认识诗的特有的能力，以及如何在政治运动中去发挥它的鼓动人心的威力。以为写了运动中的事象，就是配合了运动，是否真正起了配合作用呢？是否会在读者和听众中间激起了行动的强烈情绪呢？却很少考虑，或根本不考虑。第二，说明那些诗作者的意识感情还没有与歌唱对象相融合，作者只是"为写诗而写诗"地把"人皆周知"的事件概念地重复一遍。对于歌唱对象，没有经过深思熟虑，也没有经过热情的培养。既然如此，诗怎么能有真情实感？又怎么能够在情绪上感染读者，进而激起读者的行动的情绪呢？

四

诗是否有生命，首先要看它是否有强烈的生活情绪。

但是有些诗作者，把诗的情绪简单化了，表面化了。他们把情绪理解为表现在字面上的东西，因此他们以大量形容词或形动词来"装饰"情绪，并以这"装饰"出来的情绪来代替真正的生活情绪。

曾经有一位诗作者写过一篇叫做《欢迎我们最可爱的人》的诗，在这首诗里，作者为表示他的热情，曾选用了大量的形容词和形动词来装饰他的诗篇："热烈地欢迎"呀，"激动振奋"呀，"要拥抱得更紧"呀，"热爱地关心你们"呀，"尽情地歌唱着你们"呀，"做着无上光荣的事情"呀，"你们英勇顽强的辉煌战绩"呀，"你们艰苦奋斗的精神"呀，"你们是祖国优秀的好儿女"呀，"战斗在最前线的英雄"呀，"你们肩负起崇高的荣誉"呀，"英勇机智地冲锋陷阵"呀，"顽强地与敌搏斗"呀，等等。值得注意的是，这一大串为形容词与形动词所装饰起来的诗句，仅仅只为了说明"欢迎"、"抗击"、"保卫"三个动词。这就是全诗的内容。

既然所有的热烈的词句都只是为了装饰那三个动词，那么全诗的生活内容就可以猜想到是多么贫乏了。作者如果不能从作品的生活内容中体现出生活情绪来，即使在纸面上再增加几倍形容词和形动词，它仍然不是诗。

五

但是，另一方面，有些同志虽然写了生活现象，但也仍然不能很好地表现诗的情绪，如一首题叫《春耕》的诗：

公鸡啼了，

天还没有大亮，

王老汉开了房门，

走到院中，

尝尝春晨新鲜的空气，

深深地打了一个呵欠，

抬头望望天，

星儿尚挂在高空，

　　　眨着眼睛。

槽上的黄牛，

哞！哞！叫了两声，

像在问主人早安；

他拿了草料，

走到槽前，倒在槽里边，

牛儿低头吃着。

儿媳听见公公的咳声，

急忙起来烧火做饭。

全家都起来了，

打扫打扫院中，

吃过早饭，

王老汉扛着七寸步犁，

儿媳赶着牛，

拉着拖床和耙，

儿子拿着三齿镐，

出村奔正东。

星儿已落，

刚冒嘴的红太阳真耀眼，

四外一望，

啊！真清！

……

抄起来太长，就抄到这里为止吧。诗作者像记账似的，把王老汉从早一直写到傍晚，不仅写他耕地，甚至连王老汉所见所闻的微末细节都写到了，譬如王老汉耕地时偶尔见到的情景。作者也不遗漏地写着：

阳光照在新的波纹上，
红润得可爱。
偶尔飞过一两只鸟儿，
唧喳！唧喳！
远了，变成了小黑点。

总之，作者不放松王老汉这一天的所见所闻，几乎什么都写到了，但什么也写得不深刻。全诗既无中心，也不知作者到底要表现什么思想情绪。

这样的诗，比起前面所指出的那几类来，还算有一点生活气息，但仍然没有什么动人的地方，它除了使读者知道王老汉这一天的劳动情况与所见所闻之外，再不能给读者任何激发与启示。

这样的诗之所以失败，首先是作者对歌唱对象，并没有感动过。既无感动，当然就无强烈的情绪，没有强烈的情绪，一定就没有重心。作者也许以为把生活现象搬到纸上就算表现了生活，但是没有与作者的意识、感情相融合生活，是杂乱的，而且其中还夹杂着许多非本质的东西，如果我们原原本本地把感官所接触到的现象都一起写下来（如像《春耕》那样），就正如高尔基所指责的，是"鸡肉和鸡毛一起炒"。结果，淹没了生活本来的性质，也放弃了诗人深化、概括的责任。

总之，以上所论列的各种写诗倾向，——用概念来代替生活实感；用大量形容词形动词来"装饰"情绪；用说理去代替形象感染；把动人的事件抽象化和表面化；用旁观态度去罗列活现象等等倾向，都是一种概念化的或现象罗列的不良倾向，都是妨害诗的正常发展倾向。这种种倾向都应该加以纠正和批判。

六

诗是什么？

诗，不是把作品的句子，拆散分开，加以排列。如果它没有诗的情绪和诗的境界，即使在形式上排列得很好看，也仍然不是诗。如：

挺起我们的胸，

为改造社会风气，

加力求成功！

树立起革命工作传统，

廉洁奉公！

切莫要辜负人民，

党和毛主席，

——毛泽东。

虽然作者在形式上排列的很认真，而且费尽心机押了韵脚，但它仍然不是诗。现在我再举一个相反的例子，如：

要吃元亨饭①，就得拿命换：头枕西北岭，脚踏弯弯岩。先买老芦

---

① 元亨是临沭蛟龙汪大地主胡老八开的字号，此歌系胡家的雇工们合编的。

席，后买葬瓷罐①。刮风拾石头，下雨垫猪圈。咳！东义盛，西义和②，可别上元亨去雇活！

　　煎饼粗，糊涂薄，肚子吃不饱，怎么能干活！好容易盼个端午节，割了二斤瘦猪肉，切的比纸还薄，从南来了个马苍蝇，一口唧了上北河，大先（工人名）跟着撺，吴柴（工人名）跟着嚼，赵兴典（工人名）在头说："我能撺不能撺，也要撺到九岭十八坡！"狗腿子符二说："日你娘，光撺可不许耽误活！"

这首诗之所以有诗的感染力，就是由于它包含着诗的情绪和诗的境界。

因此我们可以得到这样的认识：诗的特征，除了它特殊的形式与语言之外，还有一种更重要的东西，就是诗的内涵的思想和情绪。

但是，所谓诗的情绪，并不是诗人凭空"制造"出来，而是现实斗争映入诗人内心所激发出来的。把这种热烈的情绪用文学语言表现出来就构成诗的性质的东西。即所谓"感人心者，莫先乎情，莫先乎言，莫切乎声，莫深乎义，诗者，根情，苗言，华声，实义"（白居易）。由此可知，诗的根本是思想和情绪，言语声韵，只是苗叶花朵，至于格式，就更加不重要了。

然而，是否诗人有了热烈的情绪，就等于有了诗呢？不一定。为什么呢？你看：

　　中国人民志愿军，

　　机智，沉着，拼命地战斗，

---

① 穷人干了一辈子，到头来用一领芦席、一个瓦盆送出去。
② 也是胡老八的字号。

歼灭几十万凶残的敌人。

光辉地战斗，

光辉地前进！

没有把野蛮的敌人

　　消灭在朝鲜阵地上。

战斗决不停息！

前进决不停息！

　　像这样的诗，能说作者毫无热情吗？能说他没有一点热烈情绪吗？不能。从字面上来看这首诗，诗作者确是有些热烈情绪的，但这情绪是否能感染给读者呢？不能。因为这首诗的"情绪"完全是抽象的，由形容词和形动词装饰的"情绪"，是感官无法触及的东西。这种表现在纸上的"情绪"，既不能让读者（听众）感觉到，也不能让读者（听众）体验到，那么它怎么能够感染读者呢？

　　与上述的情形完全相反，在民歌中却有情绪饱满而且极动人的诗篇，如：

小妮子，泪交流，

想起爹娘整日愁，

爹娘吃了东庄酒，

把俺卖到山后头。

成天听见老虎叫，

隔窗看见山水流，

有心跟着山水走，

又怕山水不到头。

　　这首诗，把封建社会里被压迫的女子悲愤与绝望的情绪，充分地表现出来了，这种情绪使每个读者都感觉到，而且深深地被感动了。有一个人，读了这首诗之后，摇头叹息道："唉，可怜！旧社会，太可恨了！"

　　读者在读了这首诗后，产生了这样沉痛与愤慨的感情，是极其自然的。作者虽然没有在字面上去号召这种感情，但通过诗的形象，读者的的确确地感受到一个女子悲愤与绝望的心情，感受到那个社会中许多被压迫的女子的心情，因此读者在同情之余，产生了一种仇恨旧社会的情绪，也是很自然的。

　　那么问题的关键在哪里呢？为什么前面那首诗毫无感染力量，而后面这一首却有感染力，而且感人如此之深呢？关键就在于前者是用概念、用形容词与形动词来表达它的情绪，因此，它的"情绪"只是停留在纸上的、变成不能感染人的空话。而后者，却是通过生活的真实形象来表达它的情绪，因此，读者能够直觉地从诗里感受到了一种生活的真情实感，仿佛看到一个画面，使整个心灵都为之钩摄，并从中感受到一种强烈的情绪。

　　这种情绪，从作者的心灵传达到读者（听众）的心灵，不是借助作者直接的解说，主要是借助于作品的形象的感染，我们之所以反对在诗里说教，理由就在这里。我们为什么反对用热烈词句去装饰"情绪"，理由也在这里。因为这两种做法，都会窒息诗的生命。

　　事实上，情绪也无法从作者直接的解说中传给读者的。因为所谓情绪这东西，不是表现在外面的、可以看见和可以听到的东西，它是附丽在具体的生活里。因此，企图不借助于比拟、不借助于具体的意象，反而企图用概念的语言直接来传达情绪，是徒劳的。譬如说：

　　　　媒婆最可恨，

　　　　花言乱语吓胡编；

　　　　你害人真不浅，

真不浅!

作者企图用"最可恨""害人真不浅"等词汇来传达怨恨媒婆的情绪,结果,除了引起读者的视觉或听者的听觉活动之外,它不能在读者(听者)的心灵里发生任何有力的影响,可是下面所引的陕北民歌,却就完全两样了:

天上星星千百颗,
地上受罪我一个。

倒灶鬼媒人好吃糕,
把咱送到黑圪塔。
一条手帕两边花,
黑心的媒人两边夸:
一说婆家好地多,
二说娘家有骡马;
又说男子好模样,
又说女子貌如花。

红布小鞋绿线锁,
狠心的爹娘卖了我;
一卖卖出十八里,
人家吃饭我受饿;

刷锅洗碗是我的,
人家吃饭我受饿。

看见娘家树梢梢，

我想娘家谁知道？

望见娘家后山尖，

两眼不住泪涟涟！

媒人吃了羊蹄爪，

死了媒人全家家！

一张空嘴说空话，

生儿养女成哑巴！

日后死在阴曹地，

小鬼拿你去挨叉！

　　若以今天的观点来评论这首民歌，它当然是还有不够之处，但由于它的情绪是附丽在具体的意象里，所以它有强烈的感染能力，比起抽象的"最可恨"的词句来，这首诗的情绪，就有力得多了。

　　越是诗人熟悉的生活，情绪就越饱满，越是经过诗人深思熟虑和再三感动过的生活，诗人对它的情绪就越强烈，越亲切。因而，诗人就越能通过具体的意象来表达这种情绪和加深这种情绪。

　　这里用不着很多分析，因为经过诗人深思熟虑和再三感动过的生活，是具体的，有真情实感的。诗人既然是被这具体的生活所感动，既然是由这具体的生活激起来的情绪，那么，当诗人要表现这种情绪的时候，首先使他想起的，并不是什么抽象的形容词或抽象的概念，而是活生生的生活景象和真情实感。因此，当诗人觉得这种情绪"如鲠在喉"不得不倾吐的时候，他绝不会用抽象概念去表达情绪，而一定是用那些再三感动过他的具体生活去表达情绪，一定把情绪附丽在具体的形象中表达出来。

因此，我们希望初学写诗的同志，不要去写那些他所不了解的、没有生活实感的事件；应该歌唱他所熟悉的、经过再三感动的生活。只要他们确能捉住现实的主要斗争中的主要情绪，即使是歌唱生活的一片段，也是有巨大的教育意义的。

七

这是一方面。但另一方面，对于没有亲自经验过的重大的政治事件，是否不要歌唱呢？我以为要歌唱的，而且应该努力去歌唱。现在，摆在我们面前的主要问题，不是要不要歌唱重大政治事件，而是如何去歌唱它，要怎样才能歌唱得动人的问题。

如果像本文前几节所论述的那样去歌唱政治事件，那一定是徒劳无益的。因为这些诗作者不是在抒发现实斗争映入自己内心的感情、情绪，而是像魔术师那样，只把新闻报道中或报纸社论中的词句，用诗的格式排列了一番罢了。这样说还不完全，实际上，这种"排列"出来的"诗"，远不如新闻报道那样生动有力，也远不如一篇论文那样有逻辑力量与说服性。原因是那些诗作者把新闻报道生动的内容抽象化了，表面化了；把完整的思想割裂得支离破碎，残缺不全了。

正如一些读者所说的："与其读（听）这样的'诗'，真不如去读一篇新闻报道或一篇社论。"

那么问题的关键在哪里呢？关键就在于作者没有通过自己的生活、自己的意识、自己的感情去理解这些事件，去溶化这些事件，没有给这些事件贯注更饱满的情绪，也没有给事件赋予更生动的真实的血肉。

石方禹同志的《和平的最强音》（见《人民文学》三卷一期），是一首较好的诗，这首诗是歌唱重大政治事件的，但该诗作者没有在新闻报道的概念里去兜圈子，他通过自己的经验、自己的意识、自己的感情，通过自已整个的心灵去把握世界和平运动的意义，去加浓运动的情绪，并赋予运动以富有血肉的生活内容。你听：

> 可是，美利坚
> 当我把好莱坞的大腿画
> 　和《草叶集》放在一起
> 当我把《权利宣言书》
> 　和杜鲁门的演讲辞放在一起
> 我听见你的先人
> 　在地下哭泣

又如：

> 美利坚呵
> 你不能这样
> 保罗·罗伯逊的歌沉重地唱着
> 你的人民向你警告
> 在银行的柜台前面
> 家庭主妇抱着
> 　　营养不足的婴孩
> 她们没有钞票
> 一迭迭交进去的
> 是血泪写成的标语
> 她们不能为原子弹和警犬
> 　　　纳税

> 　　她们的儿子
>
> 　　　　不能死在异国的山野
>
> 　　我看见码头工人爬在电灯杆上
>
> 　　向纽约的市街高举和平的旗帜
>
> 　　我的耳朵里还响着那个女人的号哭
>
> 　　当她听见军队开到朝鲜去
>
> 　　她用头撞着白宫的圆柱
>
> 　　要杜鲁门交回
>
> 　　她的独生子

　　显然，通过这些具体意象所体现出来的情绪，是相当动人的。这首诗之所以比较动人，并不仅仅是因为它有了这些生动的意象，更重要的，是全诗都贯注着饱满的真情实感，而且全部的真情实感都通过血肉的生活体现出来。

　　这里，一方面说明诗作者要有丰富的生活经验与社会知识，一方面也要求诗作者对这些生活要有正确的理解，和热烈的感情。否则，你就无法拿这些生活去丰富你没有亲自经验过的政治事件，你也就无法拿这些去加深加浓你的诗的情绪。

　　是的，《和平的最强音》也有类似标语口号的词句，不过这些词句，是在血肉生活与强烈情绪的包围之中，与生命的脉络连贯着，因此，它不再是抽象的概念，而变成有生命的东西了。

八

　　最后，我还要说到一点，所谓诗，并不是任何生活现象的抒写，也不是把一件事情从头到尾地写一遍。前面已经说过，诗，主要是抒发现实斗争映入诗人内心所激发的思想情绪。尤其是抒情诗，应该为集中地突出地表达某一种思想情绪，而严格地选择生活意象。

思想情绪有时的确是很复杂的，它的表现形式也是很复杂的，但我们不能拉杂地把各种与思想情绪有关的生活现象都写进去，因为这样的做法，反而可能掩盖了思想情绪，妨害了思想情绪集中的表达。

为说得明白起见，让我再举两首短诗：

> 大户人家吃顿饭，
> 前门关，后门关，
> 只有窗户未曾关；
> 苍蝇衔去一颗米，
> 一直赶到太阳山。
> 不是桥神菩萨去拦路，
> 险些要到鬼门关！

又如：

> 集镇观（道士庙），
> 好地方，
> 松柏树长在石板上，
> 揭开石板看，
> 长在穷人脊背上。

这两首诗的长处，都是抓住事物的本质，通过生活的一片段，加以想象的补充，构成极单纯的形象；并在单纯的形象中表现了复杂而又深刻的思想情绪。

至此，我们大概已经在概念上有了更进一步的认识，那就是：诗，尤其是抒情诗，并不是毫无重心地随便抒写些生活现象，也不是有十样事象，就把十样事象都原原本本地写下来；而应该在诸种事象中捉住其中最能表现本质的、最动人的一片断或一侧面来抒写。诗作者为了集中地表现一种思想情绪，一定要强调一些东西，和抛弃一些东西。只有这样，才可能把思想情绪的复杂的和本质的内容，通过很少的语言，强有力地表现出来。

在本文前几段，我曾说过，一首诗是否有生命，首先决定于诗作者对于歌唱对象是否有生活实感与强烈的情绪，但现在我必须强调地补充一句：并不是什么样的生活实感与强烈情绪，都能够获得诗的生命；只有把握住主要斗争中的主要思想情绪，通过单纯的形象表现出来，才可能是动人的有生命的诗篇。

以上反反复复所说的都是常识，但许多初学写作者还不十分懂得它。当然，只依靠这点点常识就想写出诗来，还是妄想；更重要的，是深入生活，深入火热的斗争中去锻炼，去体验，去感受，去思索，否则，你什么也写不出来。

最后，我以为诗的形象与诗的语言等问题，也是非常重要，而且迫切需要解决的。因本文篇幅有限与论者的能力关系，不能一一论及，希望关心中国诗歌发展的文艺理论家们和诗人们多多发表意见，提供自己宝贵的经验，更切实地去帮助初学写作者，克服诗歌创作中概念化与现象罗列的倾向，使无数年青的诗歌写作者在认识上与写诗的修养上都提高一步。

一九五二年四月二十七日

向文学作品汲取精神力量

——"作品内容与自己生活没有直接关系，读了有什么用"的讨论总结 *

一

青年读者喜欢阅读描写自己比较熟悉的生活的作品，是一种很自然的现象，这本来没有什么可以反对的地方；但现在，我们为什么用这么多的篇幅来讨论这个问题呢？

其实，问题倒不在于是否喜欢阅读描写自己熟悉的生活的作品，问题在于由此而轻视或拒绝阅读那些所谓"与自己生活无直接关系"的作品。因为这牵联到文学任务的性质问题，牵联到文学作品的作用问题。所以展开一次讨论，把问题的实质弄清楚，还是很必要的。

据《文艺学习》编辑部统计，参加这次讨论的来稿共有三千五百多件。可见问题不是个别性质的，而是相当普遍地存在于青年读者的头脑中。这次讨论所涉及的问题很广，也很复杂，如果加以归纳，大约有如下四个问题：

（一）向文学作品学习什么？

（二）除了具有社会主义精神与品质的正面人物足以作为榜样之外，有人认为其他人物（如反面人物或有缺点的人物）的描写，都没有什么价值和意义。

（三）作品的现实意义应怎样理解？

---

* 本文原刊于《文艺学习》（1954 年第 7、8 期），以"舒章"名发表。

（四）什么是社会主义的精神？

在这篇文章里，我们打算试谈一下这几个问题，因为这是许多读者之所以产生片面观点的根本问题。如果对这些问题在观念上能有粗略的认识，那么存在于读者中间的一些片面的、狭隘的甚至错误的看法，也许可以得到初步的解决。不过，我们还必须声明一下：我们不可能把讨论中所牵涉到的每个具体问题都谈到，但我们将尽可能地把所有具体问题中所包涵的论点都加以粗略的讨论与分析。

二

文学的任务是什么？应向文学作品学习些什么？这虽然是属于常识性的问题，但许多青年读者还没有弄得很清楚，以至于对文学作品提出一些"职责以外"的要求，或对文学作品作一些极片面的理解；结果，妨害了我们正确地去理解文学作品，甚至妨害了我们以正确的态度去接触文学作品。

在这次讨论中，读者对于这个问题的意见是极其纷纭的。对于这些意见，我们想加以论列并作些必要的分析与说明，目的是让那些读者能够进一步地理解文学的任务与性质，进而纠正各种对文学作品不正确的观念。

斯大林同志说："作家是人类灵魂工程师"。意思就是说，作家应该把改造人的灵魂与提高人的道德品质的责任担负起来。事实上，我们许多作家为完成这光荣的任务，曾不断地进行着严肃的刻苦的劳动，他们的作品也确曾给予人民以深刻的教育和巨大的精神力量。这已经是谁也不会怀疑的事实了。

然而，一直到现在，还有人把文学作为消遣品，这些人不承认文学是教育人民的工具，否定向文学作品学习的必要，他们认为：要学习还不如读理论书籍或名人传记。

这种"消遣"的观点，正如另一位读者所指出的，"显然是资产阶级的文艺欣赏观点"，既然读者一眼就识破了它，我们暂时就不拟浪费篇幅去谈它了。值得讨论的，倒是理论书籍与名人传记能否代替文学作品的问题。

有人说过这样的话："文学是教育人民的一种方式，但是如果文学不懂得它必须用与职业学校和政治学校不同的方式来完成这个任务，如果文学不懂得利用它特有的教育方法，那么它就没有完成它的使命。政治教育、职业教育、报纸专栏所进行的教育，这些都是很重要的。文学没有任何理由轻视这些教育方式。可是这些教育不能代替文学所给予也只有文学才能给予的教育。"（见约·里瓦伊的《作家的责任》）

这是一段非常中肯的意见。如果推论一下，我们也可以这样说：我们没有任何理由轻视理论教育的巨大作用，但也绝不能因此而忽视文学教育的特殊意义。各种教育方式都有它自己的长处，可是谁也不能代替谁去完成其所担负的使命。

那么"文学所能给予、也只有文学才能给予的教育"是什么呢？文学的"特有的教育方式"又是什么呢？

文学的任务是改造人的心灵，提高人的道德品质，它所使用的方法是形象。在基本任务上，它与伦理学有点近似，但彼此的教育方式却完全不同：一种是用理念去教导人民，另一种是以活生生的形象——有血有肉的具体的人去感染人民。理论所传达的是事物的概念与事物的规律，需要经过认真的消化之后才能变成血肉的思想，才能影响人的性格；可是缺乏生活经验的某些读者，却常常不容易完全理解它和消化它，这也是事实。而形象则不同，它是直觉的，以具体感性的形式把生活所内涵的真理传达给读者，如果形象打动了读者，它就会在读者的心灵里发生作用，经过潜移默化，逐渐会影响读者的性格。形象除了其本身所内涵的深刻意义之外，同时还鲜明地表达了人们的性格、行动、关系等等；因此它易于为缺乏经验的年轻人所接受和理解。

我们信服地认为，理论在推理及逻辑性上是有巨大力量的，它对人们的教育作用是无可怀疑的；但是无论如何，它不能代替文学。

文学是用形象来帮助人们认识社会的。但作家描写的对象不是生活的全面，而是选择生活的某一个方面来进行概括与描写；因此它给予读者的不是抽象化了的生活概念或生活规律，而是有血有肉有心灵的个性、是生活原有样子的情景与活动。通过这些，我们就看见了生活某一侧面的真实状态；不仅看见了栩栩如生的场景、气氛和人物的活动，而且也看见了人们的精神面貌等。

形象的特征还不仅仅是可感可见的感性形式，同时它还是提高了和深化了的生活现象的综合；形象不是生活现象的"如实"描绘，而是集中了许多共类现象的特征概括起来的。因而，它不仅能真实生动地表现生活，而且还能揭示生活的本质与规律性；它不但有感染人的力量，同时也有说服人的力量。

这就是文学的特性。这种特有的教育方式，不仅理论不能代替它，即任何其他的教育方式也不能代替它。

那么名人传记呢？应该承认，一些采用了文学的方法来写的、优秀的传记，的确是有感染人和打动人心的力量的；这是因为它们写得深刻、具体和生动，即是用形象的形式表达了某些生活和某种精神。但并非所有的传记都是如此的。另外有些传记，只是把一个人一生的经历平铺直叙地记录下来，而并没有通过形象的形式表现出来，这样的传记能够丰富我们的历史知识和政治知识，但却不可能感染我们和打动我们的心灵。因此，要拿名人传记代替文学作品去完成"建设心灵"的使命，是办不到的。

*

有一些读者，特别对于那些描写"异国情调"的、"完全不熟悉"的生活的作品或"奇闻异录"一类的读物很感兴趣；对于那些与他的"生活太接近的作品"，反而觉得"没有什么意思"。他们的理由是："它所写的既然是自己接近的生活，当然是自己早已熟悉的，它里面所要说明的道理我们已经学习过了；而且现在我们在党的教育下，一般都能够明确工作任务，认识生活，何必再去读描写这些生活的小说呢？"

我相信，只喜欢阅读描写"陌生生活"的作品的人，大概不会太多，可是由这位读者所暴露出来的观点——即（一）以为文学作品只是为了满足好奇心的观点；（二）以为文学作品只是传授工作方法或"讲道理"的观点；——却是相当普遍的。

关于第二个问题，暂时按下不说，下一节我们将专门来讨论它；现在先来谈谈第一个问题吧。

一个人，想知道一些新鲜的东西，这种欲望本来是不错的，但单拿这来对待文学作品却不妥当。首先它会妨碍我们正确地理解文学作品，其次它会引导我们光是去追求"新奇"的东西，这显然不是阅读文学作品的主要目的。

许多青年读者在开始接触文学作品（小说）时，总是喜欢追求热闹的故事，这是很自然的；但应该告诉他们，文学作品的内容，不一定非热闹故事不可；更主要的是描写生活，从生活描写中反映生活本身所内涵的真理。如果生活矛盾是尖锐的，情节自然紧张和变化多，故事性就强。可是，并不是每篇作品都非有强烈的故事性不可。有些极有价值的文学巨著，能使人百读不厌。但是情节并不紧张，故事也不奇特，例如契诃夫的许多短篇小说。可见好的作品未必都是故事性强的作品；反过来说，情节紧张，变化多端的，也未必就是好作品，例如从前好些投机书商出版的侦探小说。作品的好坏，主要取决于它所描写的生活的深度与概括的广度，即取决于它是否能通过活生生的人物之间的描写，真实地深刻地反映现实的本质及其规律性。

因此，文学不是"奇闻异录"，而是现实生活的忠实反映。虽然某些生活的描写（如探险队的生活、潜水艇中的生活等等），可能给不熟悉这方面生活的读者一些新鲜的印象与认识，但是这不是文学主要的目的，这不过是作者在描写生活和人的精神世界时不能不涉及的环境描写而已。（在这些描写中，可能会出现一些读者不熟悉的机器、奇异的鸟兽，也可能出现一些异样的植物与样式别致的房屋等等）如果我们把这些看作是文学作品的主要内容，而且孤立起来欣赏这些"新奇事物"，那我们就不可能正确地理解文学所揭示的社会内容与历史内容。

更严重的问题，是这种观点影响了人们不爱阅读描写"自己接近的生活"的作品，这些读者的理由是这些生活"是自己早已熟悉的"。实际的情形却不一定都是这样：自己接近过的、见闻过的甚至经验过的生活，未必就是自己已经认识了的。我们虽则观察过不少的生活现象，广泛地接触到生活的表层；但却不能说我们就认识了这种生活。生活本质不同于生活现象，它不是一眼就看得清楚的，必须经过反复思考、再三分析研究，才能发掘出来。作家从事文学创作并不像照相那样简单，它是刻苦的思想劳动，是要经过不断观察、不断感受、不断研究和不断概括的过程，然后才认识了事物的本质与规律性。这说明文学作品不是表面现象的简单的"再现"，更不是"见闻"的记录；它是通过人的活动及其关系的描写，来反映现实生活的本质面貌的艺术品。

但是有些人满足自己的"见闻"，满足自己的一点经验；他们把"见闻"与"认识"两个概念混为一谈，把看见过或者经验过的事物，认为就是自己认识了的事物；其实他们很可能只认识了事物的形状或者事物进行的简单过程，而对于事物的实质以及它的发展法则却不一定有什么认识。

如果这意见是对的话，那么我们有什么理由说自己"接近的"事物都是"早已熟悉"了的呢？

如果承认文学能通过形象揭示现实生活的本质，那我们有什么理由轻视那些描写自己熟悉的生活的作品呢？

许多优秀的文学作品，它所描写的对象常常是我们时常接触的现象；可是当我们读了作品，不仅觉得它写得真实，而且还觉得它揭露出我们所没有感觉到的问题，至少是我们还没有明显地感觉到的问题。作家就是担负着这样的任务：把社会现象的实质揭示出来，不管是好的或是不好的，都从根源上给以揭发，使人们进一步认识现象的本质以及现象的社会根源历史根源。正因为这样，所以人们常常觉得好的文学作品能帮助人理解许多东西：使不明确的明确起来；使认识不深刻的深刻起来；使没有意识到的鲜明起来；使那些只看见现象的，能看到现象的本质。这样的作品，不管它所描写的是你所熟悉的生活或者是你所不熟悉的生活，它都有一种力量，它能够帮助你深一层地认识生活，并引导你去爱这种生活或者憎恨这种生活。

*

另外有些读者认为读文学作品，主要是学习书中的人物怎样进行工作，用什么具体方法解决具体问题；他们称文学作品为"工作教科书"或"工作指南"。

这种意见对不对呢？我以为是不对的。另外，所谓"实用主义"或"实用性"的说法，也是不妥当的。

文学是有力的教育手段之一，这是大家都承认的。但是它与"学到就用"的某种技艺不同，与专门指导领导方法、思想方法或工作方法的读物也不同。文学的首要任务，不是教人用什么方法去工作，而是教人用什么精神和用什么态度去工作，去生活，去斗争和去做人；也就是说，它给人以精神的力量。它的内容主要是写人，写人的精神与品质；而不是写工作方法和工作过程。即使作家有时也写到方法，其最终目的不是传授工作方法，而是通过方法来表现人的精神与品质；从而集中地反映现实生活和斗争的面貌，揭示社会的本质。

因此，把文学作为传授技艺或方法的教科书的观点，只会妨碍我们正确地去理解文学。我们既然承认作家是"人类灵魂工程师"，并承认文学作品能给人以精神的力量，那么我们就不能不承认描写人的活动、人的关系以及人的精神状态，才是文学的主要内容。理由很简单，要提高人的心灵，就必须写出人的心灵，不如此，文学就不能在人的心灵上发生任何影响，它就没有可能完成它的"建设人类心灵"的使命。

所谓"心灵"、"精神"或者"品质"，都不是抽象的、不可捉摸的东西，它们决定着人们对生活和对社会的态度。因此要反映人的精神与品质——他们的心灵世界，就不能不描写他们的生活，特别是他们与社会的关系以及现实社会对他们的影响。我们不能把写人与写人的生活理解成两回事，因为现实生活影响着人，又由人所支配；而人的品质或精神只有通过生活的描写才能表现出来。

人的生活也是多样而又复杂的：有家庭生活，有社会生活，有工作，也有政治活动。只要能鲜明地反映本质特征的，都可以描写，而且应当描写。描写这些生活的目的，是为了从多方面去表现出人的精神与品质，使之包含着更丰富的社会内容，具有更广泛的代表性。

这种精神品质越有广泛的代表性和越有社会内容，读者就越感到亲切，越容易被感动；而读者在心灵上所受到的影响就越大。如果这种精神是社会主义的，那它所给予读者的精神力量也就越大。

现在，我们大概可以明了文学任务的性质了：我们不是向文学吸收工作方法或领导方法，重要的，是向文学汲取精神力量。

*

在这次讨论中，许多读者都强调所谓"与自己生活有直接关系的作品"读起来才会感到亲切，才有直接的教育意义。理由是："（一）容易理解书的内容，读起来也感兴趣；（二）对读者的帮助教育作用大，能够实用。……"
因此认为"大学生们读《三个穿灰大衣的人》《大学生》，就比读别的作品
起的作用大；矿山、工厂的同志们读《远离莫斯科的地方》就比读《金星
英雄》作用大；部队同志们读《日日夜夜》就一定比读《红楼梦》要强得多；
农村干部读《太阳照在桑干河上》就比读《水浒》帮助大。"

　　现在，我们不打算具体地来讨论某本书对某部门的人的作用如何，另
一本书对该部门的人的作用又如何。这种比较是无意义的，而且这种"比
较"的本身就包含着片面的观点。我们不否认一部描写一个人"所熟悉的
生活"的作品，会对他产生巨大的影响；但是如果因此而抹煞了那些描写
"与自己生活无直接关系"的作品的教育作用，或因此而否认这类作品对他
自己的教育作用，却是不妥当的。

　　主要问题是由所谓"直接关系"或"直接教育"而来的。依照这些读
者的理解，只有那些在工作性质上与自己相同的生活，跟自己才有"直接
关系"，也只有描写这种生活的作品，对他才有"直接教育"的作用。他们
之所以有这样的看法，主要是由于他们只想机械地效仿书中人物的某些个
别行为，而不善于从这行为中所体现的精神去汲取力量来武装自己。就是
说，他们只会在同一性质的事情上去作呆板的模仿，而不善于把这种精神
贯彻到其他活动中去。譬如说，书中的人物用刻苦的精神去钻研功课，某
些读者就认为这种作品只对学生有用处，对正在钻研功课的人才会感到"亲
切"和有"直接教育"的作用。好像这种刻苦精神对于任何别的工作都不
需要似的。

　　据我们所知，凡是优秀的作品，都不会只描写一种行为或一个动作。
作家为了鲜明地表现他的人物的精神与品质，常常是描写一连串的行动和
情景。有些读者为什么孤立地去欣赏某些个别行动，而忽视了由许多行动
所体现出来的人物的精神面貌呢？为什么不从人物的精神品质上去汲取力

量，单单去计较人物的个别表现呢？有人读了《普通一兵》之后说："我觉得这本书对我没有什么用处，现在已经没有战争，将来我也不想当战斗员。"难道由这一连串的英雄行径所体现出来的高度爱国主义精神，以及由此而产生的自我牺牲的伟大气质不能贯彻到别的工作中去吗？马特洛索夫的伟大品质难道只有在战场才能发挥它的作用？显然不能这样理解。

说起来，道理似乎很简单，也很容易明白。可是，正是因为有些人还不十分了解这样简单的道理，才有所谓"直接关系"与所谓"直接教育"的说法。

前面我们已经说过，文学是生活教科书，而社会主义现实主义的文学，还能按照共产主义的道德标准来改造人的心灵（品质）。它所描写的社会现象尽管是多种多样，而某种现象、活动和环境尽管对某些读者来说是比较陌生的，但是并不会妨碍文学去传达人们的思想感情，也不会妨碍读者去理解书中人物的思想感情。

在人类社会中，尽管有各行各业，尽管有各种不同的机械和它们不同的运动过程，但总是人在操纵着，而且在起着决定作用。而人的品质、意志、作风、态度等，一般地说，是能够互相理解的。不说别的，就说读者常常提起的保尔·柯察金吧，他的生活和斗争，也并不是所有这些读者都经验过或者都熟悉的；然而绝没有因为不熟悉就妨害我们去理解保尔·柯察金的不怕任何困难、顽强斗争的意志和精神。事实上，我们不仅能理解这种精神与意志，而且深深被感动了；有些人，因为受了这艺术形象的伟大感召，还激起了行动的热忱，发挥了积极性与创造性。

所谓"隔行不隔理"，是有它的道理的。

既然文学不是传授技术经验的读物，可见它并不强调各行各业的特殊技术的描写。即使偶尔写到，也不是为了传授技术经验，只是为了表现人物的精神状态而已。如果抱着这样的目的偶尔描写一下操作过程，也绝不会像某些读者所说的那样"读不下去"和难以理解。

事实上，的确也有一些专写某一行业的"文学作品"，这种作品里写着那一行业特有的许多术语、窍门、技术，使外行的人简直读不懂，没有办法弄清楚它说的究竟是些什么。这确是使人不易理解和不感兴趣。但是造成这种不易理解和枯燥乏味的原因，绝不是如一些读者所说的"是由于作者描写了我们不熟悉的生活"，不是的，主要是由于作者抱着传授技术经验或传播工作方法的错误目的去写作"文学作品"，他们不惜连篇累牍地罗列机器名称，并不厌其烦地叙述着操作过程；至于操纵着机器的人都完全看不见，完全被机器的描写或事件过程的描写淹没了；不仅读者摸不清人的精神面貌，甚至连他们的模样、姿势、神情等也闹不清楚。像这样的作品，读者怎么能充分理解并感兴趣呢？

综上所述，我们很清楚地看出，许多读者之所以对文学作品存在着片面的、狭隘的看法，主要是因为他们还不很理解文学的任务与特性。不要认为这是常识而忽视它，广大青年读者确实还懂得太少，从这次讨论中所暴露出来的问题就是证明。今后如果各文艺刊物能在这方面进行较有系统的教育，对于帮助青年提高文学知识，将有莫大好处。

三

在这次讨论中，由于有些读者还没有弄清文学的性质，因而对于作品的现实意义的问题，也产生了一些片面的狭隘的看法。其中有一种比较普遍的意见，认为今天中国人民的革命，已进入社会主义革命阶段，只有揭露资产阶级的丑恶思想与作风的作品或直接告诉人们如何走向社会主义社会的作品，才有现实意义。同时认为离开了这些内容的一切其他文学作品，都"已失去现实意义"。

这样的观点，显然是不正确的。用这么狭隘的眼光来理解文学作品的现实意义，是有害的。这种观点不仅会使一切优秀的古典现实主义的文学巨著被抹煞，甚至总路线宣传之前的许多优秀的文学作品，也会被一笔勾销。

苏联的经验告诉我们，对于文学不能采取这样的态度；一直到现在，苏联人民不仅热爱着法捷耶夫、绥拉菲莫维支、萧洛霍夫的作品，同时还热爱着列夫·托尔斯泰、契诃夫、果戈理、普希金、莱蒙托夫、谢德林的作品。就是说，苏联人民不仅热爱一切洋溢着社会主义精神的优秀作品，同时也热爱着过去一切洋溢着民主主义精神的优秀的作品。不仅因为它们反映了当时的现实斗争的真实状态，而且还从那些作品中汲取精神力量来武装自己。

毫无疑问，描写社会主义改造时期的生活与斗争的作品，只要它描写得真实而深刻，它当然会产生巨大的教育作用；但却不等于说：除了描写这样的生活内容的作品之外，旁的作品都没有现实意义。

我们不能把文学作品的现实意义理解为直接的处理问题的方法，即不能从方式方法上来理解文学作品的现实意义；不然，我们就会曲解它甚至埋没它。重要的是，应当从精神上去理解文学作品的现实意义。

凡是站在时代先进思想的立场来观察并描写生活、真实地反映了社会生活的作品，不管它所反映的是什么时代的生活或什么性质的革命斗争，这些作品对于现在的我们，都有激励斗志和帮助我们具体地认识生活的作用。

《牛虻》那本小说就是一个例子，这本小说所描写的斗争，显然不是社会主义革命；可是它却能给生活在社会主义社会里的人以深刻的教育。卓娅和保尔·柯察金都曾被这本书的主人公及其事迹感动过，他们的心弦都深深地被牛虻的坚贞不屈的英雄气概打动了。我们许多青年读者不是也同样被牛虻的高尚品质感动过吗？牛虻所进行的革命虽不是社会主义性质的，然而，他的伟大的爱国主义精神、他为了理想而自我牺牲的崇高品质以及他对于腐朽势力所进行的不屈不挠的斗争的坚强意志等等，都是我们所喜爱的，应当当作精神财富的精华加以继承和发扬。没有一个人能够说出这样的话："这种精神只有牛虻时代才有积极意义，对于正在建设社会主义社会的我们却已丧失了它的积极意义了。"既然这样，那么我们还有什么理由去否定那些站在时代先进思想立场的作者所写的具有人民性的文学巨著的现实意义呢？

社会是不断向前发展的，旧的事物不断被推翻，新的事物不断地建立起来。因此，鼓舞人们前进、激励人们去消灭一切阻碍前进的落后现象或反动事物的精神与意志，无论在什么时候都是我们所需要的。具有这种精神与意志的文学作品，不管到什么时候，都会被人民所热爱，人民同时从这些作品里获得精神力量。我们的民间传说《白蛇传》为什么一直到今天还为广大人民所喜爱？主要原因是由于它忠实地描写了人民的愿望，歌颂了人民的斗争，揭露了黑暗势力的罪恶。这样的作品，不仅恶势力存在的时候有它的教育意义，即使恶势力不存在的时候也仍然有它的教育意义：因为反对腐朽事物无论在什么时候都是必需的；否则，社会就不可能继续向前发展。

既然那些作家是站在时代最先进的思想立场，无疑他们的看法是与当时广大人民的利益相一致的，至少是大部分相一致的；既然作家站在这样的立场来观察和描写生活，其作品的思想必定与人民的某些愿望相吻合。这正是我们能够从中汲取精神力量的基础。

如果我们从这样的意义上向文学作品汲取精神力量，不是比从方法上或从技术上可以获得更多更有价值的东西吗？从这样的角度来理解文学作品的现实意义，不是更恰当些吗？

*

有一些读者只承认作品中具有社会主义精神的人物才有教育作用，认为其他人物（如反面人物）的描写，都毫无现实意义。能不能这样理解呢？显然不能。

如果拿这样的观点来对待文学作品，结果不仅全部古典现实主义的作品会被一概否定，甚至五四以来的某些优秀作品也会被一笔抹煞。因为这些作品的主人公只有民主主义的精神与品质，而没有社会主义的精神与品质，至少是没有充分地表露社会主义的精神与品质的。

谁都承认，正面的、具有社会主义精神的艺术形象，可以作为我们的榜样和效仿的对象；创造这样的形象，是目前我们的作家所应当努力完成的光荣使命。可是却不能把这一点作为要求一切文学作品的准尺，特别不能拿这作为要求古典现实主义作品的准尺。实际上，真实深刻地揭露了腐朽事物与反面人物的作品，也同样能教育人民。只要作家能通过艺术形象揭露了社会现象的本质，它就能提供出丰富的历史内容与社会意义。

革命是要消灭一切腐朽的事物，为了要消灭它，首先必须清楚地认识它的真面目，因此揭露落后现象或反动现象，使它们的原形完全暴露在人们的眼前，并不是没有积极意义的。

一切伟大的古典现实主义作家所揭示的丑恶的社会现象和反面人物，对我们都有教育意义的，通过那些作品，我们能更加具体地理解反动阶级所统治的社会的生活面貌，以及生活在这具体历史环境中的人们的精神面貌。我们对于腐朽社会理解得越深刻，消灭它的意志就越强烈，对于类似的腐朽事物就越能敏锐地感觉到和认识它。反动社会制度，在我国虽已被消灭，但反动阶级遗留下的意识和作风还没有绝迹，它的余毒仍然会在长时期内存在着，继续毒害着人们的意识，必须认真地识破它，揭露它，使它原形毕露，使所有的人都认识它和痛恨它。而古典现实主义的作品，曾较充分地描绘了它的祖宗的原形，这正可以帮助我们更深刻地认识它的余孽。

要求所有作品特别是古典现实主义作品的主人公具有社会主义的精神和品质，是不可能的。理由很简单：古典作品产生在各个不同的时代和各个不同的社会阶层，作家因为时代的和阶级的限制还没有可能认识社会主义的世界观，更何况出现在古典现实主义作品中的人物也绝少是无产阶级革命时代的新人，因而作家不可能凭空赋予作品的主人公以社会主义的精神与品格。

四

现在，有许多青年读者为培养和提高社会主义的精神与品质，认真地去阅读文学作品，特别是具有社会主义精神的作品（如苏联的文学作品）最受欢迎，应该说，这是好现象。可是在这次讨论中，还有一些青年同志对于社会主义精神的含义还不很了解。因此简要地谈一下还是必要的。

什么样的作品才有社会主义精神呢？

有人认为："只有描写社会主义国家人民生活的文学作品，才有社会主义精神。"理由是"只有在这样的国家中的人，才能按照社会主义的生活方式去生活，那些生活现象是社会主义才能有的"。又说："如果作家所描写的根本不是社会主义社会环境中的人和事，难道作家还能凭空制造些社会主义精神装进他所描写的人物和事物中去吗？譬如写今天中国的农村生活，还能写成集体农庄生活吗？"

很明显，这位读者同志把社会主义的精神和社会主义的生活方式、社会主义社会的现象几个概念混为一谈，把这三者看作是一个东西，好像离开了社会主义的生活方式的描写根本就不可能有社会主义精神似的。实际上，这种看法是不全面的。

不错，社会主义现实主义文学，是社会主义革命历史范畴的产物，真实地描写社会主义国家的社会现象，能够更充分地更集中地体现社会主义的精神，这是毋容置疑的；但是却不能由此得出结论说，只有描写社会主义国家的社会生活，作品才可能有社会主义的精神。

一篇文学作品是否有社会主义的精神，不完全决定于它所描写的对象是什么；更主要的，是决定于作家用什么样的世界观和立场去观察生活与判断生活。如果作家的头脑里塞满了非社会主义的或反社会主义的思想和观点，即使他描写的是社会主义国家的社会生活，仍然不可能在他的作品里出现社会主义的精神。受到联共（布）中央严厉批评的左琴科，他难道不是生活在社会主义社会环境中吗？他日常的所见所闻，不都是按照社会主义方式生活着的人们吗？然而他笔下的苏联生活现象却走样了，苏联人民的精神状态也走样了，而且被粗暴地歪曲了。这就清楚地告诉我们：即使是生活在社会主义社会的国度里，作家本人是否有社会主义的崇高理想以及是否有为这理想而奋斗的坚强意志，仍然是决定作品是否有社会主义精神的关键。

相反的情形有没有呢？有的，譬如高尔基的《母亲》就是一个明显的例证。当高尔基写作这部小说时，他的祖国虽然还没有建成社会主义社会，可是《母亲》却是一部洋溢着社会主义精神的巨著。什么原因呢？原因就是由于高尔基是一个坚强的无产阶级的战士，他怀着实现社会主义的强烈愿望，为实现他崇高的理想而进行不间断的斗争；因此他能够在亲身参加的俄国社会主义革命运动当中，站在布尔什维克的思想高度，观察和发掘出俄国无产阶级革命势力日益成长壮大的最本质的特征，创造出维拉索夫母子两代先进的英雄形象。高尔基不仅把斗争原有的样子表现出来，同时把斗争应走的方向也表现出来了。就是说，他不仅把大量存在的现象典型化，同时也把萌芽状态的先进现象典型化了。

如果上述论点是正确的话，那么描写今天中国农村生活的作品为什么就不能有社会主义精神呢？是的，我们不能凭空地把过渡时期的中国农村写成集体农庄；可是不描写集体农庄，并不会妨碍社会主义精神的表达。那我们有什么理由说，描写社会主义改造时期的农村生活，反而不能有社会主义精神呢？

所谓社会主义的精神，主要是指作品鼓舞人们走向社会主义、激励人们为实现社会主义而斗争的热忱与意志；而绝不是凭空地"想象"出一个社会主义社会的远景。只要作品能有一股鼓舞人们为实现社会主义理想（而不是旁的什么理想）的力量；激励人们为实现社会主义去扫清各种障碍物的斗志；激发社会主义建设热情的……我们都承认它有社会主义的精神。

至于社会主义精神是否表现得充分，那是另一问题，这要看作者对生活的本质及规律性理解的深浅以及对人物典型化的程度来决定。但不管其充分的程度如何，这类作品具有社会主义精神，却属无疑。

不过，我们也不同意另一种"放宽尺度"的看法，这种看法认为：凡是能引导人们向前走的作品，都是有社会主义精神的；因而把《水浒》也看作是社会主义现实主义的作品。

这明明是一种错误的意见。

在古典现实主义的宝库中，无数伟大的作品都曾起过并将继续起着推动历史、推动社会前进的作用；但我们却不能说它们是社会主义现实主义的作品。为什么呢？

因为社会主义现实主义与一般旧现实主义（或叫批判现实主义）所代表的革命性质是不同的。只有贯注着社会主义精神、鼓舞人们为实现社会主义的作品，才有条件称做社会主义现实主义的作品。

谁都知道，在不同的历史阶段中，各有不同的历史任务。当封建制度妨碍着生产力的发展，而民主主义文学起来攻击封建制度时，毫无疑问，民主主义文学是引导人们向着历史应走的道路的；当资本主义制度妨害着生产力的发展，资产阶级文学已发展到反动的地步，而社会主义的文学起来揭露资产阶级的罪恶，为建立社会主义社会扫清各种思想上的精神上的障碍时，社会主义现实主义文学显然也是引导人们向着历史应走的道路的。虽然在"引向前进"这一点上是相同的，但为什么我们只称它为民主主义的文学或资产阶级民主派的文学，而不称为社会主义文学呢？换句话说，为什么我们只称它为批判现实主义，而不称它为社会主义现实主义呢？原因就是由于这两者所导向的革命在性质上是不相同的，彼此所追求的社会制度也是不相同的。

把这两者混淆起来，只会模糊我们的意识，松懈作家对于充分表达社会主义精神的努力。

一九五四年十月于北京西郊

典型形象——熟悉的陌生人 *

小说《金沙洲》的讨论，是广东文学界的一件大事。这次讨论所显示出来的问题，已经远远超越了《金沙洲》这部作品的范围，而涉及到文艺理论与文艺批评上一系列原则性的问题。典型问题就是其中一个具有普遍意义的问题。在这个问题上，读者曾展开热烈争论，其中不乏正确的立论，同时也有极其片面的见解。但无论如何，这种针锋相对的辩论，对于今后如何进一步深入探讨艺术典型问题，却提供了很好的基础。正是在这种讨论的启发下，我们也想发表一点粗浅的意见，千虑之一得，目的是抛砖引玉，希望大家批评指正。

一种不宜忽视的创作阻力

在这次讨论中，有些文章表现了这样一种倾向：即要求艺术的典型形象必须与总的时代精神相一致，与社会的、阶级的本质相一致。这种倾向，在不同的文章中各以不同的形态表现出来，加以归纳，突出表现如下几个方面：

其一，是把艺术典型仅仅归结为社会的、阶级的本质特征，而丢掉了典型的个性特征。但其表现形态不一：有的以阶级本质的抽象概念来阉割人物的个性；有的直接以自己主观设想的某种政治条件来鉴定人物；有的拿国内一些优秀作品的主人公跟自己评价的人物简单地加以对照；有的则拿实际生活中的人物原型作标准，要求艺术形象与生活中的人物一模一样。

其二，是把艺术典型的共性与个性看成是数学的总和，两者只有外在

---

* 本文原刊于《羊城晚报》（1961 年 8 月 3 日），与易准同志合写，以"中国作家协会广东分会理论研究组"名义发表，11 月《文艺报》转载。

的联系，而不是有机的统一体。因此在进行艺术分析的时候，就舍弃了个性而空谈共性。

其三，是把典型性格与典型环境割裂开来，离开了典型环境而孤立地分析人物性格；或者以生活的主流来硬套作品中的典型环境，把典型环境抽象化和简单化，结果也和前者一样，抽空了作品的典型环境的具体内容，使人物性格游离于环境之外。

凡此种种，都表明对典型理解的混乱。其共同特点都是离开了文学艺术的基本特性，脱离了作品的客观实际，既不分析生活，也不分析作品；而是从纷纭复杂的现实生活中，抽出几条本质或规律加以对照或硬套，把艺术典型的创造看成是赤裸裸地"写本质""写主流"的同义语，在艺术典型与时代精神、阶级本质之间简单地划上等号。产生这种错误观点的原因，是由于忽视了艺术对现实认识的特点和反映现实的特殊规律——通过个别反映一般的规律，对本质与现象、抽象与具体、共性与个性、环境与性格等问题作了片面的、静止的、孤立的理解，没有看到其互相依存、互相作用的辩证关系。

这是形而上学在典型问题上的反映。这种倾向，不只是表现在《金沙洲》的讨论中，在对其他作品的评论中也同样存在着；不仅过去有过，现在也仍然存在，因此具有一定的普遍性。这种批评倾向，不但不能正确地阐明艺术典型的复杂现象，反而变成了一种创作的阻力，对文艺创作的发展起了很坏的作用。

典型问题是马克思主义美学的根本问题，是文学创作的核心问题。对这个问题作全面和系统的研究，我们还没有这种能力。由于篇幅关系，在这篇文章里也不可能对上述的每一个具体论点都一一加以分析，我们只想针对它们的实质，作一些尝试性的探讨。

典型形象——熟悉的陌生人

文学艺术中的典型化，需要概括和反映生活的本质，这是毋庸置疑的。这次讨论中的主要分歧，并不是典型形象要不要反映社会（阶级）的本质，而是怎样才能反映这种本质的问题。是用图解某一阶级本质的概念和公式来表现社会（阶级）的本质呢，还是遵循文学艺术的特殊规律，通过具体的、富有个性的形象，以"生活本身的形式"（车尔尼雪夫斯基）来反映生活的本质呢？——这才是问题的实质。

在一些评论文章中，虽然没有在理论上要求《金沙洲》的作者把时代精神和社会（阶级）本质以赤裸裸的形式表现出来，但从他们用以观察、评价作品人物的观点和方法来看，实际上正是犯了这种毛病。他们往往脱离了作品的实际，以各种抽象的本质概念来要求人物，而不问人物的实际性格如何。例如一谈到刘柏，就要求他一定要具有"改造世界的革命精神和宏伟气魄"，以及"奋发的共产主义精神，大胆泼辣的工作作风"，似乎农村中的党的支部书记，就只有这样一种理想的典型，好像除此以外，不可能再有其他的典型了。我们认为，典型性格是多种多样的，生活中存在着千差万别的个性，艺术上就可以产生千差万别的典型性格。既可以有完全没有缺点的理想人物，也可以有有缺点的正面人物；既可以有具有全新的思想风貌的农民党员干部的形象，也可以有正在改造、转变和成长中的农民党员干部的形象。《金沙洲》中的刘柏，既然是作者根据自己的艺术构思所塑造的特定环境中的特定人物，就只能以他所固有的精神面貌和性格出现于作品中。《金沙洲》一开始就展开了错综复杂的斗争，使总支书记黎子安的主观主义的错误和郭细九等上中农的破坏活动错综地交织在一起。在这种尖锐的斗争和复杂的情况下，刘柏始终保持冷静和沉着，他一方面怀着尊敬上级的心情，向黎子安的作风提出了批评，希望他能够倾听群众的意见；另一方面，又通过社员群众的辩论，揭露郭细九等的破坏活动，给资本主义自发势力以有理有节的反击。在郭有辉的种种幕后的破坏活动尚未充分暴露以前，他怀着曾经和郭有辉一道战斗过来的真挚的阶级感情，本着治病救人的态度，以各种方式对他进行劝导、批评和教育，希望他能够觉悟过来，和自己同心协力，克服困难，把社搞好。这种以斗争求团结的期待心情，是完全可以理解的。在花生地风潮中，他虽然受到各种挑拨性的攻击和谩骂，却仍然苦口婆心地说服群众，使一场带着宗派情绪的人为纠纷平静下来。而当高级社遭遇经济的困难，郭有辉等正偷偷从社里抽走投资的时候，他却以身作则，毅然把自己一家生活所托的分配收入全部投到社里去，并且机智地突破了富农和新上中农的关口，使他们不得不对社投资……。所有这一切，都说明了刘柏的踏实、稳重、处处从党的利益出发、能够顾全大局、任劳任怨、一心要把高级社办好的优良品质，显示了他性格中最本质的一面。至于在工作最困难的时候，他所表现的某种程度的焦急、苦闷和忧虑，如果从金沙社当时的混乱局面和他所处的具体环境以及他的生活经历来看，也是完全合乎情理的，不但无损于这一人物的性格，反而显示了他对于党的事业的忠诚，和对于金沙社命运的深切关怀。作者正是通过人物的这些心理活动，从人物性格的各个侧面，揭示了人物的感情世界，使形象的血肉更加丰满，更能显示出典型环境中的典型性格。这样一个人物。尽管还不能成为理想人物的典型，但在今天的现实生活中，却是具有普遍意义的典型人物，作者在这一人物形象的塑造上所付出的劳动，是不容随意抹煞的。至于作者为什么把刘柏写成这样而不写成那样，为什么赋于他以这样的性格而不是那样的性格，则是为整部作品的艺术构思和特定环境所决定的。如果离开了这一切，主观地要求刘柏必须具有这种精神或那种品质，势必会阉割掉人物生动的个性，使人物变成"时代精神的简单传声筒"。而按照这种要求推论下去，也势必会得出一个阶层、一个社会集团在一个历史时期只能产生一种典型、一种性格的荒谬结论。

文学艺术总是通过个别反映一般的。所谓个别，就是具体的典型形象。只有通过具体的、个性鲜明的典型形象，才能真实地、深刻地反映社会（阶级）的本质和规律。阉割了人物的个性，人物的阶级本质也就无从表现。正是这种个性与共性矛盾统一的辩证关系，构成了人物完整的性格。有人说，梁甜"一面希望重温幸福的爱情生活，一面又摆脱不了封建意识的束缚；她拥护高级社，是因为家庭贫困，非依靠社不可，又怕拖累他人，思想上又有矛盾。在入社问题上看不到她具有远大的理想。因此，她不能成为社会主义革命时代农村妇女干部的典型"①。这种分析显然是脱离了生活实际和缺乏辩证观点的。梁甜，作为一个失去了丈夫而要一肩挑起一家四口生活重担的善良的女性，处在解放前早已形成的带有传统封建习俗的特定环境中，她在爱情问题上所表现的封建意识和对于生活的忧虑，怕拖累人家而甘愿默默承担生活的重担；背地里暗暗流泪以抒发个人的不幸的悲哀；这一切表现，正是她抒发自己千端万绪的复杂感情的独特方式。而在这种困难的处境中，面临着要取消土地分红的高级社，她怀着对于曾经帮助她解决了生活困难的初级社的眷态和对于未来生活的惶惑，在入社问题上表现了无可奈何的心情，这是符合于她的生活经历、觉悟程度和性格特征的。这种来自小生产者的私有观念、生活经验和习惯的复杂心情，未必就不能体现贫农这一阶层坚决走社会主义道路的本质。别林斯基说得好："在真正有才能的作家的笔下，每个人物都是典型，对于读者，每个典型都是一个熟悉的陌生人。"②其所以是熟悉的，是因为作家对于这一类型人物的阶级特征作了高度的概括；其所以是陌生的，是因为作家赋予人物以丰富的、独

---

① 见 1961 年 4 月 13 日《羊城晚报》：《略谈金沙洲》。

② 别林斯基：《别林斯基论文学》，新文艺出版社 1958 年版，第 120 页。

特的生命——鲜明而生动的个性。既是熟悉的，又是陌生的，这里就包涵着概括与个性化的高度统一。梁甜的性格，固然还没有达到这样高度的典型化，但作者所赋予她的独特的生命——个性，却是相当鲜明的。作者正是遵循以个别反映一般的艺术规律，通过梁甜性格的塑造，概括和再现了贫农阶层中这一类型的贫苦农民的命运和遭遇，揭示了她（他）们共同的本质特征，应该说是具有典型意义的。离开了这一人物的独特的性格、遭遇和命运，离开了她所处的具体环境，和在这种环境中所形成的全部复杂的精神世界的细致分析，是不可能理解人物的性格，透视人物的阶级本质，也不能作出是否典型的结论的。硬要梁甜在入社问题上具有"远大的理想"，不但脱离了作品和人物的实际，而且也背离了艺术规律，取消了以个别反映一般，也就取消了典型的存在。

以个别反映一般的艺术规律，是由辩证法的矛盾规律所决定的。毛主席在《矛盾论》中告诉我们：

> 矛盾的普遍性和矛盾的特殊性的关系，就是矛盾的共性和个性的关系。其共性是矛盾存在于一切过程中，并贯串一切过程的始终……所以它是共性，是绝对性。然而这种共性，即包含于一切个性之中，无个性即无共性。假如除去一切个性，还有什么共性呢？因为矛盾的各各特殊，所以造成了个性。一切个性都是有条件地暂时地存在的，所以是相对的。
>
> 这一共性个性、绝对相对的道理，是关于事物矛盾的问题的精髓，不懂得它，就等于抛弃了辩证法。

毛主席在这段说话中，非常精辟地阐明了共性和个性的辩证关系：第一，人的阶级性，即共性，是绝对的。生活在阶级社会中的人，莫不打上阶级的烙印；第二，共性包含于一切个性之中，无个性即无共性，两者是互相渗透、水乳交融的有机的统一体，绝不是外加的数学总和，更不是互相游离、互相排斥的东西；第三，人物的个性，由于矛盾的各各特殊，所以是千差万别的，这一个绝不同于那一个。同一阶级的共性，只能通过人物独特的个性，以特殊的形式表现出来。离开了鲜明的个性，所谓时代精神和阶级本质，就无从表现；第四，一切个性都是有条件地暂时地存在的，这里所指的条件，不但包涵着人物自己的出身、教养、职业、思想、气质等各各特殊的因素，同时也包涵着特定环境中的社会关系、阶级关系和人与人之间的特定关系。正是这种特定环境中各种事物之间的联系，构成了人物性格的存在和发展的条件。所以，典型性格只能产生于典型环境之中，依赖于典型环境而活动和发展，并反过来给环境以一定的影响。离开了典型环境，就无所谓典型性格。

由此可见，人物的共性与个性的辩证关系，性格与环境的辩证关系，是由生活本身的辩证法所决定的。离开了生活的辩证法，离开了以个别反映一般的艺术规律，就无法理解生活，也无法理解艺术。

典型环境，也是完全不可代替的“这一个”

文学艺术不仅反映现实，而且要给现实以积极的影响，“推动人民群众走向团结和斗争，实行改造自己的环境”[①]。文学艺术的这一基本特点，要求作家在艺术创造中必须进行艺术的概括，把现实生活典型化，使文艺作品中反映出来的生活“比普通的实际生活更高，更强烈，更有集中性，更典型，更理想，因而就更带普遍性”。[②] 典型化的过程，就是概括和个性化统

---

① 毛泽东：《在延安文艺座谈会上的讲话》，《解放日报》1943 年 10 月 19 日。

② 毛泽东：《在延安文艺座谈会上的讲话》，《解放日报》1943 年 10 月 19 日。

一的过程；而这一过程的全部奥秘，则在于创造"典型环境中的典型性格"。这是艺术创造的一条最基本的原则。文艺批评只有依据艺术的这一基本原则，对典型环境中的典型性格进行具体的（历史的、思想的、艺术的）分析，才能对作品的思想倾向和艺术真实作出正确的判断。

可是，在一些评论文章中，却把生活的真实与艺术的真实完全等同起来，重复了过去曾经流行一时的"生活难道是这样的吗？"的错误。

这种简单化的倾向，在不少的文章中都有着不同程度的表现，而尤其突出的，是通过对于郭有辉这一人物的评价而对作者提出的责难。例如说："郭有辉蜕变的程度是令人吃惊的"，"难道我们的党对这样的一个同志会任其蜕变下去而置之不理吗？""难道党员变了质就无法挽救了？连最落后最顽固的富裕中农郭细九最后也承认了错误，为什么曾经是'县里一个著名的积极分子'和党员的郭有辉却始终不能悔改？"[①]这种责难的简单粗暴的程度也是令人吃惊的。尽管《金沙洲》对郭有辉的性格刻画在某种程度上存在着概念化的缺点，对他的资本主义思想的根源也挖掘不深，但作品所再现的生活，毕竟有别于生活的真实。现实生活中犯了错误的党员干部可以转变过来是一回事，作为艺术形象的郭有辉的蜕化变质又是一回事，两者是根本不能混为一谈的。车尼雪夫斯基说得好："事物的真髓通常并不和事物本身一样：茶素——不是茶，酒精——不是酒……。"作家在作品中之所以选择这种现象，舍弃那种现象，之所以创造这一个人物，不创造那一个人物，不仅取决于作家的世界观和生活经验，而且也关系到作家的艺术方法和艺术构思。在一部作品中，总是渗透着作家主观的思想感情和对于客观生活的评价，体现着作家独特的艺术构思，反映出某种具体的特定环境和特定性格。《金沙洲》的作者既然要塑造郭有辉这么一个蜕化变质的艺术

---

① 《郭有辉这个人》，见 1961 年 6 月 18 日《羊城晚报》。

形象，并使他在作品中担当"上中农在党内的代理人"的主要角色，那么，他的思想、行动、生活和命运，就与他周围的环境和人物发生了多方面的联系，并形成了他自己独特的生命。作者只能按照这一人物性格本身显示出来的发展规律，去安排他的命运，而不能违背人物性格与环境互相关系的逻辑，去随意支配。艺术作品不是生活原样的翻版。《金沙洲》对于郭有辉的艺术处理，其目的只是为了揭露他的丑恶本质，并使他按照合乎性格逻辑的艺术构思去扮演他所要担当的角色，而不是为了挽救他。如果郭有辉受到党的教育以后，真的像批评者所希望的那样觉悟过来，不再与党外的上中农——郭细九等合流，不再向高级社进攻，那么，这一人物就不成其为郭有辉了，而《金沙洲》的全部艺术构思也就要跟着改变。因此，我们认为，在审视这一人物的时候，应该根据作家的艺术构思，从作品所提供的具体环境和具体性格出发，不仅要看到人物性格上的复杂现象，看到各种消极的社会因素对于他的影响，看到他的性格上的个人特征，同时还要看他的行动是否合乎他本身的性格逻辑，是否显示了典型环境中的典型性格。如果离开了这一切，而简单地以现实生活的考据来代替对于艺术形象的艺术分析，并以此来判断艺术形象的真实性，是很难得出正确的结论的。

这里，尤其值得我们注意的，是作品所提供的促使人物行动的典型环境。所以值得注意，是因为在不少的评论中，常常有意无意地忽视了这一点，甚至还存在着某种不正确的理解。

文学是通过典型环境中的各个典型性格的冲突来揭示社会关系的。在实际生活中，每个具体环境所包涵的因素都是异常复杂的，不仅有民族的、社会的、历史的条件，阶级的关系，人与人之间的关系，还有地区的自然条件、风土人情、生活习惯……。所以，典型环境也体现着普遍性和特殊性在一定的时间、地点、条件下的矛盾统一。文学作品中的每一个典型环境，也和典型性格一样，是完全不可代替的这一个；同样的社会历史环境的本质特征，只能反映在千差万别的典型环境中。同是反映农业合作化的长篇小说，《山乡巨变》所创造的典型环境就不同于《创业史》，《金沙洲》所创造的典型环境也迥异于《三里湾》。这种显著的区别，固然与作品所选择的题材、所反映的主题、所体现的艺术构思有关，但更重要的，还是由于生活本身的丰富多彩。生活是永远不会重复的，文学作品中的艺术构思及其典型环境也永远不会雷同。恩格斯要求作品再现无产阶级已经参加了五十年光景的战斗的典型环境，这种要求本身也不是划一化的。无产阶级已经参加了五十年光景的战斗的典型环境，仍然是丰富多彩的。任何企图以现实生活的环境或以其他作品所再现的典型环境去要求自己评价的作品，其结果都只会把丰富多彩的现实生活和瑰丽多姿的文学艺术简单化。

无论作品所反映的生活画面多么广阔，表现的社会冲突多么巨大、尖锐，也只能通过不同人物的千差万别的命运、遭遇、他们之间千差万别的性格冲突才能表现出来。正是这些个别人物的千差万别的命运、遭遇和性格冲突，形成了作品特定的典型环境。艺术的任务，就是通过作品所再现的典型环境中的典型性格，深刻地揭示"环境怎样影响人"，而"人又怎样影响他周围的世界"（车尔尼雪夫斯基）。《水浒》中林冲的性格，只有处于以封建统治者高俅及其爪牙陆虞候、富安、董超、薛霸、沧州牢里的管营等人物交织起来的复杂、恶劣的环境中，才有可能从"逆来顺受"逐步走向反抗。作者对林冲所处环境的布局，是紧紧地围绕着人与人的矛盾关系展开的，少了一个，便不足以击破林冲"逆来顺受"的性格。林冲所处的典型环境既然与李逵、鲁智深等有所不同，他们的性格当然也有所差异。《金沙洲》中的郭细九和郭有辉，虽然同是新上中农，但由于他们的出身、经历、气质和社会地位不同，他们的个性特征和对于高级社的破坏活动的方式也就各有差别。我们从郭细九对于高级社种种肆无忌惮的破坏活动，可以看出他的贪婪、歹毒和凶狠的流氓气质，而郭有辉对于党支部的公开要挟和背后的推波助澜，则显示出他的阴险、权谋和机变。这种从人物的同一本质中显示出来的个性特征的差异，固然主要由他们本身特殊的内在因素所决定，但和促使他们行动的特定环境也有着密切的关联。作者只有把他们分别置于足以显示其性格特征的特定环境中，才能使人物按照自己的性格逻辑进行活动。因此，"在艺术作品中……全部关键在于个别的环境，在于对一定典型的性格和心理的分析"（列宁：《给伊内谢·阿尔曼特的信》）。忽视了促使人物行动的典型环境，忽视了造成人物性格发展的社会的（阶级的）原因，人物的性格就会失去客观的依据，变成不可思议的怪人。

对于典型环境的理解，目前还存在着这样一种看法：认为没有体现我们时代精神的"事件"，由于它不能反映出"生活的主流"，因而也就不能成为作品中的"典型环境"。这种观点，实质上是把能够体现我们时代先进精神的生活事件当成为典型环境的唯一内容，而排斥了现实生活的复杂性。生活的主流固然能够体现出时代的先进精神，这是不容置疑的，但是时代的先进精神并不等于典型环境；生活的主流固然是典型，但在主流冲击下的非主流，同样也是时代的、社会的产物（在大变革的过渡时期，这是一种必然的现象），因而也可以成为典型环境。典型环境的存在和发展，不是绝对的，而是相对的。随着时间、地点、条件的变化，典型环境的存在和发展的情况也就跟着变化。所以，典型环境并不是唯一的，而是多种多样的。没有体现我们时代的先进精神的生活现象，当然不能成为生活的主流，但在一部文艺作品中，难道只能允许写生活的主流现象，而不能写生活的非主流现象吗？难道只能允许写社会的先进力量占优势的典型环境，而不能写在某种特定的情况下，消极的力量虽然暂占优势，但在本质上足以说明它只不过是生活的逆流——因而也一定会被生活的主流所战胜的消极的个别环境吗？问题不在于能不能写生活的非主流现象及其所赖以存在的个别的典型环境，而在于作者写它的时候所持的立场和态度。如果作者把这种非主流的现象置于与主流现象互相冲突和斗争的具体环境中，同时又能够写出这种非主流现象所赖以产生和存在的典型环境和具体的阶级因素，以及它在社会主义制度下一定会被战胜、被消灭的必然规律，那么，为什么不可以成为典型环境呢？如果把"典型环境"这一概念抽象起来，并和生活的主流完全等同起来，其结果不仅会把生活简单化，把典型环境简单化，而且也否定了创造各种反面艺术典型的可能性；而正面人物所处的环境也就会变得十分平静，这样，同时也就取消了在复杂斗争的环境中成长和发展的正面形象的创造。可见，把生活的主流和典型环境完全等同起来的观点，实质上正是"无冲突论"的变种，不能认为是正确的。

指出这种"无冲突论"的错误，当然并不等于为《金沙洲》的缺点辩护。作者为了突出金沙社在发展过程中所遭遇的种种困难和斗争，为了使矛盾斗争典型化，在作品中特意创造出有利于反面人物活动的典型环境，是可以允许的。但是，作品既然要正面表现合作化运动中的两条道路的斗争，正面表现生活中的主流和逆流的巨大冲突，那么，在描写生活的逆流的时候，就应该同时表现出代表生活主流的正面力量。只有把逆流放在主流的冲击之下，才能揭示出逆流的本质及其必然失败的规律，才能使矛盾斗争典型化。文学作品在描写生活逆流的时候，当然也允许有某种程度的夸张，因为经常处于错综复杂的变化中的生活本身，就有着某种消极的因素在起作用，但是应该看到，真正决定生活的趋向的，却是符合于生活发展规律的正面的积极力量。《金沙洲》的作者在描写主流冲击下的逆流的典型环境的时候，只着力描写了逆流的一面，而忽视了"主流冲击"的一面，因而使正面人物处处受到攻击和牵制，几乎无用武之地。这样，自然就会使作品中的典型环境——作品所显示的生活形象，屈从于反面人物性格的发展，而正面人物的性格，自然也就得不到施展的机会。虽然，《金沙洲》在最后一部中已经使正面人物所处的环境有所改变，正面人物已从被动转为主动，在矛盾冲突中占居了主导的地位。从作品所展开的矛盾冲突的总的结局来看，作品所提出的问题已经获得了解决；但这种结局却未免来得过于匆促和不自然，其所以"匆促"和不自然，就是因为前两部未把主流冲击的潜在力量表现出来，以致未能充分显示出社会主义社会生活逻辑的力量。造成这种结果的原因可能是复杂的。只要看一看第三部与第一、二部的艺术构思的脱节现象，就能猜想到作者在创作过程中所遇到的困难和匆匆收场的用意了。因为这问题不属本文范围，只好留待另一篇文章再作详尽分析。

"绝对主义"的思想方法，会导致性格、环境、题材的划一化

对于艺术典型理解的混乱，其根本原因，是把本质与现象、抽象与具体、一般与个别混为一谈。

现实生活是纷纭复杂的。生活的本质，只有通过生活中各种复杂的个别现象才能表现出来。在一般的情况下，现象是可以直接地反映本质的，但另一方面，现象和本质往往也有不相一致的情况，有时候现象不但不直接反映本质；而且还恰好与本质相反。一个双手沾满血腥的法西斯刽子手，可能同时是一个虔诚的基督教徒；一个残酷地压迫、剥削农民的地主恶霸，也可能手捻佛珠，而且还不是故意伪善。生活中这种矛盾、复杂的个别情况，反映在文学作品中，自然产生了典型性格上的各种复杂现象。但是，无论人物性格有多么复杂，归根结底总是要受到其阶级性的制约，而且常常是阶级性在各个个别人物身上的多方面的具体表现。艺术典型的这种个性与共性的辩证统一，正好体现了现象与本质、个别与一般、具体与抽象的辩证统一关系："个别一定与一般相联而存在。一般只能在个别中存在，只能通过个别而存在。任何个别（不论怎样）都是一般。任何一般都是个别的（一部分，或一方面，或本质）。"（列宁：《谈谈辩证法问题》）作家在创造艺术典型的时候，总是透过各种矛盾、复杂的个别现象去透视事物的本

质，并且通过个别人物的具体行动、他与周围环境、人物之间的矛盾冲突，来表现社会的、阶级的关系，反映生活的本质，而不是撇开个别的现象去直接地说明本质。在艺术概括中强调人物的个性，并不会妨碍揭示人物的本质，更不意味着可以忽视人物的本质（共性），相反地，正是为了更充分地揭示人物的本质，更集中地突出人物的共性，并赋予人物以丰富的血肉和生命。只有在个性与共性——把个别与一般的统一之中，才能正确地理解典型性格。如果把现象和本质混为一谈，把个别与一般、具体与抽象混同起来，否认其矛盾统一的辩证关系，以本质排斥现象，用一般否定个别，或者只承认其统一的一面，忽视其矛盾的一面，其结果都会产生只要抽象的本质，不要具体的形象——以共性代替个性的谬误。

还应该看到，艺术的概括并不同于科学的概括，艺术上的典型也不同于科学上的公式和规律。科学的概括和艺术的概括，虽然都同样要反映事物的本质，但科学概括是直接把本质指给读者，把抽象的结论宣布给读者，而艺术概括直接给予读者的却是具体的形象，使读者从具体形象的感受中，自己作出结论，领会本质。因此在文学作品中，艺术形象的感染作用就显得非常重要。作家在艺术概括过程中所倾注的思想感情愈丰富、愈强烈，概括的程度愈广阔、愈深刻，人物性格愈生动、愈鲜明，其艺术感染力也就愈大、愈强烈。忽视了艺术的这一基本特点，混淆了科学概括和艺术概括的区别，把逻辑思维和形象思维混为一谈，以科学的抽象代替艺术的具体形象，当然就从根本上取消了艺术认识现实和反映现实的特性，背离了以个别反映一般的艺术规律，从而也就无法对作品所反映的生活作出正确的判断。

典型问题是一个复杂的问题，任何简单片面的理解都会使批评陷入错误。艺术形象的阶级本质只能通过鲜明的个性才能表现出来，同一社会的、阶级的本质，只能反映在千差万别的典型性格中，典型环境也只能通过个别的具体的环境才能表现出来，同一社会历史环境的特征，只能反映在千差万别的典型环境中。千差万别的典型性格只能产生于千差万别的典型环境之中，依赖于典型环境而存在和发展，并反过来又给环境以一定的影响；离开了典型环境，典型性格就失去了存在和发展的客观依据。社会上的各个阶级并不是互相绝缘的，任何一种阶级都会受到其他阶级和各种社会（历史的、现实的）因素的影响，而这种复杂的因素又必然会反映在典型形象中。每一个艺术典型，不但反映着社会的、阶级的本质，而且渗透着作家的思想感情以及对社会生活态度，……正是这一切复杂的因素，形成了艺术典型的丰富内容。艺术典型的这种复杂性，也是由生活的辩证法——对立统一的法则所决定的。毛主席在《矛盾论》中告诉我们："事物的矛盾法则，即对立统一的法则，是自然和社会的根本的法则，因而也是思维的根本法则。它是和形而上学的宇宙观相反的。"又说，当我们研究一定事物的时候，就应当去"发现一事物内部的特殊性和普遍性的两方面及其互相联结，发现一事物和它以外的许多事物的互相联结"。但是，具有形而上学观点的同志，却否认事物内部的矛盾，总是喜欢片面地、孤立地、静止地看待一切事物，把客观事物绝对化。他们"只承认对立的斗争，不承认对立的同一；只承认绝对的东西，不承认相对的东西；只承认普遍的东西，不承认特殊的东西；只承认共性，不承认个性；只承认主要的东西，不承认第二位的东西；只承认必然性，不承认偶然性；只看正面，不看反面；只看见一种可能，不看见另一种可能……"（陆定一：《纪念整风运动十五周年》）这种"绝对主义"的思想方法，反映在典型问题上，就是只承认典型的共性，不承认典型的个性；只承认共性与个性统一的一面，不承认共性与个性矛盾的一面；只承认典型环境的普遍性，不承认典型环境的特殊性；只承认生活的主流，不承认在主流冲击下的非主流。如此一来，就把复杂的典型内容绝对化和简单化，把艺术典型的创造单纯当成"写本质""写主流"的同义语，在艺术典型与时代精神、社会（阶级）本质之间简单地划上等号，抹煞了千差万别的"典型环境中的典型性格"的特性和丰富多彩的差别性。既把典型性格划一化，也把典型环境划一化。性格和环境划一化了，进行真正的典型创造也就成为不可能了。这种简单片面的公式，不但阉割了错综复杂的社会生活，把绚烂多彩的艺术现象溶解于僵硬的公式和规律之中，而且势必会把无限广阔的创作题材划一化，即把题材和赤裸裸的本质、规律完全等同起来。我们并不反对写规律。文学艺术既然是生活的反映，当然要反映出生活的本质和规律，但是这种反映，必须通过个别的、特殊的、活生生的艺术形象才能达到。如果把规律当成题材，其结果不但排斥了题材本身的复杂性和多样性，而且也取消了艺术地表现生活规律的可能性。有些作品之所以写得四平八稳，千篇一律，没有生活气息，缺乏艺术感染力，和这种"规律＝题材"论的影响不无关系。

"典型即代表"论，与以个别反映一般的艺术规律毫无共同之处

上面，我们就典型问题上的若干片面观点作了一些初步的剖析，尽管它们的表现形态有所不同，但倘把它们联系起来，加以全面的考察，就不难看出，这一系列片面观点的实质，归根结蒂都集中在这一总的观点上：即要求艺术典型成为某一客观事物的全部特征的总和（全部特征的总代表）。比方说，凡是描写党支部书记的艺术形象，都必须具备所有党支部书记和党领导者所应该具备的全部特征；凡是描写社会主义革命时代农村妇女干部的艺术形象，都必须具备这一时代农村所有优秀妇女干部所应该具备的全部特征；若是党支部书记的形象缺乏了所谓高度的"改造世界的革命精神和宏伟气魄"，妇女干部的形象在入社问题上思想露出一点矛盾，又没有表现出先进人物应该有的"远大的理想"，那么，在他们看来都不能算作典型。对典型环境的理解，亦是如此。换言之，就是以社会学上的典型来硬

套艺术上的典型，并且把这两者完全等同起来。不少评论文章之所以指谪这个人物缺少这种"精神"，那个人物缺少那种"品质"，之所以认为刘柏、梁甜等人物不是典型，其原因正在这里。这种观点，我们姑且替它取个名字，就叫做"典型即代表"论或"代表即典型"论吧！这种理论当然是错误的。这些同志不了解，艺术典型创造的一条最基本的规律，就是要求人物的共性与个性的矛盾统一，写出典型环境中的典型性格。这并不要求作家把所有同一本质的人物性格都全部包括到一个典型中去，而只是要求作家根据主题的任务和构思的要求，选择其中最本质的、最能揭示这一人物性格的典型特征概括进去——使作品中的艺术形象成为既是最本质的、具有一定代表性的东西，又是最有个性特征的东西，即恩格斯所说的"每个人是典型，然而同时又是明确的个性，正如黑格尔老人所说的'这一个'"（《给明娜·考茨基的信》）。倘若离开了这一原则，硬是要求作家把同一本质的各个人物的全部特征都毫无例外地堆砌到一个人物身上，势必会使典型性格无限度地膨胀起来，湮没了人物的个性和斫丧了人物的生命——使个性"消溶到原则里去"（恩格斯），而成为类型人物性格的大杂烩。这样，就不但破坏了作品的主题和结构，而且也失去了其为典型的意义。试想一下，如果要求刘柏必须具有所有党支部书记和党的领导者所应具备的一切特征，要求他成为党的最高代表或党的原则的化身，那么，刘柏还有什么"明确的个性"？还能成为"这一个"的刘柏吗？既然如此，还有什么典型可言呢？

列宁说："任何一般只是大致地包括一切个别事物。任何个别都不能完全地包括在一般之中……"（《谈谈辩证法问题》）。这一段话，很好地说明了个别与一般的辩证关系。即使是社会学上的最理想的典型，也会受到一定的局限，不可能把一切个别事物的全部特征都完全包罗无遗。生活的辩证法是如此，艺术的辩证法更是如此。只有尊重生活的辩证法，尊重艺术的辩证法，尊重以个别反映一般的艺术规律，既承认一般，又承认个别，既承认统一，又承认差别，既承认共性，又承认个性，严格从作品的具体实际出发，对具体人物进行具体的分析，才能克服文艺批评上的简单化、绝对化的倾向，才能以马克思主义的美学观点正确地阐明艺术典型的复杂现象。

一九六一年八月三日于广州

关于戏剧创作的几点感想*

（一）阶级斗争与敌我矛盾

阶级斗争是客观存在，文学艺术绝不能忽视这方面的题材；否则，不但不能真实地反映我们社会的面貌，而且也无法深刻地反映我们时代的精神。但是现在却有人把阶级斗争片面地理解为敌我斗争，把这两个概念混同起来；甚至在一些戏剧作品中，还把阶级斗争理解为我们与地主、富农之间的斗争，并认为离开了与地富的斗争，就谈不上反映阶级斗争。

从这个观点出发，于是有人认为重大题材在农村；并认为那里有地主富农，所以那里就有阶级斗争。根据这样的理由，于是有人认为国营工厂里和部队中都没有阶级斗争的题材可写。

这种看法对不对呢？当然是不对的。阶级斗争不仅指敌我矛盾，也包括人民内部矛盾在内。

被推翻的剥削阶级还存在，旧的习惯势力还存在，小生产者的自发倾向还存在，因而阶级矛盾就存在。我们要建设社会主义，被推翻的剥削阶级却不甘心，他们总是不放弃任何一个可乘之机来破坏我们的事业，妄图恢复他们失去的"天堂"。

阶级敌人在政治战线上或经济战线上，采用较露骨的方式或较直接的手段来进行破坏，我们都容易看透他们。但是，他们如果在意识形态方面向我们进攻，而这种进攻有时由他们亲自发动，但更多的场合，却是通过我们内部的人来进行的，后一种进攻，却不是一眼就能看清楚的。

---

* 本文收录于《习艺录》（广东人民出版社 1978 年版）。

我们不能低估这种进攻，因为反动阶级的思想毒素，在社会上还有市场；因为小生产者的自发倾向与资本主义是一脉相通的，那些醉心追求资产阶级生活方式、欣赏资产阶级趣味或情调的人，是最容易与资产阶级一拍即合，同流合污的。

因此，在我们的社会里不仅存在着被推翻的阶级分子，同时也存在着不少受到资产阶级思想腐蚀的人。不但有直接的破坏活动，同时在思想战线上，资产阶级的思想毒雾还不断地向我们飘散过来；这种腐蚀的活动是无孔不入的，它通过各种各样的空隙，侵入到我们的革命队伍，侵入到社会生活的各个角落。

我们要前进，有些人却要后退；我们要他们摆脱那一套反动思想和世界观，他们却恋恋不舍，甚至坚守堡垒，固执顽抗；于是矛盾斗争不但难以避免，而且是尖锐、复杂和曲折的。

这种矛盾斗争，不但会在资产阶级分子、地主分子同我们之间直接展开，同时也会表现在我们与朋友之间，与同学或同事之间，甚至还会表现在与家属之间。

这种矛盾，不但表现在政治性的问题上，而且也表现在一些"生活小事"上。虽然看起来很平常，但在实质上，却是两种世界观的矛盾，或者是两条道路之间的矛盾；其实这就是阶级矛盾在日常生活中的反映。

那些在"生活小事"上所表现的资产阶级观点与世界观，如果任它自由发展下去，将来就会变成社会主义事业的障碍。它会由小变大，由思想活动发展成为政治行为，它会由小小的不满变成政治上的对立。"千里之堤，溃于蝼蚁之穴。"对于这种矛盾，我们不能等闲视之。应当在发现它时，就克服它。

因此我们反映阶级斗争，不仅要反映敌我矛盾，也要很好地反映人民内部矛盾，即反映在人民内部的两条道路、两条路线、两种世界观之间的矛盾。

这种矛盾在社会主义社会中是普遍的，大量存在的。反映这类矛盾的目的，同反映敌我矛盾一样，都是兴无灭资，达到清除资产阶级世界观，用无产阶级世界观来武装人民头脑的目的。

（二）题材和主题

上面已说过，不能把阶级斗争片面地理解为敌我斗争，这本来是常识，可是在创作实践中，人们却往往有意无意地让阶级斗争与敌我矛盾混同起来。一提到阶级斗争就自自然然想到敌我斗争，仿佛不反映敌我斗争，就够不上称作阶级斗争似的。由于这类片面理解的影响，所以在创作上就出现了一些问题：

（1）视野缩小，题材狭窄

除了看见被推翻的阶级分子在政治上或经济上的直接破坏活动之外，再看不到旁的什么。这一来，在国营工矿中和部队中的阶级斗争被蒙住了，思想领域中的阶级矛盾，被轻轻放过了。

有一个小戏生动地反映了共产主义风格和小生产者自私自利作风的斗争，这明明是反映两种世界观的斗争，但却被人"判"为"一出没有反映阶级斗争的小戏"。

类似这样的矛盾，看起来很平常，但却属于两个敌对阶级之间的矛盾。反映这类矛盾的意义，能触着更多人的痒处或痛处。如果把一些存在着的但却没有被他们自己所认识的缺点，通过艺术形象，像一面镜子那样反映出来，能帮助人们识别是非，提高警觉。

当然我们不能放松反映敌我矛盾，但不应当把它当作唯一的矛盾来反映；在现实生活中，更大量存在的，是愿意走社会主义道路但又保留一些旧思想的人，这里所指的是资产阶级的影响，旧的习惯势力以及小生产者的自发倾向。这类人在主观上并不反对社会主义，但在生活上却常常表现出一种与社会主义制度不相适应的观点与习惯。对于这种消极现象，应通过艺术形象揭示出来，帮助他们从旧习惯、旧思想中解放出来，**"帮助他们摆脱背上的包袱，同自己的缺点错误作斗争"**，如果他们提高了觉悟，**"惊醒起来，感奋起来"**，那么，我们就能更顺利地进行社会主义革命和社会主义建设。

问题要看我们是不是用阶级分析的方法和阶级斗争的观点去观察事物和处理题材；否则就很可能陷入身边琐事，写成与人民群众没有什么痛痒的作品。

（2）事件的严重性与主题的深刻性

由于把阶级斗争与敌我矛盾混同起来，所以在处理题材时就常常有意无意地在事件的严重性上打圈子；仿佛事件不严重，不是血淋淋的，就不足以反映阶级斗争，主题思想就不能深刻似的。

而所谓严重性，又常常在敌我矛盾中去打主意。这一来，有些戏，本来是写人民内部矛盾的，而且是思想问题的戏，可是作者写着写着，就把矛盾的焦点，由人民内部转到敌我之间去，由思想矛盾转到政治斗争或经济斗争方面去。以为这样一来，事件就有严重意义，题材就变得"重大"了，可是思想斗争却被轻轻掠过，反而让敌我矛盾把思想斗争掩盖起来。结果，敌我矛盾似乎解决了，可是人民内部的思想矛盾却被"悬"在一边。

抱着这种观点的作者，总是把"严重性"看作万能：他们写落后的贫农，总是把他与投机倒把联系起来；写中农落后，一定把他与地富勾搭起来；有人写上中农与写富农没有区别；或者把上中农与自发势力等同起来；或者与新生资产阶级分子等同起来。写工人落后，就一定与堕落分子相联系；唯恐不严重，便把堕落分子写成走私贩，甚至还是个暗藏的反革命。

这类戏，看起来很热闹，很曲折，但看完以后，却不能给人留下什么印象，也不能给人什么启发和教育。原因就是放弃了人物性格的发掘，放弃了思想斗争。

超越了思想范围，超越人民内部的界限，只依靠司法机关或公安机关出来解决问题；表面上，好像问题解决了，其实思想的矛盾却原封不动。这是一种偷巧的做法。因为在某些作者看来，处理敌我矛盾比较简单，但处理人民内部矛盾，特别是处理思想斗争，就复杂得多；不认真研究社会、研究人的精神状态，要想把思想内部的互相斗争及其发展，形象地展示出来是不可能的。特别是那些日常生活中大量存在的思想或作风的矛盾，如果不深入性格的解剖，不能从性格深处挖出思想实质（阶级实质），我们如何能把人物变成"镜子"，变成足以作为榜样或作为借鉴的形象呢？但这绝不是严重事件所能代替得了的。

我们有些作者，在描写被推翻了的剥削阶级时，总是不忘记严重事件。

是的，敌人到处阴谋破坏我们的事业，有烧仓库的，有毒死牲口的，甚至有杀人的，对于这种破坏行径，文学应当很好加以反映，但如果把这类严重事件当作敌人经常的普遍的活动来表现，那就值得考虑了。

被推翻的阶级确实是不死心的，但是也不要低估了我们十四年来无产阶级专政的威力和影响。虽然阶级敌人时时刻刻都妄想破坏我们的革命事业，可是他们不能不考虑后果，极顽固的反动分子也可能拿命来拼一场，但那不是普遍现象；更多的情况表明：被推翻的剥削阶级在无产阶级专政的威力下，心里虽然怀恨，可也不敢轻举妄动。但在思想战线上就完全不同了，他们无孔不入地向我们进攻，通过各种渠道，采用各种方式宣扬其剥削阶级的生活方式和腐朽的世界观。其中有一些是有明显的政治目的，另外还有一些却是出于阶级本能和阶级偏见，而且常常装出一副伪善的面孔，披着爱护他人的外衣来宣扬那一套的，这就不容易识别其用心。不少中了毒的人不仅不自觉，反而还替敌人辩解。这叫做"阶级渗透"或"和平演变"。把这种不易识别的"阶级渗透"加以解剖，通过形象表现出来，不是更能打开人们的眼界，使人警觉，起到更大的教育作用吗？

疯狂的破坏和制造血淋淋的事件，只是他们活动的一个方面，绝不是唯一的活动方式，而且比较容易看清看透的。可是，装出笑脸来进行阶级渗透的活动方式，则是更大量、更经常的，而且不容易为人所觉察。反映这种斗争，谁说没有深刻的思想意义？

（三）矛盾应当来自生活

这一年多来，不少戏剧作者都注意到反映阶级斗争，并开始努力去写这方面的题材，而且已产生了一些优秀的剧本。但是，还有一些作者，对于阶级斗争还了解得太浅，有的甚至还十分生疏；因此当他们进入创作时，不是从生活出发，不是从斗争中去发现题材，从矛盾中去发掘人物性格，也不是从矛盾斗争中去提炼主题；而是从阶级斗争的一般概念来确定主题，并据此来安排情节。这一来，就出现了如下几个方面的情况：

（1）就事论事，就问题写问题

有一出戏，反对抬花轿，自头至尾，都是花轿问题。实际上，在我们生活中，还有多少人嫁女用花轿的呢？即使有也是极个别的，哪里用得着一出戏来反对花轿呢？我觉得在现实生活中，因嫁娶保留着旧社会的旧风习、旧思想，倒是有的，与其批评抬花轿，就不如批评那套劳民伤财的旧风习、旧习惯，和歌颂新人新事。

在文艺中，应当批评旧风习、旧思想，不是去批评某种只具形式的东西。作者的用意也许是想借花轿来批评旧风习，可是在作品中，却没有概括更多能体现旧风习的特征现象，也没有通过个别去揭露旧礼教、旧观点广泛祸害人民的事实，既然这样，怎么能带出更多的社会内容和更深的教育意义呢？

类似这样的现象，在其他戏剧中还有不少。

这类戏常有片面性：强调学生到农村去参加农村建设，就反对上学；强调农村工作，就反对城市；把具体政策与总方针、总路线对立起来，是不对的。政策是解决矛盾的武器，但我们不理解政策的全面精神，只抓住一面，丢了另一面，于是片面性出现了。

问题在于就表面写表面，未深入挖掘问题的实质，更未把实质通过性格体现出来。文学戏剧应通过具体事件来表现生活，这是不错的，但是问题在于通过个别所反映的还是个别，通过片面所反映的还是片面，而不是通过个别（或侧面）反映一般的特征或本质。当然并不是随便拿任何一件事都能反映一般特征或本质的，而是要选择具有典型特征的"个别"才能反映本质。

（2）抓不住具体矛盾

阶级之间有矛盾，这是大家知道的；地主与贫下中农之间有矛盾，也是大家都清楚的。但是除了普遍性的矛盾之外，还应了解在某个特定环境下的具体矛盾是什么，只有通过具体矛盾来反映普遍存在的共性，共性才能通过具体个别形态的形象表现出来。

例如小戏《青龙潭》，只从地主的一般本性出发，未抓住"这一个"地主婆对社会主义的具体仇恨，因此，她放毒就显得勉强，不真实。

脱离了特定环境，就抓不住具体的矛盾；脱离了我们十四年来所形成的新条件，矛盾就很难写得真实。任何夸大敌人的力量，从而贬低了我们的正面力量，就必然会歪曲社会主义制度下的典型环境。

在一些反映人民内部矛盾的戏剧中，常常有抓不住具体矛盾的情况。是两条道路的矛盾？还是两种世界观的矛盾？不明确；在特定的具体环境下的具体矛盾是什么，也不明确。一时似乎是思想问题，一时又似乎是法律问题；开头明明是写保守与"突破常规"的斗争，继而又是两条道路的斗争，最后却又是两种作风的斗争，各不相联，没个中心。造成这种现象的原因，主要是作者未抓住活的性格和活的矛盾，只从一般概念出发，用"想当然"的态度，任意安排情节的结果。

具体矛盾，不能以矛盾双方的一般特点来规定，应当看当时的具体条件与具体环境，并要看当时人物处境如何来规定。

如果连具体矛盾都抓不住，情节怎么能合情合理地发展下去？以后又怎能合情合理地解决"矛盾"呢？

有些戏剧作者，当他描写落后时，就倾注全力去抹黑，去丑化，唯恐写的不严重，却不留一点余地；可是到该转变时，就很难转得过弯来。

用"诉"苦或"忆"苦的办法来提高觉悟，促进转变，一般说是容许的；但因没有抓住具体矛盾是什么，因此"苦"也很难对"症"，既然这样，人物怎能转变？

例如写个人主义与集体主义的矛盾，只诉旧社会的苦，很难解决集体主义问题。当然，对一个忘本的人，这种忆苦会起到一定的作用。我不反对忆苦诉苦的教育作用，但不能把忆苦诉苦当作唯一的办法来促使人物转变，促进人由落后到进步，除忆苦之外，前途教育和共产主义教育的作用，共产主义的新人新事的影响，社会上新风气的潜移默化的作用等等，都是极其重要的；尤其是活生生的共产主义新事物的感召力量，更不宜忽视。

转变不应当是突然的，这是一种质变，由量变到质变，总是逐渐的，处理得太突然，反而不自然，而且是违背生活逻辑的。

（3）戏剧冲突应当是性格的冲突

由于题材不是从生活中提炼出来，而是从概念出发，或只了解到一点生活的表面，既未对这类生活进行较深入的观察和分析，也未找到生活本身所固有的意义；只接触到一点皮毛，就贴上标签，定出主题；这么一来，人物哪里能活起来？要想通过人物性格之间的矛盾来安排情节，当然就更无从谈起了。

只是急于表达主题，而不注意人物性格，也不注意特定环境中某些人物的具体处境和心情；只注意一个人物代表一个方面，只把事件当作阐明问题的手段；而完全忽视了人物之间性格的冲突，舞台形象怎么能树立起来？

性格冲突包括了思想的冲突，但思想冲突不等于性格的冲突。

戏剧要回答现实斗争中所提出的问题，但不是直接去回答，而是通过特定环境中特定人物之间的特定关系，即通过活生生的形象去回答问题。

应当深入到火热的斗争中去，由情节及其发展和结局来体现主题。这样既可以避免就问题写问题，又可以避免就表面写表面了。

凡是较好的戏，除了内容较好之外，都是展开性格冲突的，都是在性格冲突中展开情节和体现主题的。因此，这类戏的主题比较集中，形象比较丰满，生活气息也比较浓郁。

要做到这一步，首先必须深入生活和参加斗争，只有在斗争中，你才能体会某种感情和心理，也才能领会某种感情心理变化的复杂过程。

只抓事件，而不从事件后面去找人物性格，事件就串不起来。在戏剧中，人物是主要因素，但有人不理解这一点，只知道在"人物"身上堆上很多事，事虽多而且有些还很生动，可是却一点也不动人。要写一个肯于助人，乐于助人的人物，如果你不掌握他的性格，不熟悉他的精神状态，即使你在他身上堆上许许多多的事迹，这些事迹却依然是无源之水，无本之木，"情节由性格而生，性格靠情节而显现"，而脱离了人物性格，只在他身上堆砌情节，堆事迹，把人物当作扮演情节的木偶，人物怎么会活起来？他自己连行动也不会，堆在他身上的事迹怎么能打动人心？

（4）正面人物不突出

在不少反映阶级斗争的作品中，大部分正面人物不鲜明突出，这是个大问题。我们的时代是英雄辈出的时代。经过十四年的革命和实践的影响和教育，新的道德品质已在人民群众中、在干部中普遍形成，今后，共产主义的新风格、新作风将会更广泛地成为社会的新风尚。可是在一些戏剧中，正面人物或英雄人物，常常只有一般的集团特征，却无鲜明的个性；有些正面人物，甚至眉目不清、性格模糊。产生这种现象的主要原因，是作者不理解正面人物，更不理解在斗争中的正面人物。这里有深入生活的问题，也有作者自己的思想感情问题，即世界观问题。

有不少的戏，反面人物却被写得惟妙惟肖，活灵活现，可是正面人物却被写得既生硬又抽象。比如写支部书记吧，就常常被写得无事可做，只有问题需要解决时才叫他出来，而且行动少，说话多，有的还把支书写成只会背诵条文或满口政治术语的人。但在现实生活中许许多多支部书记却不是这样，这些支部书记用极其生动的地方语言，把革命道理表达得既深刻，又风趣横生；既透彻，又通俗易懂。这其实不仅是语言问题，而且是思想感情问题，也是立场问题。我们怀着什么样的心情去写支部书记的呢？如果对党，对无产阶级事业，对那些以革命为己任、不避艰辛、常冒生命危险的共产党员怀着深厚的感情，我想无论如何，不会把支部书记写得那样枯燥无味，那样令人生畏，甚至在他身上连一点普通人的常情心绪也感觉不到，哪里还能使人感到亲切？

其实，所谓党的领导，就是严格按照毛主席、党中央的革命路线和方针政策办事，谁能贯彻这条路线和方针政策的，谁就体现了党的领导作用。支书固然能够，一个革命的生产队长，就不能贯彻吗？支部书记是一个人，当他坚持党的立场，贯彻党的方针政策时，他就代表党；否则，他只是代表他自己。一般说，共产党员应当是坚决贯彻党的路线政策的模范，过去无数事实也证明了这一点，当然也不能把事情看得那样绝对，过去陈独秀、张国焘、王明、高岗、饶漱石之流，不是在名义上也是"共产党员"吗？可是他们却是货真价实的共产党的叛徒，是党的路线的破坏者。所谓党的胜利，是党的路线、方针、政策的胜利，并不是某个党员的胜利。体现党的领导，主要表现在党的原则和精神在现实斗争中始终占主导地位，起主导作用，并依靠这些原则和精神使斗争从胜利走向胜利。

有人提出："当问题发生时应让支部书记回避，否则就没有戏了。"我看不一定，如果以为支书在场，当面说几句话问题马上就解决，那是把事情看简单了。矛盾的发生，不是谁说几句话就能制止的。只要你写的确是性格的冲突，即使支书在场，至多只能改变冲突的方式，却不能阻止冲突发生和发展。由于支书的威信可能延缓冲突的爆发，却无法熄灭冲突的火苗；这一来，不是没有戏，而是冲突的形式变得更复杂，更曲折了。其实问题的中心是把支部书记神秘化了，仿佛在他面前一切矛盾都可以轻易解决，这是不可能的，在生活中也是不真实的。

（四）关于真实和典型问题

有人说："典型不能搬上舞台，坏的典型使人生气，好的典型却没有戏。"经过仔细询问，原来他们所说的"典型"，是指社会上某种有代表性的人和事。

"搬"自然不行，但这类素材却是可用的。既然是生活中具有代表性的事物，就具有一定的典型意义；问题是，你如何把它创造成为艺术典型，即如何通过个别形态去反映这类事物的普遍特征（共性），并使之成为有鲜明个性的艺术形象。

"照搬"不好，也不可能。把坏的现象，加以集中概括，使人们知道其所以变坏的原因，把他们变坏的思想实质揭示出来，不是可以当作鉴戒，起教育作用吗？对于好的，也同样不能"照搬"，譬如写一个很好的党支书，就应当研究他为什么这样好，他的优秀的政治品质是怎么形成的；然后抓住他最突出、最动人的方面，加以典型化，一定会给人极大的鼓舞和最深的启发。

在现实生活中，绝大部分基层干部是很好的，他们的革命精神和一心为人民的高尚品质，值得文学很好地去表现。这样的人，可供我们塑造许许多多先进人物形象。这样的典型人物，一定会产生巨大的教育效果。

另外，也还有少数干部，作风上还存在不少问题，做了一些与党的方针政策背道而驰的事，使群众遭到一些损失。这虽然是少数，但在戏剧中加以揭露却是容许的，但要写得有教育意义，就必须掌握一定的分寸。有些戏在描写这种干部的不良作风时，竟越出人民内部矛盾的界限，把他们写得十分恶劣，为了证明他们的错误的严重后果，竟把受损害的群众写得非常悲惨，弄得人人流泪，满台哭声，这就混淆了两类矛盾，不仅不能起"团结人民"的积极作用，反而可能引起极坏的后果。

既然是人民内部的问题，就不应该把这类干部写得像敌人那样。他们大概还是想做好事，只是由于作风不好，把事办坏了。按照毛主席的规定，这是教育问题，不该叫群众去痛恨他，更不该叫群众和他结仇。如果是写一个政治品质极端恶劣的人，那当然是另外一回事；但也要挖掘其性格的根源，特别是阶级的根源，才会有积极意义。

"四清"过程、水旱灾等等，如果写得太严重，就会歪曲社会主义制度下的典型环境。把现实中的某些缺点和困难如实地搬上舞台，并不能算是真实地反映了生活。因为这样做，是反映不出生活的主流和本质的。既不能反映本质，又怎么称得上"真实"？

文学是反映生活的，但这只是手段，而不是目的。它的目的是改造生活，**"推动人民群众走向团结和斗争，实行改造自己的环境"**，不停地把社会推向前进。

因此不能说，生活中的一切现象都可按原样搬上舞台。我们应该按照革命现实主义和革命浪漫主义相结合的观点来取舍生活素材，绝不是为反映而反映，为写现象而写现象。事实上，凡经过作者的头脑提炼过的东西，就不可能不融入主观的观点和感情。那种所谓"客观地""写真实"的论调，是别有用心的，是"暴露生活阴暗面"的借口。

对典型的理解也是这样。典型，一种是概括现实中普遍存在的事物；另一种是概括新生萌芽的但现在还占少数的事物；但两者都必须有个共同点，都必须反映出社会主义社会的本质或规律性。

在艺术典型的范畴内，只要能正确反映出社会主义社会的本质和规律，又有积极教育意义的，正面人物固然是典型；在新事物、新思想冲击下的某些反面人物，也是典型。前者可以作为榜样，后者可以作为殷鉴。但在反映的分量上，两者不能一律看待，我们坚持以写正面人物和英雄人物为主，反面人物只是作为陪衬。

（五）思想感情问题

上述问题中，有一些是属于生活不足的问题，还有一些是属于思想感情的问题，也即是立场的问题。

例如把正面人物或英雄人物写得很生硬，很干枯，例如抓不住现实中阶级斗争在日常生活中的表现；抓不住具体矛盾，也不知怎样解决矛盾等等，都说明有些作者，在反映当前的现实生活的时候，还用民主主义的观点来观察生活和处理题材的。

延安文艺座谈会以来，在很长一段时间内，是以反帝反封建为主，那时候，民主主义的立场观点，还能发挥它的革命作用。但是在社会主义三大改造基本完成之后，政治思想仍停留在民主主义的阶段上，就远远不够了；虽然一九五七年有过一场政治战线上的社会主义革命，但并不是所有文艺作者都能深刻地领会那次革命的伟大意义。

对封建势力和官僚资产阶级，不少人曾痛切地领教过，有过切肤之痛；但是对于资产阶级的祸害，却还没有刻骨的仇恨；相反，资产阶级的生活方式和某些资产阶级的意识形态,对某些人来说,还有一定的诱惑的力量。这一来,资产阶级思想的毒害、资本主义制度的祸害,还理解得太浅,摸得不透,所以恨得也就不深。还有一些人不仅不痛恨资产阶级及其那一套,反而偷偷摸摸地留着它,舍不得它,而且还偷偷摸摸地欣赏它。

因而在观察事物、感受事物或概括生活的时候,就抓不住社会主义与资本主义之间的矛盾,抓不住无产阶级与资产阶级之间的矛盾;在这方面不敏感,常常让一些具有特征的人和事轻轻滑过,这样,自然就抓不住具体矛盾;更抓不住矛盾的阶级实质,自然也就不能从矛盾的阶级实质中去抓性格了。

由于这问题未解决,因此有些戏在描写地主时,竟像民主革命时期那样,只揭露封建剥削和压迫,而不会把它与资产阶级的复辟活动联系起来;也没有把地主的反扑作为资产阶级复辟活动的一翼来揭露。如果能如此,那么与地富的斗争,就不再是反封建性质,而是反击资产阶级的复辟活动,具有保卫社会主义制度的性质了。

还有一些作者主观上愿意为社会主义服务,也想以社会主义的精神教育人民,但是自己的作品却软弱无力,不仅不能武装人们的头脑,连一般激动人心的力量也没有。为什么?关键还是由于作者的思想感情还没有革命化;而停留在自己嘴边的革命词句,无论如何,也不能在形象创造时起熔炉的作用。

结果,我们的戏剧落后于形势。上层建筑所以至今还未能与基础相适应,其症结大概就在这里。

要创造社会主义文化,创造社会主义戏剧,其先决的条件,必须在思想感情上来一番真正的改造,必须把立足点从小资产阶级移到无产阶级方面来。

一九六四年四月于洛阳

关于文学期刊的编辑工作 *

——在长春全国文学期刊编辑工作会议上的发言

文学刊物是社会主义文学事业的重要组成部分，刊物办得好不好，直接影响到文学事业的繁荣和发展。为了办好刊物，为繁荣我国的文学事业做出贡献，各地文学刊物经常交流编辑工作经验，是很有意义的事情。根据我个人在编辑工作中的体会，要办好一个刊物，我认为应注意如下几点：

一、文学刊物一定要有自己的特点和个性。否则，刊物就不能有自己的风格，也就将失去自己的生命力。我国幅员辽阔，各个省、市、自治区的情况不同，革命历史、地理条件和风俗习惯的不同，这就决定了各地的刊物都应有自己的特色。譬如广东省，它有侨乡，有潮汕平原，有珠江三角洲，有岭南山区，有南海渔港……这些都是广东的地理特点。广东还毗邻港澳，是祖国的南大门，现在又是实行特殊政策和灵活措施的经济特区，这也是一个很大的特点。有些香港作家来信，说《作品》月刊转载一些香港作家的小说，反映了港澳的生活，他们看了都很高兴，认为《作品》是祖国南大门的刊物，就应该能闻到一点大门外的气息。当然，《作品》在这方面还做得很不够，选登的作品还不够理想，但这个特点一定要体现出来。要继续朝着形成自己个性和风格的方向去努力。

在全国来说，有很多具有普遍意义的主题，如揭批林彪、江青反革命集团，恢复革命传统，提倡实事求是，坚持理论与实际的统一，四个现代化的建设等等。对这些有全国意义的主题，如果都能通过各地方不同的生活

---

* 本文原刊于《南风》（1981年第4期），收录于《编辑杂谈》（第二集），（北京出版社1983年版）时作者做了修改。

方式、历史特点、风俗习惯和地方色彩表现出来，作品就会有更强烈的吸引力和更浓郁的地方色彩。我们的文学刊物，如果在这些方面都注意表现自己的特点，各地的文学刊物一定会富有活力和有更鲜明的特色。

二、一个文学刊物要办得像样，还应该有鲜明的主导思想。不是来什么稿就发什么稿，而是要有所选择，要体现自己的主张，要不含糊地显示自己独特的面貌。我们的刊物虽然都是在党的领导下，但由于各个主编的个人风格及其具体主张不同，刊物的内容、形式和风格也就不一样。就是说，每个刊物都应有自己的主张，提倡什么，反对什么，歌颂什么，暴露什么，一点也不能含糊，在政治倾向上要旗帜鲜明；在艺术形式和艺术风格上也应有自己追求的方向。

譬如叙事诗，我们就主张通过抒情来叙事，而不要仅仅用韵文来叙事。我们编辑部向诗歌作者提出了这个要求，甚至想出叙事诗专号，但在叙事诗的创作上却达不到这个要求，结果搞不成。另外，我们也提出：抒情诗一定要有意境，希望诗人们写抒情诗要注意诗的意境。我们需要情景交融的有意境的抒情诗，不需要那种说空话，说假话的东西。我们也希望新诗应在民歌和古典诗歌及五四以来新诗的基础上进行探索，希望在民族风格上有新的突破；即使现在还做不到，也要继续朝这方向不断地追求和探索。总之，办刊物要有明确的主张，不能来啥发啥。为了坚持自己的主张，我们甚至还提出过：如果诗歌的质量不好，一首也不要发。但看来还不够坚决，还是发表了一些质量不高的诗歌。

在理论上也要有坚定的主张，千万不要随风倒。前些年有一阵，有人不赞成写"四人帮"的罪恶，说这妨碍安定团结，有碍于四化的建设。风头一来，有些报刊把已经发排的稿子都抽掉了；于是，广大业余作者思想混乱，以为要"收"了，不敢再写揭批"四人帮"的作品；大家都按兵不动，左顾右盼；有的作者还说要看看《作品》的动向如何。我们看到这种种情况，就坚持继续发表这方面的稿子，坚决顶住了这股阴风。

在小说方面，我们提倡五千字以下的短篇，也提倡题材多样化和人物多样化。但在多样化当中，也应该有所侧重，自己心目中还是有重点的。

即使是同一个刊物，同一个编辑方针，由于主编人的不同，具体的主张不一样，编出来的刊物的风格也不完全一样。由此可以看出，刊物的主持人的影响与作用是多么重要。

以上这些，对于形成一个刊物的特点、个性和风格，都起着决定性的作用。

三、刊物要不要配合政治任务？一般说，文学刊物要完全脱离当前的政治形势是不行的，但不能机械地配合，也不能什么都配合。如果像过去那样，"三八"、"五一"、"六一"、"七一"、"八一"、"十一"都配合；那就成了"时令刊物"了，这样办刊物是办不好的。既要不脱离时代，又要注意艺术质量，不要为配合而配合，不要流于形式，更不要从政策条文上去配合，而应从总的精神上去配合，比如在落实干部政策时，发一点评论《十五贯》的文章就很适时，且有启发作用。现在有些人还存在着机械配合的观点，以为从精神实质上的配合不是配合，其实这才是真正的配合。同时，也不能每种艺术形式、每个栏目都去配合，这也会影响刊物的质量。

四、如何保证刊物的思想和艺术质量？在这个问题上，来稿的质量固然很重要，但首先要解决的还是编辑思想问题。在编辑的指导思想上，要时刻想到广大读者，要向广大读者负责，要经常想到向读者提供健康优美的精神食粮，即思想和艺术质量都比较好的作品。首先要考虑对读者是否有益，将引导读者走向一条什么道路；要想到这作品是否有艺术魅力，读者是否会受到艺术感染并乐于接受。因此，选择稿件一定要注意思想质量和艺术质量。艺术效果问题与读者是否乐于接受，其实是一个问题的两方面。

在选择稿件上，公式化概念化的东西固然应该剔除，思想内容有问题和政治倾向有错误的作品也不能选用。我们不能为了照顾某些作者而发表质量太差的东西，这关系到我们对读者的责任心的问题。我们不能搞"照顾文学"，更不能搞"交换文学"。

为了向读者负责，应坚持质量第一。对作家、对编辑部自己培养的重点对象，都不能离开质量来考虑问题，如果人人都照顾，那么刊物的质量必定大受影响，使读者忍无可忍，到最后只好"敬而远之"。

在题材上，也不能讲照顾。题材好，作品未必一定就好。写了好的题材，还得看作者是否通过艺术形象去感染人，打动人。如果不问作品的思想和艺术的质量，只看作品所反映的题材，而且还考虑各条战线、各个阶层、各个方面的平均数，结果，刊物的质量势必垂直下降；某些人也许很满意，但是读者却不欢迎。

在这方面，我认为在保证作品质量的前提下，要注意两点：一是要注意反映本地区的人民生活，应当以反映本地区的生活斗争为主。二是要注意依靠本地区的作者，特别是青年和中年作者。他们的成长、发展和本地区的文学事业以及刊物的成长、发展，都有着密切的关系。要不断地关心青年作者的健康成长，要十分重视评论他们的作品。他们在成长过程中会出现这样或那样的问题，也会创造各种各样的新鲜经验，为了及时地吸收他们好的经验并有效地纠正他们的偏差，地方刊物应积极地实事求是评论本地区青年作者的作品。

五、组稿问题。光坐在编辑部里等稿，"守株待兔"，是难以在刊物上体现自己的主张的。要积极地组稿，主动地按照编辑方针和意图去组稿；但我们也不主张盲目地全国各地去组稿。为了组织到较好的稿件，我们前几年用举办短期创作学习班的办法，是可行的，它可以解决部分稿源问题。在举办学习班之前，先发现一些基础较好的稿子，然后将作者集中起来，一方面学习、讨论，一方面改稿子。这过程，先抓作者的学习是最主要的，而不是急急忙忙去改稿子。在这样的创作学习班上，对当前文艺界的文艺思潮，对文艺界有争议的问题，对创作上的思想障碍等等，都可以展开讨论，通过学习讨论来解决作者的认识问题，努力把创作思想提高一步。需要修改的稿子，也应该在更小型的学习小组上组织讨论，集思广益，共同提高。这样的创作学习班如果不时开办，作者就会得到不断提高。在编辑思想上，首先要着眼于培养作者，为他们打基本功，而不是急于看到他们较好的作品。因此，要注意把母鸡好好哺养，不能光想到拾取鸡蛋。

评论文章，更要靠组稿，不能来什么稿就发什么稿。来稿一般都跟不上形势，不仅跟不上政治形势，连创作实际的形势都无法跟上；其次，一般来稿也很难符合编辑部的意图与要求，所以不组稿就很难应付当前的形势。在评论上，主张什么，反对什么，都要旗帜鲜明，半点不能含糊。编辑部的主张，可通过评论员的文章来表达，也可用比较轻松活泼的形式来体现，这都要有意识地进行组稿。

刊物要提倡有艺术分析的评论，对作品的评论一定要进行艺术分析，无论是谈主题，谈思想倾向，谈艺术成就或不足，都应当通过艺术分析来得出恰当的结论。人家的作品既然是通过艺术手段来表现主题，你评论作品的时候，如果不通过具体的艺术分析去剖析作品的艺术形象和典型环境，往往就会使评论脱离作品的实际，而容易变成不讲道理的武断或粗暴的判决。因而要提倡从作品的实际出发的、有艺术分析的评论，反对那种脱离作品实际的、从概念到概念的学究式的文风。

在改稿时，应尊重作者原有的生活基础和艺术构思；不能用编辑自己的想法去代替作者的想法，更不能包办代替地给作者修改稿子，这不是培养青年作者的办法。任何越俎代庖的办法对作者都无帮助，这样"硬扶"起来的作者至多只能昙花一现，或者如契诃夫所说：像乌鸦那样叫了两声就不再叫了。

对于青年作者，首要要从思想方面去关心他们，经常帮助他们解决思想认识问题，同时注意提高他们的艺术表现能力。一个刊物应该帮助几个青年作者逐步地成长起来，一定要切实地辅导、培养一些青年作者，这里既有条件，也有可能。这项工作是每个编辑责无旁贷的神圣职责。

六、编辑的提高问题。提高编辑人员的思想水平和业务水平，十分重要。我们要辅导、培养青年作者，首先就得提高编辑人员的思想和艺术水平。这要从编辑人员平时看稿、分析来稿、处理稿件的过程中，不断发现编辑思想上、艺术上的问题并帮助他们逐步解决，才能做到。有些编辑人员，缺乏分析能力，审稿或评价作品时，往往是标签式的，而不善于从作品的具体分析中得出实事求是的结论。为了提高编辑人员（特别是年轻的同志）的分析能力，应特别强调和要求他们经常给作者写退稿信，在退稿信中，不仅要指出来稿的缺点和问题，更重要的是要指出产生这些缺点和问题的原因。这样分析得多了，慢慢就能掌握住某些缺点产生的规律。一个编辑如果能掌握住规律性的东西，他的水平就有条件（或基础）逐渐提高了。对于编辑同志写的退稿信，应经常进行检查，对其中分析较细致，结论较正确，又有说服力的，应鼓励改成文章发表，（过去在《文艺报》上，有一栏叫《读稿随谈》，就是从编辑人员的退稿信加工而成的）也可以每星期在编辑部召开来稿问题的讨论会，由大家各抒己见，谁的发言切合实际、理论性强又有说服力，大家就公议他把发言改成文章，并给予发表。这样既能提高对来稿的分析能力，又能提高他们对来稿发现问题的兴趣，于是他们成长得更迅速，既使大家都乐于承担重担子，同时又感到它推动自己进步，有奔头。

编辑的水平提高了，就容易从来稿发现有苗头的稿子，一旦发现了，他们就能抓住不放，就能进行翔实的辅导，一直让作者把稿子修改出来。

教学相长，不但培养了作者，也培养了编辑。

　　作为文学编辑，也不能脱离实际、脱离生活，应定期让编辑下去接触生活实际，也可以出去参加在地区或是县里召开的创作座谈会或创作问题讨论会。管评论的编辑，也需要经常接触生活，了解各方面的创作动态和创作思想。每个编辑都应担负一定的写作任务，要对他们压担子，要磨炼他们，要在压担子中炼出真本领来。这对于提高编辑的思想水平和业务水平，都是十分重要的。

| 第三编 |

作品评论

评《红石山》与《望南山》（批评）

——略谈主题与主题说服力 *

一

早在一九三八年，杨朔就开始在武汉的一个文艺刊物上发表过一些小说和报告，到解放区后，他曾陆陆续续地发表过不少的短篇小说。可是由于作者当时正热衷于"走马看花"式地对待生活，地方虽然走得很多，但却没有深入生活；那时杨朔在作品中所追求的，似乎大部分是传奇性的故事，对现实生活理解得不深，所描写的人物也就不够真实，因而没有引起人们很大注意。但是，最近出版的《红石山》与《望南山》，却是值得重视的作品。

《红石山》（新华书店出版）与《望南山》（天下图书公司出版）这两个中篇小说，都是今年八月出版的。前者是作者于日本投降后在庞家堡矿山住了九个月写成的。早在一九四六年秋，我就读到一部分原稿，虽未读完，但是，作品中富有生命的语言与浓厚的色彩，却给我留下一个极好的印象。《望南山》是作者根据去年秋天随军北征察南所收集的材料写成的。可以说，这两篇作品都是从斗争的现实里吸取题材，而且能用比较正确的观点处理了这些题材的；若从整个内容来说，《红石山》与《望南山》，都是比较本质地反映了现实的作品，因此，它们都有一定的思想内容与教育意义。

---

* 本文原刊于《文艺报》（1949年第1卷第3期），收录于《论生活、艺术和真实》（人民文学出版社1952年版）时题目改为《评〈红石山〉与〈望南山〉》，收录于《谈写作》（湖南人民出版社1980年版）时，题目改为《谈主题、情节和性格——评〈红石山〉与〈望南山〉》。

二

作者企图通过红石山工人反抗日本帝国主义侵略的事实来表现工人阶级的英雄事迹，并通过这些事实说明这样一个主题，即：工人阶级要求得解放，只有在共产党的领导下才能得到实现。

作品主要以三个不同类型的工人来显示它的主题：（一）董长兴，这是一个在痛苦里煎熬，对敌人怀着仇恨的人物；可是他缺乏反抗的勇气，结果，在难堪的痛苦重压下牺牲了；（二）殷冬水，也是一个仇恨敌人的人物，他敢作敢为，敢于反抗，可惜他只凭个人感情来行事，没有经过有组织的力量来进行斗争，结果，被敌人惨杀了；（三）胡金海，是个勇敢而富有反抗精神的工人。这是作者在这作品中展示给读者的最正面人物。始先，他所走的道路跟殷冬水一样，所不同的，是殷冬水在逃路上被敌人抓回去杀了，而他却从虎口里逃出来，只有当他见到罗区长之后，才认识了组织力量，才得到共产党的支持，这样，他才参加了有组织的武装斗争，最终解放了矿山，解放了工人，也解放了他自己。

作者从工人的广泛生活中找到这三个人物，把他们一起放到抗日斗争中去考验，而且把他们各人最后的命运通过故事表现出来，这是很有教育意义的。这三种类型的工人，在抗日时期的工厂里，的确是相当普遍地存在着。这三种人有着三条不同的人生道路，哪一条是绝路，哪一条是活路，在《红石山》中已清清楚楚地指出来了。像这样的作品比起好些只写表面现象，或从概念发表的作品，要好得多，在思想内容上也深厚得多。

因此，我以为《红石山》是值得重视的作品之一。我所以说"较好"，而不说"很好"，是因为它还存在着缺点的缘故。

三

虽然我在前面曾一再肯定这部作品的积极意义，但如果我们进一步地考虑一下它的主题的艺术说服力，那么这部作品却有许多值得商讨的地方。即是说：作品所传达的思想虽然明确而积极，但如果作品的思想不是融合在艺术形象里，它就不可能有什么艺术说服力。也可以这样说：一部作品如果不能让读者在艺术的感受中去领会主题，如果人物的性格与情节的发展没有"必然"的契机，那么，不管情节如何曲折，作品所表达的思想如何积极，而作品的说服力一定会受到损害的。

《红石山》的艺术说服力怎样呢？现在不妨来考察一下。

我以为《红石山》前十一章是动人的，它有血有肉，人物有性格，环境有色彩，情节的发展也很自然。可是后半部，情节的发展就显得生硬而不自然了。在后半部只剩下故事，大部分人物都失去了性格，就是前半部的人物再在后半部出现时，却再也没有生命了。为什么会产生这样的现象呢？

（一）作者急于展开他的主题，只注意到情节的发展，忽略了性格的发展，忽略了某些人物的思想，情绪变化过程的把握；有些地方，只拿人物去"迁就"故事，结果，自然只会格杀了人物的性格。因此，人物愈到情节高潮，就愈容易模糊，容易概念化，相反，像庆儿娘与董长兴等次要人物的性格，却比较完整，比较前后一致，但像胡金海、脆萝卜嗓子等人的性格，却是愈到高潮就愈模糊。譬如胡金海吧，前半部的胡金海是活的，可是后半部的胡金海却失去了生命。

　　　　大毛驴霍地跳起来，也不问情由，左右开弓打了胡金海两个耳光，又卡住他的脖子使劲地摇，摇得胡金海的帽斗都掉了。然后几绊子把胡金海绊倒，气凶凶地骂道："操你个奶奶，你卖了多少火药给八路军？"

　　　　胡金海蹲起来，红脸胀成紫色，呼哧呼哧地喘着，低着眼冷笑道："别冤枉人，谁看见我卖给八路啦？……"

烂剥皮喝道："他妈的，还敢顶嘴，非打不行！"

就有几个人马上把胡金海按倒，大毛驴抢起根镐把子，没头没脸地乱打一阵，打一下，问一句道："你卖了没有？你卖了没有？"

胡金海一点不肯服软，直着嗓子辩道："我就没卖！你们也不能骨头上按花朵，瞎造是非！"（见二十三页）

请允许我再抄一段：

胡金海像是道电光，飕地闪进来。大毛驴一呆，没等定过神来，胡金海早审到跟前，举起手里的洋镐，劈头打下来。大毛驴慌的拿胳膊一挡，跳起来想跑，第二镐又打过来，恰巧打中他的脑袋，冒了血花。

"富士"呜的一声扑上来，咬住胡金海的破棉裤，使劲摆头。胡金海连打几镐，打得它吭唧吭唧叫着钻到桌子底下去。胡金海抢着镐，又朝大毛驴的头打了几镐，然后撇了家伙，冷笑一声审出去。

刚交半夜，天阴的挺厚，风刮的正猛。他四下望了望，顺着一道又高又陡的山坡爬上去，转眼溶化进黑茫茫的夜色里。（见二十四页）

这儿所写的胡金海是活的。作者把这个"拧脾气，常常恨在心里，要干就干"的人物性格把握住了，而且形象地表现出来，这是好的。但是，只把握（和表现）了胡金海萌芽状态中的积极性格，是不够的。当胡金海参加了游击队，随着他的积极行动的发展，理应更深地发掘他的性格和发展他的性格，可是在作品中，却是愈到高潮，胡金海的性格就愈模糊，甚至愈概念化，如：

罗区长一赶到工人区，召集全山的工人开会。胡金海扬起蝴蝶须

似的长眼眉，招呼一声，带着游击队跟王世武他们汇合一起，赶去包围了"大疙瘩"，写信进去，叫广岛投降。（见八十五页）

胡金海把手一挥道："撵这个狗肏的！不投降就揍他个稀里哗啦！"

他领着游击队和浑身是红的工人武装，带上新缴的枪，连夜撵下山去。（见八十五页）

愈写到后来，胡金海这人物就愈模糊了。除了表面的动作的描写之外，读者再也感觉不到胡金海有什么生命了。

（二）当殷冬水被杀了，董长兴又病着，而胡金海已离开工厂的时候，作者为使情节能够发展下去，临时把王世武、吴黑两个陌生的人物拉出来串演故事。虽然作者对于这两个人物费了不少气力，但这种卖力对于作品的说服力是无补的。因为这两个人物的出现，很明显是为了串演故事。作者虽然希图表现他们的革命品质，但是在艺术形象中让读者所感受到的，却总是旧气息与旧品性。

头天下午，他（吴黑）像个鸭子，摆呀摆呀的，特意从炮楼前走。

高义从枪眼里叫道："吴黑，你孤鬼冤魂的，往哪里瞎逛荡？"

吴黑假装一愣，笑骂道："操你娘，我当是谁！"又扬了扬手里的黄芹说："我摘山茶来了，你要不要？"

高义的尖鼻子伸进枪眼，叫道："我当什么好东西，谁稀罕你的，要孝敬老子就孝敬点好吃的东西。"

吴黑仰着脸笑道："看把你美的！你想吃什么？我家里还有糕，给你送些来好不好？"（见五十八页）

一个革命者为了对付旧环境，有时的确也必须采用一些能适应环境的作风，否则，工作就难进行。但在作品中，单只表现这应付环境的一面性格，显然是不够的。像吴黑那样的人物，作者只表现出他的性格最表面的一面——即应付敌人的一面——，对于他更本质的一面性格，却是模糊不清的，这就很可能给读者留下这样的印象，认为："吴黑这样'流里流气'的人物，是否能够做出这样的英雄行径来？"

正因为这样，使人觉得情节的发展与人物性格有些不合调，甚至使人觉得作者在"人工"地制造情节。一篇作品，如果人物性格不真实，或表现得不真实，就很难说明情节发展的"必然性"，就很难说明情节非如此发展不可。一篇作品，如果人物没有性格，或者只有表面的"性格"，也同样很难说明情节发展的"必然性"。《红石山》的情节虽然很曲折，但由于几个主要人物的性格没有表现得很真实或很完整，结果，使读者觉得其中某些情节的发展缺乏"必然性"。（虽然董长兴的性格与他的行动发展表现得很真实，很完整，但作品是有机体，主题是由许多人物之间的关系体现出来的。如果只有一个人物表现得真实生动，对于整个作品仍然是无补的）正因为如此，情节就缺少感人的力量，而作者所企图表达的主题，也因此减损了艺术的说服力。

四

《望南山》主要是写农民保卫土地的斗争。作者企图通过边沿区复杂的斗争，来证明"土地能使农民产生力量"这一真理。作者在作品的最末尾也这样写着："但我明白，这正是土地给人的力量，这力量使人在斗争中变得坚强，变得伟大，在这种力量底下，千千万万人团结在一起，团结得像一座大山，最终把敌人压成稀泥烂浆。"这正是《望南山》所企图表达的主题。

那么，作品如何展开它的主题呢？

这时候是一九四六年十月十日,一连几天,队伍从张家口那边过来,顺着山口退到山南去。河渠和村里人天天立在村头上,也没心思做活,手搭着凉蓬,远远眺望着大路上撤退的队伍,赶十三那天,掩护的部队最后一走,就再不见人了。

故事就从这里开始。大王疃从此紧张起来,人心吊在半空中,只等村里一筛锣,便准备朝南山跑,有人埋怨八路军不该说走就走,恰在这时,区委书记周连元来了,大家知道他还留在这里领导斗争,并正准备组织护地队,大家也就定了心。第二天,那个在土改时逃跑了的地主蔡八翠领着保安队回到大王疃,堡子里的年青人都跑到南山脚下。一个叫吴宝山的,原是地主,因假装开明,献了地,混进农会里,骨子里却是蔡八翠一条线的人,这时他从村子里出来,骗村民回村,虽然经河渠劝告,但河渠的哥哥邹多喜却悄悄回村了。多喜回到村里一见他奶奶,就知道事情不妙,正想往外跑,就遇着蔡八翠,结果被绑走了,还说要还清土改后的租子才放人。第二天,老奶奶去看多喜,多喜的棉袄已叫人剥去,鞋袜也剥光,赤着脚躺在冰上,脸是泥皮色,胡子上挂着冰,早不像人样了。当晚,等老奶奶求亲告友地弄来两斗多米去赎人时,多喜已被蔡八翠铡了头。河渠等在南山下已组织起护地队,听见多喜的事,就星夜摸回村里把蔡八翠枪决了。敌人保安队摸不清护地队的底细,就退出大王疃。护地队的声势越来越大,屡次打击保安队,敌人气极生疯,常来大王疃抢东西,点房子。大家有些不安,天天都盼望解放军早日回到察南来搭救他们。这时,那个内奸吴宝山趁机活动,企图破坏护地队,被周连元发现了。吴宝山知道他的秘密已被发现,索性现了原形,亲自带领保安队到南山脚下围攻护地队,打了一整天,除了周连元与河渠突围外,其他的人把手榴弹打完后,都在地洞里自戕了。不久,解放军果真回来了,终于解放了察南,穷人所得到的土地从此也牢靠了。

单看这作品的梗概，我们就可以看出作品的主题是明确的，积极的。它不仅通过这惨烈的斗争反映了农民不惜生命地保卫土地，同时《望南山》也是许多被侵占的解放区农民斗争的缩影。在自卫战争初期，哪一个被占区的农民不进行惨烈的斗争呢？哪一次斗争不是为着土地问题呢？因此，我认为《望南山》所表现的事件，是具有典型意义的，也可以说，《望南山》是一部很有教育意义的作品。

五

主题虽然是明确而积极，但《望南山》跟《红石山》有着同样的缺点，那就是：仅仅是情节有吸引人的力量，而人物的描写却很不够。除了几个次要脚色，如许老用和老奶奶的性格比较真实，邹多喜虽然只寥寥数笔，也刻画得很突出；可是所有主要的代表积极方面的人物，如河渠、周连元、赵璧等，都缺乏性格，甚至表现得非常概念。

如果拿《望南山》中的河渠来比《红石山》中的胡金海，我以为胡金海在开始时性格还比较明显，愈到后来就愈概念化；而河渠呢？却是从始到终都是概念的。虽然作者这样介绍过："河渠是个小个子，挺精干，两个黄眼珠子一闪一闪的像电光，嘴老闭得绷紧，不大言语。""河渠这后生平时像个没嘴的葫芦，胆量可有天大，大伙举他做新农会主任，领着头翻身。"但这仅仅从作者的说明里可以知道，读者却不能在艺术形象中感受到这样的性格。周连元的性格也是仅仅局限于作者的说明中，在人物的行动上，读者却感受不到。这不能不说是个缺陷。

其次是赵璧，他是个领导大伙在窑里坚持了一天苦战，最后又领导大伙自杀的人物。这样重要的角色，作者对于他的性格的描写却很马虎。我真怀疑是作者因临时要用他，才把他拉出来做"英雄"的，否则，为什么他前面的表现与他最后的壮烈行为如此不调和呢?

> 第二天,堡子里又出了谣言,先是说:"解放军终归是个后娘,拿着咱就不会像老解放区一样,管你死活呢?"
>
> 后来就说:"解放军早叫人消灭光了,人毛也没剩,还盼个啥?大毛栏儿在涞源亲自听说的。"
>
> 赵璧心眼直,谣言搅得他光会发躁!(见四十五页)

当许老用数说蔡八翠赶集盗粮时,赵璧还不信世间上会有这种刻薄鬼,摆着手笑道:"我不信。我看你是吃柳条,拉筐子,肚子里编。"(见六页)

像这样的人物,凭什么"内力"去推动他如此坚决地领导大伙苦战与自杀呢?说他在实际斗争中变坚强了吧?但在作品中又没有提到他"变"过,也从未触及他的情绪变化,反而"忽然"在战斗中表现出这么一种"惊天地"的英雄行径,实在很难使读者置信。

人物既然缺少血肉,人物的性格与行动既然存在矛盾,那么,即使主题很积极,也不会得到预期的效果。因为:主题如果不是融和在血肉之中,如果主题不是体现在可感的艺术形象之中,主题的说服力是微弱的。只有当情节成为有生命的人物与社会(或阶级)相接触所发生的必然现象或事件时,只有当情节成为一定的性格与一定的环境相冲激所发生的现象或事件时,情节才具有感人的力量。只有由这样的情节所暗示出来的主题,才可能有艺术的说服力。

虽然《望南山》的写作距《红石山》的写作有三年之久,但是,《红石山》的缺点仍然保留在《望南山》中,有些地方甚至还不如《红石山》好,这一点,很值得作者警惕。

六

一篇小说有曲折的情节，应该承认是好的，可是，如果忽略了人物性格的描写，忽略了人物情绪变化过程的描写，或忘记了性格与环境对于情节发展的因果关系，而专门去追求情节，甚或只拿人物去"迁就"预定的情节，就一定不能艺术地完成主题。

根据杨朔最近发表的几个短篇，再加上《红石山》与《望南山》总的印象，我以为他不能更好地表现新的人物形象，并不是偶然的。他自己何尝不焦灼地追求更完整的性格呢？他何尝不希望形象的去表现新英雄与新品质呢？但是，在杨朔的作品中，却反复地出现这样的情形，那就是：在他的许多作品中所表现的正面积极的性格总不如灰暗的性格那样深刻生动。《红石山》中的董长兴与庆儿娘的性格要比王世武和吴黑的性格深刻生动得多。在《望南山》中，许老用和老奶奶的性格，要比周连元、河渠和赵璧等人的性格深刻生动得多，而且作者流露出更多更真实的情绪。如：

> 赶她缓醒过来，已经躺在自家炕上。天大黑了，屋里点着盏胡麻油灯，昏沉沉的，灯后设着个木头牌位，供着碗白水。许老用和赵璧媳妇不知从哪里弄到几张白纸，正在灯影里糊迷阴幡。这是做啥？她始初不懂，忽然触起刚才的事，心像咬的一样痛，哼出声道："多喜，你死的多屈呀！"
>
> 赵璧媳妇坐到炕沿上说："奶奶，你好点吗？人死了哭也哭不活了！这年月，早死一天，倒是前世修下的！"说着眼圈先红了。
>
> 奶奶倒没有一滴泪，硬撑着坐起身，脸色冰冷，两眼发直，盯着那个牌位有气无力地问道："我那多喜呢？"
>
> 许老用道："抬回来啦：停在外边。他劳累了一辈子，明天让他拣

个地方去睡吧，再也不用起五更，爬半夜了。"

奶奶点点头，又说："他吃饭了没有？我知道孩子爱吃糕，赶明天给他做点糕。我活一天，也有他吃的！我死了，他也就没人管了！"说得赵璧媳妇打着鼻子，小声哭起来。（见《望南山》二十九页）

又如：

快到洞口，董长兴一眼望见烂剥皮在一堆柴火前。他知道这家伙惯会豆腐里挑骨头，诈财骗钱，怕他找碴，就连忙肘了他的同伴一下，推着车跑起来。

烂剥皮早在后头喝道："慌什么？又没有鬼催命！"三步两脚抢过来，紧映着左眼，拍着车沿骂道："操你个奶奶，你们这是来骗谁，车装的满都不满！"董长兴明知他要诈财，可是腰里掏不出钱。烂剥皮更火了，用手翻了翻"红"，叫的更凶："装不满也罢，怎么还有石头？非扣你们的车数不可！"

那个抽大烟的工人僵在洞口，风搅着雪，一阵一阵白旋风绕着他打转。他肚里无食，身上无衣，又有口瘾，早冻的受不住了，浑身直打冷颤。烂剥皮对准他的腿腕子就是一脚，恶狠狠地骂道："滚你妈的蛋，别在这装蒜！"

那人哼了一声，一头栽倒，只是哆嗦。烂剥皮还不肯放松，对着他的头又铿铿地踩了几脚，一面骂道："好杂种操的，再叫你装死！我看你的脑袋硬不硬，硬就得干活！"

那人蹬了蹬腿，不动了。董长兴上去摸摸他的胸口，吃惊地道："唉，他冻死啦！"

烂剥皮先还不信，用手试了试死人的嘴，也有点慌，随后敛住神色喝道："死就死了吧！反正有的是中国人，死一个半个不算什么！"就把死人横拖竖拉到洞外的沟沿上，拿脚一端，死尸顺着山坡骨碌骨碌滚到沟底去。风雪正紧，转眼把死尸埋在大雪里了。（见《红石山》十一页）

这是多么动人！多么真实！可以说，作者的情绪与人物的情绪完全交融一气了。像这样简练的场面描写与性格描写，在《红石山》《望南山》中还有好几处，可是写到勇壮的（如《望南山》中赵璧等自杀）或欢乐的（如《红石山》最后写到胡金海重回矿山）的场面时，或者写到新的人物品质时，就显得相当无力，而且作者的情绪也就显得非常干瘪了。如：

胡金海道："大婶，你们也不用不踏实，咱们的天下算定啦。姓蒋的要能讨到便宜，除非驴长角。"

庆儿又拉着金海的手笑问道："王世武他们哪里去啦？"

胡金海说："王世武和吴黑都又出来闹民兵自卫队了。罗区长于今在宣化武装部，倒是叫我就便看看山上的情形。"

庆儿挽起袖子，对他娘道："娘，我帮你擀面。留金海大哥在这吃饭。"

胡金海摆着手道："不行，我还得到大坝口去一趟。"（见《红石山》九十二页）

写到这儿，作者的情绪与人物的情绪游离了，人物再也没有什么生命，这说明一个什么问题呢？

这就说明作者对于新现实与新性格还不能十分把握得住，说明作者还没有足够的感受力去感受新现实，说明作者的情感还没有与新英雄（或新品质）人物的情感融合一气。因为：如果一个作家的认识方法与思想感情赶不上他作品中新的人物，那么，他就很难真实地形象地把握这些人物，也同样很难形象地表现这些人物。

然而，现在我们所特别缺少的，正是真实地表现新的英雄人物的作品。现在，被大家公认为较出色的作品，大部分都还是停留在旧人物的刻画上，能够出色地表现新英雄人物的作品，真太少了。就是在赵树理的作品中，写得较出色的人物，仍然是旧的多。（小二黑与小芹这两个人物虽然也很出色，但比起三仙姑二诸葛来，就逊色得多。）康濯的《我的两家房东》虽然在新型人物的创造上放出一道光芒，但作者没有继续在这方面得到发展。而新的英雄时代、英雄人物和英雄事迹，却迫切要求得到艺术的表现。善于表现旧生活与旧性格本来也很需要，但如果总是停留在旧生活与旧性格的描写上，那么，我们就无法更真实的反映这个"英雄时代"。对杨朔来说，也是如此。如果作者不放弃浮光掠影地"采访"生活的方式，忽视在思想情绪上与现实结合；忽视反复地观察、体会、经验生活，那么，新的品质与新的英雄性格就很难把握。虽然，我们的作家对新的现实与新的人物也有感受或感动，也可能由某一点感动的触发，而开始"孕育"人物形象，但是，如果没有丰富的生活作基础，想象就会受到限制，如果没有与新人物相一致的情绪作基础，就很难理解新人物的心理面貌，因而，较完整的英雄性格就很难培养起来。

扯得太远了，话得拉回来。《红石山》与《望南山》的主题思想虽然很积极，但由于上述原因，主题的艺术说服力却不能收到应有的效果。

七

虽然我在这里对《红石山》与《望南山》提出了一些意见，但并不能因此得出结论，说"这是要不得的作品"，我的意思不是这样。若与现在某些作品相比较，我认为这两部小说也是较好的作品。我所以更多地论到他的缺点，也不过是根据这个"有了十年以上写作经验和十年以上解放区生活"的具体作家，提出更高的要求罢了。

一九四九年十月　北京

论主题的普遍意义

——兼评柯夫的剧本《堤》*

一

有一次，我们和几个初学写作者谈到文艺作品主题的性质时，有一个同志发问道："文艺作家应该是一个工程师呢？还是应该是一个政治委员？"意思是说：文艺作品应该给人以技术经验呢？还是给人以精神教育？当时，意见很分歧，有一种意见认为：既然文艺是为人民服务，是指导实践的工具之一，当然应在技术经验方面也给人民以帮助，因为技术经验在阶级斗争与生产斗争中是非常重要的，如果某些有价值的技术经验能通过文艺作品传达出来，就可以广泛地交流，这不也是直接地帮助人民么？另一种意见则认为：文艺家与科学家应该有分工，科学家的责任是研究技术，在实践中总结经验，再指导技术实践，而文艺家的任务却不是这样，他的首要任务是通过艺术形象指导人的思想，引导人们向前进，引导人们在前进的路上去与各种的错误思想作斗争。因此认为，在文艺作品中应该完全摒弃技术经验或技术过程的描写，而且断言这样的描写，只会破坏作品的思想性。第三种意见与第二种意见大致相同，不过认为不能绝对地拒绝技术生活的描写。问题在于你写某种特殊技术生活的目的如何。如果为传达技术经验而写技术经验，是不妥当的，因为这不是文艺作品的任务。但如果通过特殊技术性生活的描写透视出人的思想感情，透视出思想斗争，那么，这种技术性生活的描写应该是容许的。

　＊　本文原刊于《人民戏剧》（1951 年第 3 卷第 1 期）。

这个争论，并没有获得比较统一的认识，原因是各人固执自己的意见，谁也没有说服谁。

现在我们不妨把范围放大些，来谈谈"特殊性质的生活"的描写与作品主题的普遍意义的关系吧。很明显，我们写矿工的文艺作品，绝不能仅仅局限于教育矿工，写贫农的文艺作品，绝不能仅仅局限于教育贫农，或者仅仅只有他们才看得懂。这样的文艺作品，可以断言，它不可能有较普遍的教育意义。但是，如果我们的文艺作品不深入去描写各部门的具有某种特殊性质的生活，不写出这种生活的特点，反而只从一般性质的思想出发去写思想斗争，那么其结果，势必使作品丧失真实性和说服力，势必使作品的思想变成抽象的观念。

在现实社会中，生活在各方面、各部门的人，他们的生活方式与劳动方式是有差异的。空军的生活与劳动的方式，显然与农民的生活与劳动的方式不一样，一个泥水匠与一个医生的生活与劳动方式也不一样。他们虽生活在一个国度里，但彼此不一定都能完全理解：一个医生虽然也可能知道一个飞行员的生活与劳动的大致情况，但却不能像航空部门的人员那样熟悉他们，一个商人虽然也能够约略地知道一个战士的大致情况，但战士的许多特殊经验与生活，他却不能全都知道，一个学生虽然也知道一个农民的生活、劳动的大致情况，但对他们劳动中的特殊情况，却未必都清楚地了解。由此，我们便晓得，社会上甲部门的生活与劳动不是和乙部门的完全一样，在不同的历史阶段中，人们的生活与劳动的方式也完全不一样，……这就说明：甲部门的生活与劳动的特性（譬如玻璃工厂制造"安普"的过程和知识），在其本部门的人看来，是一般的常识（内行的），但对于社会上其他部门的人，却就成为了一种生疏的、特殊的（外行的）东西。我们为了便于说明它与社会上其他部门的生活的不同，姑且叫这种不为大多数人所熟悉的生活为"特殊部门的生活"。

但文艺创作的目的，应该是而且必须是面对着广大人民群众进行教育。试设想一下吧，如果一个作家描写甲部门的生活只能对甲部门的人有作用，对社会上其他各部门、各方面的人，不能起教育作用，这样的作品，它的主题意义显然是很狭隘的。如果大家都这样写，那么，文艺的教育作用，就会使人怀疑。

怎么办呢？不写各部门的生活么？不行的。因为除了这些，所谓社会生活，就将成为抽象的观念了。那么，问题在哪里呢？我以为重要的问题，要看作家是否能通过特殊部门生活的描写，透视出带有一般意义的思想内容。应该肯定地说，特殊部门的生活是应该写，而且必需写的。但是只写出特殊部门生活的特性，并不一定就能使作品获得主题的普遍意义。只有深刻地写出了特殊部门生活的本质，写出人的内在的思想感情，以及形成这思想感情的社会的（或阶级的、历史的）原因，作品的主题才可能获得普遍的教育意义。

现在，不妨拿东北文艺丛书之一的《堤》来分析一下吧。

二

《堤》是个五幕剧，它所描写的生活，是东北某沿河地区的某村人民在洪水周期间，与洪水搏斗的情景。很显然，这种生活，并不是社会上每个人都熟悉的，也不是社会上每个人都经验过的。但是，这个剧本通过生活形象所体现出来的主题思想，却能为广大读者所接受。

《堤》的梗概是这样：洪水周期来到，村主任王志远领导全村人民赶筑新坝，因为老坝"是个大胳膊肘弯的，河离坝越来越近，又憋水，又呛水，大水一来就成问题"。所以除修高老坝外，要另修一道离河面远些、不呛水的直坝。但是有一部分人坚决反对修筑新坝，认为把老坝再往高修几尺就能够堵住洪水；有的因修新坝把自己房屋划到坝外，闹得满城风雨；有的则连修老坝也反对，认为"老天让咱活着，咋的也死不了，不让咱活着，就是修起万丈高的大坝，也是枉然"。不管如何艰苦，由于王志远正确的领导作风与坚持原则，经过曲折的斗争，终于能够动工修筑新坝。新坝修筑工程虽已开始，但斗争并没有停止，有人只片面地强调修新坝，有人却又片面地强调修旧坝，当洪水已经涌来，老坝虽还在修筑，但因为呛水，坝不断下颓，情况非常危急。这时筑新坝的人虽多，但由于天黑，人多挤来挤去，大家都做不出活来。后以"排成两行，一排往上传土筐，一排往下传空筐，累了咱们就调个过"。因此，很快把新坝完工，老坝虽开了，但保全了全村、全区、全县的好光景。……

作者没有着力从正面去描写筑坝的劳动过程，虽然也描写了修坝中的某些技术经验（如传土筐等），但不是抱着传达技术经验的目的去描写它，而是为表现人民的智慧，才描写它的，这种描写又与情节的发展紧密相联，所以是必要的。

虽然《堤》所描写的生活，并不是社会上所有的人都熟悉、都经验过的生活，但它通过人民与洪水博斗的描写，表现了带有普遍意义的主题内容。那就是：一个革命者要完成人民委托给你的事业，不仅要刻苦，大公无私，能任劳任怨，而且要勇于负责，敢于坚持真理；不仅自己积极，更重要的是要团结干部与群众都积极，应与一切急性病与命令主义作斗争，对人接物可以温和，对工作却要严肃负责。

很显然，这样的主题，不仅仅对修坝的人有教育意义，即对任何一个革命工作者都有它的教育意义的。

但是，《堤》如何来完成这个主题呢？就是说，《堤》怎样通过特殊生活的描写来完成它的带有普遍意义的主题呢？我以为主要是写出了人物，写出了人物心理的面貌。

为什么呢？

不管人们的生活与劳动的条件与环境如何不同，但他们基本的思想感情却是由社会（阶级或历史）生活影响所形成的，既然人们的思想由社会影响所形成，那么，就可以知道，某种思想（譬如命令主义吧）绝不是极少数人所特有，而是一种社会现象。具有某种思想（譬如命令主义）的人们，虽然散布在社会上的各部门、各方面、各个角落，虽然他们所处的生活环境与条件各不相同，所表现出来的现象也不一样；但他们的思想面貌，却大致相同。由此我们就可以知道为什么通过特殊生活的描写能够表现出具有普遍意义的主题，其根据就在这里。

为明白起见，不妨举考涅楚克的《前线》为例。它所描写的生活，不仅是作战的生活，而且是高级军事指挥官的生活。这种生活显然不是社会上所有的人都熟悉的，都经验过的。但在剧本《前线》中所展示出来的矛盾与斗争，不仅普通战士看得懂，就是社会上其他职业的人也能看得懂。作者不但写出了这种专门性质的生活特点，同时也写出了人物在这具体环境中的行动的更深远的思想基础。戈尔洛夫这形象所以具有普遍的意义，就是因为作者不仅仅描写了他不善于掌握新的战略战术，更重要的，是深一步地描写了他不能掌握新战略战术的思想根据，那就是：摆老资格，对新事物不感兴趣，墨守成规，骄傲自满。这思想反转来就使他不可能掌握新的战略战术，使得他打败仗。而这种种思想（即摆老资格，对新事物不感兴趣……），当然不是只有作战的人才会有，也不是只有高级军事指挥官才会有，在其他各种工作岗位上的人都可能有的。因此，它的教育作用不仅仅限于作战的人或高级军事指挥官，也同样能教育其他工作岗位上的人。这就正是《前线》的主题所以具有普遍意义的重要根据。这种种思想的发掘与描写，对于有类似思想的观众（读者），当然是一种直接的告诫，对于没有这思想缺点的观众，也能引起警惕。

因此，问题已经非常明显，作品的主题能否获得普遍意义，要看作品是否能够深刻地真实地反映人物的心理面貌——他们的思想感情，是否能够把发生在特殊部门的现象，由人物思想感情的描写得到合理的解释。只要能够发掘并表现出它们（现象）的思想根源，那么，不管你所描写的生活具有如何特殊的性质，人们（读者、观众）仍然可以理解的，思想发掘得越深刻，它的普遍意义就越广泛，所写出的思想感情越具有典型性质，作品所引起的教育效果就越大。

《堤》的情节的发展，是自然的，可以说是人物与人物互相关系之逻辑的发展，人物是自己在行动说话，而不是服从作者所预定的故事，虽然个别地方还有缺点，但大部分人物都写得较有血肉，都能较真实地写出了他们①的心理面貌。正因为这样，所以能恰当地解释了修堤这个特殊现象中各种矛盾与斗争的思想基础。这就正是《堤》的主题所以获得普遍意义的重要原因。

三

现在，我们来考察一下《堤》中的几个主要人物吧：

作为《堤》的主要角色的村主任王志远，作者是企图通过这个人物来创造一个共产党员形象。在作品中所表现的他的英雄性格，的确是动人的：他大公无私，细心负责，他不仅处处自己积极工作，而且善于领导大家起来积极工作，他为了要替人民解决一个重大的问题（修起新坝，保全好光景），敢面对困难，敢于和一切不正确的思想作斗争，也经得起一切的误会与埋怨，他相信党，有信心，而且很勇敢。

作品中的王志远，并不抽象，不是观念的堆积，也不是政治观念的象征，他是通过有血有肉，有感情的形象恰当地概括了地方的下级干部中共

---

① "他们"，原为"他"，据《萧殷自选集》改。

产党员的性格，他为了克服一切障碍，完成党的事业（人民的事业），常常放弃个人的利益。当老李婆子（中农）舍不得她那几亩种着一色大高粱的好地，死硬地出来反对修筑新坝，闹得几乎不能动工，虽然大家愿拿公地让她挑，但她嫌太远，又嫌零碎，这时王志远出来了：

> 远：对！你嫌太零碎，不要紧。你不愿意修新坝就是为了这些吧？你们那块地统共是五亩多吧？我给你解决。
>
> 保：（拦住志远）志远！算了吧，你就是拿十亩公地换她一亩她也不干哪。
>
> 远：（推开王长保，去拿地照，王母急速跟过去跪在坑上，群众也跟了过去，志远拿完地照由炕上下来，王母群众也跟了下来）屯子西南角我们这地是六亩，那地赶上你们那地好吧？那也是一色大高粱，给你！
>
> 妻：（老李婆子）给我？！……志远，真的吗？
>
> 远：（从兜里拿出刚才写的纸单）真的！这是我给你立的字据。（把字据给李妻）……

当老坝已被洪水冲开，水势很大，许多房屋都被冲倒，这时有人发现老李婆子在屋顶上大呼救命，大家推来推去，谁也说自己水性不大（甚至包括老李婆子的丈夫李老全在内）都不愿下水。这时王志远来了，听说是老李婆子还未出来，他即毫不犹豫的，脱下上身衣服，就要下去。

> 众：（拦住志远）不行，不行，你不能去呀！你腿不行！
>
> 柱：志远，你忘了你是受过伤的人。
>
> 环：（着急地埋怨着）咳，这老李婆子！

远：环子，不要紧！我去看看去！这是我们的责任，我不能不去。

众：（把志远推到右角上）志远，你不能去，你不能去！

远：大家不要这样子，救人要紧。（推开大家跑上坝顶一跃而下）

这是共产党员的本色，是高度革命品质的表现。但是剧作者没有把王志远写成一个"僵化"了的人物，他有血肉，有感情，他的性格之所以是共产党员的性格，是他能够使生活感情服从于政治原则，并使两者结合起来。你看：

远：这回修坝，你们家和我们家都剩不下。

环：咋的？咱们家都划到坝外头去啦？

远：你妈要有意见吧！

环：那还用问啦？不光我妈，你妈就乐意啦？你老妈还成天当我说，环子呀！咱们现在有房子有地啦！要过好日子了；又是什么往后就再有个四口五口的……

远：本情吗！咱们有了房子地，日子又一天比一天好，今年的年景又特别好，你说要把地划到坝外那谁不心疼啊？

环：（走过去）那咋办哪？

远：（握住环子手）不要紧，政府有办法！要不修新坝，大伙都得完，要再让大水淹了，以后几年都缓（还）不过劲来。

这样的描写，不仅没有破坏一个革命者的性格，相反，使人觉得更真实、更亲切。

王老六也是一个具有典型意义的人物，他心地很好，对革命事业无限忠诚，但他惯于把问题看得很简单，不肯转动脑筋，工作一来，他倒很热心去干，如果遇到别人不同意，他就习惯强迫命令；常常不讲方式，不大考虑效果；性急，动不动就拿命令"压人"。

修新坝的工作，上级刚布置下来，村干部正考虑群众对修坝可能有各种不同的反映，王老六就说："志远，我看好办！政府给解决问题，他还不干？咱们就按上边的命令干哪，谁敢反对啊？"大家估计群众可能不一定都乐意修新坝，要先好好动员群众，他就说"他不乐意顶啥？这是为大伙好"。或者说"她不愿意当啥？这是个紧事"。当动员会已开过，还有些想不通的群众需要个别解决时，他就反对，认为"你讲也是白搭……他反对就反对，不用理他那个碴，让大水一淹他就知道了"。他从来就是靠命令行事，不愿做解释说服工作，他甚至肯定说老李婆子是无法说服的，认为"要她服了，还不得一年半载的，也不是咱们的功劳，那是叫大水淹的，她不得不服，等她服了，咱们已撤职查办，给关了禁闭"。遇到一脑子迷信观念的年纪老迈的老高头时，他更加不耐烦地说："河神爷？你少提河神爷吧！河神爷还不是你们地主阶级（其实，他是破落了的地主）的鬼把戏……"并说："反对，反对也修哇。"有一次，楞头八脑的邓长青来找村主任，遇上了他，他就给人大训一通：

六：你们不好好干活还往哪走？

青：王老六，你打算咋的？你刚才在老坝上跟我发态度，硬拖我到新坝上干去，你这又是干啥？

六：你们这号子人哪，就是捣乱分子，这回新坝要修不上来，非拿你们是问不可！

青：王老六，老坝要开了，第一个你就得负责任。

六：好，我负责任你可得服我管，你不是硬不愿意去修新坝吗？

我今天非叫你上新坝不可，咱们看看小胳膊能拧过大腿不？

青：你让我到新坝，我还让你把整个民工都拉到老坝上去呢！

保：跟他谈啥？咱们找志远去。（推青欲走）

六：别走！你们老老实实到新坝上去。

青：我就不去，我看你能把我眼睛挖出来当泡踩？

六：好哇！你们反了。（一下把长青从棚内甩下来……撕成一团……）

在我们村政权的机构中，像王志远这么优秀的干部固然不少，但像王老六这样惯于强迫命令的干部也仍然存在，当然在现实中像王老六那样完全的人物还是不多的，这正说明作者在艺术概括上的成就。但是，也应该指出：王老六的思想变化"变"得太突然了。在两分钟以前，他还对自己的思想错误毫无认识，还说"那还怨俺？他也把俺打了"，只经过志远与王光弟的几句话，就把他"说服"了，而且他马上就"明白过来"，"要求党来处罚"。这只会给读者一种不够真实的感觉，希望作者加以适当的修改，使他"变"得更自然些，更合情理些。

老李婆子（中农老李全之妻）也是一个富有典型意义的人物。革命给她带来好光景，她对新社会怀着好感，对于一些不妨害她个人利益的事，她也表示热心，对革命干部也很相信。你看：

妻：哎呀！照这么说今年这个大河又要出事呀？

全：看这个意思真有点险呀！

柱：不要紧，有志远咱们什么也不怕！

妻：对！志远说咋的咱们可听他的！

当上级决定修新坝时，她也很拥护，她说："人家志远说的对呀，这样牢靠，以防万一。"可是家屋紧贴着老坝的王长保，怕修新坝把自己的家扔到坝外，极力反对，而老李婆子还"劝导"过王长保，说："修新坝这个事是为大伙。"

保：（知道老李婆子在说嘴，生气地）老李婆子，你别光说嘴，咱们两个调个过。

妻：调个过就调个过呗，反正为大伙好，怎么的都行。

而且她还表示："当然把大伙都保住好，可不能因为一条鱼腥了一锅汤啊！"但是她很自私，当你一沾她的边，她就"非炸庙不结"。当她发现她的家屋被划到新坝外边，她就闹翻天了，说什么"你看看这坑不坑人，我们老一辈少一辈，好容易积攒下来的房子地，这下不交代了么？！""这不是骑脖颈拉屎吗？！"还说什么"人家官向官，吏向吏，当干部向着当干部的"。而且还表示"不管咋的，在我门口修坝就不行！"

贾：老李婆子，修新坝为大伙嘛！你不干行吗？

妻：我就不干，咋的？

这还不算，当群众大会决定照计划动工时，她就更加要泼赖了："我活不了啦！王老六、王志远你们可算霸道哇！有你们这些人在，我们就得死呀，我和你们拼了。王志远！今个我这条老命交给你们啦！""我告诉你王志远！你英雄，你人民解放军，你能我可不能；你大方，我可不大方，你舍得，我可舍不得，我还要过好日子呢！谁把地给我铲了，我让他包，碰倒我一根汗毛，他得跪着给我扶起来。"……可是，等她沾到小便宜，等她拿到六亩好地时，她却又假惺惺地说大话了：

> 妻：（假意地）其实，我们倒好办，就怕坝线上那几家……
>
> 众：得了吧！得了吧！我们都好办。

大话是大话，自私还是自私，她竟丝毫也没有改变，在她看来，好像一切人都应该只为她个人的利益服务似的。请你看看她这副面孔吧！

> （……后台声："老坝危险了。"妇女群众给李妻搬家拿着东西上。妇女甲掉了炕席。）
>
> 妻：哎呀，别给我东西掉了，快拣起来吧！（妇女拣席下，代小上。）代小好好拿着。（向妇乙、丙、丁说）哎呀！你们千万别给我东西掉了啊!？（妻拿着锅最后下）

我们的广大农村经过土地改革之后，封建势力基本上已摧垮，封建意识也受到压制，但并不等于说，旧的思想已完全肃清，像老李婆子这样的性格仍然存在，我们对这种人还应该注意教育，否则她们随时都会出来阻挠或妨害我们更顺利的去完成革命的事业。毛主席说："严重的问题，在于教育农民。"这就意味着农民的某些落后意识还严重存在，文学艺术作品必须正视这些现象，并加以正确的描写。

有人说，《堤》还存在着重大的缺点，理由就是：它的人物还不全是积极的正面的新人物，其中还写了像老李婆子这样落后的人物。我认为这种看法是不够全面的。我希望作家们更多地去描写新人物，新的英雄性格，但所谓新人物新品质，并不是抽象的观念，也不是静止的固定的模型。所谓新的性格，只有在各种斗争中才能显现出来。我相信，谁也不会反对我们去写斗争，既然写斗争，那就一定会写到阶级的矛盾，封建与民主的矛盾，新与旧的矛盾，走在前面与走在后面的矛盾。只有深刻地描写出矛盾与斗争，只有在斗争考验中，人物的品格才能鲜明地显现出来，只有在斗争中，我们才能体认谁是新的人物与新的品质，在描写斗争的同时，旧的人物与旧的品质就不可避免地要给以暴露。

除了以上三个主要人物之外，《堤》还写出了几个有个性的有血肉的人物，如老高头、王长保、环子、王母等。但也还有不够的地方，如邓长青的性格，就使人觉得很难理解。如果王长保反对修新坝是因为他的家紧贴老坝的话，那么，邓长青反对修新坝的思想根据在哪里呢？很令人不解。

四

《堤》就是把握住几个人物的性格，通过特殊事件（修坝）所发生的关系的描写构成它的全部情节的。这样不仅写出了人与洪水搏斗的生活面貌，而且也写出了各种人物的性格，写出了各种人物的心理的面貌。前面已经说过，人的心理面貌——思想感情，不是只有某种生活环境中的人所独有，它也同样存在于其他生活环境中的人之中。因而，这种思想感情的发掘与描写，就不仅仅教育了这个生活环境里的人，同时也能够教育这个生活环境以外的人。

但是，不是随便一种什么样的性格（思想感情）的描写，就能产生普遍教育的效果，必须是社会上主要的有代表性的性格，而这性格必须是社会的主要矛盾与斗争所形成的，越是这样的性格，它就带着更大的普遍性，作家能越深刻地描写它，它的教育意义就越大。

一直到现在，我们虽然有了许多极优秀的作品，而且起着巨大的教育人民的作用，但也还有一些作品，仍然停留在较低级的形态中，它们仍然描写着片面的生活，单纯描写技术过程或描写技术经验。如：

铁机巧，铁机妙，手工业里数你好！

能织平纹和斜纹，条格碎花也可以。

开口、投梭和打纬，卷取、退纱不能缺一。

主副运动很明晰，构造简单好修理。

投梭打箱要吻合，开口快慢须一致。

夹梭、飞梭要避免，经线松紧须适宜。

布面稀稠要匀净，卷取快慢须注意。

两脚用力要均匀，有了断头须接齐。

浆好纱来导好纬，掏头过筘要缜密。

像这样的"作品"，作者所企图达到的效果，显然是传播技术经验，而不是在思想上去教育读者或启发读者。一个文艺写作者如果放弃了"武装读者头脑"的观念，反而企图拿自己的作品去代替技术教科书，那他一定要失败的。技术知识既然不是你的专业，你如何能代替技术专家呢？如果上述的"作品"是出于技术专家之手，他又是为了读者便于记忆，而采用韵文形式写出来，我倒没有异议；如果把它作文学作品，而且把它发表在文艺杂志上，我却认为有讨论的必要了。

类似这样的"文学作品"，一直到现在，还不断地在报纸刊物上出现，在舞台上演出；而且被一部分人认为是"有教育意义的作品"。产生这种看法的原因，主要是因为把自然科学与文艺科学混为一谈，把思想教育与技术教育混为一谈。

我们不妨想一下，电影《乡村女教师》，它不是告诉我们如何教学，也不是传播教学方法，而是通过女教师各方面的生活的描写，写出她刻苦的作风与为孩子们服务的坚忍的毅力。

由此，我们就能够认识到，文艺作品的高度思想性的获得，并不是技术经验的传播，也不是表面现象的描写。文艺作品的高度思想性的获得，是要真实的写出斗争及其规律，要本质地写出这矛盾中的人物的内在面貌——思想感情，而且这一切都须形象地表现出来。

文艺是通过个体来表现一般，通过部分来表现全体的，因此不深入局部，就不可能表现全局，就是说，不深入描写某种特殊生活环境中的事物，就不可能深刻地表现出现实的主要状态。

让我再简单地重复一遍：技术劳动的描写，如果是为表现一种思想内容，是可以写的，但如果是为传播技术经验去描写它，就不妥当。局部的具有特殊性质的生活，应该去描写，而且必要去描写，但不要写得仅有该局部的人才能看懂，必须让社会上的人都能看懂，而且能得到教育，要达到这个目的，不仅要写出事件的环境，而且必须写出人物，写出人物的思想感情，而且这思想感情又是社会矛盾及其发展中所形成的。只有这样，作品的主题才能获得它的普遍的教育意义。

一九五一年四月二日　北京

评电影《刘胡兰》*

刘胡兰是中国共产党所教育和培养出来的中国人民的好儿女之一。她的高尚的革命品格、她的为革命献身的高贵气质以及她的英勇不屈的英雄事迹，通过传说、报道、连环画和歌剧《刘胡兰》，已经深入人心，为群众所熟悉和敬爱。因此，毫不足怪，人们怀着很大的希望来期待电影《刘胡兰》的放映。人们希望电影能比歌剧《刘胡兰》更好，希望借助于电影艺术的特殊性能，使它能够更真实地更有说服力地表现出英雄人物的历史、她的性格和性格的成长过程，就像苏联电影创造出索雅和奥列格等青年英雄形象一样。

但是，影片《刘胡兰》不能满足观众的要求。银幕上的刘胡兰和群众心目中的这位青年女英雄的英勇无畏的形象距离还远。编导者确实没有创造好这个受到千千万万人民敬爱的"生的伟大，死的光荣"的青年女共产党员的形象。不仅如此，电影所描写的刘胡兰的英雄性格和它的成长过程，是被严重地歪曲了的，刘胡兰的家庭、革命经历也和实际出入很大。

我曾读过梁星写的《刘胡兰小传》（青年出版社出版），这是作者"根据刘胡兰的同志、乡亲、家属的谈话记录下来的"，"保持着人物和事实的本来面目"的传记。这篇传记，虽然还可能遗漏一些有价值的材料，但对于刘胡兰的品质与事实的主要方面，应该说还是记录出来了的。它记载了她的平凡的、然而显示了她的伟大的革命品格的一些言行；它记载了形成这品格的环境和条件，并且具体地写出了刘胡兰怎样在党的影响和教育下

＊　本文原刊于《人民日报》（1951 年 12 月 12 日），《新华月报》1952 年第 1 期转载，收录于《与习作者谈写作·二集》（中国青年出版社 1959 年版）时题目改为《惊险场面不能填补生活的不足——评电影〈刘胡兰〉》。

走上了革命的道路。

只要比较一下入党以前的刘胡兰的历史，就可以看出实际生活中的刘胡兰和电影形象中的刘胡兰是多么不同。《刘胡兰小传》的作者告诉我们：刘胡兰在入党以前，是经过党的阶级教育、受过革命斗争的深刻影响，并在实际工作中受过考验和锻炼的。然而在电影里，刘胡兰却有另外一种经历。我们并不要求电影编导者把刘胡兰所经历过的事实都丝毫不变地搬到银幕上，但是也不能容许完全离开刘胡兰的生活的主要情节而凭空杜撰。电影的描写对象既然是刘胡兰，而刘胡兰的本来性格和事迹既具有典型性质；她的革命品质和她为人民革命事业而献身的英雄事迹本身，既包含着深厚的教育意义，那么编导者为什么不根据刘胡兰的本来面目——本来的环境、年龄、经历以及她的性格特性和事迹加以描写呢？如果说，艺术家对于机械地反映实有的现象和事实，感到不足，而要求有适当的艺术加工，那是完全应该的，而且是合理的。但是必须根据人物原有的性格与事迹的主要方面，加以深化和概括，使之更鲜明、更突出、更集中、更有组织性。绝不应该以另外一套完全不同的生活和斗争来代替刘胡兰的生活和斗争。据我所知，电影中刘胡兰的斗争生活和真实的刘胡兰的斗争生活，除了英勇就义一点相同之外，其他重要情节都和原有的事实不相符合的。曾经有人说过："何必一定要根据刘胡兰的生活来描写呢？这样写不是也能教育人民吗？"但是我要问，既然撇开刘胡兰的本来生活，那为什么不写另外一个名字？而独独要写刘胡兰的名字呢？又为什么把毛主席对刘胡兰的悼词也写在银幕上呢？

其实，主要的问题，还不在这里，电影《刘胡兰》所以存在着严重的缺点，不仅仅因为它歪曲了刘胡兰的本来面貌，更重要的，是因为它歪曲了生活的真实，阉割了生活的逻辑。

在阶级斗争激烈的年代里，如果文学作家（电影剧本作家也在内）离开了党的政治教育和阶级教育、离开了革命运动的影响、离开实际斗争的锻炼来观察或处理英雄性格的成长，是很难想象的。《刘胡兰小传》是较真实地叙述了党的教育、革命运动以及实际锻炼对于刘胡兰内心所促成的变化过程的。但在影片中，党对于刘胡兰的政治教育和阶级教育，却是极端薄弱的，甚至是看不见的。在银幕上，我们只看见这么几个镜头：当刘胡兰才四五岁的时候，红军指导员孙同志曾向大家（刘胡兰也在内）说过："……我们队伍里，也有许多人是种庄稼出身的，你们不要怕，我们是专打剥削咱们穷人、压迫咱们穷人的地主老财。"此外，孙同志还教过刘胡兰写字，支部书记曾告诉过刘胡兰要"好好工作"。当敌人烧了村子之后，支部书记见刘胡兰很颓丧（这种表情是不合乎青年共产党员刘胡兰的性格的），曾教导她"拿起精神来"。抗日胜利后，小青向刘胡兰说过："……以后，你更要带领大家好好生产。"这是仅有的几个有关教育的镜头，而且都缺少阶级教育的内容。至于革命运动对于刘胡兰思想的影响，在影片中几乎很少提到。

其次，刘胡兰和群众的关系，在影片中也被处理得很无力和很不恰当。刘胡兰是群众心目中的妇女领袖，据《刘胡兰小传》记述，她曾参加过反贪污斗争，参加过土地改革；担任过村妇女会秘书，处理过群众的纠纷，还和吕雪梅到附近各村开展过妇女工作；她动员、组织妇女群众做军鞋，募集慰劳品，教育过落后分子；当情况紧急时，为争取动摇分子金仙，她冒着危险留在村里工作；当敌人已经包围了村庄，她为了怕连累了段金忠一家，宁愿自己去顶……这样有血有肉的斗争生活以及她和广大群众血肉相连的关系，处处都体现着她的高尚的革命品格，体现着她对于广大人民利益的关心。但电影的编导者完全无视这些，反而另外去杜撰一套。影片描写刘胡兰教妇女群众认字，和许多妇女一起缝军衣；指挥群众撤退；救过一个小孩子，并且给过小孩子一些小米。……编导者以空想去代替事实，用薄弱无力的概念和想象去代替对于刘胡兰的历史生活的认真的调查和研究，正是这样，结果把这个在人民中成长起来的英雄以及她和人民的血肉相连的关系，模糊了，甚至歪曲了。

既然编导者未能恰当地写出党对她的政治教育和阶级教育的作用，又未能恰当地写出她和群众的正常关系，那么，影片就不能不给人留下这样的印象，即：刘胡兰冒着生命危险去抢救支部书记的行为，以及她被俘之后的英勇不屈的行为，都缺乏使人信服的力量。谁都明白，这些英雄的行径，是需要高度的政治觉悟和阶级觉悟来支持的。但影片对于刘胡兰的政治觉悟和阶级觉悟的提高及其提高的过程，却没有明确的交代，这样，就使人觉得刘胡兰这形象，并没有强固的阶级觉悟的思想基础。既然这样，那么在银幕上刘胡兰的许多英雄行为和言谈，就不能不是无思想基础的、缺乏说服力量的东西。

电影所以造成这样的结果，并不是编导者有意这样，也不是在理论上认为应该如此。我以为影片《刘胡兰》的失败，主要原因是电影编导者离开了生活、离开了实际、离开了对刘胡兰的具体历史的深入调查和认真分析。对于这样一个"生的伟大，死的光荣"的英雄人物，编导者在处理上仅仅保留了她的英勇就义的一幕，仅仅保留了她的事迹的一点点轮廓，她的真实的生活被弃置不顾，这样做法显然是无法表现出她的伟大的英雄品格以及她[①]的成长过程的。不管编导者在处理这个题材时下过多少功夫，但事实上，仍然是从一般英雄概念出发去处理这个题材，是用一般的英雄概念去代替对刘胡兰具体历史的掌握和理解的。

正因为缺乏生活和没有具体地理解生活，电影编导者就不能不用一些惊险的场面来粉饰生活的贫乏和填补生活的不足。明白了这一点，我们就

---

①　"她"，原为"它"，据文意改。

能够理解编导者为什么把幼小的刘胡兰写得勇于反抗地主，为什么让刘胡兰在混乱中去救小孩，为什么要写刘胡兰昏倒，为什么要写刘胡兰抢救支部书记，为什么要写她打枪和敌人作战，简直变成了一个战斗员……等等场面的用意了。编导者也许以为这样一来，就可以把刘胡兰这英雄形象生动地"塑造"出来，其实，他们首先就好像忘记刘胡兰只是一个十四五岁的小姑娘，像她这样年轻的人，她的高尚的革命品格不能和成年的英雄完全一样，而是有其不同的特征和不同的表现方式的。生活中刘胡兰的高尚的坚强的气质，是贯串在她的平凡的而又伟大的、英勇的而又不违背她的年龄特征的革命活动之中，贯串在她的单纯朴素的行动和言谈之中的。然而影片编导者没有从刘胡兰的具体历史中去把握和理解她的这些特点，反而用成年英雄的生活去代替刘胡兰自己的生活，拿刘胡兰所不惯使用的武器，硬交给刘胡兰去使用。……其结果，不仅会妨害刘胡兰性格的真实的表现，而且也会歪曲生活的真实。电影《刘胡兰》的失败，已有力地证明：一切脱离生活、片面强调"技巧"的作法，都无法达到艺术上成功的目的。

一九五一年十一月十日　　北京

论《金沙洲》*

于逢同志的长篇小说《金沙洲》，是广东文艺界最近半年来争论得最热烈的一部作品。在争论中，曾出现了两种截然不同的评价，有人说它很好，又有人说它很坏。其中的原因究竟何在？除了由于评论者不同的批评观点和方法所造成的分歧以外，这部作品本身究竟存在一些什么问题？对它的成败得失应当如何看待？这个问题，很值得我们进一步地加以探讨。

反映了什么？

《金沙洲》反映了什么？它有没有通过生活形象的描绘，通过人物性格的矛盾冲突和人物与环境的关系，反映出生活的本质及其规律性？这是读者最关心的、也是讨论中分歧最大的问题。

小说告诉我们：在1956年春农业合作化运动中，金斗、沙涌和龙塘三个村庄的六个初级社，在社会主义改造高潮的推动下，合并成为社会主义集体所有制的金沙高级社，从而结束了农村土地私有制。由于高级社刚刚建成，干部缺乏经验，加上乡的党总支书记黎子安主观主义的领导作风，使年轻的高级社遭遇到意外的困难，产生了严重的危机：干部思想不统一，经营管理无计划，生产关系不稳定，社员思想很混乱；上中农郭细九等利用工作的缺点和社员思想的波动，乘机兴风作浪，造谣生事；党内的蜕化分子——社副主任郭有辉，也以黎子安的错误作风为借口，公然与党组织对抗，并与党外的上中农暗中联成一气，里应外合地向高级社进攻，煽起

---

* 本文原刊于《羊城晚报》（1961年10月12日），与易准合写，以"中国作家协会广东分会理论研究组"名义发表，收录于《谈写作》（湖南人民出版社1980年版）时将题目改为《艺术构思和作品效果为什么会脱节——论〈金沙洲〉》。

了退社风潮。在这种严重的情势下，社主任、党支书刘柏和部分干部，坚持党的政策原则，和这股歪风进行了斗争，并在县委合作部长郑若平的指导下，整顿了党的支部，批判了黎子安的错误，处理了郭有辉的问题，最后终于击退了自发势力的进攻，使高级社逐步巩固起来。……从作品所表现的生活内容来看，它所反映的矛盾斗争是相当尖锐、曲折和复杂的：既反映了主观主义错误的思想作风与正确的思想作风之间的矛盾，也反映了资本主义与社会主义两条道路之间的斗争；既描写了领导与群众之间的矛盾，也描写了农民本身的私有观念和集体主义思想之间的冲突。作者把这些矛盾和冲突错综地交织在一起，使作品接触到相当广阔的生活场景，深入到农村生活和阶级斗争的各个方面，并且企图通过这些矛盾和冲突，以生活本身的复杂形式来揭示社会主义改造的曲折过程。应该说，作品的主题思想是具有积极的现实意义的。尽管作品的这种创作意图由于其他原因未能很好地完成——作品还存在一些缺陷，但从作品所表现的生活整体和矛盾冲突的总和来看，还是体现了生活发展的必然趋势，符合于金沙社这一特定环境的生活逻辑。那种认为小说没有反映出生活的本质和主流，因而是"一部失败的作品"的论断，是不符合《金沙洲》的实际情况的。

几个具有典型意义的艺术形象

《金沙洲》的作者在写这部作品的时候，并没有给自己选择一条平坦近捷的道路——没有回避生活中重大的矛盾斗争而把生活简单化，而是以一种严肃认真的态度来审视生活，大胆地探索和表现社会主义前进道路上必然产生的重大的矛盾冲突，企图从农民内部的矛盾和党内的矛盾来反映社会主义改造的时代特征。这种尝试和努力是难能可贵的。它说明了作者具有艺术创造上的决心和勇气；而这一点——不论作品所达到的成就如何，都是值得我们尊重和肯定的。正是由于作者有了这种严肃认真的创作态度和艺术创造的勇气，使得作品能够比较深刻地反映了高级合作化这一历史阶段农村生活的某些侧面。

从作品的描写中，我们不只看到了主观主义错误的领导作风的严重危害性，看到了广大贫、下中农在农村生产关系变革过程中，由于私有观念的传统影响而对集体化道路产生的种种怀疑、动摇和内心的复杂斗争，而且看到了富裕中农尤其是新上中农的资本主义自发势力的猖狂和对于高级合作化运动的顽强抵抗，看到了由于主观主义错误的严重后果的影响而不断深化的党内外的两条道路的斗争。正是这些尖锐复杂的、相互交错的矛盾和斗争，显示了社会主义改造时期农村阶级斗争的新的特点：合作化运动虽然是人心所向，大势所趋，成为生活前进的方向，但在前进的道路上，仍然存在着各种暗礁和险滩。如果党的领导者未能把舵掌好，在前进的航线上就会碰到暗礁，遇到险滩，激起逆流更大的反抗；另一方面，在小农经济所固有的自发势力的诱惑下的农民，当他们意识到自己和土地的关系将要被宣告结束，个人发家致富的资本主义道路将要被堵死，而不得不随着时代的潮流走上新的生活道路的时候，他们的思想感情是矛盾而复杂的。新旧思想的斗争是尖锐剧烈的，他们走上社会主义道路的整个过程，也是曲折的、艰巨的。如果说，作品在上述两个方面所显示的思想意义，能够帮助读者认识高级合作化这一历史阶段农村生活的复杂面貌的话，那么，我们觉得，这正是作者敢于正视现实、敢于正面揭示生活发展中的重大矛盾冲突的结果。

《金沙洲》的优点，还表现在人物形象的塑造上，在这方面，作者曾付出了辛勤的劳动，也取得了不少的成就。作为全书主人公的刘柏，就是一个性格相当鲜明的艺术形象。在刘柏的淳朴宽厚、踏实坚毅的性格中，体现着某些农村基层干部通常所具有的那种忠心耿耿、任劳任怨、联系群众的优良品质。他不但能够倾听群众的意见，了解群众的思想、要求和愿望，而且坚信只有依靠群众，才能搞好工作；正是在这一点上，构成了他和总支书记黎子安之间的矛盾。他在黎子安一意孤行的压制下所表现的克制和忍让，不应该简单地理解为对于上级的"盲目服从"，而应该认为这是出自一种朴素的党性要求——既执行黎子安的决定，又不断地向他反映实际情况和群众意见，希望他能够改正错误的领导作风。在与郭有辉的错误进行斗争的过程中，他所流露的那种由犹疑到坚决、由惋惜到痛恨的思想感情的变化，固然显示了他和郭有辉过去曾经同甘苦、共患难的阶级友谊和历史关系，反映了他在复杂的阶级斗争中逐步成熟的过程；同时也充分表现了他的处处顾全大局的器量和爱憎分明的态度。在这里，作者所赋予刘柏的性格特色，显然不是某些评论者所要求的那种"叱咤风云"的英雄气概，而是一个农民出身的普通党员干部的稳重、踏实和公而忘私的优良品质。正是这种优良品质，使他在金沙社建成以后的混乱局面中，能够稳健地处理各种复杂微妙的干部关系和群众关系，成为能够逐步地掌握方向和稳定大局的中坚人物。虽说在黎子安离开金沙社以后，作者没有给刘柏以更多自由施展的机会，使刘柏的性格发展显得有点停滞和缓慢，但还是应该承认，作者所着意刻画的这一农村党员干部的艺术形象，是具有典型意义的。

在思想作风上和刘柏相对立的，是总支书记黎子安。在黎子安身上，作者以集中的笔墨，描绘了他的思想僵化、简单粗暴的思想作风。从黎子安的主观愿望来看，他是忠于党的事业，一心想把工作搞好的，可是由于他对自己过于自信，骄傲使他渐渐失掉了共产党人的虚心诚恳的品德，变成了脱离群众、一意孤行的"黑面神"。不难看出，这是一个被批判的主观主义者的形象。作者通过他的种种作为以及在工作上的成功和失败、希望和失望、振作和懊丧的交错变化的心理状态的剖析，给我们描绘了一个主观主义者的形态和风貌，揭示了他的严厉坚定然而刚愎自用的个性特征；

而这种个性特征，却形成了他性格中的悲剧因素，使得他在"带领群众过关斩将"，实现了"伟大的理想"以后，自己的道路反而"越走越窄，越走越艰难"，终于不自觉地给党的事业带来了损害。正是在这一点上，黎子安成为一面令人警惕的镜子，给我们以深刻的反面教育，显示了这一人物性格的典型意义。但令人惋惜的是，由于作者对黎子安的错误作了不适当的强调，以致模糊了两条道路斗争的因果关系；而黎子安最后的转变，又缺乏形象发展的内在逻辑。这种思想的模糊和违背人物性格发展法则的艺术处理，不唯破坏了这一人物形象的完整性，而且也给整部作品的艺术结构带来了不良的影响。

黎子安的主观主义领导作风，给了党内外上中农向高级社进攻以可乘之机。作为资本主义自发势力代表的郭细九，他的性格有其形成的复杂因素。郭细九从小就在珠江三角洲"捞"大，具有旧社会流氓阶级的狡猾、凶狠的气质。这种流氓气质一旦和个人发家致富的自发思想相结合，便驱使他疯狂地扩张贪欲，以"捞仔"的手段不断地攫取自己所要取得的一切。高级社既然宣告了土地私有制的基本结束，郭细九的发家致富的梦想便濒于破灭，这就必然激起他的挣扎和反抗。作者写他黑夜跑到自留地去偷砍自己心爱的荔枝树的那种情景，异常深刻地暴露了他对高级社的畏惧和仇恨相交织的心理状态，揭示他的自私贪婪和阴险歹毒的性格特征。正是这种浸透着旧社会流氓气质的性格特征，赋予他的破坏活动以更大的危害性，使他肆无忌惮地站在逆流的前头，成为抗拒和破坏合作化运动的急先锋。郭细九的近于疯狂的破坏活动，和郭有辉对他的暗中纵容和支持，当然也有很大的关系。作者不仅通过郭有辉和郭细九的默契和合流，更加突出了郭细九善于察言观色的狡猾的一面，同时还通过郭细九的家庭生活、他和侄女郭月婵的关系，揭露了他的唯利是图和冷酷无情。这一反面人物形象的思想意义，并不仅仅在于透过他的独特鲜明的个性，生动地体现了某种深受资本主义思想影响的新上中农的阶级特征，而且通过这一人物性格和周围环境的矛盾冲突，暴露了资本主义自发思想的顽强和猖狂，及其必然失败的命运。

两条道路的激烈斗争，不可避免地要反映到党内来。作为党支委、社副主任郭有辉，是作者笔下另一类型的新上中农的形象。雇农出身的郭有辉，过去不但深受地主阶级的迫害，而且在土改后一直是沙涌村的主要骨干，有着和郭细九完全不同的生活经历。在他的忘本蜕化的过程中，常常体现着一个党员上中农的两重性的矛盾。作为党员的郭有辉，未始不想保持自己的荣誉，所以有时也表现出某种羞惭的心情和暂时的醒悟，然而这种空洞的荣誉感，却敌不过现实的发家致富计划的引诱。于是，过去的阶级仇恨逐渐地"淡忘"了，而小生产者的私有意识，却像可怕的细菌一样，在他的脑子里逐渐滋长、发酵，日益腐蚀着他的灵魂。他被利欲熏心所产生的贪欲，在乘贫农郭添病重而谋他小猪的一幕，表现得何等惊心怵目！这种忘本蜕化的食利者的本质，使他用市侩的眼光来盘算一切，公开和党算账，喊出"土改以后，我就给砍了三刀"的狂言，竟在上中农向党进攻的逆流中，自觉地充当了可耻的角色。他的消极怠工，要挟组织，固然是利用黎子安的缺点向党发泄私愤，同时也是打起退堂鼓的公开讯号；而暗营"狡兔三窟"，"窥测方向"，煽动群众的宗派情绪，和郭细九等暗中合流与互相呼应，则是企图利用某些落后群众的不满来搞垮高级社。在作者的描写里，郭有辉的忘本蜕化的阶级本质，是通过他的权谋、险诈和倔强的个性显示出来的。这样，这个担当"上中农在党内的代理人"的角色，便成为一个有血有肉的人物。

在揭示农村两条道路斗争的过程中，女队长梁甜的形象，也具有深刻的现实意义。土改后农村两极分化给她所带来的贫穷和苦难，使她一家的生活经常处于求助无援的境地。初级社虽然曾经把她从困苦中解救过来，但小农经济的痛苦经历，却使她在将要取消土地分红的高级社面前，不得不慎重地考虑自己一家的生活命运。梁甜这种在新事物面前小心翼翼的畏怯心理，是由人物所处的社会历史环境所形成的。她对梁雁倾诉的一番充满感情的肺腑之言，不但真实地披露了自己内心矛盾的痛苦历程，实际上也反映了其他土地多、劳动力少的贫苦农民典型的心理状态。然而，梁甜毕竟是善良的劳动者，当她明白了如果离开了合作社，就将要回头走上单干老路的时候，她就自觉地把自己一家的命运和高级社紧紧地联结起来。在上中农的进攻面前，她虽然满怀忧虑和显得自卑胆怯，但阶级斗争的风浪同时也唤醒了她的"战斗的自觉"。在两条道路的斗争中，她终于逐渐变得大胆和沉着，脚步也逐步迈得踏实和坚定了。不错，梁甜在自己的爱情生活上，的确表现得顾虑重重，犹疑不决。这种顾虑和犹疑，固然反映了封建传统观念对她的影响和束缚，但同时也是由于要求"自由独立"、要求"自己首先站起来"；而这，正好反映了她的性格的"内刚"的一面。作者在塑造这一人物形象的时候，不单是通过激烈的斗争和冲突，而且也通过她的日常生活和爱情生活，多方面地展示她的内心世界，并从生活的发展中不断地丰富、突出她的外柔内刚的性格。在梁甜身上，集中地反映了广大贫苦农民对于合作化的迫切要求，以及他们的精神面貌的深刻变化。

　　除此以外，作者还描写了不少一般的人物。在正面人物方面，如杨妹、刘骚仔、郭月婵等，都具有独特的个性。尤其是杨妹，虽然出场很少，但寥寥几笔，人物的形态风貌便跃然纸上，给人留下鲜明的印象。可惜这些人物性格都没有很好地展开。在郭细九、郭有辉这两个反面人物的周围，当然也有他们的合作者和追随者，以及一些幸灾乐祸、在暗中推波助澜的反动角色。在他们中间，如师爷胜、刘爱冰、老鼠福等，也是着墨不多然而写得较好的人物。

熟悉的和不熟悉的

《金沙洲》描写了各个阶级、阶层的不同人物，这些人物在艺术描绘上虽然还不是十分完善和无懈可击，但却应当承认，作者在塑造几个主要人物的时候，能够注意到这些人物不同的阶级地位和生活经历，通过他们的思想、感情、行动以及与周围环境的关系所形成的独特的命运和遭遇，表现出各种人物不同的性格和形态风貌。但我们同时也看到，作者在描写一些在社会主义时代成长的新型人物的时候，似乎还受到一些束缚，笔墨还不是那么容易展开，而对于一些身上还保留着旧社会的思想意识或具有某种精神创伤的人物，却往往能写得痛快淋漓，不但人物性格比较鲜明、突出，形象的血肉也比较丰满。举例来说，刘柏虽然是贯串全书的主人公，是作者所着意刻画并且用笔最多的一个正面人物，但比起郭细九、郭有辉或梁甜来，无论就思想上所达到的概括程度或是就艺术感染力量所达到的深度来看，都显得有所逊色。这种情况，恐怕不能单纯从作家的艺术技巧方面来解释，而应该从作家过去的生活经验和创作道路方面来寻求答案。

我们知道，《金沙洲》的作者于逢同志，在他的创作生活中，曾经经历过一段摸索的过程。在国民党统治时代，于逢也像许多进步作家一样，时代与人民所受的苦难，煎熬过他的心，他不甘沉默，曾以现实主义的忠实态度写过《伙伴们》《乡下姑娘》《秋深了》等作品。在这些作品里，作家所描写的是旧社会某一阶层人物的遭遇及那个历史时期的社会生活，也反映了作家在抗日战争生活中、在流离转徙的生活中所积累的人生经验。但毕竟受到当时的世界观的限制，"经历也浅，思想立场更是模糊，因此许多事情都看不清，甚至看错了"。（见《乡下姑娘》:《后记》）当然不可能为所描写的人物安排合理的出路。由于各种复杂的因素，当时处在国民党统治区的一部分作家对反映工农的生活更是受到客观条件的限制。只有在解放之后，作家才有广阔自由的天地作艺术上的追求。从解放到 1955 年这几年间，于逢在克服苦闷、突破困难的道路上，在深入工农生活的过程中，也曾尝试改变过去生活的轨辙，而努力去接触新社会的新人物，并终于写出了反映工人生活和创造性劳动的《螺丝钉》，迈开了新的创作生活的第一步。尽管《螺丝钉》不是成功之作，却说明作家有接受生活考验的决心和勇气。在摸索、学习、深入生活所取得的经验的基础上，他回到了自己所熟悉的珠江三角洲的农村（也就是《伙伴们》历史背景及人物活动的地区），然后又写出了《金沙洲》。

从《金沙洲》所塑造的人物来看，于逢在艺术表现方法和描写为自己过去所熟悉的生活方面，有其继承与发展的痕迹。从梁甜的朴实、勤劳、善良的品质上，可以看到《乡下姑娘》里何桂花的影子；从郭细九的流氓、无赖、撒野、刁顽的性格上，又可以看到《伙伴们》中没皮柴柳雨亭的形象。这就是说，作家对旧社会的流氓气质和性格了解较深，对受压迫、受剥削的弱小人物的思想感情比较熟悉，能够观察入微，写起来就比较得心应手；因为作家过去的生活经验有助于他塑造某种从旧社会环境所形成的人物性格及精神面貌。从《螺丝钉》却找不出有所继承的痕迹，这是因为描写工人生活，在他来说还是完全陌生的缘故。正因为作家所比较熟悉的还是过去的生活和人物，容易看到生活与人物精神状态中的落后的、消极的因素；而对于社会主义现实及现实环境所培育出来的人物的新思想、新性格，则比较地还不够熟悉，还缺乏足够的感受力去感受现实生活的一切，还不善于概括新生的、萌芽状态的积极因素，因此，出现在《金沙洲》中的一些代表时代先进力量的正面人物形象，就显得比较单薄，他们性格中的本质特征一般都得不到充分的体现，读者虽然相信生活中确有其人，但却不能感动人，不能给读者以思想上的鼓舞力量。尽管如此，我们还是认为小说的主人公刘柏是具有典型意义的，小说中其他的一些正面人物，在艺术创造上也是有其可取之处的。尤其应该肯定的，是作家以其过去所积累的知识和经验，恰当地、有机地运用到描写当前现实生活中的人物身上，使他们血肉丰满，合乎人物所处的历史环境及生活道路，是必要的，也是值得鼓励的。

问题在哪里？

《金沙洲》在人物创造上，虽然取得了不小的成就，但是，写出了人物并不等于写好了作品。作家不是为写人物而写人物，而是通过人物性格的刻画及人物性格之间的关系、矛盾和冲突，来反映现实生活的本质及其规律性，以揭示生活的真理，从而体现作者对现实生活的态度和判断。如果从作品对人与人的关系的处理，从人物关系所构成的生活图画的整体来看，则作品所存在的问题还是不少的，其中有些问题甚至是相当严重的。

首先，我们觉得《金沙洲》的基调是低沉的、压抑的。阅读这部作品的时候，使人心情沉重，情绪郁闷。作品描写的是一场充满激烈斗争的群众运动，但我们却感受不到热流奔腾的革命运动的气势。在上中农联合起来向高级社猛烈进攻的时候，资本主义自发势力显得异常嚣张，是可以的，也是合理的；但完全看不见正面力量的积极活动，就不能不使人感到眼前乌云蔽天，一片灰暗了。即使在描写正面人物的日常生活和思想的时候，也使人感到沉闷和压抑。有些读者认为作品是"邪气上升，正气默无气息"，这种批评不是没有道理的。当然，我们并不同意那种认为作品的这种低沉、压抑的基调是由于它"淋漓尽致地描绘了逆流的冲击——资本主义势力的猖狂"的看法。其实，形成作品的这种低沉、压抑的基调的基本原因，并不在于作品"淋漓尽致地描绘了逆流的冲击"，而在于作者在描绘反动势力猖狂进攻的时候，没有同时形成与反动势力相抗击的代表生活主流的典型环境，没有充分显示出先进势力反击的潜在力量。其所以如此，和作者对于总支书记黎子安错误的看法，有着很大的关系。从作品来看，作者是把黎子安的主观主义的错误，作为造成一切罪恶的根源来看待和处理的。正是因为作者从这一基本观点出发来进行构思和布局，所以才特别着力地来描写黎子安的错误的严重后果，以致把主观主义的错误和两条道路斗争的因果关系混淆起来。我们赞成批判主观主义者的错误；也赞成揭发主观主义所造成的严重后果，目的是作为一种复辙，以警读者，以戒后人。但是，作品既然要正面反映合作化运动中的两条道路的斗争，要正面表现生活中的主流和逆流的巨大冲突，那就应该按照阶级斗争的形式，从矛盾斗争的双方来安排人物，展开主题；而不应该把主观主义的错误当成为资本主义自发势力进攻和一切罪恶借以产生的渊源。这样描写的结果，当然就掩盖了上中农抗拒社会主义改造的阶级本质和社会根源，模糊了两条道路斗争的实质；而处于两条道路斗争中的正面力量——先进群众如杨妹、刘骚仔等等，当然也就不可能在作者的笔下联结起来，成为反击逆流的潜在力量；而只会造成刘柏和先进的干部、群众的迷惑，使他们在面对上中农的进攻中不但缺乏积极的态度和行动，甚至有时候还转到相反的方面去，变成消极的力量。从作品中我们可以看到，在黎子安动辄以对党负责和坚持"原则"的面目下一意孤行，发号施令，使社里陷于一片混乱的情况下，上中农在不少的斗争场合中常常显得理直气壮和振振有词，博得一部分群众的同情，就是刘柏自己也感到难以应付，处处被动。刘柏不只是苦闷、烦恼，显得缩手缩脚，毫无用武之地，而且也陷入了惶惑不解的状态中，久久弄不清金沙社问题的实质到底在哪里。其他干部和基本群众（贫农、下中农），更是被弄得懵头转向。我们当然不是要求作者改变正面人物的性格，脱离了特定的环境而把人物性格凭空提高，使他们在这种混乱的局面中一下子就能够自觉地起来斗争，但作品既然写了这样一些正面人物，起码也应该通过他的生活和思想，反映出他们的愤慨和斗争的要求，使人看出他们虽然暂时还没有抬头，但毕竟是一股社会主义的积极力量。因为从作品所赋予他们的性格看来，这是完全有可能做到的。然而，作者却没有意识到这一点。在作品的第一、二部中，我们只看到刘柏的迷惑，梁甜的忧虑，周耀信等的无可奈何，以及部分先进群众的动荡不安，而没有看到蕴藏在这种迷惑、忧虑、无可奈何与动荡不安中的愤慨和要求斗争的情绪，更听不到他们在上中农进攻时由于义愤而自然发出的嘀嘀咕咕的责难。这种情况，充分说明了作者为了强调和突出黎子安的错误的严重后果，不但有意无意地使正面人物陷于迷惑、压抑和被动的地位，甚至还使他们处在迹近麻木的精神状态中，在思想上毫无斗争的准备，致使资本主义自发势力得以肆意泛滥，形成了邪气压倒正气的局势，使人产生灰暗的感觉。

正是由于小说没有把先进群众的革命潜力显示出来，看不出反击上中农进攻的正面力量，因此在小说最后结束的时候，就不可避免地露出了明显的漏洞，使作品的结局来得十分勉强和不自然，使人物性格的发展过于牵强，缺乏生活逻辑和形象逻辑的内在依据，看不出"水到渠成"的气势。看来，这种概念化的结局，不但读者很容易看得出来，就是作者自己，恐怕也会感觉到的，只是作者无法求得完善的解决罢了。这也难怪，因为这部作品在艺术构思中是以揭发黎子安的主观主义的错误为中心，以尽情地暴露黎子安错误的严重后果（包括黎子安自己的后果在内）为目的的。这就是说，作者并不是以两条道路的斗争、而是以暴露主观主义者的错误的严重后果作为整部作品的艺术构思的基础的。这一点，也许作者还没有意识到，但事实却是明摆着的：不但从作品第一、二部的情节结构和人物描写中可以得到证明，而且从作者在作品中所流露的感情倾向上，也可以看得出来。作者虽然在揭露黎子安的主现主义错误的时候，也同时描写了上中农对于高级社的进攻，使作品所展示的矛盾冲突具有两条道路斗争的性质，但作品在第一、二部中也告诉我们，上中农之所以能够向高级社肆意进攻，主要是由于黎子安的主观主义错误所招来。既然如此，在作者笔下的两条道路的斗争，就变成了主观主义的必然产物，而引起两条道路斗争的根本原因——资本主义自发势力的本质，反而退居于次要的地位了。

于是，作品出现了这样几方面的情况：一方面，作者笔下的主要正面人物刘柏，在黎子安驻金沙社的整个阶段中，一直都没有把上中农的进攻作为威胁金沙社的主要危险，而是把解除金沙社所面临的危机的主要希望，寄托在黎子安的改正错误上。另一方面，作者笔下的党内外的反面人物如郭有辉和郭细九，也以黎子安作为自己的主要对立面，屡屡以黎子安的错误为借口，向高级社进攻并向党进攻。特别值得我们注意的，是当时刘柏的态度。刘柏不但没有把郭有辉的所作所为看成是资本主义自发势力在堡垒内部的进攻，而且刚好是站在黎子安的相反方面——采取与黎子安相反的态度，来对待郭有辉。作者明显地拿刘柏的作风来与黎子安的作风相对照，借以衬托和突出黎子安的主观主义者的形象。因此，矛盾斗争所显示的锋芒，就仍然是指向主观主义。至于梁甜、刘骚仔、杨妹、福姆、八叔婆等干部和先进群众，在作品中则是以反对上中农势力进攻的先进力量出现的。在作者的构思中，他们既然不是黎子安的对立面，与反主观主义的矛盾斗争联系不上，自然就得不到作者的着意刻画和理会了。

基于以上的情况，所以我们认为，作者是以反对主观主义作为这作品的艺术构思的主要线索的。根据这条构思的主要线索，结合人物性格本身的发展逻辑来看，那就不难看出，作者原来所预想的结局，显然不是现在作品中的这种结局，而是另外的一种合乎构思和形象逻辑的结局，——比方说，把黎子安加以严厉处分。这自然是可以的。但是，为什么作品又出现了现在的这种结局呢？为什么作者在创作过程中又突然改变了原来的构思，并且刚好在上中农的进攻逐步形成高潮的时候，就把黎子安从艺术构思的中心位置上抛了下来，使他勉强转变以后就把他匆匆调开，而把笔锋转向两条道路斗争的方向去呢？这里面可能存在着各种主客观的原因。记得作者在一次谈话中曾经说过，作者自己在感情上对黎子安是很厌恶的，但在理智上又觉得应该挽救他；由于存在这种矛盾，所以写不下去，只好中途把他丢掉算了（大意如此）。根据作者的表白不难看出，作者在创作过程中可能由于受到某些客观舆论的影响或主观上的顾虑，才临时改变构思的。本来，改动艺术构思中人物的结局，在文学创作中不乏先例。例如，法捷耶夫写美谛克，曾经把他从自杀而改变为可耻的叛变。但是应该看到，美谛克在作者的艺术构思中之所以变动，是由于服从艺术规律，服从性格与特定环境所构成的发展道路，服从形象逻辑所要达到的典型化的要求。而《金沙洲》艺术构思的改变，却不是这样。作品的第三部与第一、二部所显示的这种艺术构思的脱节现象，不但损害了黎子安这一艺术形象的真实性，削弱了这一人物性格作为反面镜子的典型意义，而且也给作品的艺术结构带来了不良的影响。在作品最后的结局中，正面力量好像在两条道路的斗争中取得了胜利，但这种胜利却像是"无源之水"，完全脱离了前面的构思。因为作品在前面描写上中农进攻的时候，既没有同时写出正面人物积极活动的典型环境，没有充分显示出贫、下中农坚决走社会主义道路和准备给上中农的进攻以反击的潜在力量，而又要使作品在上中农疯狂进攻的高潮中结束，那么，这种结局当然就只能靠一些运动过程的演绎和按照理性的要求来完成，而不是遵循性格与特定环境所构成的发展道路。也不是形象逻辑发展的必然结果。因此，不但正面力量的转化显得过于突然，缺乏形象发展的内在力量，就是反面人物最后的屈服，也显得相当勉强，正如有些读者所指出的，有点"以法服人"的味道。

问题在构思的着力点上

《金沙洲》为什么还存在这么多重大的缺陷？这是值得我们和作者冷静地加以探讨的。

从作品所描写的生活形象和人物关系来看，可以看出：如何突出地暴露主观主义的错误的领导作风，始终是作者用自己的整个心灵和全部感情去着力构思的重心。暴露主观主义的错误，本来是无可厚非的。因为主观主义是妨碍社会主义事业前进的障碍物，只有充分地暴露它，战胜它，才能为社会主义事业清除障碍，开辟前进的道路；在作品中暴露主观主义的错误，不但是可以的，而且也是应该的。问题在于，作者却把暴露当成了最终的目的，而忽视了战胜它和改造它。也许有人会问，作品最后不是已经批判了黎子安的错误，帮助他解决了主观主义的问题吗？怎能说作品是把暴露作为目的呢？不错，从作品的全部梗概来看，它是解决了主观主义的矛盾的。但这只是一种表面的、概念化的解决，没有通过作品的艺术形象，显示出生活逻辑的不可抗拒的力量。我们知道，艺术形象所显示的思想矛盾的解决，只有在遵循艺术形象本身的性格发展规律的情况下，才能获得合乎形象逻辑的结论，才能体现出生活发展的必然规律。而黎子安思想矛盾的解决，却恰好违背了形象逻辑的法则，给人以不真实的感觉。其所以会这样，主要是由于作者在理性与感情上存在着矛盾。作者的主观意图原来是想把两条道路的斗争作为作品的主要矛盾线索的，但在整个构思与创作过程中，作者对于主观主义者的憎恨的强烈感情却起了决定的、主导的作用，以致不自觉地把艺术构思的着力点放在暴露的角度上。只要仔细地阅读一下作品，就可以看出，作者构思的着力点——也就是作者的感情倾向，显然不在两条道路的斗争方面，也不是在准备战胜主观主义方面；而不过是倾其全部的感情去暴露主观主义者的形态及其恶果而已。作者正是从这一构思的着力点出发来创造人物、安排情节和展开矛盾的。从作品的情节和人物安排中，我们根本看不出作者有战胜和改造主观主义者的思想准备。我们只是看到，凡是有利于揭示和暴露主观主义者的错误与后果的人物和情节，都充分地展开了，发展了，例如郭有辉、郭细九等反面人物及其破坏活动；有利于衬托和突出主观主义者的形态和风貌的人物，也受到了作者的注意，得到了着力的描绘，例如刘柏的性格及其作风。但是，对于阻止和战胜主观主义者的潜力或主观主义者本身的转变因素，无论从情节、环境的安排或人物性格发展的处理上，无论从客观上或主观上，都看不到作者有什么着力的描绘。这一切的迹象，正好告诉我们，作者在构思过程中的主要着力点，不过是为了更淋漓尽致地暴露主观主义者的形态及其恶果而已。

作者在构思的时候，也许想把主观主义者的后果充分暴露出来，让读者看一看，以引起"疗救的注意"；这当然未尝不可。问题在于，一个革命的作家，在揭示社会主义前进道路上的缺点或错误的时候，应该采取什么态度，是单纯的为暴露而暴露呢，还是为了解决它而暴露它，为了战胜它而暴露它？这样说，当然并不是要求每一篇写缺点、写错误的作品在后面都要有一个"光明的尾巴"，尤其是对短篇小说，提出这种要求更是不切合实际。例如说，写反面势力暂时占优势的并且以反面人物为中心的短篇小说，就可以尽情地充分地去描写反面人物及其活动，甚至可以在最后的结局中也不使他转变或失败。但是有一点却不能忽视，那就是一定要让读者从作品所显示的典型环境中能够预见到：反面势力虽然暂时占优势，但在最后是一定会被战胜的。这当然不是什么公式，而是现实生活的规律。我们并不要求作家按照公式来写作，而只是要求作家在描写特定环境中的特定人物的时候，不要违背了生活的规律。如果一部写缺点或错误的作品不能反映出生活的规律，不能使读者从作品的典型环境中预见到先进力量的胜利，而只是描绘出一幅凄惨暗淡的生活画面，那么，这种作品就只能给人以一种灰暗的、失望的感觉，在读者中间所引起的就不全是"疗救的注意"了。《金沙洲》所存在的缺陷之所以值得讨论，其原因正在这里。

所以，为暴露而暴露，显然不是正确地反映生活的方法。因为这种方法有其思想的局限性，它看不到社会主义现实发展的轨迹，不可能发现和概括现实中萌芽状态的共产主义的因素，而只是局限于现实中存在的消极现象的描绘。它至多只能在作品中提供一些生活的病象，起到一种片面地说明生活的作用，而不能战胜它，也不能给人以战胜它的信心，更不能给读者指出明确的前进方向。我们也赞成描写现实生活前进中的缺点和错误，但是并不是为揭露而揭露，而是为了战胜它和消灭它才去描写它的。《金沙洲》在构思的着力点上所流露的感情倾向，正是受到了单纯暴露的写作方法的影响。因此，作者在情节安排和人物性格的发展上，自然就有利于暴露而不利于战胜和改造主观主义者的错误了；其结果，自然也就形成了整部作品的低沉、压抑的基调，并造成了结局处理的勉强和不自然。这是很可惋惜的。

☆

总的来说，我们认为《金沙洲》并不是一部不好的作品，因为从人物与事件所表达的主题思想来看，并没有什么错误；但从艺术的效果来看，却还存在着不少的缺点。

作者能够面向严峻的生活，写出了比较复杂的生活画面，没有把生活简单化，也是好的；但可惜，作者在运用典型化手法去处理这些复杂的生活现象的时候，由于作者自己的理性与感情存在着矛盾，致使在艺术成果上没有达到应有的高度。

《金沙洲》虽然还存在着这些缺陷，但作者在艺术创造上所付出的劳动，却是不宜抹煞的；作者所精心塑造的几个具有典型意义的艺术形象，更不容任意否定。作品出版至今，已将两年。时代已大大地前进了一步。我们想，当作者回头再①看自己的作品的时候，他一定也能够发现这些缺点的。现在，听说作者正准备改写《金沙洲》，这真是一个令人高兴的消息。根据作者的生活经验和艺术素养，我们完全有理由相信，经过作者改写的《金沙洲》，定必会比第一版的《金沙洲》具有更大的思想力量和艺术力量。

一九六一年十月十二日

---

① "再"，原为"在"，据文意改。

| 第四编 |

书简答问

活得伟大才写得伟大

——和张铭同志谈写诗*

你问："现在为什么写不出歌颂新事物的诗来，即使硬写出来，也是干巴巴的，是什么缘故呢？"我们认为主要的问题，在于作者的思想感情。譬如说，一个作者的思想感情还没有得到真正的改造，还有意无意地保留着一些与工农兵有很大距离的思想感情，那么，他就不可能对新社会的新鲜事物有强烈的感觉，就不可能对新世界、新事物、新品质感到兴趣；他们思想情绪就不可能与新事物新品质完全融合一致。原因就是因为他的思想感情与他概念的认识还有着很大距离。实际上，他对新世界新事物没有真正的认识，虽然在主观动机上愿为人民服务，愿歌唱劳动人民的翻身，但是，原有的思想感情还没有摧垮，原有的思想感情还在他日常的行动上起着作用。处在这种"情绪倾向过去，理性倾向未来"（高尔基的话）的心理状态下，他们是很难写出使人民大众（工农兵）起共鸣的诗来的。

为什么呢？许多文艺青年不是在口头上很愿为人民服务吗？不是常常在言论上表示愿为人民服务吗？是的，但这些人里面还可能有两种不同的情况：其中一种人，是真正认识了革命，真正认识了新世界与新事物。另一种人，还只停留在概念的认识上，他们的感情情绪还没有改变。前一种人如果有诗的表现能力，他们一定可以写出较好的诗篇；后一种，即使有诗的表现能力，但仍然不能写出较好的诗来。

思想感情与概念的认识为什么会不一致呢？那是因为：对于革命的概

---

* 本文原刊于《中国青年》（第 64 期，1951 年 5 月 7 日），收录于《与习作者谈写作·二集》（中国青年出版社 1959 年版）时，去掉了副标题。

念是比较容易接受，（只要他有正义感），而思想感情的变化，却要在对革命运动有较充分的认识之后。因此我们认为：只概念地认为某种事物应该歌唱，但在思想感情还没有这要求的时候，革命的动人的诗篇就不能产生。

因为只有当描写的对象感动了诗人，强烈地打动了诗人的心灵的时候，才可能产生真正的诗。过去封建阶级、资产阶级以及其他阶级的"诗人"，不也正是在这种情况下产生出在其本阶级看来是"伟大"的诗吗？苏联以及现在中国好些优秀的诗篇，不也是在这种感动的心情之下产生出来的吗？如果诗人对于描写对象没有强烈的爱，或强烈的憎，也没有什么感动，只从概念上认为某种事物应该写，而硬去写诗，这样"作"出来的诗，当然不可能有生活的实感与饱满的情绪。

如果诗人的思想感情确有歌唱某种新事物的要求，那么，这新事物在诗人的头脑里就不会再是抽象的，没有生命的缺乏实感的东西了。这时候，诗人从心里热爱着一切新生的、萌芽的新事物，不仅对于新人物新品质善于感受、认识，而且也充满了强烈的爱。这时候，诗人所歌唱的新事物，就不会是干巴巴的了。这时候，诗人唱出来的歌，一定是有生命，有实感，有饱满情绪的了。

现在可以谈谈你所提出的问题了。

你说："以前在旧社会时，随地感触皆成文章，譬如看见一个坟，也能写成诗篇，而现在呢？看见什么就是什么，再写不出什么诗了。"这是什么缘故呢？正如前面所说，这恐怕是由于你对于你所要歌唱的新事物的认识，仍然停留在概念的阶段上，这种认识还没有与你的思想感情融合一致。因为在旧社会里，用你与原来人生观相一致的思想感情去感受事物，是有实感的，这样把感受过或感动过的事写成诗，不仅能够饱满的表现出原有阶级的情绪，而且同时也能充分表达了作为阶级一分子的作者的人生观。这种人生观表现在诗里，就是作品的思想。那么，现在为什么感觉迟钝，"看见什么就是什么，再写不出什么诗了"呢？理由上面已经说过，不再重复了。

虽然你在概念上认识新事物新人物应该热情地去歌唱，但实际上你对于新事物新人物还没有足以歌唱的热情。在这种情形下，你的主观动机是很好的，但是由于你原有的思想感情还在"拖尾巴"，因此，写起诗来，常常没有什么热情，譬如你的《中苏友好同盟互助条约颂》吧：

> ……
> 它是咱们的行动目标，
> 咱们永远向着它，
> 三十年三百年三千年……
> 永远不岔道。
>
> 它是一条走向胜利的道路，
> 我们踏着它，
> 走向建设的时代，
> 走向共产主义社会主义的明朗。

这首诗，从头到尾都没有什么热情，虽然你在字句上用了一些热情的形容词或感叹词，但读者却感不到你对于你所歌颂的事物有什么热情，也感不到生活的实感。

那些对新事物抱敌对态度的分子，我们不去说他。但一个要求进步的青年，如果他希望更好地歌颂新世界、新事物、新品质，那么，如果思想感情没有得到改造，如果小资产阶级的思想感情没有改掉，如果革命人生观没有建立起来，伟大动人的诗篇是产生不出来的。只有活得伟大，才能写出伟大的诗篇。

其次，你说"似乎只有在报纸上看见了什么重大事件（如斯大林寿辰，毛主席访苏，中苏友好同盟互助条约等）之后，才能引出一些感触，写个把篇诗，不然，挖空脑子也写不出什么来"。我们认为报纸上重大事件不是绝对不可以写，但问题在于你是否熟悉这些事件，是否能通过生活实感来歌唱这些重大事件。如果你通过你曾经验过又感动过的生活去歌唱这些重大事件，无疑地，这样的诗一定是动人的。但如果你只从报纸上仅仅概念地知道这事件，而当你写诗时仍然停留在事件概念的"感触"上，而且用这样概念来写诗，那么，可以断言，这样的诗绝不会有什么生命和生活实感的。

你现在生活在群众中间，你应该更多地去写你曾经再三经验过又再三感动过的生活和人物。譬如你的《骆驼》吧：

　　　　漫天的冰雪

　　　　冷峭的寒风

　　　　原野上风的呼啸里

　　　　从山的那边

　　　　传来了一阵阵清响的铃声。

　　　　啊，是你

　　　　你这塞外的运输队

　　　　你从山的那边带来了食粮

　　　　你给山那边送去了日用品

　　　　风雪阻不着你

你那稳重的步伐

给大地上留下了深深的足迹。

你，城乡的连系者

在塞外的高原上

你总是不疲倦地走来走去

让我为你歌颂吧

人民需要你对

我啊，特别喜欢听你的铃声。

这首诗，比起《中苏友好同盟互助条约颂》来，要有一些生活的气息，这种生活你可能比较知道得多一些。可是，你在这首诗中对于骆驼队的热爱，仍然是概念的；你只把许多热烈的字句倾吐在纸面上，但在你所歌唱的生活中，却感不到多少热情。

这又是因为什么呢？我认为，这仍然是由于你的感情上的爱，还没有赶上你在概念上"所应该"的爱的缘故。

既然这样，是否凡思想感情未彻底改造之前，就不要写作呢？不是的。我不是这个意思。我只是说，只学习写诗的技巧是不够的；更重要的，是在火热的斗争中不断地锻炼自己的思想感情，并在不断的写作中来提高自己的观察能力与写作能力。

因为：只有活得伟大的人，才能写得出伟大的动人的诗篇。伟大的诗篇，总是出于具有伟大品质的诗人之手。就是说，没有在思想感情上完全革命化的诗人，他就不可能写出革命的动人的诗篇，这是可以断言的。……

一九五〇年四月二十一日

关于找题材

——几封给习作者的复信[*]

几年来，曾陆续接到不少文艺习作者的来信，提出了很多问题；其中关于写作题材方面的问题提得很多，亦最普遍。可惜我的时间太少，不能做到每信皆复。现在除向这些热情的读者表示歉意外，我选择了几封复信的底稿，稍加整理，发表出来，作为我对这些提问题的读者一次总的答复。

第一封信

（来信摘要）"……我在部队里的卫生部门做护士工作，每日照例是上班、下班、吃饭、学习和侍候伤病员。除此之外，再也看不见旁的什么了。……每天的生活没有多少变化，实在单调平凡……没有可写的题材。……很是苦恼！……"

……依我看，你不必因找不着题材而苦恼。老实说，你所处的环境是不是完全像你说的那样单调平凡呢？我还有点怀疑。

不错，对于以写作为职业的作家，我们应该要求他正面地去描写那些关系国家命运的史诗般的斗争以及能充分地尖锐地反映重要矛盾的更广阔的生活图景。这是专业作家不容推诿的责任。为了完成这样的使命，作家必须有选择地去生活，即必须选择火热的斗争，深入下去，参加到变革历史的斗争实践中去。

这种生活方式，对作家来说，是非常必需的；但才开始习作的青年，

＊　本文收录于《给文艺爱好者与习作者》（中国青年出版社 1955 年版）。

却不必完全去模仿作家。因为习作者还处在练习写作的阶段，他们当前的首要任务，显然不是写作，而是工作。对于他们，写作仅仅是一种业余的艺术活动；如何把工作做得更好，才是他们当前所应当考虑的主要事情。因此，习作者不应该也不可能像职业作家那样去选择生活。

你有志于文学创作，当然是不错的；但如果好高骛远，急于求成，妄图一下子就写出一部伟大的作品来，却是不实际的。凡是优秀作品的作者，都是经过长期的锻炼——经过长期的生活实践和长期的写作练习，才逐渐积累了作为一个作家所必需的素养。

因此我劝你：与其让苦恼来折磨自己，反不如在不妨碍工作的情形下，踏踏实实地练习写作；如果一时"碰"不到你认为满意的史诗般的题材，暂时从自己所熟悉的生活中选择一些较有社会意义的人物或事件来写写，或对某些生活场景描下一些素描，或对某些熟悉的人物的特点写点特写之类的文字，都是有好处的。这样练习得久了，写得多了，你的感受生活的能力就会敏锐起来，概括生活和表现生活的能力，也可以逐渐得到提高。

如果从练习的角度来看，不能说你的环境没有什么可写的。

首先使我想到的一个问题是，在你们的医院里不可能每个人的思想、作风都是一个样子，在过渡时期，各种阶级的思想都可能在工作中反映出来。我不知道你们医院里的具体情况，但却不能说那里什么矛盾与斗争都没有。比如说吧，有些人富有责任心，哪怕对待一件看起来似乎很细小的事情，他们也怀着极其负责的精神去处理；而另外一些人却抱着"应差"的态度去工作，别人推一下，他们就动一下。有些人有高度的阶级觉悟，为了人民的整体利益，忘我地劳动着，不仅充分地发挥了他们的积极性，也发挥了他们的创造性；而另一些人却斤斤计较个人的得失，为了个人一点"不遂心的小事"就"大闹情绪"，甚至因而妨害了革命工作也不以为耻。……类似这样的对立着的现象和事实，不管其所表现出来的形式、程度、色调如何，在你们那里大概不会完全没有吧？如果有，那么这说明什么呢？说明生活中存在着矛盾与斗争；说明了一种人以社会主义的精神去对待工作，另一种人则以资产阶级个人主义的精神去对待工作。

除此之外，你每天都和伤病员接触，在这些伤病员中间，大概不会没有品质崇高、性格坚强的人物吧。在这些人当中，说不定还有类似密烈西叶夫 [①] 那样意志刚毅的人，也可能还有像斯杰潘·伊凡诺维奇 [②] 那样品质崇高和富有智慧的人。……只要你能深入发掘一下，这些方面都可以给你提供出很多写作素材的。只要不急于求成，抱着练习写作的老实态度，这些生活何尝不可以作为描写的对象呢？任何一个革命工作机关，那里面不可能没有矛盾与斗争。除非这个机关什么工作也不做；倘要不断前进，它就必须继续不断地克服各种障碍。如果你的环境并不例外的话，那么，批判那些落后的或腐朽的现象，歌颂那些先进人物，不正是习作者练习写作的主题么？

我这样说，是不是可能会使你发生一种错觉，以为我的说法与所谓"哪里有生活，哪里就有斗争，有生活有斗争的地方，就应该也能够有诗"的论调相同呢？不，我所说的是一些较有社会意义的人物或事件，是那些革命机关中具有普遍教育意义的矛盾或斗争，而不是要你去写毫无社会内容的个人"生活"或身边琐事等。这是两回事，应加以区别。因此，认为"除了关系国家命运的史诗般的题材之外，其他任何题材都无意义"的说法，我以为是不全面的。固然我们应该反对"什么生活都是诗"的论调，可是我们也应当看到：在普通人的日常活动中，也常常能反映出他们高尚的精神与品质，反映出他们与周围环境的矛盾与斗争。这些矛盾与斗争关系着广

①　波列伏依的《真正的人》中的人物。
②　波列伏依的《真正的人》中的人物。

大人民的福利，关系着社会主义的利益；有时候，这类矛盾与斗争还采取尖锐的形式表现出来。如果把这类生活也一笔抹煞，那么，不仅描写的范围大大被缩小了，而且许多有着丰富社会内容的生活也会被勾消了。不错，有些生活乍一看起来，似乎是很平凡的，实际上它所内含的意义却不平凡；某些生活如果孤立起来看，可能看不出什么意思来，只有从革命总体的角度来看，才能发现它巨大的革命意义。

这样说来，是不是任何一种生活都包含着革命意义呢？当然不能这样说。在建设社会主义的伟大时代里，没有社会内容的、与广大人民利益无关的生活现象，仍然是存在的。如果不分清这一点，只会使写作者放弃严格选择题材的努力；更严重的，可能引导写作者去写身边琐事或吟哦个人主义的情怀。

但是你为什么竟不能从你所处的环境里看到一点有社会内容或教育意义的生活呢？是不是因为你还缺乏远大的政治理想？是不是因为你对实现这理想的方针不太明确？因而使你缺乏饱满的行动热情呢？

如果你的情况确是这样，那么，现在你所存在的那种"视而不见"的状态，就可以得到解释了。

一个人如果缺乏政治头脑，他的政治嗅觉一定迟钝；他不仅对个别事物的一般意义很难认识，就是经常出现在眼前的许多生气勃勃的新事物，他也会"熟视无睹"；现实生活中尖锐复杂的斗争，在他看来，仿佛仅仅是一些各不相干的现象：既看不见矛盾，也看不见矛盾的阶级实质；他不仅不理解一点一滴的工作上的成就对于整个革命事业的巨大意义，反而觉得这是平庸的、繁琐的、无意义的生活。

你的情况是不是完全这样呢？我不得而知。但有一点却是很清楚的，那就是你把丰富多彩的生活简单化和表面化了。你只看见最一般的和最表面的生活形态（如上班、下班等），而完全看不见在这一般的和表面的形态下面所蕴藏着的各种人的不同的阶级品质和精神、态度，以及由此而造成的矛盾与斗争。

最后我再重复一次：（一）不要首先埋怨你的环境"单调"，更主要的问题，是由于你实质上还站在斗争之外，因而你还没有理解你的环境；（二）不要好高骛远，在不妨碍工作的情况下，多练习写作；从练习中逐步学会深化生活、概括生活和表现生活……

（一九五三年八月）

第二封信

（来信摘要）"……我早就下定决心要在文学岗位上来为人民服务，可是我却被分配到税务机关来工作。当然，这里也有斗争，譬如资本家的偷税漏税的行为，仍常有发现；但都是平淡无奇的，根本就无法写成作品。这使我非常苦闷。……我决定设法解除这苦闷，要求领导上调我到部队里去工作，到工厂也可以；总之，我要求到轰轰烈烈的生活中去。……"

……你的"苦闷"不应当由环境来负责，而应当由你自己的不正确看法来负责。

你有志于业余写作，本来是好事。但如果因想写作而首先妨害了国家分配给你的工作，把两者轻重倒置，却是不对的。同时你对于写作题材也存在着不正确的看法。根据你来信的口气，好像只有轰轰烈烈的事迹、热闹的场面或离奇怪异的事件才可以构成写作题材；别的事件，甚至像资本家的偷税漏税的行为，都觉得"平淡无奇"，不能写成作品。这样来理解"题材"对不对呢？我认为是不对的。

不错，轰轰烈烈的事件，往往能正面地反映社会的主要矛盾与斗争。

但是这不是表现主要矛盾的唯一形式。在一定历史阶段和一定社会情况下，譬如在对资本主义工商业进行社会主义改造的情况下，我们和资术家的偷税漏税行为或偷工减料行为作斗争，就决不是无关重要的矛盾。这种矛盾与斗争，像你在税务机关里所看见的那样，不是以"轰轰烈烈"的形式表现出来；但这并不会改变其本身所包含的阶级矛盾的尖锐性。只要写作者能深入地去研究它，深化它和概括它，就可能写出反映当代最本质的生活和斗争的好作品。然而你，却不重视这种现实中的矛盾现象，轻轻放过它们，反而"苦闷"起来，而且把"苦闷"归罪于你所处的环境。这是不公平的。

追求离奇、热闹和惊险的故事或场面，并不是文学的目的。文学创作更重要的使命，是通过对生活的描写，揭示生活真理来教育人民；就今天的要求来说，那就是通过艺术形象向读者进行社会主义精神的教育。作品的好坏，不在于描写的场面是不是轰轰烈烈，也不在于它的情节是不是曲折多变，而在于认识生活的深度与概括生活的广度——生活典型化的程度——如何来决定的。

你呢，却完全被追求"轰轰烈烈"的热闹场面或稀奇古怪的情节的心情弄糊涂了。如果你不纠正这种看法和心情，即使你能有机会到部队中或工厂里去，你同样会觉得部队或工厂的生活也是"平淡无奇"的。因为：如果不善于从普通人的生活中去发掘他们崇高的精神品质和典型的正面的特质，不善于去揭露阻碍社会向前发展的腐朽的东西，不善于把"日常的现象集中起来，把其中的矛盾和斗争典型化"，只抱着一种搜集奇闻异录、热闹场面或惊险事件的心情去"找"题材，结果，当然只会使你失望。

不错，部队在进行战斗的时候，轰轰烈烈的场面或惊心动魄的事迹是很多的；但是，当战争已经结束或部队已从火线上转移到后方之后，惊险的场面自然就少了，甚至没有了。这时候，是不是部队的生活（譬如整训的生活）就会变得"平淡无味"、没有什么值得写的呢？显然不能这样理解。

前几年曾发生过这样的事情。有一位在部队里工作的文艺青年，在练兵期间，他觉得部队生活没有什么可写的，要求调到工厂去"体验生活"。这位文艺青年曾从别人的作品中看出工厂的生活"很富有戏剧性"，因此以为到了工厂，马上可以接触到情节曲折的题材，而且相信马上就可以写出情节曲折的作品来；结果呢，他得到的仍然是失望。我觉得这个事实很值得你借鉴。如果你带着一种不正确的看法到了一个正在整训的部队，你是不是也会"苦闷"起来呢？是不是又会要求到其他地方去呢？我想是可能的。

一个希望自己能成为"人类灵魂工程师"的人，在对待国家所分配给他的工作时，既然采取如此不正确的态度，暴露出这样浓厚的个人主义的思想；那么，他还能用革命精神去培养别人的灵魂么？据我所知，一个优秀的革命作家，必须首先是一个优秀的革命工作者；如果不是这样，他无论如何不可能成为一个人民的作家。……

（一九五三年六月）

第三封信

（来信摘要）"……在报上看见了一篇总结报告，说农村里在购粮运动中出现了不少先进分子。……这篇报告使我脑子里有了一个模子。……趁学校放假时我回家去了一趟，一心想找几个这样的购粮先进典型来写写，可是到农村之后，却到处也找不到。……"

……你先有了"模子"，然后再到生活中去寻找跟"模子"一样的人物，你当然无法得到预期的收获。

不过，你要歌颂先进人物的意图，却是很好的。在生气勃勃的新社会里，几乎时时刻刻都产生着先进人物；这说明现实生活在这方面给写作者提供了丰富的素材。

可是，却不应该先根据总结报告或论文造好一个"框子"，再拿这"框子"去硬套活生生的丰富多彩的先进人物。这样的做法，不仅不能真实地表现先进人物，而且很可能埋没了他们。因为总结报告是根据运动的主要方面的主要情况概括出来的总的规律和经验——其中包括了总的特征和总的倾向。毫无疑问，它们能够帮助我们深一步地认识生活，帮助我们认识某些个别事物的一般意义。既然是总的特征或总的倾向，当然就不可能把所有先进分子的所有大大小小的甚至是个别的特性都包括进去；同时这些"总的特征"与"总的倾向"也不可能完完全全都体现在每一个先进分子的身上。因此，谁如果想在现实生活中找一个"总的特征"的完全的体现者，谁就常常会失望。

你的情形不正是这样吗？这证明用这样的方法去找典型，是不行的。

典型的现象的确存在于现实生活当中，但是要在文学作品中写出典型形象，作者不能完全依靠现成的"典型人物"；更重要的，是把生活中具有特征的典型现象给以艺术的概括。这样经过艺术概括所创造出来的典型形象，比起现实生活中的人来，就会更集中、更完整和更真实了。因为它集中地概括了典型现象的许多特征，——不仅把偶然的个别的现象抛开，而且把重要的特征加深加浓了。

因此，认真地研究生活是最重要的。如果不从生活出发，不深入到生活中去，想单凭总结报告去发现典型人物，当然是非常困难的。

你似乎还不理解这个道理，也没有这样去做；反而在字里行间流露出一种怀疑那篇"总结报告"的情绪，这是不应该的……

（一九五三年十一月）

第四封信

（来信摘要）"……我非常奇怪，为什么有些人（比如那些写出小说的作家）一到了村里，就能很快碰见生动的事儿，我老是住在农村里，也很想写东西，却总是碰不到，村里有些事儿也觉得很有意思，可是零零碎碎，不像作家碰到的那样有始有终。……"

……同志，你的想法完全错了。

在你看来，好像凡是能写出作品的人，都是由于他有好运气，"碰"到了完整的、现成的材料；或者是：某人能写出一都伟大的作品，只是因为某人碰到了伟大的材料。

按照你的想法，作家并不需要什么刻苦的劳动，只是把看到的像照像似的记载下来，把听到的像录音机那样记录下来，于是"作品"就完成了。

如果真是这样，那为什么还称他们为作家呢？称为"记事员"不是更恰当吗？

其实，作家在写作时并不像你所想象的那样简单和省事。作家从接触生活到构成作品内容，是经过一个艰苦又复杂的过程的。有些写作者偶尔也写生活中现成的事件——真人真事，——可是能否写得深刻动人，要根据下列两点来决定：第一，要看作者所选择的实有事件与人物是否有典型意义；第二，还要看他们对现成事件加工的程度如何。如果只是把实有事件和人物原本原样地拉拉杂杂地搬到稿纸上，无论如何也不可能写得真实动人的；但如果把实有人物的典型特征加以强调、深化，把偶然的、非特质的东西抛弃，将分散的具有特征的典型现象集中地概括在一定的时间与一定的地点之内，使特质的东西能集中地鲜明地表现出来，这样，它就会比没有经过加工的"作品"，要真实得多和深刻得多。这说明：即使是描写生活中的具有典型意义的实有事件，也不能不经过作者的艺术加工。

在现实生活中，哪能有像优秀小说中所表现的那样完整的、集中的、纯净的生活现象呢？作品是经过作家对生活研究之后加以整理、集中、概括、典型化的结果；即经过"去粗取精、去伪存真、由此及彼、由表及里"的深化过程，并通过艺术形象表现出来的结果。这个过程，是个艰苦、复杂而又细致的劳动过程。作者不仅要认真地思索他所感受到的个别的生活现象，认识这些现象的实质，找出产生这些现象的社会原因；而且还要把同类现象的共同特征、关系加以概括。不仅要概括共同的特征和关系，同时还要概括成有个性的人物形象。这就要求作家不仅要善于把富有典型特征的现象和事实集中，更重要的是善于用正确的观点把这些现象和事实融化，使之成为有血肉、有心灵、有个性的行动着的人物。如果作家的观点与现实生活的规律相一致，作家的理想与广大人民的利益相一致，那么经过这种观点融化过的生活事实，就更能反映出发展中的现实生活的真实状态。

这就清楚地表明，作品中的情节，人物的行为，并不是生活现象本来形态的"照抄"。作家是按照他的政治观点和美学观点去处理他所感受的印象和感觉的。他把他认为应该强调的，就加以强调；为达到强调的目的，作家甚至用夸张的方法去突出某些特征。另一方面，作家把他认为应该抛弃的印象，就毫不可惜地抛掉。这就是为什么出现在作品中的事实和人物，会如此完整、集中、纯净的缘故。

你既然感到"村里有些事儿很有意思"，为什么不按照你的观点去深化、集中、概括这些"事儿"呢？如果你能这样，那么你也可能写出作品来。

根据你的程度，我在这封信中所谈的问题，你可能不容易一下子全都弄明白；但只要你能了解其中主要的意思那就很好了。……

（一九五四年四月）

第五封信

（来信摘要）"……有这样一件事，一个村土地改革结束了，全力转向生产，大家情绪很高，贫雇农都缺乏犁头，都争着到墟场上去购置，可是墟场上只有一个铸犁头的铁匠，忙不过来，眼看春耕又快到了，犁头如不及时解决，就会影响春耕。后来这矛盾由村长和土改工作队的同志商量解决了，即由外乡请铁匠来帮忙。因当时其他乡的土改还未完成，等它们完成时，这个村的犁头早已解决，到那时，这村的铁匠也可以去支援别乡。……请你告诉我，这个题材是否可以构成一篇小说？……"

……对于你所提出来的"题材"，应当从两方面来考虑：如果通过技术性的矛盾深入到更重大的思想矛盾或道德品质上的矛盾，并且以后者作为作品的主要内容，当然是可以构成小说题材的。但是，如果把重点放在技术性的矛盾上，只是以解决犁头问题的方式方法作为"小说"的主要内容，那就不可能构思成一篇小说了。因为仅仅用工作的方式方法或技术经验来教育人民，并不是文学的目的。

当然，技术性的矛盾并不是绝对不可以写。但是，作家并不像工程师那样担负着技术教育的责任，也不像群众运动的领导者那样担负着工作方式方法的指导责任；作家最主要的任务，是以社会主义的精神去武装人民的心灵。因此，写作者在选择写作题材时，并不是任何现象都适宜的。他必须选择最能表现人们的阶级品质与阶级感情的人物和事件，作为描写的主要对象。

人们在斗争中，特别是在尖锐的斗争场合，他们的阶级品质、阶级感情和他们的精神状态，表现得最明显和最突出。作家描写这类生活和斗争的目的，是为了充分地揭示人们的道善品质，以教育人民。

不错，在现实生活中，有些阶级矛盾是隐藏在技术性的矛盾中间，从外表看来，仿佛纯粹是技术性的矛盾；一个文学写作者如果满足于这种浮面的感觉，他就不能揭露隐藏在技术性矛盾背后的阶级矛盾。

我这样说，并不是否认有纯粹技术性的矛盾的存在，我只是说，纯粹技术性的矛盾不可能构成文学作品的主题，尤其是不应当把它作为作品的主要内容来处理。

如果你能真正从生活出发，从农民的具体生活与斗争中去把握他们多种多样的复杂心理和这种种心理所内涵的各种阶级意识的实质，以及由此而引起的生活矛盾；那么，用现在你所提出来的题材也不是不可以反映农村中的主要矛盾的。……

（一九五二年七月）

第六封信

（来信摘要）"……听说材料积累得丰富，就可以写出较好的作品。……我平日花了很多工夫去搜集材料，凡是听来的故事、问题，或报告材料里重要的东西，我都抄在笔记本上。……但根据这些材料写成的小说，别人都说不生动，有的甚至说没有内容。……"

……生活是创作的源泉。没有丰富的生活经验与生活知识，就不可能写出较好的作品。这已经是常识了。

可是生活的积累，主要地不是依靠"搜集"，而应该依靠作者自己的亲身感受。

你的"小说"之所以"不生动"，甚至使人觉得没有生活内容，主要原因是你的写作素材全是（或者主要部分是）靠耳朵"搜集"来的，或从别人的书面材料里"搜集"来的。

听来的故事或问题以及别人的书面材料，当然是有用的，首先它可以帮助我们理解生活；可是，你如果把这些作为构成作品内容的主要素材，那就错了。重要的是自己的丰富的感性经验和对生活的深刻的理解；没有这些，你就不能赋予故事以血肉的内容，也无法真实地反映生活。据说果戈理的《死魂灵》是以普希金告诉他的故事作为作品的线索的；可是，要是果戈理自己对地主阶级没有深刻的了解与丰富的感性认识作基础，仅凭别人讲的故事就想写出一部如此伟大的巨著，是绝对不可能的。

艺术形象，本来就是以具体的感性形式把生活表现出来。写作者一旦离开了生活，不从生活本身去汲取有血有肉的素材，他不仅不可能塑造出栩栩如生的艺术形象，而且也不可能把生活的真实状态——生活的深刻内容——描写出来。有些公式化概念化的作品，就是在这样的情况下产生的。

有好些青年同志也像你一样，为了想很快地写出作品来，采用了一种最简单的"搜集"写作材料的方法。实际上，没有一个优秀作家是从这条道路走出来的。他们总是长期在生活中，他们热爱生活，参加生活变革的活动；他们对于生活不是旁观者，而是生活的主人，是生活的创造者；他们不仅时刻注视着整个事变的发展趋向，同时也以满腔热情与敏锐的观察力感受着一切富有特征的典型现象、事实和细节。他们不仅感觉到它，而且还思考它，一直到认识了它背后所隐藏的实质为止。……就是这样，他们积累了丰富的斗争知识与丰富的生活经验。这样积累起来的经验，自然不会是抽象的，而是活生生的、饱含着血肉内容的人生事实。作家就是以这些作为他创造形象的重要基础。这不是说：你积累材料、记笔记是不对的，而是说积累材料和记笔记必须深入生活，以生活为基础。

自然，作家在研究生活的过程中，也研究政治报告、报纸社论等有关文件；但他们不是从这些文件中去"找题材"，而是想运用文件的精神或文件所阐明的事实更好地认识自己所接触过的生活。……

一九五四年三月

第七封信

（来信摘要）"……我知道写小说应当写出人物的精神品质和他们的内心面貌，但怎么才能写出呢？……平常应注意些什么？怎么才能真正了解人们的内心活动？……"

在来信中没有谈到你自己的看法和做法，你只向我提出一串问题；因此，要我的回答完全切合你的具体情况和解决你的具体问题，就很困难。

现在，我只能根据我平时接触到这方面的问题，谈一点我自己不成熟的感想，以供你参考。

要真正地了解人们的精神品质，只有依靠作者长期地深入生活、参加斗争和认真的思考；除此之外，没有别的"捷径"可走。

写人，当然是写人的精神与品质。然而人的精神与品质不是贴在他的额门上，一睁眼就可以看得清楚的；而是体现在他的行动之中，——体现在斗争中，工作中，日常生活中；因而要了解人的精神与品质，就必须从人们的各种活动中，特别是斗争的活动中去认识它。

譬如我们要了解一个劳动英雄的精神品质吧，如果只向他提出问题，无论如何我们很难从他的答话中充分地理解他的精神状态与内心面貌的；更重要的是观察他在各种场合中的行为或表现：不仅应当观察他在工作中的表现，同时也应当观察他与周围的人的关系，甚至他对家庭的态度与作风也必须注意到。我们如果能从他在各种场合的表现中认识他的性格的主要特征——他对社会的观点、态度以及通过他特有的个性所表现出来的他所属的集团的特征等等，——并且这些能体现主要特征的言谈和行动能印入我们的脑海，那么，这个人物在我们头脑里就不会再是抽象的了。这时候，我们不仅了解了这个人的精神世界；而且也有了表达这种精神世界的活生生的言谈与行动的细节了。

如果，我们能时常注意观察、感受、记录一些富有典型特征的现象和细节，对于描写人物的精神状态是有帮助的。

据说契诃夫也喜欢记录生活细节的。为使你更明白我的意思，不妨举两个例子：

> 一个出版商的二十五周年纪念日。眼泪，演说："我献出十个卢布做为文学基金，利息用来付给最穷的作家，可是有一个条件，必须马上组织一个特别委员会，订出规章，规定如何分配的办法，以便照章行事"。（见《契诃夫手记》）

> ×是个怕羞的姑娘，平常听她在小组会上发言，她总是眼朝着地，声音低低的。惹的别人笑她。可是今天，她竟然在电车上和一个胖子吵起来了。
>
> "起来，你！看不见这位大嫂带着两个孩子么？你以为我站起来是让你坐的！"声音抖的厉害，使车上的眼睛全注视到她的身上，而她竟毫无感觉。
>
> 胖子尴尬地起来了。她吁了口气，这时才看到人们在注视她！脸腾的一下红起来，低声地对我说："咱们下车好吗？"（见《文艺学习》第一期邓友梅的《我和生活手册》）

这两条"手记"，都显示了一定性格的特征，都是通过言谈和行动体现了人物一定程度的精神状态和个性。类似这类富于特征的、能体现一定精神面貌的生活细节和事实，在现实生活中，特别在斗争尖锐的生活环境中，几乎随处都可以碰到的。如果写作者能稍加留意，他一定会常常有所感受。

当这样的印象和细节积累得丰富了，尤其是能体现某种性格特征的细节积累得多了，某种性格在写作者的头脑里就会渐渐明朗起来和活动起来。到这时，要活生生地描写某种人的精神面貌及其活动，就不愁没有血肉了。

那么，是不是把这样同类的细节或事实简单地机械地堆砌起来就可以构成为艺术形象呢？当然不是这么简单。这些具体的带着感性形式的细节和事实，对于艺术形象来说，仍然只是一种材料而已。要创造形象，还必须经过研究、概括的劳动；也就是说，还必须经过"去粗取精、去伪存真、由此及彼、由表及里"的深化过程，并且还必须把它们集中在一定时间与一定场合之内表现出来，才可能成为有生命、有灵魂和有个性的形象。（关于这问题，请再参阅本文第六封信。——编者）

在结束这封信之前，我还得向你强调地说明一句：上面所谈的，仅仅是积累生活的一个方面或一种方式；要创造真实的形象，还必须认真的研究社会环境与阶级关系；因为：第一，性格或精神世界一旦离开了历史社会的环境，它就会变成难以理解的东西；第二，如果不能清楚地掌握环境的特点，你也就无法概括你曾经感受过的生活细节和事实。……

（一九五四年四月）

第八封信

（来信摘要）"……我很想创作，可是苦于没有材料，常常为这事感到苦恼。……请你告诉我一些具体方法，如何搜集才能得到好的写作材料。……"

……对于你所提出来的问题，我感到有点为难。鼓励你写作吧，你似乎连一点最起码的写作知识也没有；劝你努力目前的工作，不要为写作而苦恼吧，你又会觉得我向你浇冷水。

要从事业余写作，本来是可以的。不过，首先必须要有要写的东西；其次，不要因业余写作而妨碍了你目前的工作。

我觉得，要从事业余写作，首先必须踏踏实实地去做国家分配给你的工作，从工作中积累生活经验和提高思想修养。如果首先轻视工作，轻视革命实践，对自己的工作认为是一种"负担"，你怎么能真正认识生活和提高自己的革命品质呢？

苏联一些优秀的作家，在他们的优秀作品出世之前，都是担任着革命工作的：《远离莫斯科的地方》的作者阿扎耶夫，曾在远东几个企业中做过化学技师；《金星英雄》的作者巴巴耶夫斯基，曾担任过集体农庄的领导工作；《钢与渣》的作者符·波波夫，原是工人；《萨根的春天》的作者古里亚，原是工程师；《前线》的作者考涅楚克，原是外交家。……正是由于他们以生活创造者的身份从事各种活动，在工作中受过严格的锻炼，所以他们能深刻地理解生活，获得了后来成为作家的深厚的生活基础与思想基础。如果没有这些，他们就一定写不出这些优秀的作品来。

现在，你首先应该努力的，是如何设法把工作做好，而不应该急于去"找题材"。写作题材是在生活斗争中逐渐积累起来的。绝不是用什么"具体方法""搜集"得来的。事实上，从来就没有一种既省事又有效的"找题材"的"具体方法"；各个作家有各个作家不同的方法；就一个作家来说，他的每篇作品素材的获得，其方法也各不相同。妄想找一种可以"如法炮制"的"万灵方法"，并想按照这方法"抄近路"走到"作家之林"，结果，除了使自己失望之外，什么也不会得到的。……

一九五四年四月

马克思主义会妨碍创作吗？

——给一个青年读者的回信[*]

　　来信问："……和我同系的一个同学跟我说：只要能忠实地描写生活，就可以写出好作品来；他说，马克思主义的世界观，是不重要的；他还说，受了马克思主义的束缚，反而不能写出好的作品来。对他这些意见，我感到有点'不对头'，但我无法反驳他；相反，我倒给他说的什么'文艺的特殊性'等等弄糊涂了……"

　　……我以为，你要反驳你这位同学的"理论"，你最好先弄清他到底是想给什么人服务的问题。如果他不愿为人民（主要是为广大的劳动人民）服务，而愿意为已经死亡的阶级服务，他当然就用不着马克思主义；不仅"用不着"，而且他们还要千方百计地来反对马克思主义和破坏马克思主义。他们之所以要这样做，是因为他们认准了这是问题的关键。文学到底为谁服务，关键就取决于作者的世界观和他所站的阶级立场。如果我们中了他们的诡计，放弃了马克思主义，离开了工人阶级的立场，脱离了工人阶级先锋队——共产党的领导，那么，这将意味着什么呢？那就是从根基上——从思想上和精神上给解除了武装。

　　但如果你的这位同学只是由于思想糊涂，才对你说了这篇糊涂话，那我们就有责任向他解释清楚，希望他能从谬误中清醒过来，以免继续为资产阶级的文艺观点所毒害。

---

　　*　本文收录于《鳞爪集》（作家出版社 1959 年版）。

你的这位同学在心目中的所谓"好作品"，可能正是我们广大劳动人民所不需要的作品。你应当明确地告诉他：只忠实地描写生活，并不能保证作品获得真实性和积极的思想意义。在世界上，据我所知，还没有一部优秀的作品，是用"纯客观"的态度去"抄录"生活而完全排斥作者自己的观点的。就拿文学史上的自然主义作家来说吧，他们何尝抛开过他们的观点和理想呢？所不同的，只是他们拿一种奇怪的观点（譬如生理学的观点）来解释生活罢了。

尤其是在今天，抱着所谓"纯客观"的态度去对待生活，就更加有害；因为社会主义时代的文学，它不仅要反映现实生活的面貌，更重要的，它同时还负有改造现实的任务。那些认为"只要忠于生活就可以写出进步作品"的观点和那些认为"不要马克思主义的指导也可以为人民服务"的观点，显然与社会主义现实主义的基本精神是背道而驰的。

为什么？

在社会主义时代，所谓"进步"，并不是抽象的概念；如果离开了社会主义的革命精神，离开了共产党所领导的伟大事业，所谓"进步"，就将成为难以想象的属性。在社会主义思想同资本主义思想展开激烈斗争的现在，一切拒绝共产党的观点和路线的人，不管他们的主观动机如何，但实质上，他们都走着同广大人民相反的道路，如果这些人是文学写作者，谁敢奢望他们能写出"为人民服务"的作品来。

很显然，既然不为人民美好的未来着想，不为广大劳动人民美妙的理想——共产主义事业着想，试问，所谓"为人民服务"，除了自欺欺人之外，它还能有什么旁的意义呢？

在今天，不谈为人民服务则已；要想真正使自己的作品服务于人民，真正对广大劳动人民起思想教育的作用，真正能激励人民为他们幸福的未来——共产主义社会的实现去奋斗，就不能离开马克思主义的指导，也不能离开党根据现状所规定的路线和方针的指导。

列宁说："只有受先进理论指导的党，才能实现先进战士的作用。"同样的道理，一个抱着善良愿望的作家，只有当他接受了马克思主义的指导，他才可能通过他的创作发挥他的革命战士的作用。

> 一个为人民群众写作的作家，当然应当精通马克思主义哲学，如果一个作家不大懂马克思主义哲学，……那么显明地，他就不会写出任何巨大的马克思主义的作品。（加里宁的话）

我们不妨反转来设想一下，假如我们的作品，没有高瞻远瞩的共产主义的精神，没有为劳动人民的幸福未来而献身的热情，也没有能激发广大人民为实现共产主义事业去奋斗的信心和意志，……那么，这样的作品，对于正在建设社会主义的劳动人民，还有什么意义呢？文学作品如果不能激发人们对建设社会主义的热情，不能鼓舞人们对社会主义事业的信心和奋斗的意志，那么，它对社会还有什么贡献？更哪里还谈得上对人民有什么教育意义呢？

当我们估量一篇作品的价值时，首先，应考虑它在社会主义建设中对人民是否有帮助，是否能对人民有武装头脑的作用。如果放弃了这样的要求，那就等于说：文学在社会主义的斗争和建设中是可有可无的东西；也等于说，作家从事写作可以毫无目的，可以对社会主义的事业毫无责任；作家自己也可以毫无理想。……是不是可以这样看呢？我想，绝大多数的文学写作者都不会同意这样的看法；有些作者甚至还会说："这未免把我们看得太无出息了"。

既然承认我们对于社会主义事业负有光荣的责任，那么，请设想一下，假如作家拒绝接受马克思主义的观点和路线，离开了工人阶级的政治立场，他将如何来承担这光荣的责任呢？

我们已经知道，作家在进行写作活动的时候，总是在选择些什么和抛弃些什么；总是在按照他自己的见解拥护一些东西和反对一些东西。这说明，作家在进行构思以至于写作的时候，都不可能抛开自己的阶级观点和阶级感情，也就是不可能抛开自己的世界观。

说什么"马克思主义的世界观，是不重要的"；"受了马克思主义的约束，反而不能写出好的作品来"等等，都是极端荒谬的论点，如果我们承认作家在构思形象时，作家不仅无法摆脱他自己的世界观的影响，而是相反，他的世界观在形象思维过程中还起着极其重要的作用。那么，为什么有些人偏偏要说马克思主义会妨碍创作呢？难道只有马克思主义以外的世界观，才有利于创作吗？应当指出来，以小资产阶级或资产阶级的观点和感情去构思和创造艺术形象，都不可能创造出具有社会主义精神的作品。

也许有人会说："由于马克思主义的条文束缚着我们，妨害了我们按照自己的见解去展开形象的构思，因而，我们无法写出好作品来。"实际上，并不是马克思主义束缚着他们，倒是他们的教条主义或资产阶级的意识束缚了他们自己。我敢说，一个真正为马克思主义所武装的作家，一个全心灵都为马克思主义的精神所灌注的作家，绝不会把马克思主义看作是一种"约束"；只有那些敌视社会主义事业的人或者是那些以教条主义态度来对待马克思主义的人，只有那些把马克思主义的词句停留在嘴唇边，而实际上满脑子填塞着资产阶级或小资产阶级思想感情的人，才会把马克思主义看作是艺术创作的障碍。

我们的看法恰恰相反，马克思主义不仅不会妨害艺术创作，它对艺术形象的创造，有着无可估量的意义。问题是：我们是否真正接受了马克思主义；它是否真正变成为我们的思想感情，变成为我们的世界观；它是否已经与我们的心灵融为一体，成为我们的自觉意识，并支配着我们的感觉和我们的思维活动。如果马克思主义已经经过我们的消化，已经变成为支配我们行动和思维的指南——见解、态度和理想，那么，到这时候，它不仅不会妨害艺术创作；恰恰相反，它不但能帮助我们更好地理解现实发展的实质和特征，认清运动的方向，洞察未来的远景；同时，也能使我们对于新社会中的一切富有特征的典型现象和典型人物，更加敏感和更有热情。因而，它不是妨害艺术创作，而是便利于使艺术创作达到更高的水平。

因此，我们不同意某些人把公式化和概念化的产生，归罪于马克思主义世界观的提法。

公式化概念化的现象之所以会产生，一方面固然由于某些作者不熟悉和不理解生活；另一方面，则是由于某些作者满脑子填塞着资产阶级或小资产阶级的思想感情。由于他们不能不掩盖住这种发霉的思想感情，不能不隐藏住自己肮脏的心灵，因而，他们只能以一种虚伪的、冷漠的态度，去对待生动活泼的、丰富多彩的现实生活；由于他们不能用自己的见解、自己的心灵去"感受"和"融化"生活，因而，他们只能拿一些马克思主义的条文去硬套生活，或者生吞活剥地把马克思主义的词句硬塞进"作品"里。

可以看得出来，并不是马克思主义促成了公式化和概念化，倒是由于有些人以虚伪的或教条主义的态度来对待马克思主义，才形成了公式化和概念化的。

很难设想，一个作家的心灵如果没有为马克思主义所武装，他能够创造出能鼓舞人心又洋溢着社会主义激情的作品。

社会主义的激情，只能从社会主义坚强的战士的心灵里发出；具有高度社会主义精神的作品，只能从富有社会主义理想又坚决为实现这理想去奋斗的作家手中创造出来。

只有经过马克思主义武装了的作家，才善于站在共产主义的高处来看现实生活。也只有他们，才能从国家范围来思考问题，从社会主义发展的观点去辨别什么是主要的、决定性的因素；什么是偶然的、个别的东西。因而，他们不仅能高瞻远瞩地看清现实发展的方向和前景，同时，也能时时刻刻清醒地看到全部社会关系的复杂性。他们不会被某些消极现象所吓倒，更不会因批判这些消极现象而模糊了或掩盖了现实生活的全貌和特征。正是因为他们对现实看得最准确、最深刻和最长远，所以他们最能掌握生活的真实，——典型的环境和典型的人物。

又有人说："如果头脑里塞满了马克思主义的原则，艺术感受和形象思维就会衰退；满脑子尽是什么'特征'和'规律'，而创造艺术形象所必需的动人的细节、情景和对话等，势必会被这些'特征'和'规律'驱逐得干干净净。"如果这些话是用来嘲讽那些以教条主义态度来对待现实生活的人，问题又可作别论；但是他们却把矛头指向马克思主义，企图否定马克思主义对于艺术创造的指导作用，却是极端错误的。

马克思主义的文艺理论，向来就坚决反对以抽象原则来硬套生活；也坚决反对以规律和特征来代替活生生的生活事实和多样复杂的社会关系；同时也承认文学有它一套特殊的规律和法则；但是，不管在任何一个作家身上，只要他感受外界事物，或者进行形象思维，就不能不受他自己的见解、态度和理想的影响，也就是不能不受他自己的世界观的影响。

一个作家，只要马克思主义的原则真正被消化了，已经成为他的见解、态度和理想，并与他的心灵融为一体的时候，谁敢说，这个作家的艺术感受能力和形象思维能力会衰退？事实恰恰会相反，由于他有远大的理想，积极的态度，坚毅的意志以及对社会主义事业有不移的信心，因而，他对现实生活，不可能不是满腔热情；只要他能经常地深入到人民群众中，深入到矛盾的深处，那么我敢相信：这样的作家，不仅有丰满的社会主义的激情，而且也善于感受和善于幻想；不仅善于洞察现实发展规律和前景，而且也富有诗的想象。

我们希望有大量这样的作家出现！

只有这样的作家，才善于发现普通人在日常劳动和斗争中的意义和个性，才善于把日常感受到的、经验过的生活进行高度的艺术概括。

也只有这样的作家，才有可能创造出切合人民需要的、既有艺术感染力又洋溢着社会主义精神的作品。

我的信就写到这里为止吧。你所提出的，是一个大而复杂的问题，由于我自己的修养太浅，不可能谈得深刻和准确。你既然要求我回答，只能把我粗浅的看法告诉你。不知对不对，愿给你考虑这方面的问题时作参考……

一九五七年十二月于佗城

如何写作品评论？

——答《文艺报》记者问 *

有些青年同志来信，希望本刊介绍一些写作文学评论的基本知识，应这些同志的要求，本刊记者特地走访了老文学评论家萧殷同志。萧殷同志在病中热情地就记者提出的问题，作了以下解答。

——编者

问：有些评论者易犯一种毛病，只是简单地叙述作品的情节，然后贴上标签，如何看待这个问题？

答：这个问题按照我看到的事实，就是简单地复述一下作品的情节，然后生硬地用社会学术语，或政治学术语套上去，以此来说明预先定好的某种看法。这种贴标签式的评论，不应提倡。评论一部作品，当然应该有评论者自己的观点。但它不是现成的，也不是从别的地方生搬来的。这个观点，只能从对作品的因果关系、固有的矛盾中分析得来。文艺作品在于表现，其本身所创造的艺术形象就说明了这一点。你想了解它，摸清它的特点及前因后果，就不能不通过艺术的分析。只有通过艺术分析，才能得出正确的判断和实事求是的结论。评论者应有马克思主义的立场观点，但不能硬套，不能用作品固有的内容去迁就概念或适应你的主观需要。

问：为什么有些评论，往往把思想分析与艺术分析分割开来，如何加强作品的艺术分析？

答：文学作品是人物与情节的总结。分析一个作品的观点、倾向，必

---

* 本文原刊于《文艺报》（1981 年第 4 期）。

须分析艺术形象。艺术形象是由作品中的细节、场景、情节、人物及环境等等构成的。情节是由人物的活动、关系、矛盾的连续所形成的。因此，情节是否真实，性格是否真实，环境是否真实，要经过切实的分析和判断。其次作品中人物行动将引导人们走向何处，也就是作品的倾向性，都必须经过艺术的分析，否则就不是文艺批评。

所谓艺术分析，主要是对作品所反映的生活作具体分析。文学作品是通过形象来反映人与人之间的关系及社会矛盾的。所谓艺术分析，首先就要看作品所反映的生活是否真实？不是生活中有没有发生，而是在作者所给予的条件和环境下可不可能发生？事件是否真实，这与环境有很大关系。在这个环境可能是真实的，而在另一个环境就可能是不真实的；人物在这个环境可能是这样行动的，而在另一个环境里就不一定是这样行动了。所以说，典型环境决定着人物的典型性格。很多人写评论不注意这方面的分析。人物的哪些行动是真实的，哪些行动又是不真实的，环境如何促使人物性格产生、发展，及其必然的归宿，都需要认真分析。我经常谈到祥林嫂的例子。祥林嫂的悲剧性格和性格与社会的矛盾，是环境使然的。从这个意义上来说，抓住了分析作品中的典型环境和典型性格的关系，也就抓到了艺术分析的根本。一部作品为什么成功，或者失败；它的成败得失在哪里，都必须从这里找出原因，然后才可能找到正确解决的途径。我看作品，从来不是先看政治上是否站得住，尔后才分析人物，而是一次完成，从艺术分析入手的。艺术分析越细致，结论就越切实、中肯。

问：有些评论停留在一般的感性认识上，提不到理性认识的高度，如何克服这个毛病？

答：对作品的认识只停留在第一感觉或最初感觉，这样写出来的评论，至多只会有点新鲜印象。由于没有把印象、感觉深入挖下去，自然谈不到理论的高度和深度。如果再用别人常用的话，或流行的话来写评论，就会连它本身的一点点新鲜印象也消溶在大同小异的术语中，更不用说发挥独特的见解了。造成这种现象的主要原因，是对作品没有具体分析，没有从分析中掌握住产生问题的内核，没有找出阐明问题的规律和思想，因而，就谈不上对作品的认识从感性提高到理性的高度。这里，还得强调实事求是，强调从作品的客观实际出发。只有按照作品本身的主要特点进行深入分析，才可能找到规律性的东西。只有规律性的东西，才有普遍意义。需知在个性中蕴藏着普遍性的实质。只有把一个作品的内在规律分析透彻了，才有可能使认识升华到应有的高度。这样说，并不等于要在评论中写结论式的语言，而是要通过具体的艺术分析，告诉人们一些生动活泼的富有普遍意义的道理。

问：现在有一些评论，面面俱到，看不到评论者主要想说明什么问题，这种情况是怎样产生的？

答：如果对作品进行了深入、细致的艺术分析，就不会面面俱到。因为抓不到作品的主要方面和主要症结，结果，评论如蜻蜓点水，好像什么都谈到了，但什么也没有讲清楚，最后给人留下不知所云的印象。产生这种情况，还可能由于评论者缺乏开展正确、健康的文艺批评有关，对青年人的作品，只是捧，讲好话，而对作品存在的缺点而不肯指出，或轻描淡写。捧杀与骂杀同样有害的。还有的是为了某种政治需要，评论者不忠实于自己的观点和感情，胡凑成篇。当然，更多的情况是对作品看不准，甚至连主要关键或主要问题都没有抓到，写出来的评论自然就摸不着边际，面面俱到。

问：为什么有些评论写得很干瘪，不丰满？

答：有正确的立场、观点和方法作指导，又有深刻的、具体的艺术分析，使理论与实际紧紧结合起来，发挥自己独特的见解，这样写出来的评论，不仅有深度，而且也生动活泼。如果不具体地分析作品，只在概念上兜来兜去，用现成的结论来表达，这种经院式的评论，不仅不可能生动活泼，肯定是枯燥无味的。我们分析作品，首先是分析作品所提供的具体矛盾，看看它有些什么个性、特点，并深入探索下去。如果不对作品所反映的千变万化的、丰富多彩的生活进行具体分析，要想使自己的评论写得丰满而有说服力，是办不到的。尽量少说套话，不作居高临下的训斥，最好用普通的生活语言，娓娓动听地谈家常的方式来写评论文章，这种文风很值得提倡。

问：现在有独特个性的评论不多，如何形成评论者自己的风格？

答：这个问题与前面讲的有些关联。要对具体矛盾（作品所表现的生活）作具体分析，没有这个前提，生动活泼的文风是很难立起来的。为什么要对具体矛盾作具体分析？因为每个作家都有自己的个性，自己表现生活的特殊方式和语言特点。评论者只有抓住了这些，用正确的立场、观点和方法加以分析和综合，然后才能获得自己独特的认识和独特的观点，并通过具有自己个性的方式表达出来，只有这样，评论才可能具有评论者自己的风格。好些人喜欢引用经典著作，可是他自己似乎还没有十分理解，只是为了装潢门面。这种文章怎么会有自己的风格呢？

评论者要形成自己的风格，基本条件有两个：一要实事求是，坚持唯物主义反映论的立场；二要作具体分析。对作品要有自己的观点和态度，甚至要忠诚于自己对作品的情绪，并努力在评论文章中表达出来，而不应该只是套用众所周知的语言。

问：初学评论写作者，应该具备什么基本功？

答：搞评论工作，当然要读很多书，世界名著，古今中外的作品都要广泛涉猎，因为没有比较，眼界不宽，就很难谈得上艺术鉴赏能力，也就很难判断一部作品的成败得失。马克思主义的文艺理论，我国古典的文论、诗论，外国作家、评论家谈创作经验的论著，以及美学著作都要有一个基本了解。

此外，对生活不能茫无所知，虽然不可能像作家那样深入地了解生活，但某类生活的基本情况及其变化，却应该知道。如果说基本功，这是起码的基本功。重要的是在评论实践过程中，不断学习，不断总结，不断充实自己，才可能逐步提高，逐步做到得心应手。

一九八〇年十一月十六日于广州

坚持写作实践与青年作者的成长

——答爱好文学的青年朋友们 *

前 言

我每天收到许多文学青年的来信，其中的共同倾向就是：要求收学徒，带徒弟，最终目的是传授创作秘诀。

本来文学创作是一种艰辛的、复杂的劳动。每个艺术形象的诞生，几乎都经过作者含辛茹苦、呕心沥血的过程；这明显地是一种日新月异的、永远不许重复的创造。可是现在却被一些青年误解为刻板的、僵硬的技艺，以为用这种死板的模式，再采用一种不变的手法，便可以写出文学作品，便可以使自己成为"遐迩闻名"的作家。有些青年（虽然不是很多）甚至向我提出："知道你很忙，如果时间来不及，回复我三、五句话就行，只要在这几句话里把写作秘诀告诉我，并切望用这秘诀写成的每篇作品都达到发表的水平。"熟悉这门劳动，懂得创作甘苦的同志，看了这些话，也许会感到可笑，但是，事实确实如此。

这里的症结问题，是不愿从写作实践开始，不愿老老实实地、一点一滴地去积累实践经验，并从经验中去总结有规律的东西。因而，（一）由于没有写作感性经验作基础，便读不懂别人根据经验所归纳的理论；除了背诵概念和词句，几乎什么也不能领会。（二）由于不认真在实践中来磨炼自

---

* 本文原刊于《萌芽》（1982年第2、5、11期），收录于《萧殷文学评论选》（湖南人民出版社1983年版）时，萧殷附上读者来信，有些部分补上了小标题，而且将其中一封回信"创作与政治"换成了"把成功寄托在别人代你修改品，是不实际的"。本篇选入时，依《萧殷文学评论选》的体例和内容，并以《萌芽》原刊文做了校对。

己，不强调在实践中提高概括生活和表现生活的能力，因而，在写作方面老停留在一个水平上，老停留在从表面写表面，从个别写个别；既不深入，也没法提高。偶尔读别人的作品，只会模仿人家的形式，或模仿事件的过程，却不注意抓取构成事件的人物性格和心灵。

这些来信者不像那些自然走上创作道路的人那样，在创作之前，对生活有爱憎，心中有不平要叫喊，有怨气要发泄，有愤怒要喷发，……而是先有"当作家的决心"，再东摸西闯地寻找捷径，恳求传授秘诀。因为内心无东西要倾吐，没有创作的强烈欲望，因而拿起书本不知学什么好，也不知如何学习。但盼望能很快获致成果的空想，却使他们失望，于是他们闷心不乐，满腹悲伤。

对于这些在迷惘中彷徨的青年，我希望他们认真想想自己，从自己的实际出发，千万不要把宝贵的时光浪费在不切实际的幻想上。这正是我回复这些信时所怀的希望。

一九八一年十一月五日于东病区

重要的是认真积累总结实践经验

……我是个文艺爱好者，也写了些文章，每次把这些文章寄到编辑部，都被退回来………

我经受过无数次的失败和挫折，但我总是勉励自己：坚持吧！坚持下去就是胜利。实践使我深深体会到：创作好比在茫茫大海里游泳，不是坚持到胜利的彼岸，就会淹没在失败的波涛里……

于是我想到你，想请你谈谈写作方法和体会，也请你出一个比较有价值、符合我的口味和适应时代要求的书目，使我能更好地学到主要方法和表现技巧……

安徽庐江　徐刚　六月九日

　　……你在写作过程中遇到一些失败和挫折，对一个文学青年来说，是不稀奇的。世界上从来没有轻而易举、一蹴而成的事业，你才练习写作不久，还谈不上积累了什么经验，因而，你的一些习作不被刊物所采用，也是很自然的。但是你把创作比作在大海里游泳，认为"不坚持到胜利的彼岸，就会淹没在失败的波涛里"，这里仿佛有这样的意思：写作只准成功，不能失败。依我看，这种想法很不实际，也很危险。

　　从来信看，你对创作这门劳动，似乎还没有起码的认识。凡是有创作激情的人，首先绝不是因为他有写作技巧，更主要的，是因为他有话要说，有爱憎要倾吐，有不平要发泄，正是因为这种强烈的愿望和要求，作者才急切去寻找能够表现这种内容的形式。虽然一下子找寻不到最完善的表现形式，但因不断摸索，不断改进，由浅入深，由粗到精，由表层逐步深入……这个急切要求倾吐的内容，终于找到一种表现形式和结构。当然，这形式不是十分完美，但总是经过自己的刻意探索和艰苦实践。经过如此苦心钻研的作者，多少总会有些实践的经验，只有对这类经验认真总结，才能抓到其中一些规律。虽然还很表面，很片面，但只要以这片面的经验为基础不断总结，不断实践，就可能在创作过程中逐步积累更丰富的经验并把握规律。

　　但你好像完全不把这些做法放在心上，反倒很迷信别人的传授，迷信别人传授的方法和技巧，实际上，这是因果颠倒的想法。就算是别人很认真地把实践的一些方法告诉你，你自己如果在实践上毫无经验，也从来不重视这类经验，那么，你如何能够理解别人从实践中总结出来的经验呢？你如何去吸收别人告诉你的方法和技巧？你又如何把这类方法和技巧具体地运用到你的写作实践去呢？

　　总之，从你来信看，你不但相信有一套万能的写作秘诀，而且你还相信有一套适应各种人口味的书目。其实，除了这封信之外，我一点都不了解你，又如何能提出一套"符合"你的"口味"的书目呢？……

一九八一年十月二十四日于广州

没有实践经验就无法理解别人的经验总结

……现在，我愈加爱好文学了，有许多小说给了我力量，强健了我的身体。我总在厂休日上新华书店和报纸杂志出售部。今日我买到第四期《作品》杂志，有幸读到你的文章《关于创造艺术形象的断想》，得益非（匪）浅。我现在很喜欢这种向导式的文章，我很想成为一个作家，业余的也是理想的。但读了你的文章由于水平关系不能理解：什么是艺术真实？再如你的文章中提到的，"经过严格的集中、概括、浓缩、凝聚，创造成为有呼吸、有个性、有血有肉和生命的艺术形象"。

很遗憾，我没有读过文学专论，对此百思不得其解。因此，今天就贸然地给你写信，希望你给我介绍几本文学巨著，同时希望你为我解释一下上述的疑问……

浙江嘉兴 蔡雪林 五月七日

……读来信并通过你对问题的理解，知道你并没有写过任何东西，也不曾进行过任何写作实践，因此，你对写作实践中的一些常识以及写作中常遇到的一般过程或一般困难，都"百思不得其解"。

你之所以不理解，并不是因为你"没有读过文学专著"，主要的障碍是由于你根本没有进行过写作实践，没有领会过创造艺术真实的起码经验；因而，你不仅不懂得"艺术真实"这个概念，同时你也无法懂得艺术创造过程中所经常出现的现象、问题和手段等等的概念。其主要理由是，你没有从事过这门劳动，无法领会这门劳动过程中的复杂情况和甘苦，因而，你对其中的一切都茫然无知，甚至当你接触到别人著作中提到这些过程时，你也会"百思不得其解"。

你既然没有写作过，你自然就无法理解有关创作方法、创作规律或创作过程中所有的论述和分析；因而，即使我向你介绍几本"文学专著"，你也未必能读懂；你如果硬着头皮读下去，顶多只能收到一知半解或囫囵吞枣的效果。你既然对写作如隔靴抓痒，毫无感性的感受与体会，那么，我向你解释什么是"集中"、"概括"，什么是"创造"，什么是"有个性"、"有生命"，什么是"艺术形象"等，对你能有什么用处？而你又怎么去理解它们呢？

像你这样提出质疑的青年，已不是个别的，在我这里几乎常常读到类似的来信。我对于这类青年颇表同情，也深知他们的苦闷，但想来想去我无力帮助他们。虽然这类青年也像你一样，直截了当地宣布："我很想成为一个作家"；但他们既不观察研究生活，也不考虑如何表现生活，更不为如何塑造一个有鲜明个性的人物而动脑筋，总之，这类青年从来没有为创造一个艺术形象而操过心。请问，他们打算通过什么创造去当作家呢？

你也许会反问我：难道学一门知识都要先有实践么？不，我不完全是这个意思。我只是说，学一门知识需要有理解这门知识的基础，至少要抱着实践的目的去学习这门知识。否则，除了会背诵一些抽象概念之外，你大概什么也不能学到。

无论是自然科学或社会科学，每种知识或每门学问，都与社会实践有着密切的关联，否则，便会失去它们存在的价值。文学也一样，它反映生活，反映社会，并影响人们的精神面貌。它的作用不是直接用道理说教，而是通过艺术形象去打动人心，从而去影响人们的精神品质。为创造艺术形象及评价作品，需要有人从事创作和评论。总之，不管是从事文学的何种活动，可以说都是围绕着文学创作来进行的，否则，这些活动如果一旦离开了促进创作和繁荣创作的目的，必然将失去它们的意义。创作实践也是如此，青年人如果只有坚毅的决心，而不老老实实从事写作，不扎扎实实积累经验和总结经验，反而把时间和精力花在"找秘诀"上面，这种做法不仅不可能写出像样的作品，甚至连别人根据丰富经验所总结出来的规律，你也无法理解，以致"对此百思不得其解"……

一九八一年十月二十三日于广州

不要把希望寄托在秘诀上

……我自从学创作小说开始，到现在我见到小说就看，看到一些作家创作经验，更是如饥似渴地学习。现在，我基本上掌握了创作小说的起码知识。……但也知道自己离创作小说还有一段距离，但不知怎么搞的，总是一心想开始创作，真不知如何是好？……我有个愿望，希望你在空闲时，想些办法给我讲讲：该怎样练笔？该怎样开始写小说？或讲些写小说的经验或讲些范本！……

湖北 87313 部队 陈风举 一月一日

……写文学作品，主要不是靠写作知识，也不是依靠写作技巧！对于一个初学写作者来说，更重要的是生活，是对生活的感受和认识。只有当你在生活的漩涡里，被水流（明流和暗流）冲击得不由自主，不能自恃的时候，你才会对生活、对社会产生爱憎感情，而且有一股非倾泻出来不可的强烈要求。这时候，写作的冲动搅得你心神不宁，蕴藏在心里的人物和事件，迫切地要冲到人世间来。如果说，写作要有什么首要条件的话，这大概就是首要的。如果没有生活积累和感受，没有对生活的认识和爱憎感情，又没有生活实感与主观感情的融合，作品是不可能产生的。艺术形象的创造也是不可能的。可是有些青年却常常倒转来看，把生活积累和生活感受不放在眼里，反而把写作技巧当作创作的首要条件来考虑。你这次来信，也把"基本上掌握了创作小说的起码知识"，看作已具备了写作条件，于是你"一心想开始创作"。老实说，这是本末倒置的看法。

这种看法也表现在你的愿望上：你迫切希望知道"怎样练笔？""怎样开始写小说？"也希望别人"讲些写小说的经验"。……总之，你把"写作方法""写作技巧"之类当作法宝，并把这些方法或技巧当作万能的模子，仿佛掌握了它们，便可以毫不费力地写出好作品来。

事实上，作家从事创作，从来就没依靠过什么固定不变、到处适用的技巧或模式。这种玩艺无论在任何地方和任何时候，都不曾存在过，过去没有，将来也不会有。奇怪的，在许多青年的来信中，都不约而同地向作家要求传授秘诀，请求接受为学徒。其实这都是误解，不但我没有秘诀可以传授，即使是世界上最有才华的作家也没有可以传授的秘诀。凡是有巨大成就的科学家、发明家和艺术家……没有不是历尽艰辛、呕心沥血的。有些青年人既想走捷径，又不想多费力，甚至怕麻烦；又想获得伟大的成果和声誉，那，除了妄想之外，什么也不会得到。

一九八一年十月二十五日于广州

为什么你对四周的生活看得如此平淡？

……我对写作很有信心，我坚信它终（有）一天会成功的。可是，我的记事本现在还是空空的，我感到没有可记的，我接触的人不是坐，就是行；不是笑，就是哭。我现在看不到什么工人的劳动热情，也看不到知识分子为四化而攀登科学高峰的决心，更看不到恋人们手挽手或坐在公园里谈心。因为我家乡是渔港，是方圆不到三平方公里的小地方，我以后应该怎么办呢？对那些哭、笑、行、坐的平常现象，可不可以记在本子上呢？……

广东阳江 黄国强 一月二十日

……半年前已经读了你的信和习作，所以迟迟未复，主要是因为我常患病，常住医院；有时病稍减轻，医生同意我离开医院，又因临时事务赶往外省……可以说，这大半年来，我都在病痛和奔波中度过的，因而，许多读者的来信来稿都无力处理。现在我仍住在医院里，由于治疗需要，医生和护士常来劝告，禁止我过多的脑力劳动，但积压的来稿来信太多，有时我不能不违反医生的善意嘱咐，爬在案头写信……

我反复读了你的来信和习作，始终弄不清楚你的信心（你说："我对写作很有信心，我坚信它终有一天会成功的。"）到底从哪里来的。一个人要创造一项业绩（一件发明，一种创见的建立或一个不朽艺术品的创造……）除了客观条件之外，还需要主观的种种因素。譬如一个打算创作一系列激动人心的画卷的人，他起码要有"对着猫能绘猫"、"对着虎能绘虎"的本领，要是连这点素描基础都没有，反而自夸将要创作一系列激动人心的画卷，谁能相信呢？

从你来信中所显示的情况看，你似乎还不具备起码的写作条件，也没有这种欲望，首先你认为你四周的社会没有什么可记和可写的。用你自己的话来说："我所接触的人，不是坐，就是行；不是笑，就是哭。"既"看不到什么工人的劳动热情，也看不到知识分子为四化而攀登科学高峰的决心，更看不到恋人们手挽手或坐在公园里谈心"。对于丰富多彩的社会生活，很少人像你看得那样单调和平淡。渔港也是一个社会，而且还与四周农村相联系，地方虽小，它不可能不存在着新旧矛盾，人们的思想作风不可能没有悬殊，大家对于事业也不可能都一条心。……可是你却视而不见，听而不闻。为什么？除非你毫无社会理想、毫无奋斗目标；如果是这样，那就难怪你对社会现象会如此迟钝，不但没有爱憎，连是非也看不见了。难怪你觉得周围生活平淡，以至没有可记的写作素材。既然如此，那么，你认为你的写作打算"终有一天会成功"的信心，是凭什么树立起来的呢？

由于你对现实生活如此冷淡，对今天沸腾的生活如此漠不关心，你当然就看不见好人和坏人，也看不见好事和坏事。你所以还想到记录素材，还"东摸摸，西翻翻"去学习些什么和有时还想写一些所谓作品，只因为你想当作家。但由于上述种种原因，你只看到人们"不是坐，就是行"，你只看见最表面的生活现象，因而出现在你笔下的所谓"作品"，除了一些最简单的事情过程之外，再看不见人物，更看不见他们的精神世界和性格。正是这样，"作品"不仅没有生活气氛，没有真实性和感人的力量，甚至内容也使人觉得飘浮空虚。由于你没有写出事情发生的根源，也没有写出人物在事件发展中的作用，因而，你的习作《书记的计划生育》只是见事（的表面过程）不见人（的性格）。

从这些情况看来，你既不具有这种感受和表现生活的素质，我诚恳地向你劝告：千万不要为想当作家而蹉跎岁月，还是趁自己还年轻努力去做你所能胜任的工作吧！只要对社会发展有好处，任何工作都是社会需要，也能对社会作出巨大的贡献……

一九八一年十月二十六日于东病区

生活真实不在于量的集中，而在于质的必然性

……我从小对文学就很感兴趣，求知心切，恨不得把写作知识全部学到手；然而，这许多年写作水平一直提高得不快，为此，我很着急，我真想拜你为师，不知你肯否收下我这个学生？

由于自己没有什么文学修养，寄来一篇小说《萌芽》一定有许多缺点和错误，但这反映的是现实。……这些都是发生在我周围的事，

现在我把这种现象用文学表现出来。"作品"是根据这些材料加以想象的，可能没有真实感，你也可能看不下去……

黑龙江依安县 聂默然 四月五日

……读了你的信，你那种迫切的求知心情，我是理解的；但是，你对于文学写作这门活动，似乎看得过于简单了，以至于把它当作一门技艺来看待。在你看来，仿佛谁掌握了这门技艺，谁便能够写出文学作品来。好像所有作家都秘藏着一套写作秘诀，他们之所以能够写出作品，只是由于他们秘藏着一套秘而不宣的万能的写作方法而已。于是你恳求人家收你为学徒，最后目的是认真地向你传授"秘诀"，如像盼望老中医向徒弟传授"秘方"一样。如能取得这套"秘诀"，便可一劳永逸，又能通过捷径走上创作大道，何乐而不为？

其实，这只是一种虚构的幻想。文学既然是艺术，就需要日新月异地创新，就需要每篇作品有自己独特的布局、结构、环境和风格，为做到这一点，写作者就需要有绞尽脑汁、呕心沥血的决心，有时甚至还要经历种种无以名状的痛苦。

你随信寄来的习作《萌芽》，正说明你对写作抱着一种轻率的态度。表现生活的能力，对写作固然很重要，但对一篇作品如何构思，常常起着决定性的作用；因为构思不好，无论你怎么表现，也无法挽救这篇作品的失败。你的《萌芽》只是你从生活中随便拣来的一个片段，没有经过周密的凝聚的概括，就草率下笔。出现在作品中的环境，仿佛是信笔写来，显得杂乱无章，本来环境描写（包括社会环境和自然环境的描写），是促使人物行动的依据，也是人物感情、情绪的反应。但你似乎不注意这些，反而用一种纯客观的态度去观察环境和描写环境。结果，使你的恋爱故事离开了社会，离开了具体环境。既然不受社会制度或社会风气的影响，那么杨秀丽和王春的关系，还能有什么社会意义？在表现上，你笔下的杨秀丽只是害羞和胆怯（而她的胆怯又好像与社会无关），除了心理活动之外，整个作品很少行动，更看不到什么情节。这样一来，还能说明什么呢？

但你还把这些都看作是"现实的反映"。要知道，表面的或琐碎的生活现象并不等于生活真实，周围发生过的事实，也不等于生活真实。把生活原原本本地描摹下来，也不等于艺术的真实。艺术的真实，不在于量的集中，而在于质的必然性；它绝不是客观事实的再现，而是逻辑的真实，是事物发展的必然性。因此，文学反映生活，不是看见什么就写什么，而是要经过主观意识或感情的融化，然后通过具体形象表现出来。这一来，不仅反映出现有的样子，也反映出它应有的样子。这个具体形象不仅反映了个别形态，还在其中听到时代脉搏的跳动，同时也反映出社会发展的脚印。

千万不要相信所谓的写作秘诀，也不要迷信什么万能的写作技术，更不要只从书本上去提高写作本领，重要的，应踏踏实实地从实践中不厌其烦地去探索，去寻求和去总结……

一九八一年十月二十五日于广州

理论是实践经验的总结

……我对文艺理论比较爱好，特别是文学批评这方面。我试着写过几篇作品评论，但由于理论基础很差，并且不能把所学的理论运用于对作品的具体分析，失败了。

前不久，读了你在《文艺报》一九八一年第四期上发表的《如何写作品评论》一文，深受启发。怎样才能成为一个评论工作者呢？我抄下了你的这段话："搞评论工作，当然要读很多书，世界名著，古今中外的作品都要广泛涉猎，因为没有比较，眼界不宽，就很难谈得上艺术鉴赏能力，也就很难判断一部作品的成败得失。马克思主义的文艺理论，我国古典的文论、诗论，外国作家、评论家谈创作经验的论著，以及美学著作都要有一个基本的了解。"……世界名著很多，是不是也有重点；"马克思主义的文艺理论，我国古典的文论、诗论，外国作家、评论家谈到创作经验的论著，以及美学著作"，究竟有哪一些？……不知道重点，要读一些什么参考书？要读的书不少，用什么方法学习效果最好呢？

我读了《高尔基论文学》《生活与美学》《鲁迅论文学》《外国作家谈创作》《西方文论选》等。然而印象却不深，尤其是《西方文论选》，读了很长一段时间，但内容太多，无法留下很深的印象，有的根本没有印象……

现在的文学刊物越来越多了，文艺理论方面的内容，就显得更多了……全部想读完，来不及，这个时间你看怎样安排好呢？我越往下学，越觉得自己无知，觉得要学的东西就越多，时间也就越紧，头脑里越来越糊涂。……你说没书读吗？读不完。你说有书读吗？又不知从何读起。拿到一本书也不知怎么个读法。为这个我整天闷闷不乐。只好请你指点指点。……

湖南宁乡　张世平　四月十日

……要我回答一些关于文学评论的疑难问题，我觉得有些为难。说句老实话，我是最不善于做这方面工作的人，在思维方式上，我从来就不喜欢有条有理的分析和逻辑周密的推理。从中学时代起，我就习惯于幻想、想象、联想、虚构，……喜欢钻进人们的内心去探索心灵秘密，爱好勾画人们的外貌特征或表情，更热衷于编织人们之间的喜剧或悲剧。总之，我较习惯于形象思维，一直到抗日战争在戎马倥偬中，仍然保持着这种习惯。不过由于革命需要，在抗战之前不久，才开始读一些辩证唯物主义和政治经济学；后来又由于工作的需要，组织上派我从事文学的理论工作和编辑工作；正是出于业务关系，有时不得不写一些理论性的短文；但如果拿逻辑思维与形象思维相比，我始终较习惯于后者，对前者则很勉强。不过我始终感到幸运，如果我开初不曾从事写作，没有经历过形象塑造的一系列困难的摸索，不亲身尝尝创作的甘苦，不积累了一些极其复杂的写作实践的经验，我以后大概会遇到更多的困难。譬如，如果我没有这些实践经验作基础，如果我没有从经验中摸出一些规律性的东西，那么，后来遇到创作中一些复杂的情况和问题时，将无法理解；对别人所总结的规律、所研究出来的理论，也许会领会不深，甚至一知半解，似懂非懂，或者只会背诵一些概念，而完全闹不清它们的精神实质和对实践的意义。

这些情况说明我对文学理论的基础并不深厚，学习也不是从书本开始，而主要的是从实践开始，从经验中去摸索规律，从实践观点出发，去领会规律对创作的指导意义。你在来信中似乎抱着与我相反的见解，有"先学好了理论，然后才去实践"的意思。实际上，这是一种事倍功半的做法或者是·种费力不讨好的做法。

我个人以为，最好的、效果最显著的办法，是一面努力实践（包括创作实践和评论实践），不断进行总结，不断摸索规律，使实践经验升华为理论。使自己不仅有丰富的实践经验，而且把经验升华为规律性的理论；同时，一面努力学习理论（即别人的实践总结），以自己总结出来的规律为基础，去消化、吸收他人发现的规律，使之不断地充实自己，努力使实践水平逐步提高。

你为什么"不能把所学的理论运用于对作品的具体分析"呢？关键可能是你只背诵书本上的概念和词句，而没有掌握它们的精神实质，没有深入领会其中的立场、观点和方法。

为什么你对于《西方文论选》无法留下"深刻的印象"，甚至"根本没有印象"呢？很明显，你没有读懂这些书，自然更谈不到理解它们的精神实质了。读不懂的原因，那是由于你不重视实践，不愿从实践中去总结经验，因而，你对于别人根据实践所总结的、或经过分析研究出来的规律，便无法理解。

从来信看，你似乎怕麻烦，怕刻苦；处处流露出走捷径、妄图找到一种一蹴而成的方法的情绪，甚至也害怕博览群书。"既想马儿跑，又想马儿不吃草"，你既不愿多看书，怎么能够发现有价值的、又有借鉴作用的书呢？不博览，不比较，那么你凭什么去提高区分真伪、辨别高低的能力呢？

想做一个合格的评论工作者，应多涉猎一些名著和典籍。不过，这只是其中一方面的条件，并非全部；更重要的是实践，是对实践的总结，并从中去寻找规律性的东西；否则，你对这方面知识的积累便无从谈起。读书不能毫无目的，如果不是从中寻找指导实践的规律，至少也应当怀着改进实践的动机去读书……

一九八一年十月二十七日于东病区

把成功寄托在别人代你修改作品，是不实际的

……我是一个进厂半年的青年工人，七九届高中毕业生。虽对文学、音乐、美术都有浓厚的兴趣，但因胸无大志，没有恒心，没有毅力，"三天晒网，两天打鱼"，以至没有什么长进。

盼望能够将自己的作品寄给某些大作家亲自修改，是我梦寐以求的宏愿。……忽然，在我病休的日子里发现了你的著作，……看到上边有不少是根据别人的作品来进行分析时，我更是爱不释卷……我终于鼓起勇气给你写信，并不自量力地给你寄来几篇"作品"，请求指教。……

湖南长沙　匡谷生　八月十二日

……像你这样的来信和类似的要求，我真不知读过多少了。但面对这种情况和这种期望，除了摊开双手表示无能为力之外，我想不出任何有效的办法来进行帮助。真抱歉！

你既对文艺怀着浓厚的兴趣，但对这门劳动却没有恒心，也没有毅力，只把希望寄托在"大作家亲自修改"上，即希望有这么一些有闲的作家，能帮自己修改作品。另外一些青年还诚恳地提出：不仅希望把他们的作品修改成功，还希望作家热情地把他们栽培到底，负责把他们的作品介绍给文艺刊物发表。这类青年人这种打算并不稀奇，可是却不实际。首先他们自己如果确实写出了有基础的作品，初步流露出创作的才华，因而引起别人的重视与精心辅导，是完全可能的，过去也有过这类情况。但是，我们所遇到的事实，却往往不是这样，来稿不但显不出才华，甚至连修改的基础也没有，它顶多只是普通中学生的一篇"作文"，既没有生活气氛，也没有形象创造，老实说，还没有达到文学创作的水平，叫人家怎么去辅导呢？何况作家们都有他们分内的工作，如果有时需要他们去做一些必要的辅导活动，那也只能在工作之余。所以作家们的辅导活动在时间和精力上，都是有限的，绝不可能"亲自修改"许多初学写作者的习作。这一点，请青年同志多加谅解，并设身处地多为别人的困难想一想，否则，只会招来不痛快和失望。

你的情况怎样呢？阅读了你附来的几篇诗作，便大略知道你的习作水平。如果把它们当诗来要求自然还差得很远。可以说，这几篇习作都没有创造出诗所应有的境界，除了直接用理性语言说教（如《姑娘呵，请听我说》）之外，都没有把抒写对象与自己的真实感情融合起来。因而有的毫无感情（如《雾中行》），有的感情朦胧（如《思友》）。既然作者没有把感情投进去，没有达到情景交融，那么诗的境界如何能出现呢？在你的作品中不仅没有具有艺术魅力的意境，连你要表达什么意思也令人难以猜测。这一切，皆由于你缺乏强烈的爱憎感情，没有让这爱憎感情去取舍生活，概括生活和融化生活的结果。

让热烈感情与抒写对象融合越来，是文学创作最起码的要求，但在你的习作中却完全被忽略了，因而，你一开始写的东西，不仅没有生命，却连最低限度的感染力也感觉不到。请想想，对这样没有经过酝酿的、不成型的作品，别人如何帮助你提高？又如何能亲自帮助你修改成功呢？……

千万不要以为艺术形象是凭借一种模子搕出来的，艺术创作更不是千篇一律地、机械地重复，所以不要把作家最复杂的、最艰辛的劳动，误认为呆板的、可以传授的"秘诀"。……

一九八一年十月二十九日于广州

| 第五编 |

序言后记

《羊城一夜》序 *

　　陈国凯同志将他准备结集出版的十八个短篇小说送给我，要我为他写序。这些作品在发表之前，大部分我都读过。今天能有机会集中地细读一遍，心里感到无限欣慰。

　　陈国凯是新中国成立后，党培养起来的优秀工人作者之一。他的作品，在南国的读者中留下较深的印象。我认识陈国凯是在一九六二年，他发表了小说《部长下棋》以后，我们之间便建立了友谊。那时候，他是个二十岁刚出头的青年，近视眼镜后面闪动着一双发光的眼睛；他不善于谈吐，但所谈的却很有见地。仅仅几次接触，我发现他对工厂的生活和各种人物都极有兴趣，每谈起这些，不仅在外形上绘声绘色，且看得较深，能一语通透灵魂。后来，在他的习作中还发现他很注重写人的性格，并且在这方面露出了一些才华。我，作为一个长期从事文学工作的人，看到这样一株苗壮的、洋溢着生命液的文学新苗，当然是十分高兴的。这样，我们之间的交往就慢慢密切起来，他有时写信来，有时也顺道上门来找，我们无所不谈，谈革命，谈生活，谈创作，有时也谈创作中的欢乐与苦恼。偶尔，我也针对他在创作上碰到的某些难关给他介绍一些中外短篇名著，尤其是契诃夫的一些作品，供他参考。

　　正当他陆续发表了几个较好的短篇的时候，便遇上了"四人帮"的文化专制主义，我竟亲自目睹了一位工人业余作者并不比老作家好多少的遭遇！他因为《部长下棋》被扣上"配合蒋介石反攻大陆"的莫须有罪名，而遭到无休止的批判。一篇六千字左右的小说，作者为此被迫写的检讨，竟

---

　　*　本文收录于陈国凯《羊城一夜》（上海文艺出版社 1979 年版）。

达五六万字之多！特别是一九七三年发表《大学归来》之后，在"四人帮"搞的所谓"反文艺黑线回潮"的妖风下，他这篇小说被诬为"毒草"，并准备在报上重点批判。政治上的压力不仅使他无法继续创作，而且几次迫使他几乎走上绝路。这些情况，我是从他偶尔来信中"欲言又止"的破碎语言里面得知的。当时虽然我的处境也十分困难，但还是给他回了信，也用"破碎"的语言表示：绝不向邪恶势力屈服，光明一定会出现！

陈国凯和我，终于盼到了"四人帮"的覆灭。旺盛的创作活力，又回到了他的身上。一开始，也许由于来不及抖落"四人帮"在文艺创作上所散播的种种毒雾，因而，他写的作品还不可避免地带有某种程度的图解政治、模式人物的痕迹；但他很快发现了这种枷锁和镣铐，并在一次来信中大呼："下笔如有鬼！"一旦当他摒弃了这套"三字经"，真正从生活出发，从人物出发，较严格地遵循革命现实主义道路前进时，他的创作即出现了从未有过的旺盛时期。在工作任务繁重，不脱离生产岗位的条件下，他利用不多的业余时间，常常通宵达旦，奋笔疾书；就这样连续发表了十几个较为成功的短篇小说。其中《我应该怎么办？》虽然已在社会上引起了极其强烈的反响，但《眼镜》《龙伯》《家庭喜剧》《开门红》等等的感人力量，并不因此而逊色。

收在这个集子里的十八篇小说，都是反映工厂生活的。这些作品描绘了众多人物，我们读着它，如同置身于沸腾的工厂生活之中，一个个性格鲜明的人物形象，就出现在我们眼前。从这些短篇中可以看出，作者善于刻画老工人和青年工人的形象。同时，作者还为我们描绘了战斗在工厂的工程技术人员、领导干部和工人家属。从一般业余作者来看，能着重于写人，写人的性格，是陈国凯一个突出的优点。作者善于从平凡生活中捕捉并提炼具有典型意义的细节来表现人物，还善于用简洁的语言，写出人物在特定行动中的典型心理状态；并善于写人物自身性格的变化和发展，从而体现出人物精神面貌的复杂性。他的小说，风趣幽默，有工人的特点；富于工厂生活的实感，有生活情趣，而场景和气氛的描写也较传神，且有地方色彩。

这个集子所收的十八篇作品，其中粉碎"四人帮"以后写的占了十篇之多。可以说，它们无论在思想性和艺术性上，都标志着作者创作上的一个飞跃。这些作品的可贵之处是：再现了打倒"四人帮"以来工厂的战斗生活，以及广大工人的精神状态和思想风貌；提出和回答了人民群众普遍关心的问题。作者选取题材，刻画人物，提炼主题，都十分注意将它们放在这十几年来的斗争生活的广阔背景上去斟酌、推敲和琢磨，并且自始至终与广大人民的爱憎感情息息相关。正因为作者能与时代、与人民一起思考，并通过艺术形象给予说明或回答，所以，这些作品才能那么强烈地拨动了广大读者的心弦，产生了有益的社会效果。作者的这一成就，是同他自己长期的感情积累和深化分不开的。可以想象，在这十几年中，作者如果不是亲历其境，身受其害，是绝不可能写出如此令人激愤、如此激动人心的作品来的。

回顾陈国凯走过的创作道路，可以清楚地看出，作者始终没有离开过工厂生活。他十分注意在生活中观察和分析各种各样的人，又积累了丰富的素材，于是各具个性特征的人物也就越来越多地活现在他的脑海里。他整整在工厂生活了二十年，先后当过化学分析工、车间电工、仓库搬运工、清洁工、炊事员，还搞过工会、宣传等工作。他的小说中的人物，大都有作者自己、他的亲人、朋友以及周围群众的影子。

一个小说作者，无论在什么情况下，特别是在创作上取得一定成就的时候，千万要注意不要脱离生活。生活之树常青！只有牢牢地扎根在生活的沃土之中，并从中不断吸取养料，才可能在创作上不断出现新的突破和获致新的成果。

自然，陈国凯也有他自己的局限性和弱点，社会斗争中存在的一些较尖锐的问题——也即是广大人民群众所关心的、迫切需要提出但又还没有提出的问题，在陈国凯的小说中还反映得很不够。有些业余作者很善于思考，对斗争中的一些问题，经过反复的分析和判断，最后尖锐地向读者提出来，这是极其可贵的。凡是优秀的作家，他首先必须是先进的思想家。在这一点上，陈国凯同志应当急起直追。当然，我不希望他用议论的方式去表达这种思考，而是运用他所习惯的形象手段去发挥他的思考。

这个小说集的出版，是一件很有意义的事情。"文化大革命"之前，有影响的工人作者为数不多，现在，反映工业题材的作品也还比较少。本书的出版，对今后进一步反映工人的战斗生活，无疑是一次推动，对于广大业余作者，当然也是一个很好的鼓励。

一九七九年五月于广州

《吕雷小说》序 *

　　吕雷同志送来他新编的小说集，要我给它写篇序言；对这件小事，我一时竟犹豫起来：一来，我不善于写这类文字，不知说些什么合适；二来也觉得对于他的成长，没有出过什么力。

　　一九七九年三月，我因偶然的机会到了茂名，在招待所里，第一次读了吕雷的小说《血染的早晨》，这篇小说是我所读到的第一篇反映武斗的作品，——作品描写了两兄弟，他们原是相亲相爱的骨肉同胞，不幸在"文攻武卫"阴风恶浪的蒙蔽下，竟成了势不两立的仇敌，在朦胧的曙色中，哥哥居然亲手把自己亲爱的弟弟枪杀了。这是谁导演的悲剧？小说不是清楚地告诉人们：是林彪、江青一伙和他们的走狗们吗？我读完之后，仿佛一勺火红的铁水，猛然浇向我的心头，那是一阵火燎燎的撕裂似的剧痛。想痛哭？还是想疾呼？我无法说出来，最后，竟忍不住咬紧牙根，攥紧拳头……

　　那年五月，这篇作品在《作品》刊出了，可以说，这是吕雷正式在文学杂志发表的处女作，也是吕雷第一篇从生活出发的作品。自那以后，吕雷十分勤奋；在这三年多来，他一连写作并发表了十余篇小说；不仅在数量上显示了他的努力，就在作品的思想、艺术质量上，也体现出他一种奋发向前的执着追求。在这些作品里面，总使人闻到一股大海的清新气息，并洋溢着早晨那样的蓬勃朝气。由于吕雷长期在海滨石油基地上生活，积累了丰富的生活素材和深刻的感受和体验；再受到目前现实矛盾和斗争的刺激，调动了他在"十年内乱"期间的耳闻目睹，牵动了他的想象和联想

---

　　*　本文收录于《萧殷文学评论选》（湖南人民出版社 1983 年版）。

的翅膀，于是题材犹如涓涓细流，不断从他的构思中涌现出来。这正是吕雷创作的基础，虽然不能说十分厚实，但也绝不是一层浅浅的浮土。

正是在这样的基础上，吕雷能够历数"十年内乱"的罪行，指出它的社会根源和产生它的恶势力。除了《血染的早晨》之外，还抒写了杜曼霞老师"最后的微笑"；实际上，她的独生女儿早在"文革"武斗期间已被杀害了，唉，这个可怜的老母亲却犹如一支临风的残烛，还在挣扎中等待。谁是制造这类悲剧的刽子手呢？小说不是已经指出它的罪魁祸首正是"四人帮"吗？（见《最后的微笑》）

尤其可贵的，作者没有停留在这类矛盾的表面，也没有满足于悲剧事态本身的描绘；而是把眼光、把笔触深入到由这类矛盾所引起的思想作风和工作作风上。在《浩浩大江流》中，知识青年苗芳从实际生活中认清了在"文革"期间被"四人帮"迫害惨死的农场老场长是革命者，是正派人，她冒着"随时被捕"的风险，仍不放弃为这位英雄树碑的壮志，她的行动感动了"受命监视"她的小宋，而且渐渐彼此相爱了，可是在毁身之祸迫在眉睫之时，苗芳出于公心断然拒绝了小宋向她提出一起逃离的要求。在《海风轻轻吹》里面，讴歌了女青年晶晶的恋爱观，对于极端自私、思想情操低下的纨绔子弟卫卫，她处处表示蔑视；却热爱着富有革命理想、主张"把挫折苦果变成人生补药"，同时，热情勇敢地捍卫别人利益的海上钻工何帆。在《彩虹在伸延》中，也通过一对青年的描写，毫不含糊地痛斥了那种只知肉欲，只知相互利用和相互依附的"关系学"；歌颂了人与人的真诚友谊，并且肯定：只有真诚地相互帮助和无私的献身精神，才可能产生真正的爱情。

这类主题在吕雷的小说中，占了很大的篇幅，据他自己说："我笔下的人物，大多是青年，我较喜欢描写在困难和挫折面前不屈不挠、勇往直前的青年形象，他们有执着的追求，有倔强的个性，有美好的心灵；然而道路大都坎坷不平。"是的，作者很注意青年人对未来、对人生和对爱情所持的态度，因为这直接关系到祖国的前途，关系到社会主义事业。因此，他从来没有孤立地去反映爱情生活。这态度是正确的。在阶级社会或在阶级意识支配着的社会里，一旦离开了社会，离开了人民所关心的问题，而孤立地去处理爱情题材，这类作品是很难体现出它的社会意义的。

还有一些类似的主题，也没有逃过作者的注视，譬如十多年来由于政治运动动荡不定，人们的社会地位升降无常，于是在人与人的关系中，一些人为了保护自己的乌纱帽或捞到好处，遂出现了形形色色的看风使舵、上谄下骄的恶劣风气。在吕雷的小说中，不是有一对蔑视"关系学"的青年——婷婷和刘雪华吗？他们虽则相亲相爱并准备结婚，可是却找不到房子。后来听说办了"只生一子女"的结婚手续，便可分到一间"独优楼"。待他们办完手续，房子分到手时，却无法搬进去，因为这时正有三个单位都起劲争夺这间房子，而且各不相让。是怎么回事！原来这三个单位的负责人都听到刘雪华的父亲要回来当第一把手的确讯，都私下争着为"第一把手"的儿子留新房……（《浪花呀浪花》）这种溜须拍马、讨好上司的不正之风，难道不应该引起人们深思么？另外一篇讲着这样的故事：一只船载着不少西瓜从陆地开往钻井平台，一个小伙子偷吃了半个西瓜，被基地副主任老柳发现，给"抓了典型"，并勒令小伙子当场买瓜赔偿；副指挥郭欣很称赞老柳这种严明的作风。但后来，当郭欣发现老柳请吃的，也是运往平台的西瓜时，才认清老柳那副媚上压下的真面目，即刻严肃地掏钱买瓜偿还，表示出以身作则、公正严明的作风。（《半个西瓜》）

总之，吕雷写着他的感受、体验和联想，写着他的所见所闻，也写着他所认识和所理解的生活。在这本集子中，他所写的钻井工人，发奋自学的青年，坚持原则的老干部，都有他的同学、朋友、老熟人，也有他父辈朋友的影子；而且都经过长期间的酝酿之后，"直到适合这个题材的人物出现在脑子里，而且能活起来，才敢动笔"（引吕雷自己的话）。这说明吕雷已从闭门造车、凭空虚构的死胡同里走出来。他曾告诉我：从前曾写过一些配合中心工作的作品，但都是图解概念，公式化的东西。从粉碎"四人帮"以后，看到了冲禁区的文学作品，思想受了很大震动，开始描绘一些震动过自己内心的生活，这就是《血染的早晨》。他对主题的孕育，也不是从概念、从预定的框框出发的，相反，他处处受着爱憎感情的支配去接触、感受、选择、概括和深化他认为可写的人物和事件。这种种说明吕雷已从曲折的道路踏上创作的正道。最近两三年，他所以能写出一些受人称赞的作品，并不是偶然的，主要原因是他已抛开了庸俗的功利主义，从图解概念的牢笼中解放出来，开始从现实生活出发，并用自己的爱憎去哺育人物、构思题材和提炼主题，并且与广大人民的命运紧紧连在一起。这种现实主义的创作态度，不但应该肯定，也是值得庆贺的。

但并不是说吕雷的作品毫无缺点，相反，由于他走过曲折的道路，旧的影响不可能一下子摆脱得干净；他最明显的缺点，是情节发展的必然性太薄弱了；在他作品中几乎处处都依靠偶然性，依靠偶然发生的事来推动、转移情节的发展。这种斧凿痕迹，只会给读者一种不自然、不真实的印象。这说明什么呢？说明作者还不善于处理性格与性格、人物与环境的相互关系。我们都晓得，所谓情节，是人物与人物或人物与环境相互关系的必然延续；是性格之间相互关系、相互矛盾或斗争的合乎逻辑的发展；同时我们也晓得，一定的情节产生于一定的环境之中，因为环境或具体社会条件是促进人物行动的依据，也是推动人物性格发展的动力。如果在构思情节时，完全不顾影响、左右人物的环境行动（特别是社会环境），又不顾人物周围的人物（性格）的反射作用，而孤立地去追求情节的离奇，特别是在急于追求"出新"、"不落俗套"的心情下，常常不惜借助偶然事件来作为自己的救生圈。这情况虽则不是出现在吕雷的每篇作品中，但也绝不是偶然出现的个别现象。在这本小说集中为什么还有些章节使人觉得不自然、不真实和缺乏使人信服的力量呢？原因就在这里。

当然，不能把我的话理解为"不能在小说出现偶然事件"，古籍说："无巧不成书"。文艺作品常常通过偶然的、个别的甚至离奇的事件来表现典型环境中的典型人物。其实关键不在这个偶然性，而在于通过偶然事件反映出必然规律，反映出事物内部发展的质的必然性。作者曾经说，"真实性、典型性是作品的生命，因为文学更多的是通过人物形象的艺术力量潜移默化地起作用"，虽然在理性上认识了，但在艺术实践上，吕雷显然还需要严肃对付，并认真向创作同行学习。

我知道，吕雷比较倾向于通过主人公的感觉来观察和描写矛盾，并试图以散文的笔调把人物的内心独白和行动描写交错起来进行。作者有这种向往，自然可以自由探索；但必须考虑这种手法或这种风格能否深刻生动地反映生活和内心世界为前提；不然，若迫使内容迁就形式，反而处处以风格手法为前提；结果，就势必损害艺术形象的创造。作者在一些作品中，所描写的正面人物，差不多都通过转变人物或落后人物的眼光去观察和判断他们的内心活动和精神面貌的。这个角度显然有很大的局限性，它首先会障碍作者准确地去揭示人物的思想感情和精神面貌。至少，如果像目前那样的做法，应当引起作者严重的警惕和注意。

最后，作者对于作品的标题，也有自己的追求，他想"用自然景物烘托情绪，企图制造出诗一样的意境"。这种美好的用意，自然无可厚非；但《天边，那一片火红的云霞》《春夜，正在悄悄逝去》《海风轻轻吹》《彩虹在空中伸延》《浩浩大江流》《浪花呀浪花》……这类题目是否能表达作者的意图呢？第一，作品中的人物行动与自然景物显然都没有融合，也没有达到情景交融的境界；顶多，作者只有时（忽然想到）勉强把两者凑在一起而已；第二，作者企图通过人物与情节所体现出来的真谛（意义或涵义），也没有显示出来。读者对于这类题目，除了留下一种飘飘忽忽的模糊印象之外，大概再不会有更多的感受。

吕雷还年轻，要走的路还很长。中国的文学事业，正待繁荣发展，璀璨的创作高峰，期待下一代去攀登；因而凡是目前妨碍前进的路障或绊脚石，都应勇敢踢开；只有如此，他们才能勇往直前，轻装前进！

一九八二年三月七日于广州

《萧殷自选集》序言 *

一

编完这本集子，出版社要我写篇序言。该说些什么呢？还是就事论事，谈谈由这些文章所联想到的一些问题吧。

有同志问我，这三十多年来，为什么不研究些理论专题，不研究些名家名著，这不是更有价值，更有影响吗？为什么偏偏在青年习作这个小圈子里兜来兜去呢？这问题虽然简单，却不是三言两语能够讲清楚的。我回忆了一下，主要原因大约有两个：

首先，是由于客观形势的需要。自从全国解放以后，政治运动不断出现。几乎每次都一样，每进行一场运动，随之而来的总是向"左"转。愈是向"左"转，实事求是的传统作风便愈来愈遭到破坏，客观规律就愈被否定，主观主义和形而上学便愈益泛滥，复杂的事物被看得越来越简单。反映社会生活的文学创作也是如此。人物形象越来越单薄，情节发展越来越直线，人物关系越来越简单，生活气息越来越稀薄，作品越来越不真……总之，文学创作的基本规律被弃置一边。文学创作自然就越来越困难，阻力越来越大。不用说，这更是苦了文学青年。他们缺乏经验，还未形成自己的见解，很容易被运动搅得晕头转向，于是在创作道路上拐来拐去，不知该怎么办，迫切需要指点。这时候，有些实事求是的、有责任感的人难免要喊几声，呼吁尊重艺术规律。单凭自己过去的一点朴素的写作经验，也觉得应该按艺术法则来创作，才能写出形象丰满，打动人心的作品。而我又长

---

*　本文收录于《萧殷自选集》（花城出版社 1984 年版）。

期编文艺刊物，面对着创作上的这些错误偏向，可谓首当其冲，自然不能置之不理。不得已，常为此约请别人写些文章，自己也写些短文，力图做点力所能及的澄清工作。遗憾的是，由于运动不断，"左"的观点，"左"的作风不断出现，好些本属常识性的问题，并且已在前一个时期解决了，但后来又受到"左"的冲击，正确的观点又被搅乱，于是不得不再一次进行澄清。为了创作的正常发展，特别是为了引导文学青年能在文学正道上迈步，也就不能不反反复复地做些"炒冷饭"的工作。可以说，这三十多年来，我的主要精力都用在阐述文学创作的基本规律，只是在不同时期所针对的具体情况、具体问题不同罢了。因此，类似的观点常常反复出现。我自己也感到没有多大味道，可是，有什么办法呢？即使到现在，还不断地有青年写信来要求解答那些基本问题，其中有些问题，实际上三十年前已经解决了。既然这些问题仍然不断地被提出来，我就只能不厌其烦地再三进行阐述了。

二

现在可以看得很清楚，"左"的倾向持续越久，影响越大，其后果就越严重。同时，也应看到，有时也出现右的倾向，由于政治上的左右摇摆，导致文学创作偏离了正确的道路，违背了创作的基本规律。比如说，全国刚解放不久，就有人把文学的服务对象与反映对象混为一谈，并以此为根据，企图否定工农兵方向。几乎在同时，又有些人提出"领导出政治，群众出生活，作家出技巧"的荒谬主张，把生活、思想、技巧各自孤立起来，把文学创作看作为这三者的拼凑，从根本上否定了创作法则。五十年代还出现过"抢题材"的现象。每当社会上出现了新奇的事件，就有许多人蜂拥而上，像新闻记者抢新闻那样来争夺写作素材，把创作误认为真人真事的刻板摹写，分不清生活真实与艺术真实的区别。还出现过"为中心工作服务"的口号。"配合中心"成为文艺工作者和文工团的主要任务。作者不得不忙不迭地编造事件来图解政策，以配合宣传鼓动。至此，文学创作实际上已沦为廉价的、应时的政治宣传品，而完全放弃了对现实生活的真实描写和人物形象的塑造。与此相联系，还有一种只要思想，不要艺术的倾向。忽视形象创造，把从生活出发，从真情实感出发，运用形象思维，寓思想于形象之中，寓教育于娱乐之中等等正确方法完全抛弃了。结果使作品变成了干巴巴、冷冰冰的概念化、公式化的说教。有时，也出现只注意情节、忽视人物的现象，只注意情节冲突，不注意性格冲突，更不注意环境与性格的关系，热衷于编造一些离奇情节或炮制一些毫无意义的噱头。在文艺批评方面，则常常有人拿文献、社论、政策条文、政治教科书或其他社会科学著作的原理、原则来硬套作品。套得上的就赞扬，套不上的就指责，根本不进行具体分析，完全离开了作品所描写的社会生活和人物性格。另一种是用理想来代替现实，睁眼不看现实，无视现实生活的丰富复杂性，否定现实中的活人，否定有缺点的人，这样的人都被斥为"歪曲"、"丑化"、"不典型"，等等。这种批评风气，除了助长简单、粗暴的偏向而外，对作者和读者，对繁荣文学创作，都没有任何好处。毫无疑问，文学应当反映生活的本质和发展规律；可是，在一个相当长的时间内，只承认正面的、前进的、符合革命需要的，才是本质，才符合规律；于是把本质、规律缩小了，片面化了；把本质地反映生活变成了反映生活的正确方面，把典型地刻画人物变成了专写正面人物或英雄人物。这就取消了社会矛盾，抹煞了现实生活和人物性格的矛盾。题材的多样化和人物的多样化都受到严重的限制。到了"四人帮"横行时期，作家被禁锢得几乎没东西可写。在那些"从路线出发"、"主题先行"、"三突出"等枷锁的羁绊下，除了适应"四人帮"篡党夺权、祸国殃民的政治阴谋，而极尽造谣、诬蔑之能事的东西甚嚣尘上之外；有生活气息、真情实感、情景交融特色等作品几乎绝迹；假、大、空是这个时期"文学"的特点。粉碎"四人帮"之后一个时期，其遗毒还在流行。一些"左"的做法，老实说，至今仍然没有完全肃清。另一方面，近年来也有些标榜思想解放，鼓吹"表现自我"的人公开声明"不屑于表现自我感情世界以外"的生活和斗争，把文学创作当作纯粹个人的玩意儿。有的宣称只要写真实，不管其他，不愿考虑作品的社会效果。不幸，他们所理解的所谓"真实"，只是些表面的、偶然的、实有的现象而已。另外，在一些人的心目中，只承认真实是所谓"心理真实"，特别是那些本能冲动、潜意识等等。有的作品孤立地描写消极面、阴暗面，流露怀疑党，怀疑社会主义的悲观情绪，割断局部真实与整体真实的联系，无视社会主义正气和时代潮流对社会弊端的不可阻遏的冲击，因而不能真实地再现典型环境。有些人借名探索，实际上是盲目地搬运西方已经过时、在我国三十年代也已被淘汰的货色。他们应读明白，艺术上的探索与借鉴，其目的是为了更好发挥自己民族传统的长处，为了更充分、更鲜明、更深刻地表现我们的生活和斗争；绝不是用外来的形式来代替民族的形式；更不能搞一种不伦不类、莫名其妙的风格，以致把我们的生活表现得更模糊、更晦涩和更难懂。

够了，不必再举例了。从上面简略的回顾中可以看到，尽管在不同时期，创作中出现的具体情况、具体问题不同，但都是在生活真实与艺术真实的关系上；在真实性、思想性同艺术性的关系上；在人物、环境和情节的关系上等等脱离了正轨；因而，这三十多年来，我也就是针对不同时期的具体情况和具体问题，反反复复地阐述这些基本规律。如此"炒冷饭"的活动，连我自己也感到味同嚼蜡。但从这三十多年不同时期所写的文章看来，特别是对形象创造的规律，其基本观点始终保持着一致；当然不能说在大风大浪中，自己从没有晕眩，好在晕头转向不久，能很快地醒悟过来，避免了踏上错误的岔道，这是值得庆幸的。

三

我为什么这三十多年老是在这小范围内兜圈子，除了上述的客观形势之外，还有另一个重要原因，是出自对青年作者的同情。每当我看到他们在文学歧路上徘徊彷徨，来回走弯路时，内心就深感不安。我总是不由自主地想到自己，想到自己的年轻时代，想起自己在写作道路上摸索前进时，那种无人帮助、无所适从的困难处境和苦闷心情。且不说什么培养人才，单从这种设身处地，推己及人的心境出发，便很自然地使我与他们站在一处，想到一起了。记得我上小学的时候，刚好遇上东征军过境。他们当时的口号："有田耕、有工做、有饭吃、有书读！"深深地打动了我；我开始受到革命理想的鼓励，产生了对未来社会的憧憬；但我的故乡，我周围的社会现实，却是那样黑暗，贪官污吏横行霸道，人民群众饥寒交迫。以后我读了鲁迅、蒋光慈和其他人的小说，便很自然地引起共鸣。于是我深感社会的不平，觉得有许多话憋在心里，要倾吐，要发泄，要呼喊。在这心情激发下，从中学开始，我就拿起笔，学习抒写农村的悲剧。虽然我同报刊的编辑素不相识，但我最初写的那些小说，都意外顺利地被刊用了。尽管如此，在写作方法上，当时我还处于一种盲目状态。有时写得很如意，有时又写得很苦；像爬陡坡那样，有时爬了上去，有时又滑溜下来。每次都一样，经过呕心沥血，总算写出了作品，是好是坏，自己却毫无把握，也毫无信心；成功了或是失败了，自己也不知道原因是什么；既缺乏一般的写作知识，又不会总结失败的教训。那时多么希望有个良师来指点一下呵！可是在那个时代，这明明是空想，有谁来睬你呢！现在时代不同了。在社会主义时代，我觉得无论如何不应当像旧社会那样，让文学青年瞎碰乱撞了。一九三九年，从我刚刚开始在报社工作，我就有了这种想法。那时我在太行山《新华日报》编报，同时编了个油印的小刊物，叫《通讯与联络》，便是着重分析作品的，企图给文学青年以些微的帮助。以后我在延安中央研究院，较系统地学习了文艺理论，同时懂得了理论与实际的联系，于是就开始分析作品成功与失败的原因，进而从理论上总结创作规律。此后我一直在文艺报刊担任编辑；也曾负责过"中国作家协会青年作家工作委员会"的工作，与青年作者接触的机会更多了，联系更密切了。渐渐地便不仅限于对青年作者的同情，而且也随时给他们一些力所能及的帮助。我相信一个简单的道理：任何大作家，都不是天生的，都是从稚嫩的不知名的文学青年中产生出来，成长起来的。因此，发现、扶植、培养青年作者，是繁荣创作的一个根本性措施，不可忽视。看到某个青年作者露出才华时，编辑们才积极地前去拉稿，而平时对他们却很冷淡，这种做法，对文学青年的成长至少是轻重倒置的。我认为培养青年作者如象培育小母鸡，我常常这样比喻："不要急于取蛋，重要的是善于发现良种，哺育母鸡；只要小母鸡成熟起来，不愁它不源源下蛋。"因此在辅导文学青年时，重要的是指引他们走文学正路。当他们开始学步时，如果路走错了或是走偏了，以后就越来越难纠正。所以，应特别着力帮助他们弄清文学的任务和创作的规律。这些想法在我意识中越来越明确，我就越来越自觉地投身于辅导青年写作的工作。可说是一头钻进去，再也出不来了。如此匆匆三四十年，现在不觉年近古稀，两鬓已白，始终未能越出雷池一步，分不出力量来研究其他文学问题，只能在这么个小圈子里留下几个脚印而已。唉，说来惭愧，毫无建树！

正是出于上述动机，我时刻想到我的服务对象是初学写作者，我处处考虑的是创作实践中的问题。因此，平日不管遇上什么，从自然到社会，从植物、动物到人的生理现象、心理现象，我都很自然地将它们与创作过程、形象思维过程联系起来，借助它们来解释创作现象，说明创作的规律，目的是把这些非寻常的、不易懂的道理讲得更浅显明白。平时与人交谈、通信，也是三句不离本行，谈论的尽是创作问题。我的那些文章，大多原先是书简、谈话记录或读稿随笔之类。因此，文章不拘形式，显得很随便，不像正儿八经的理论文章。由于处处从创作实际着眼，因此我所谈论的全是创作实践中出现的具体问题。旨在分析这些问题、解决这些问题。又因为我自己也从事过多年的创作实践，深知个中甘苦，因此我谈作品时，总是设身处地替作者着想，为他们打算。因而不单指出作品的缺点，更注重的是分析这些缺点产生的原因；对作品的优点、成功，也不仅仅止于赞扬和祝贺，而是着力总结成功经验，指出应该发扬什么，应该继续向什么方向努力。力图向作者提供比较具体、切实的帮助。据有些青年作者和读者反映，我的文章比较易懂，也比较实际。所谓"实际"，其实就是与创作实践联系得比较紧密。确实，我写文章，压根儿未想到怎样才更有"学术性"、"理论性"，我倒是注意力避抽象地从理论到理论，力戒那种深奥艰涩的学究式的文风。

我一向认为，无论是文学理论、中外文学史、中外文学批评史、中外作家作品研究、文学编辑工作、文学教学工作以及文学领导工作等等，尽管它们彼此的研究对象或工作性质很不相同，但归根结底，都是直接或间接地为繁荣创作、发展创作效劳的；倘离开了这最终的目的，这些工作就将失去存在的意义和价值。而文学评论，更是从作品或创作实践中引出来，又回过头去指导创作实践的。因此，文学评论工作直接关系到创作活动的盛衰，是创作活动最亲密的伙伴。创作中如果出现某种不健康的现象，评论工作者要是不及时指出，任其自由发展，最后，创作本身必然受到戕害；相反，如果创作中出现某些符合时代发展的新倾向或新突破，评论家要是不及时鼓吹，并积极评价，显然也会使正常的发展减缓，影响创作前进应有的速度。这都说明文学评论与文学创作息息相关，是相互依存和相辅相成的关系；证明这两者并不存在谁高谁低、孰轻孰重的问题。社会上有些人轻视文学评论工作，我以为这是不正常的现象，是一种偏见、短见的表现。但，我们也反对把文学评论当"棍子"来使用。若干年前曾使依靠科学分析的文学评论沦为"政治判决书"，这一来，哪里还有半点文学评论的气味呢？这种做法曾经大大地败坏了文学评论工作的声誉，今后不能再让它继续出现了。

以上所说，都属于闲话；但多少也说明了我写这些文章的动机、性质和风格。现在就把这些闲话，权当本书的序言吧！

此外，我最近意外地发现了三十年代初期二十多篇小说，现把最早发表的《乌龟》《疯子》等以及新中国建立后所写的一些报告文学和小说，也选几篇放在这里。虽然这只是我创作的一小部分，而且很不成熟，但它们总能为我所走过的道路留下几个脚印吧？

一九八二年九月于石牌

《习艺录》后记 *

在四十年代，我曾在解放区一间大学里教"创作方法论"。那时自己的学识与经验都十分贫乏，迫于工作需要，只能从当时的实际出发，从仅有的几本马克思主义经典著作和一大堆学生的习作中，去摸索、研究有关文学写作的某些规律和问题，问题从这里去发见，也从这里去寻求解答。此后，又长期编辑文艺刊物，与初学写作者接触的机会更多了，因而能经常听到他们在深入生活中和在写作过程中所遇到的各种问题：例如怎么掌握人物，怎么安排矛盾冲突，怎么提炼主题等等；不仅能听到许多问题，并且还能跟这些青年人共同探讨这些问题。这样互教互学、互相交流经验的时间长了，彼此的心得也就逐渐丰富起来。正是在这种情况下，由于这些青年人的鼓励和督促，我有时也针对他们所提出的问题写一点短文；此外也应刊物的催促写一些有关创作问题的杂感；就这样，直到一九五九年，前后不觉已写了五六十万言。虽然谈不上对初学写作者有什么帮助，但青年业余作者的心情和想法，却是知道一些的。

我自己也有过青年时代，初学写作的滋味也曾尝到过。在三十年代初，我原是想学绘画的，而当时的老师只教我们描摹古美人和花鸟虫鱼；不幸当时的局势已不容许我们的心境平静下来：日本帝国主义步步进逼；国民党反动派极端腐败；农村破产；阶级矛盾日益尖锐。处在只知鱼肉乡民、不管人民死活的国民党反动统治下，无处不听到悲叹、呻吟和啜泣！在这样令人窒息的气氛中，谁不切齿痛恨，摩拳擦掌！面对着破落的农村，面对着人民无穷无尽的苦难，我早已失掉了描摹古美人的耐性，毅然抛开画

---

* 本文收录于《习艺录》（广东人民出版社 1978 年版）。

笔，开始学习用小说或报告文学去描绘人民的苦难和控诉国民党的滔天罪行。我几乎是含着眼泪来描述人民的疾苦，但出现在我笔下的情节，却连我自己的愤怒也表达不出来，我要写的人物几乎都是被悲剧折磨至死，他们的内心交织着痛苦、忧伤、悲愤和反抗的复杂情绪，可是当这些人出现在稿纸上时，却都变成了没有内心面貌的"人影儿"。虽然当时所写的小说大都在报刊发表了，但在写作方法上，我却始终处于盲目的状态：有时写得较好，但下一篇却写得很不像样。虽则我当时认真学习了一些"名著"和当时公认为较出色的作品，很想从人家的作品中学到一些表现生活情景和表现人物神态和精神世界的方法；因无人指点，始终找不到钥匙在哪里；也就是说，明明看见人家在作品中把一个人物写得栩栩如生，活灵活现，不仅看见那个人的眼睛闪着泪花，而且还感到他的内心在颤动，在碎裂；可是我摸不清表现它的诀窍在哪里，也说不出它的道理在哪里。那时候，我多么希望有个良师来指点一下呵！可是在那个时代，谁有闲工夫来理睬一个初学写作者？以后我还是不死心，求知欲望依然很旺盛，每见到图书目录，就爱不释卷地细细翻阅，希望从中能找到一本指导写作的书，可是我失望了。即使偶然在报刊上碰到一两篇文学评论文章，但莫测高深，而且与写作也似乎没有多少关系。

从这些感受中，使我痛切地感到，一个初学写作者多么需要指点呵！当一个人在五里雾中找不出道路的时候，那怕是片言只字，只要能切中要害，把话说到点子上，对人们也是有帮助的。

这十年来，"四人帮"出于篡党夺权的恶毒用心，把伟大领袖毛主席所制订的文艺方针与创作方法都搅乱了，许许多多极其普通的写作常识都被弄得是非颠倒，黑白混淆，例如他们彻底抛开现实生活，叫嚷什么创作要"从路线出发"，或"从政治需要出发"；完全不顾特定环境中的特定的社会关系，胡说什么"一切人物必须为主要英雄服务"，或"一切人物都要为主要英雄人物作铺垫或陪衬"，结果，把艺术创造变成了按政治模式去"搞""作品"。把丰富多彩的现实生活变成了简单的公式。这一来，哪里还有文学？哪里还有无产阶级的文学创作？就在这种忧心忡忡的心境下，我于一九七四年盛夏开始计划写作阐述文学创作方法的《创作论》，并着手拟出题目，还在每个题目下写下一百到三百字的主要论点。到一九七五年夏末，已拟定了一百六十多个题目，并决定用普通的语言和轻松的形式来表达我的见解，目的是尽力做到通俗易懂。虽然我想写的东西仍然是常识范围以内的东西，既不会有什么新鲜的发现，也不可能有什么高超的创见；可是我不忍眼巴巴地望着一群青年人在被颠倒了的生活与艺术的圈套里乱闯乱撞，也不忍眼巴巴地望着他们在被搅混了的泥浆里滚来滚去。

入秋之后，我正打算动笔，不料"四人帮"突然猖獗起来，来势凶猛，杀气腾腾，谁不毛骨悚然！不得已，只好让愤怒埋藏心底，把写作计划往后推移。那年冬天，我整整在医院里度过了最痛苦的三个月，第二年春天当我转至温泉疗养院时，"四人帮"正恶毒攻击周总理，恣意诬陷邓副主席，残酷迫害广大革命群众和革命文艺工作者。"四人帮"穷凶极恶，已达天怒人怨的境地，当时阴云密布，暗无天日，只要一想到人民前途，谁不悲愤欲绝。我沉默，我难过得悄悄流泪。就是在这种极度忧愤的心情下，我忿然把《创作论》的提纲投入煤炉，烧成灰烬。我当时想，人妖颠倒，豺狼当道，还谈什么文学？但是我坚决相信，久经战斗的中国人民，绝不会容忍"四人帮"长此猖狂下去；有一天，愤怒的群众定会把他们撕得粉碎。可是我体弱多病，大概等不及了。正如一位老战友所吟哦的那样："岁寒或有春消息，只恐梅花瘦不禁！"

一声惊雷，万木皆春！以英明领袖华主席为首的党中央一举粉碎了"四人帮"，我同大家一样，喜出望外，精神振奋，仿佛一块压在心头的巨石落了地，一沟被阻遏多时的革命激流，顿时沸腾起来，一腔仇恨的怒火催促我参加战斗，于是我顾不得病痛纠缠，提起秃笔，奋力疾书。这几篇《创作论》片断，就是这样写出来的。但提纲已烧毁，写起来就困难多了，现在只能想起多少就写多少。记忆力与分析能力都大大衰退了，但我决心写下去，希望尽自己有限的余年，努力把这本《创作论》写出来。

这半年来，从全国各地寄来了不少信函，都是一些读过《创作论》片断的青年人写来的：有的热情鼓励；有的怀着渴望的盛情催促我尽快把《创作论》写出来；还有一些青年读者，迫不及待地要求我"即寄一本《创作论》"给他，还说"收到书后，即刻寄书款来"。这样的来信为数不少，以致我无法一一作复。我只能在这里向这些热心肠的读者致谢，并表示歉意！我的《创作论》仅仅写了六七篇，只占全书的百分之几，恐怕还要努力三年或五年才可能完成。

广东人民出版社编辑部的同志对业余作者的心情与需要十分了解，他们建议我把今年已写出的几篇《创作论》片断先编一集出版；到明年底再把明年写的编集成册；如此，每年出一集；直到一百多篇都写完了，然后才集中整理，修改补充，编成一部较完整、较有系统的《创作论》。这建议很切合实际，我们决定就这样做下去。

在这次汇集文稿时，我把一九六二 —— 一九六五年间所写的几篇文章一并收入集子里，因为这些文章都是探讨创作问题的，其中不少篇章是论述生活与艺术、生活与真实、人物与主题等问题，也论述到阶级矛盾与时代特征，形象与构思等等的问题。这些论述与"四人帮"的反动谬论显然是对立的，因面对于澄清那些被"四人帮"搅乱了的创作思想，或许还能起点作用。

最后关于书名，打算等全书写完时，才以《创作论》正式名称与读者见面；现在编印的这些散信，就暂取其中一个题目《习艺录》作为书名吧。

当我结束这篇《后记》时，思绪万千，心潮澎湃，十来年的遭遇又浮现于脑际：每记起"四人帮"的专横跋扈，就咬牙切齿；但当我意识到这本小书也是英明领袖华主席的丰功伟绩的一点浪花时，便忍不住放声高唱：

野火烧不尽，

春风吹又生！

一九七七年十二月十日

《月夜》后记*

当读者偶尔翻到我这些散文、小说时，有人也许会感到奇怪：萧某不是一向都搞文学评论吗？怎么现在也写起散文、小说来呢？实际上，我向来就不善于运用逻辑推理、抽象地来思考问题的；只是由于工作的需要，才不得不把时间和精力转到这方面来；但是按我的习惯和爱好，我却更喜欢想象和幻想，更习惯于概括和描写活生生的、可感可触的东西。其实这种爱好也不是忽然产生的，早在三十年代初期，我就是一个热心的投稿者。当时，我在广州一家日报副刊上曾发表了数十篇短篇小说，其中有一些（如《倒闭》）曾引起评论，有一些（如《乌龟》）还被人改成话剧演出。在当时（一九三二年到一九三五年）在同一副刊上，发表小说最多的，是杜埃、楼栖和我。可惜时间过了快半个世纪，现在再翻阅这些幼稚的作品，大概也不容易了。

以后在上海过流浪生涯，还是靠卖文为生，其滋味，只要略加想象便容易猜到的。抗战以后，我随八路军转战于太行山、冀南一带，为了革命需要，也曾在滚滚的黄河上飞渡，在河北大平原上奔驰。即使在那些戎马倥偬的日子里，我仍然热衷于微末细节地观察和体验生活，喜欢把事情掰开揉碎地反复地进行观察，并且把我观察过和深思过的事物——人物、细节和场景，都记在小本子上。这样，我一边积累，一边也写些文艺通讯和报告文学。其中《井陉塔的血》，是一篇对日寇暴行的控诉，是一家善良人民被惨杀的实录。曾在重庆《新华日报》发表过，而且还有些印象。可是这篇作品如象抗战时期我写的其他作品的命运一样，在我这里，现在都不

---

* 本文收录于《月夜》（广东人民出版社 1980 年版）。